李鸣生，当代著名作家。1956 年生于四川简阳。1974 年入伍。1991 年毕业于解放军艺术学院文学系。中国报告文学学会副会长。中国作家协会报告文学委员会委员。中国文字著作权协会常务理事。

1981 年发表第一首诗歌。1982 年发表第一篇小说。1984 年发表第一部中篇报告文学。1990 年创作第一部电视剧剧本（中央电视台播出）。1991 年发表第一部长篇报告文学。主要作品有：《李鸣生文集》（十六卷），李鸣生“航天七部曲”（七卷），李鸣生“走出地球村”系列丛书（七卷），中篇小说、电视剧、电视专题片、电影纪录片多部，共约九百万字。

作品曾获三届鲁迅文学奖、三届国家“五个一工程”奖、三届中国报告文学奖，以及中国图书奖、中国改革开放三十年优秀报告文学奖、中国长篇广播金奖、北京市优秀文学作品奖、上海重大文艺工程精品图书奖、《当代》文学奖、首届《中华文学选刊》奖、冯牧文学奖、徐迟报告文学奖、全军文学作品特等奖、全军文学作品一等奖、中国人民解放军文艺奖等二十二项。

有作品入选《21 世纪中国文学大系》《21 世纪中国最佳纪实文学》《中国报告文学精品文库》《共和国作家文库》《新中国 60 年文学大系》《30 年文学典藏》《中国优秀报告文学读本》《中国报告文学精选》及大中专院校教材等数十种文本。

李鸣生微信公众号：lms6668

博客中国李鸣生专栏：limingsheng.blogchina.com

李鸣生新浪微博：@ 李鸣生

作者采访手迹

李鸣生文集

全球寻找“北京人”

天地出版社

图书在版编目（CIP）数据

全球寻找“北京人”/李鸣生著.—成都：天地出版社，2017.2

（李鸣生文集）

ISBN 978-7-5455-2152-8

Ⅰ.①全… Ⅱ.①李… Ⅲ.①报告文学-中国-当代 Ⅳ.①I25

中国版本图书馆 CIP 数据核字（2016）第 179867 号

QUANQIU XUNZHAO BEIJINGREN

全球寻找“北京人” 李鸣生 著

出品人 罗文琦

选题策划 张 京
选题组稿 谭清洁 漆秋香
责任编辑 谭清洁 漆秋香等（本书责任编辑：段智玲）
装帧设计 冠腾文化
电脑制作 四川胜翔数码印务设计有限公司
责任印制 田东洋

出版发行 天地出版社
（成都市青羊区槐树街 2 号 邮政编码：610031）
网 址 http://www.tiandiph.com
http://www.天地出版社.com
电子邮箱 tiandicbs@vip.163.com

印 刷 四川经纬印务有限公司
版 次 2017年2月第一版
印 次 2017年2月第一次印刷
规 格 168mm×240mm 1/16
总印张 330（本书印张：25.75）
总字数 4700千(本书字数：382千)
总定价 698.00元
书 号 ISBN 978-7-5455-2152-8

展现历史,便是展示财富。周口店“北京人”的历史,是中华民族一笔巨大的财富,展现它,是为减少物欲的膨胀,抵消精神的贫穷。

一个民族从今天走向明天,最需要的往往是一种精神的支撑。但古往今来,人类在检点自己的过去和打量这个世界时,眼睛总是习惯盯在生锈的钱眼和肮脏的权力上,而面对湮灭的文明和失落的精神,则常常视而不见,无动于衷。于是到历史的废墟中去寻找湮灭的文明和失落的精神,便很有必要。

——题　记

序

有思想的非虚构：李鸣生报告文学论

丁晓原

尽管我们有《左传》《史记》这样久远的文学纪实的传统，但具有特指性的报告文学还只是一种只有百余年历史的后起文体。建构晚近三十年中国报告文学史的优秀作家有许多，其中特别重要的是一批穿越上世纪70年代末至新世纪的资深报告文学家，我们称之为跨世纪报告文学作家。但真正具有文体史意义的，或其创作参与了文体建设的报告文学作家，并不是很多。李鸣生是其中不可或缺的一位，他的写作对报告文学文体具有典型意义。这位写作了《飞向太空港》《澳星风险发射》《走出地球村》《中国“长征号”》《远征三万六》《千古一梦》《发射将军》“航天七部曲”的“太史令”，以其独特的创作，为我们书写了新中国航天的悲壮历史。它们既是航天的壮美诗史，也是国志，是文学。作家的地位是由作品的品位决定的，作家的个人史由其创作史建构。李鸣生以其高水准、大规模的航天作品，铸就了他在文坛作为中国航天首席报告文学家、中国航天文学领军者的地位，即使在世界航天文学的书写中也可作如是观。此外，《走出地球村》《中国863》和《震中在人心》三部作品分别获得第一届、第二届和第五届鲁迅文学奖。获得三届鲁迅文学奖的作家很少，尽管获奖不是评价作家创作的唯一尺度，但李鸣生的这些作品摄取独特，叙事宏阔，思考深广，语言表达颇具个性意味，是完全配得上鲁迅文学奖这一荣誉的。

我们对作家的创作进行价值评估，需要超越作品某种应时而生的新闻性，获得必要的时间间距和空间背景。时间是最有信度的批评家，空间也为批评提供了更多的参数。基于这样的认知，我们将李鸣生个人的报告文学创作史，推置于晚近三十多年中国报告文学史中加以观照考察，解析作家创作的特质，探索其何以并在多大程度上实现了对报告文学文体的有效诠释，这应该是很有意义的。

一

我以为，报告文学是一种个人化的社会写作。从作者主体角色的存在视之，这是一种典型的知识分子写作方式。对此，李鸣生也是认同的。他在鲁迅文学院第二十届中青年作家高级研讨班的研讨会上，就明确地告诉他的青年同道："我认为，真正的报告文学作家是典型的知识分子。"①

知识分子的范畴具有多种义项。这里所说的知识分子不是"知识"的知识分子或者是"专业"的知识分子，而是公共知识分子。这种知识分子的基本特点是介入社会；作为社会良知，基于独立思想而向社会发言。因此，报告文学的写字间是整个社会，它拒绝一厢情愿的私人写作。并且从根本上说，作家的思想品位决定着报告文学作品的品质，而有品位的思想需要作家秉持独立的人格。在李鸣生看来，"知识分子最大的特点就是他的人格的独立，这点，作为一名优秀的报告文学作家必须具备"。由此李鸣生给出"报告文学作家和新闻记者的区别"的关键之处在于，"新闻记者是要在现场报道，要在第一时间内把最有价值的信息传达出去（深度报道另当别论）；报告文学作家是要在这些新闻事件的基础上作出自己的独立思考，最终传递和表达的是你对这个世界的思考，而你的思考要与众不同。所以，在所有的社会问题上，作为报告文学作家必须建立起自己独立的思想体系，进行与众不同的思考，最终发出与众不

① 李鸣生：《报告文学作家要人格独立》，中国作家网 2013 年 7 月 2 日。

同的声音”。[①] 由此可见，思考、思想之于报告文学作家李鸣生所具有的特别意义。“一个民族光有空间的高度是不够的，还必须要有思想的高度。唯有拥有了思想的高度，其眼光、胸襟、境界才大不一样，甚至说话的气派、分量也大不相同；而天天看到、想到的，就不仅仅是秦砖汉瓦、巍峨长城，滔滔黄河、滚滚长江，还有五洲四海、辽阔世界，万里长空、茫茫宇宙！”（《千古一梦·尾声》）这是李鸣生长篇报告文学《千古一梦》中一段具有主题性意义的表述。根据这一表述，结合体现作者追寻思想自觉的创作实践，我们可以获得观照、读取李鸣生报告文学特质与价值的一个优选的视角。在我看来，李鸣生的报告文学体现为一种有思想的非虚构写作范式。

思想为美是报告文学写作美学中的一条重要原则，这是这一文体作为知识分子写作方式的一种内在规定。著有《西部在移民》的麦天枢曾经说过：“当思想的深度构成读者对报告文学的普遍要求的时候，思想性就表现为一种美；思想性通过文学手段来承载，思想性就变成了文学性。”[②] 优秀的报告文学是作家卓异思想的产物，同时它又如思想的“发生器”，能够激活读者的关联思考与叩问。《哥德巴赫猜想》在新的历史时期首次正面叙写讴歌科学工作者的业绩和科学精神，在拨乱反正之初具有显然的思想先锋意义。《人妖之间》直击现实严重的腐败，开创了新时期以批判为价值取向的“问题报告文学”的先河。作者感于世相而提出的“人们啊，要警惕”的告诫，危言醒世，启人深思！李鸣生初入文坛，就浸润着新时期报告文学的文学精神。在其后的写作中，他奉持“独立人格、独立立场、独立思想、独立写作”的原则。这一原则来自他长期写作实践的真切体悟，也视为他对报告文学理想写作的一种诉求。出版文集时，这一原则被赫然印在文集的封面上，这充分说明作者对这诸多“独立”的特别看重。

我以为，四个“独立”的核心在于“独立思想”。“独立思想”是我

① 李鸣生：《报告文学作家要人格独立》，中国作家网 2013 年 7 月 2 日。
② 参见《太行夜话——报告文学五人谈》，《光明日报》1988 年 9 月 23 日。

们解读李鸣生报告文学的“文眼”。李鸣生是一位对思想有着执着认知的作家。他以为：“一个作家的思想非常重要，无论你是写什么的。思想决定作品的高度，决定作品的品质，甚至说思想决定一切。而这种思想，必须属于自己。”① “思想”在李鸣生报告文学写作中是一种整体性的存在，它涉及选题与格局、价值取向和叙事设置、思想表达和语言策略，等等。特别与众不同的是，思想于报告文学家李鸣生而言，更可贵的是体现为思考的方法、思维的智慧。我们读李鸣生的作品，很容易获得一种直观的感觉，就是大题材、大视野、大构架、大叙事、大主题、大气场。同样是科技题材的报告文学，徐迟的《地质之光》《哥德巴赫猜想》《生命之树长绿》等可谓是精致的诗，而李鸣生的《飞向太空港》《千古一梦》等作品是一种史诗的创制，即便是《发射将军》这样的人物报告文学，也注意将个人史与国史的叙事有机融合，体现出别有意味的史性。我以为李鸣生写作中显示出的种种大观，从根本上说是来自作家的大思维。其中具有李鸣生原创性新思维的，是其关于“星际文明”“宇宙文明”的发明与阐释。这是李鸣生卓然有成、自立于文坛的思想前提。

二

航天书写于李鸣生而言是一种宿命，一种天作之合的情缘，是个体生命史的建构，也是作者贡献天地文明的事业！“十五年的发射场生活，使我比一般人更有条件看到天空，也更有机会随着火箭卫星的一次次升腾，对我们居住的这个星球以及顽强地活在这个星球上的同类进行立体的思索，从而改变了我跪着看待人生的姿势，获得了一个与众不同的审视世界的角度。”（《飞向太空港·后记〈天空让人想起使命〉》）这位结缘于航天伟业的作家，是以航天人的姿态入轨报告文学天地的。从李鸣生的话中，我们可以获知作者不仅具有得天独厚的熟稔题材的条件，而且

① 参见杨鸥：《李鸣生：中国航天史诗的书写者》，《人民日报·海外版》2010 年 8 月 6 日。

更重要的是由此衍生出的心理优势和写作智慧。“发射场成了我的精神牧场”（《千古一梦》)。在对象主体化的领悟之中，李鸣生开启了辽阔宽广的思维空间。这种思维空间早在写作《飞向太空港》时就已形成了。《飞向太空港》叙写的是中国“长征三号”火箭发射美国“亚洲一号”卫星的故事。这样的题材在当时极易写成高度意识形态化的主题，但李鸣生显然并没有为思维定式所囿。有作品“题记”可证：“谨以此书，献给创造空间文明、寻找人类新家园的航天勇士们!”这里所说的“空间文明”为李鸣生首先提出，在作品后记《天空让人想起使命》中，作者对此有具体的阐释。这篇后记中，作者从容地挥洒着沛然的才情，演绎着飞天想象的迷人：在宇宙文明的时代，“也许，宇宙公民们还会从各自的星球走来，手牵着手，肩并着肩，欢聚一堂，嬉笑打闹，谈天说地。而地球人回忆的话题一定是：在很久很久以前，我们如何艰难、痛苦地挣扎在地球上”。这不只是凌虚的想象，更有对科学逻辑的预知。李鸣生认为：“从区域文明到地球文明，从地球文明到星际文明，从星际文明再到地球文明，应该是一个无法抗拒的自然规律。航天时代带来的宇宙意识，导致了人类认识的飞跃，从而把人类的思想与情感引升到一个辽远而广阔的大境界。”这一表述中所包含的卓异的宏大思维，表明了作者思维的开阔与大气。而正是这样的思维建构，促成了《飞向太空港》得以大起高开，使李鸣生此后能以高水准的创作在充满竞争的报告文学领域中步履稳健地登堂入室。

《飞向太空港》的主题不只是此类题材通常会有的爱国主义精神。它的主题是复调式的。作者将中外航天合作置于中国改革开放的大背景之中，《周游列国的中国专家们》等章节极其真实地反映了开放之初始，人们在观念、能力、文化以及适应国际规则等方面所面临的种种问题。从这一点而言，这部作品可以说是为中国的开放史留存了一段生动而珍贵的侧影。而更富创意的是作者基于空间文明的思想，将不同文明的交流设置为一个叙写重点，以开放、包容的姿态，使作品超越政治叙事，建构起一个更为宏大的文明叙事。作品共六章，其中第四章《火箭，另一个伟大的文明》、第五章《我们都是地球人》和第六章《跨越国界的飞行》都直接关联了不同文明交流的叙事。正如作品中作者在与美方技术专家交流时所说，中美火箭与卫星的合作，“不单单是一次空间技术的合作，也是两个民族、两种文化、两种感情的一次交流与沟通；不光是发射一颗卫星，也是中美两国科学家在一起共同创造空间文明。因为开发宇宙，造福人类，是全人类的共同使命”。这里给出的正是《飞向太空港》的核心价值。李鸣生在《中国“长征号”》中有一段关于“长征号”意义的表述凝练而到位：“‘长征号’其实就是中华民族的一种象征，它象征着力量，象征着智慧，象征着精神！‘长征号’从封闭走向开放、从靶场走向市场的历史，就是中华民族从传统走向现代、从国内走向世界的历史；‘长征号’与世界接轨的历史，就是中华民族与世界融合的历史。”我想，这一表述用于对《飞向太空港》多维主题的解读，也是非常合适的。

如果按照“主旋律”作品的写作制式，李鸣生的《澳星风险发射》自然无法进入“主旋律”的“轨道”；而若是按照“问题报告文学”的写作要求，则这一作品需要设置为“批判”的模式。《澳星风险发射》由作品题目就可知晓所写重心，但这里的“风险”并不是作为一种“问题”来作否定性报告的。航天是一种高风险的科技，因此，失败也是航天史的一种真实。作者将1992年3月22日“澳星”发射失败视作一种客观存在，以一种中性的叙事立场，在中国航天文学中第一次直面失败，并对此作全展式的报告，“本来，人们对那个春天的夜晚寄予了再大不过的希望。结果，那个春天的夜晚回报给人们的却是天大的懊丧和无尽的遗憾；中华民族的自尊心受到了空前的刺激，火箭子孙的感情遭到了莫名的戏弄”，“失败似一道无形的阴影，笼罩在发射场的上空；失败像一个看不见的幽灵，潜伏在人们的心底”。作品以真实而很有故事性的叙写，凸显了极具中国特色的失败心理和失败文化。但显然，李鸣生并不是因为“懊丧”与“遗恨”而言说失败，而是因为真正领悟了诗人惠特曼所说的“当失败不可避免时，失败也是伟大的”的深意。作者以为：“一个民族，如果不光会欢呼成功，而且还能正视失败、接受失败、超越失败，甚至达到一种欣赏失败的境界，那这个民族该是多么地伟大而不可战胜啊！”由此，作品既展示“澳星”发射失败后种种中国式的反应，也不吝笔墨实写了中国航天人艰辛负重、超越失败的壮美精神。这样颠覆常规的写作，在当代中国报告文学史上也是少数的典型个例。作品这种有意义的立异，正是建立在作者独立思想、独立写作的基础之上的。从这个角度而言，《澳星风险发射》是有思想非虚构的一个典型样本。

如果我们仅仅关注创作了航天及其他高科技题材作品的李鸣生的存在价值，是不够的，也是不完整的。我们还应当关注他的另一部作品——《震中在人心》，关注这部作品的写作怎样“避免概念化，避免传统的主流叙事”，又怎样将“传统的‘主流’叙事转化为作家个性化的作品叙事”①。李鸣生的这一表达实际上涉及了公共的“主流叙事”和作家个人的“作品叙事”这个重要的话题。真正的报告文学需要作家在面对重大的公共写作题材时，善于将新闻写作常设的“主流叙事”有效地转化为文学创作别异的“作品叙事”。这里的“作品叙事”，就是基于主体独特感受、独立价值判断、独立思想的具有个人色彩的非虚构的文学叙事。在这一点上，《震中在人心》尤显其意义。这部取材于汶川特大地震的作品，在第五届鲁迅文学奖终评中以名列第一胜出。有意思的是，在初评时因为作品思想的某种“异调”、主题的非主旋律而差一点遭淘汰出局。这是很值得我们思考的。我们需要反思何为地震非虚构作品的终极价值。我以为钱刚的《唐山大地震》和李鸣生的《震中在人心》，在某种角度上对此作了例说。《唐山大地震》就是一部具有多功能的皇皇之作，它“是作者为今天和明天的人类学家、社会学家、地震学家、心理学家……为我们整个星球上的人们留下的一部关于大毁灭的真实记录，一部蒙受了不可抵御的灾难的人的真实记录”②。《震中在人心》不仅有通常的对抗震救灾的感人场面的描写，而且更有对人类遭遇重大创伤的生命之痛的感悟，还有对地震灾害作出的深刻反思。作品不仅观照地震的视角独异，而且在情感与思考的深度上超越了同类作品。作者曾说，“面对灾难，作

① 《李鸣生在〈千古一梦〉研讨会上的发言》，中国作家网 2009 年 5 月 22 日。

② 徐怀中：《唐山大地震·代序》，《解放军文艺》1986 年第 3 期。

家不应缺席；面对死亡，文学不该沉默”。大地震的写作有很多可能性，应该有对一方有难、八方支援，以人为本、抢救生命等主题的表现。但大地震终究是对人类的重创，因此大悲悯应该是此类写作不可或缺的元素。“我只为真相，只为实情，只为血印，只为泪痕，只为记录，只为见证。我不想把废墟变成大厦，把悲剧变成喜剧；我不想把谎言变成真理，把哭泣变成歌声；我不想把反思变成庆典……公示汶川大地震灾难的真相，传递废墟的气息，留下亡灵的心声，定格人心的表情。”正是有了这样的思考，作者不仅独异地摄取地震的镜头，而且在叙事处理、情感书写和思考深度以及批判性等方面超越了同类题材的作品。

有思想的非虚构，需要达成报告客体的本真、呈现主体自我的元真，从而实现报告文学文体有自我且真实的文体性。真实是报告文学的生命，是其文体力量生成的支点。报告文学的真实说到底需要作家独立地思考和判断，不违心，不唯上，不唯书，不唯权威名家，而能唯实，尊重并敬畏叙写对象本身的历史存在。作为一个有思想的非虚构作家，李鸣生是严格持守这样的写作原则的。其作品里有一个关于钱学森的个例可以说明这一点。钱学森是名满世界的杰出科学家，“钱学森的脑袋比一般人的大，略呈方形；尤其是额头，非常宽阔，而且发亮。你很难说清他的脑袋具体哪点与众不同，但给你的印象就是与众不同，似乎藏有一座智慧的金山，又像装着一组成功的密码，满脑袋都长满了天才的花朵与知识的森林，甚至连每根头发丝都像是一棵智慧的大树”。(《走出地球村》)可是就是这样的科学家，当年却坚持航天飞船“五人舱”的设计主张。“钱学森解释说，这五个人的分工是：一个是指令长，一个是航天员，一个是随船工程师，一个是随船医生，再加上一个政委。”（《千古一梦》）就是“再加上一个政委”的极简叙说，意味无限地实写了当时中国航天发展的复杂的政治生态。尽管科学的“钥匙”可以开启政治的“后门”，但科技的研发需要盖上“政治的印章”。“再加上一个政委”并不是钱学森的非科学，而是政治异化下一种集体无意识的表达。这便是历史的真实，也是一个关于钱学森的真实的插曲。

三

研读李鸣生的报告文学，我以为他的最大优势，并不在于新闻性，而体现为作品思想性的整体生成和他对非虚构文学性的自觉追求。这是决定李鸣生报告文学写作能在较高水准上长期可持续发展的关键因素。而这对新常态语境中的报告文学写作，更具有切实的意义。所谓“新常态”，取自经济学界的一个热词，报告文学的“新常态”就是全媒体或融媒体的存在。全媒体时代的报告文学，它原有的“新闻性”红利大为减少，文体一般的新闻优势已不存在。这就需要报告文学基于非虚构原则，通过有深度有个性的思想表达和非虚构文学的美学建设，激发文体内在的活力，有效强化非虚构叙事的优势。

文学性不高，是制约报告文学作为审美文体而发展的一个重要因素，也是影响读者阅读的一个基本问题。尤其在全媒体时代，报告文学文体的新闻性优势已经失去，报告文学的写作并不能简单依赖新闻性，在此背景中，文学性的意义就显得特别重要。报告文学的文学性是什么？烦琐的学院派式的论证最终也许还是无解。在美国非虚构作家杰克·哈特的《故事技巧——叙事性非虚构文学写作指南》中，“叙事性非虚构文学”命题及其展开的思路，对于报告文学文学性的研究和达成，或许能给我们一些有意义的启发。

我以为作为一种叙事文学样式，将报告文学定义为“叙事性非虚构文学”，是符合这一文体逻辑的。报告文学是真实的叙事，小说是虚构的叙事，它们共同的要求是叙事。叙事构成报告文学写作的本体，它既承载着作品思想情感等价值表达，同时又是写作本身的重要目的。

李鸣生的作品具有强烈的叙事意识。《中国“长征号”》是中国火箭发射美国卫星的大叙事，作品以事件演化为叙事线索。这是作品建章的目录：第一章《怪圈》、第二章《变轨》、第三章《推销》、第四章《天机》、第五章《谈判》、第六章《碰撞》、第七章《发射》、第八章《草图》、第九章《保险》、第十章《贷款》、第十一章《合同》、第十二章

《失败》、第十三章《检讨》、第十四章《发愤》、第十五章《官司》、第十六章《爆炸》、第十七章《阵痛》、第十八章《反省》、第十九章《雪耻》、第二十章《代价》。由章目设置可见，作者十分重视作品的叙事构篇，贯穿其中的线索主干清晰而又跌宕曲折，故事性很强，对读者别有一种牵引力。《发射将军》是一部人物报告，作品以“发射将军”与发射相关的人生历程为叙事线索，具有某种纪传体的特征。作品从第一章《军委令》将主人公由战场奉调至发射场作为故事的发端，以人物离休生活“晚年赋”作结，突出了“故事性”人物的叙事。吸引读者的是将军的传奇和在传奇中蕴含的伟大精神。

一个叙事优化的文本，首先需要建构一个与之适配的叙事结构。李鸣生能根据客体本身内在的逻辑和主题思想表达的需要来配置这样的结构。《走出地球村》写的是“东方红一号”卫星飞天的故事。卫星的研制动议于1958年，发射成功在1970年。这是一个具有特殊的政治生态的时期。根据这样一种特殊的存在，作品设置卫星叙事和政治叙事双线叙事结构。政治叙事在《走出地球村》中是充分的，从开篇“苏联第一颗卫星上天，艾森豪威尔总统手中桥牌落地”，到“美国人造‘小月亮’挂到天上，周恩来午夜拿起直通毛泽东的电话”，一直贯穿到收结“卫星功臣登上天安门”。而“‘小弟弟’找‘老大哥’学放卫星”“忍着饥饿的肚子，中国从八公里起飞”“‘东方红一号’人造卫星方案诞生”“马灯前钱学森坐卧不安”“火箭司令神游戈壁”等则为卫星叙事。这种双线并置反映的正是“东方红一号”卫星的一种特殊的历史真实。这样的安排一方面强化了对科学家忍辱负重、刻苦创造、献身科学光辉形象的再现，另一方面对非科学的政治对于科学的干预、对于科学家的摧残，进行了深刻的反思和批判。

一般来说，李鸣生的报告文学叙事构架是宏大的，这是因为叙事对象具有先在的宏大性。但是单纯的宏大无法抵达文学叙事所需要的细部深层的景致，宏大叙事需要有具体叙事作坚实的支撑。李鸣生也有作品如《发射将军》，表面看不是宏大题材，书写的只是某个人物。但对于这样的作品作者并不就小写微，而是注意将人物推置时代与历史的宏大背景中加以表现。在历时演进的纵轴上融合将军的个人叙事、导弹部队的集体叙事和共和国历史的大叙事。作为文学的非虚构叙事，在李鸣生报告文学中大叙事与小叙事是相生的，而小叙事的核心则是具体的人物叙事。“叙事需要三大支柱：人物、动作和场景。排在第一位的是人物，因为人物能够推动动作和场景的发展。”[①] 对于人物叙事的意义，李鸣生是充分认知的。他说自己的作品“希望通过人物把我们的历史，一个非同寻常的历史写出来”[②]。李鸣生把人物作为历史叙事的要素，而在我看来人物就是历史的本身，作者笔下的许多人物，航天人、科学家等，正是他们创造了作者叙写的历史。不仅如此，作者再现的人物，许多是中国脊梁式的人物而又具有常人情怀。作品的感染力来自于这些走近读者的真实而感人的人物。

李鸣生报告文学的人物叙事，颇多性格叙事、精神叙事。《中国863》是一部题材重大的长篇，作品首章《悄悄发生的革命》格局甚大，由美国“星球大战计划”、欧洲“尤里卡计划”、日本“振兴科学技术政策大纲”叙述领起，导出中国的“863计划”。这是典型的宏大叙事。以后的全部篇幅从第二章到第七章都为具体的人物叙事，其中第二章《科委来了个“厉害的老太婆”》，是作品重点写作的一章。“厉害的老太婆”是朱丽兰。“厉害”是其作为管理者的主导性格，改革创新，敢于担当。但作品没有将她写成一个单面的概念人物，而是运用细节集成的方法，还原朱丽兰既“厉害”又和蔼；既是工作狂，又会理发、织毛衣、弹钢琴的圆形立体的本真。而李鸣生航天系列中的航天人的形象，是最烙印在心底的、难忘感人的。作者叙写这些人物，不只写他们的科学智慧、科技才能，而更重于对他们作精神性叙事。赵廉清是创建西昌发射场的指挥者，在非常年代，知其不可为而为之，积劳成疾。他留给这个世界最后的镜头是：“他手上紧紧揣着一样东西。这样东西不是别的，就是他

---

① 杰克·哈特：《故事技巧——叙事性非虚构文学写作指南》，第74页，叶青、曾铁峰译，中国人民大学出版社，2012年。

② 《李鸣生在〈千古一梦〉研讨会上的发言》，中国作家网2009年5月22日。

生前一直随身携带的那个军用挎包！而护士打开挎包后，只看见两样东西：一份皱巴巴的施工图纸，一个被啃了小半的冷馒头！”（《千古一梦》）从这样的细节中我们可以看到，一个瘦小羸弱的生命里，升华出一个伟大的精神形象。

四

故事是什么？乔恩·弗兰克林在《为故事而写作》中为我们给出了“定义”之一：“当人物遇到错综复杂的情况，而他又不得不面对和解决时，行动就发生了，故事正是由一连串这样的行动所构成的。”[①] 这一表述中关键词是冲突，是矛盾。故事存在于冲突、矛盾之中，冲突、矛盾推衍出故事。非虚构的报告文学作者无法依靠想象力制造故事，但是他可以从对真实客体冲突、矛盾的存在中，选择并呈现其中的故事。李鸣生说，在他的作品中，“我希望呈现大的矛盾”[②]。《走出地球村》中有极“左”政治与卫星科技的矛盾，《中国“长征号”》中有开放与保守、体制与市场、国力基础与航天发展、中外文化等之间的矛盾，航天人存在的价值就是“面对和解决”“错综复杂”的矛盾冲突。这些形成了李鸣生叙事的基本构架和基础。这样的矛盾构篇也决定了李鸣生报告文学叙事的丰富性和复杂性。在总体的矛盾叙事基础上，作者再相宜地采用悬念式叙事方法，就更有效地强化了作品叙事的故事性。悬念不是虚拟的，而是实际发生的状况，也是航天高风险的一种表征。作品一环扣一环的悬念叙写，渲染了其时其地其情的紧张感。而报告文学所需的现场感就在这紧张感之中，特别扣人心弦，使人身临其境，强化了故事性叙事对读者的吸附力。

李鸣生报告文学的叙事方法是富有变化的，他能根据不同的报告对

① 杰克·哈特：《故事技巧——叙事性非虚构文学写作指南》，第6页，叶青、曾轶峰译，中国人民大学出版社，2012年。

② 《李鸣生在〈千古一梦〉研讨会上的发言》，中国作家网2009年5月22日。

象运用相应的方法。在他的作品中读者可以分享到多种叙事艺术所产生的叙事之美。在《千古一梦》中，作者设计了“双声叙事”，即作者（采访者）叙事和人物（被访者）叙事的结合，特别是导入当事人的自述，以人物的亲历亲验，真实地还原出特定时空中人物和事件的现场情状。这是一份珍贵的活的航天档案。《发射将军》则注意在“实体叙事”中有机地穿插“软性叙事”。所谓“实体叙事”是指与作品主人公“发射将军”直接关联的主干内容的记写，而“软性叙事”则如对导弹部队饥饿、文艺生活极度贫乏等的叙说。《震中在人心》则是一部运用镜头观察和叙事的作品，“用镜头定格真相，让文字留下思考”，大量的照片极具视觉冲击力和情思震撼力，不只是为文字的叙述提供了直观的背景，而且照片本身也成为作品的一种独特的叙事元素，生成了超越文字的叙述力量。

五

文学是语言的艺术，报告文学也是。语言是作品思想的现实，也是叙事生成的工具，还是作为审美的报告文学的要素。报告文学创作中语言的问题，主要是缺乏主体鲜明个性的语言新闻化，另一个是小说化的语言絮叨铺张。李鸣生的报告文学大多为长篇，但语言凝练具有表现力，诚朴简约不过度藻饰，并且具有自己鲜明的个性，许多语言表达有意味、情味、趣味，有效地增强了他作品的文学美感。在这里，我不打算对李鸣生报告文学的语言艺术进行全面的解析，只就他的“智慧语言”和“软语言”运用之美作一解读。

所谓“智慧语言”，是指形象生动、意含新异别致、具有特殊表现力的语言。比如“已经点火的火箭竟然无视天下众生，老练得如同一位千岁老人，打个盘腿坐在那儿，连动都懒得动弹一下”。（《澳星风险发射》）写卫星发射的失败，作者用拟人化的手法形容，以独特的冷峻与幽默，写意地写出发射失败的状态和航天人的尴尬，用语非常新颖。作者以幽默笔法言说失败，正与作品正视失败、超越失败的主题相关。幽默的语言是典型的智慧语言。在李鸣生的作品中已不是偶尔为之，而是一种个性的语言景观。“在国际市场上，美国人早就大把大把地捞着美元，中国人为什么不能去弄点‘零花钱’？在国际空间俱乐部里，美国人可以大口大口地喝着‘咖啡’，中国人为什么就不能去喝上一杯‘清茶’？”（《中国“长征号”》）这一表达的语境是，对于中国航天进入国际市场，国内以为冒险，西方设置障碍。这里的美元与“零花钱”之喻，客观地表示中美航天科技实力和航天市场份额的差距，“清茶”之类意含走中国自己的航天发展之路。整体的表意是非常清晰的，就是中国应该进入国际航天市场进行竞争，只不过用“李式语言”表达，意味意趣就大不一样了。“已经欠着一屁股账的中国专家当然拿不出这笔钱来，他们只有一个价值连城的传家宝，这就是：自力更生！”（《中国“长征号”》）“一屁股账”与“价值连城”对举，极简地实写了中国航天发展的境况，高度凝练了中国航天的伟大精神。

李鸣生幽默的语言可分为“麻辣幽默”和“冷幽默”。“这一年，‘反右斗争’刚刚过去，‘大跃进’的旋风又骤然卷起，中国人像被灌了一桶大剂量的兴奋剂。”（《千古一梦》）“据说，两年前一所中学考试时，发生过这样一个故事——试卷问：爱因斯坦是谁？学生答：美国当代著名歌星。”（《飞向太空港》）这种幽默让我们无法轻松说笑，其间的麻辣唤起读者对非常年代的反思与批判；是对过度娱乐化，忽视科学世相的揭露和讽刺。“美国人把这条山沟称为‘神秘的峡谷’，而当地彝族老人则说：‘什么神秘不神秘，这山沟就是我们过去放羊的地方！’故此，当地人称‘赶羊沟’。”（《飞向太空港》）这样的文字可谓冷幽默，读起来会忍俊不禁。报告文学拒绝虚构，但它同样需要作家具有丰富的想象力。想象之翼可以飞扬智慧的语言。“世界各国许多中学的少男少女们，每晚相聚在迷人的星空下，像谈论童话似的，长时间不知疲倦地谈论着卫星、卫星、卫星。仿佛苏联的这颗人造卫星，成了他们嘴里一块永远嚼不够的口香糖。”（《走出地球村》）以“口香糖”喻说人类第一颗人造卫星发射后对各国学生的影响力，新颖生动，可意会，也可言说，体现了李鸣生语言表达的一种智慧。

软语可人，是我阅读李鸣生作品时的一种直觉。我这里无法给出

“软语”的标准解释。所谓软语，是一种“闲语”，它不属于主干叙事，但与主干叙事有所关联；在表情表意方面偏于柔细，静安之中，可入情入心。“将军家的院门是双扇的大铁门，夕阳照在斑斑驳驳的门上，给人暖洋洋的感觉。每当这时，将军便坐在门外一张自制的小折椅上，像一位坐在长满颗粒饱满的庄稼地边的老农，静静地守候着儿孙们的归来。夕阳在他眼角的皱褶里绣着陈年旧事，时光在他花白的头上写着岁月沧桑。”（《发射将军》）将军从战场到发射场，军人形象刚硬，棱角分明。而此时进入晚景的将军没有了豪情、霸气，却有人间的亲情和慈祥。“夕阳在他眼角的皱褶里绣着陈年旧事，时光在他花白的头上写着岁月沧桑。”我们从诗一样的句子中，可以读出将军人生种种的况味。

李鸣生的报告文学有种种特点和优点，而我最为看重的是他的作品有思想，也很文学。有思想，也文学，这就是我所希望读到的报告文学。

2015年8月28日

目　录

这是一部难得的好书

贾兰坡

作为一个九十二岁的老人，能在有生之年读到《寻找“北京人”》这部书稿，我很高兴，也很感动。此书的出版问世，是件好事、喜事，也是一件值得注意的大事！

我二十二岁就到了周口店，一晃七十年过去了。1929 年 12 月 2 日下午 4 时，裴文中先生发现了第一个“北京人”头盖骨，让世界大吃一惊。我在 1936 年 11 月 15 日至 26 日的十一天之中又发现了三个“北京人”头盖骨，也让世界大吃一惊。“北京人”的发现在科学上是件大事，在世界学术界上是中国获得的第一块金牌，给我们中国人长了脸面。但从个人来说，我是一个很普通的人，不过做了一件很普通的事情。令我痛心的是，1941 年太平洋战争爆发，日本人占领了北平协和医学院，“北京人”莫名其妙地在美国人手上搞丢了，至今下落不明，半个多世纪来我一直惦记在心。

今天，让我欣慰的是，我们终于有了《寻找“北京人”》这部书。为了写好这部书，作者大约在 1990 年冬就到家里找过我，后来又和我进行了无数次的交谈，并不辞辛苦，跑了很多地方，花了不少钱，找了许多国内外的当事人和知情者调查采访。作者李鸣生还把我的每一次谈话都录了音，然后把几十盒录音带一字一句地整理出来。他随中国作家代表团访问日本期间，还抽空查找线索和资料，核对事实根据，并和日本的有关专家、学者进行了交流；书稿写完后，又将书稿送给我和胡承志以及裴文中先生的亲属等人看，听取修改意见。经过多年努力，才有了这部书。这种实事求是、严肃认真、对历史负责的写作态度，这种为了维护人类文化遗产、寻找人类失落的文明而甘愿自觉付出的精神，是十分难能可贵的。

作为一个长期从事古人类学研究的科学家，我对文学作品是门外汉。但读罢此书后，给我最深的印象是：可靠、可信、可思。

作者讲述了近百年来关于周口店发掘和“北京人”从发现到丢失、从丢失到再寻找的历史，故事很吸引人，一拿起就放不下，许多被历史尘土掩埋了的人物也得以重新复活，栩栩如生。而且，书中的事儿不是随意想象，胡编乱造，而始终是摆事实、讲道理，把历史的真实情况和各种客观线索提供给读者，让大家一起来分析、判断、思考、查找，从而为后人检索和认识这段历史提供了依据，也为解开“北京人”失踪之谜提供了可能。作品字里行间所折射出来的对历史文化的关怀与眷恋，对人类文明的至亲至爱，都让我的心灵受到感染和震撼。

这是我迄今为止读到的描写周口店和“北京人”最全面、最系统、最真实的一部书。因此，它不仅具有文学、史学价值，还具有传播科学知识的意义；不仅专家、学者和科学界人士应该读一读，其他各界文化人士、社会青年以及大学生、中学生也该读一读，甚至五六年级的小学生也可以读一读；它既是一部好读、耐读的文学作品，又称得上一部生动、形象的历史教科书。我们这么大一个民族，应该有这么一部书。特别是新的一千年到来了，无论大人小孩，应该回过头去看看祖先留下的脚印，因为这脚印连着昨天、今天和明天。

最后我要说的是，随着《寻找“北京人”》这部作品的问世，相信会有更多热爱人类文化事业的人投身到寻找“北京人”的行列中来。但愿这部书稿出版后，能带动起全中国甚至国外众多有识之士寻找“北京人”的热情，从而引起对周口店“北京人”遗址的关注和重视。

我已是九十二岁的老人了，若是在我有生之年能亲眼见到我们的祖先——“北京人”回归，那将是我一生中最高兴、最幸福的事情！

大家行动起来吧，寻找“北京人”！

2000年3月19日

引　子

知道吗，我们丢了老祖宗？

也许，人生中有许多东西都可以不要，但有一样东西却永远无法舍弃，也不该舍弃，不能舍弃，那就是，延续我们生命与血脉的老祖宗！

然而，一个极其荒唐而又无法掩盖的事实是，我们的老祖宗早就被弄丢了——截至 2005 年，已经丢了整整六十四年！

这个老祖宗，便是 1929 年在北京周口店发掘出来的“中国北京猿人”，简称“北京人”！

“北京人”的发现，轰动了世界，甚至被西方人称为“对整个地球人类的震撼!”遗憾的是，这个曾经轰动世界的“北京人”，在某些中国人的眼里，不过就是从山底下挖出来的几块“死人骨头”而已。在大伙拼命忙于挣钱的今天，有它也好，没它也罢，既不影响升官发财，也不影响下海挣钱；既不阻挡出国旅游，也不妨碍喝酒玩牌，一般人是不会关心它的存在与否的。甚至还有一部分人，连丢了老祖宗这事儿都不知道！可我们必须明白，这几块“死人骨头”据中国和世界的科学家们考证，它就是五十万年前我们人类的老祖宗！

因此，“北京人”不仅属于中国，也属于世界；不仅属于中华民族，也属于整个地球人类！

这当然就很重要。因为人类到底从哪里来，人类的起源究竟是怎么回事，人类最早的生存状态、生活习俗以及进化情况到底是什么样子，人怎么变成今天这副模样以及为什么会变成这副模样等等这些问题已经困扰了人类几千年、几万年乃至更长时间。人类对自己祖宗的真实面目和历史渊源始终搞不清楚弄不明白，如同人人都知道自己是从娘肚子里钻出来的，但一辈子又一辈子地活过去了，到头来还是搞不清自己的娘到底是个什么模样什么德性一样。谁好意思说，这不是我们人类最大的悲哀?!

然而，上帝毕竟曾经赐予了人类一个千载难逢的机会——在 1929 年那个大雪纷飞的冬天，被岁月埋葬了五十万年的老祖宗终于在北京周口店龙骨山同他的子孙正式会面。老祖宗的这一露面，对认识、研究老祖宗的真实面目，探究、考察现代人类的血脉源头，既提供了根据，又获得了可能。不幸的是，如此珍贵、难得的“北京人”，在岁月的烟雾尘土中委屈了五十万年之后，仅仅面世了十二个春秋，便又突然消失、神秘失踪——消失在抗日战争的烽火年代，失踪在 1941 年日本偷袭珍珠港之际!

“北京人”的丢失，如同它的发现一样，再度震惊了世界! 一时间，国际国内，舆论一片哗然，无论是黄皮肤、黑眼睛的亚洲人，还是白皮肤、蓝眼睛的欧洲人，抑或是黑皮肤、厚嘴唇的非洲人，无不为之愤愤不平，扼腕叹息。尤其是世界各国的古人类学家和考古学家们，更是痛心疾首，仰天长叹，至死都沉浸在良心的自责与无言的悔痛之中。

就在日本偷袭珍珠港后的第二天，精明的日本人就对“北京人”进行紧急搜寻。很快，日本裕仁天皇又亲自下令，对“北京人”进行大规模地寻找。其后半个多世纪里，中国的，日本的，美国的，法国的，德国的，英国的，加拿大的，比利时的，等等等等，几乎全世界的科学情报机构，都开动了搜寻的机器，对“北京人”的下落进行了或公开或秘密的追踪与寻找，并由此展开了一场侦察与反侦察、指控与反指控的全球性的争论战和争夺战，从而使“北京人”在这场纷繁复杂、旷日持久的论战与寻找中，愈加显得神秘莫测，扑朔迷离，悬念迭出，身价倍增!

肯定地说，“北京人”的丢失，对探索人类的起源，对研究古人类的历史，对了解认识祖先的面目和习性，起到了模糊乃至断裂的作用——至少，对人类的情感是一次莫大的伤害；至少，对祖先的来访是一次无知的拒绝；至少，对祖先的呵护，是一次不可饶恕的失职! 因而半个多世纪来，人类对它的寻找，似乎比它的发现还要重要！

那么让我们心平气和地坐下来，打开周口店这部大书，从它的第一页慢慢读起吧——

第一章
祖先在呼唤

一、 中国来了个安特生

距北京 50 公里处的西南郊方向有一座山，叫西山。

在西山的东南山脚下有一个店，叫周口店。

这个叫周口店的小镇在七十年前除了当地附近的村民外，可以说世上几乎无人知晓。然而，在 1929 年那个大雪飘飘的下午，当一颗沾满了石灰和泥土的“北京人”头盖骨从这里被发掘出来后，周口店这个名字很快便像那个冬天的雪花，纷纷扬扬飘向世界的每一个角落。

中国人知道周口店这个名字，恐怕多数人都是从小学课本里读到的；对“北京人”的了解，也就只限定在小学课本的范围。当然，有一个道理是人人都明白的，即：没有“北京人”，就没有周口店。但多数中国人并不了解的是，“北京人”的发现与一个叫安特生的瑞典人紧密相关，甚至可以说，没有安特生，便没有“北京人”；正是安特生的出现，才叩响了五十万年前“北京人”的大门。

那是 1914 年的春天。这个春天对瑞典著名地质学家、考古学家和探险家安特生教授来说，无疑是一个再美好不过的季节。因为正是在这个春天的某个清晨，安特生怀揣中国政府的聘请书，以“中国北洋政府农商部矿政司顾问”的身份，开始了他梦寐以求的通往中国的探险考察之路，同时也踏上了他此后最辉煌的人生之旅。

安特生 1874 年生于瑞典。1901 年他在瑞典乌普萨拉大学获得博士学位，1906 年出任该校教授，并兼任瑞典地质调查所所长。当他接到中国政府的邀请后，毅然辞去了在瑞典的一切职务，从瑞典首都斯德哥尔摩出发，先到印度，再经千里辗转，进入新疆，而后再沿塔里木河向中国内地进发。

据史料记载，安特生进入塔里木河的时间，是 1914 年 4 月的一个上午。这个上午中国西部的气候很好，阳光灿烂，春风送爽，既有雪的严寒，又有花的芳香，还有风的浪漫。安特生乘一叶小舟在淡淡的晨雾和融融的阳光中，沿着暗蓝色的塔里木河缓缓滑行，飘然而下。

整个航行途中，安特生总是迎着太阳，独坐船头，从顺水漂行的木船上观赏着两岸各种异样的自然景色。春季的塔里木河，岸边的芦苇和水草是翠绿的，岸上的草滩是灰绿的，那远处连绵不断的原始胡杨林则是暗绿的，再加上那昏昏绿绿的河水以及被河水倒映成黛绿色的天空，他与木船便完全像是行进在一个弯弯曲曲、似有似无的绿色长廊里了。然而，这个“绿色长廊”在安特生的感觉中，又是十分的寂静与空渺——既见不到人烟，也听不到喧嚣，只有划动的木船偶尔惊飞了岸边的水鸟，那难熬的寂寞才会暂时被击破。于是越是这样，那片充满了生命活力的原始世界，便越是被罩上了一层浓郁的神秘色彩。

当然，在尽情欣赏着塔里木河两岸自然风光的同时，坐在船头的安特生并没忘记认真阅读刚刚出版便轰动了整个欧洲的考古巨著——《丝绸之路》；而他每每读着这部巨著时，心中如塔里木河水一般悠悠荡起的，总是对神秘中国的连连感叹和对自己姗姗来迟的无限悔恨与深深惋惜。

安特生前往中国的这一年，刚满四十岁。但刚满四十岁的安特生这时在国际上已是一位卓有成就、声名显赫而又独具个性的大学者了。从斯德哥尔摩远东古物馆后来为我提供的照片来看，这是一位有着明显的学者风度和周身洋溢着浓郁的古文化气息的老头儿。他身着黑色西装，戴一玻丝眼镜，厚实的身体，宽阔的额头，一双充满了睿智与宁静的眼睛，给人以庄严、深邃、超然而又大度的感觉。他除了钻研地质学之外，对考古和探险有着极大的热诚和浓厚的兴趣。他曾多次领导过探险活动，每次表现都十分勇敢而又极其出色。十三年前的这个时候，即 1901 年春，他曾作为瑞典南极考察团的团长，亲自率领考察团奔赴南极。他和他的团队在途中历经千辛万苦、九死一生之后，终于踏上了南极的冰川地带，直到 1903 年底才结束了这项考察活动。

这次南极之行，在安特生的人生履历中，虽又增添了颇有传奇色彩的一章。但因事前准备不足，他的团队到达南极后，无法长期抵御恶劣气候的侵袭，最后只得草草率队返回瑞典本土。不仅考察项目不尽如人意，而且研究结果也收效甚微，以至于安特生回国后，在几天的闭门沉思中，对自己的这次选择方向竟产生了怀疑。而与他同处一个国度、同处一个领域的地质学家斯文·赫定，却在他率队奔赴南极的同时，悄悄踏上了远东中国的神秘土地。

斯文·赫定前往中国的时间也是 1901 年的春天。斯文·赫定此行的目的，是想通过对中国西部的实地考察，解决当时悬而未定的关于罗布泊的地理位置问题。本来，在中国的历史上，对罗布泊的地理位置早有明确记载，但到了 19 世纪末，一个叫普尔热斯基的俄国军官两次去新疆塔里木河下游考察后，却大胆宣称中国史书上对罗布泊的记载是错误的，而他所发现的台特马湖才是历史上真正的罗布泊。

普尔热斯基的这一大胆宣言顿时令世界地理和考古学界为之哗然，欧洲一些国家的科学家很快撰文大加吹捧，英国和俄国的几个科学家相继赴罗布泊考察后，也对此表示认可和赞同。这样一来，普尔热斯基这位普通的俄国军官很快连连加官晋职，名噪一时。

然而，正当普尔热斯基大走红运之际，斯文·赫定的导师——世界著名的地理学家李希霍芬却对这一“划时代的发现”提出了质疑，认为普尔热斯基所找到的新湖泊是淡水湖，而罗布泊实为咸水湖。于是，关于新旧罗布泊的辩论很快在世界范围展开。而正是这场旷日持久、难解难分的大辩论，把斯文·赫定的兴趣引向了东方这块神秘的土地，从而使他毅然踏上了通往罗布泊的探险之途。

斯文·赫定一到新疆喀什，便立即招收了五名精明能干的维吾尔族人担任翻译、文书和脚夫，接着又购买了十五峰骆驼和十四壮马，很快组成一支规模可观的探险队，而后沿水旱两路向塔克拉玛干大漠进发。

斯文·赫定乘船从叶尔羌河起程后，很快进入塔里木河。此时已是1901年9月下旬，虽然秋高气爽，日光灿烂，一路景色迷人，但由于塔里木盆地正是播种小麦的紧张季节，各地用水增大，几条注入塔里木河的支流水量极其有限，加之地形不熟，航道难测，斯文·赫定停停走走，走走停停，途中一直折腾了三个多月才好不容易到达库尔勒的新湖地区。

第二年春，斯文·赫定又乘船从塔里木河的支流孔雀河出发，直赴罗布泊地区。到了罗布泊地区，斯文·赫定才真正搞清楚，这一带的十几个湖泊原来都在中国传说的盐泽的位置上，而其中最大的一个湖泊叫罗布淖尔，却是一个咸水湖。经过仔细勘察，斯文·赫定否定了普尔热斯基的说法，认定罗布淖尔湖才是历史上真正的罗布泊。他的这一论断，二十八年后得到证实。

有必要提及的是，斯文·赫定的这次罗布泊之行，对中国的古文化还有一个很大的贡献，那就是，他在罗布泊西北一带无意中发现了被人类遗忘了千余年的古楼兰遗址。经过挖掘，他很快找到了一百五十多件写在纸上和刻在木片上的汉文文书。该文书上清晰地署有汉朝皇帝的年号，其中很多件中还有“楼兰”的字样。经测定，这座历史上著名的楼兰古城仅有十万平方米左右。令他大吃一惊的是，在这些出土的文书中，最早用纸写的几份文书，时间竟是公元一百五十年左右！而他知道，中国造纸术的发明是在公元一百零五年，也就是说，造纸术才发明了四十五年，汉朝人就将纸张送到了遥远的楼兰——这实在是一个了不起的奇迹！

斯文·赫定在挖掘楼兰之后，又在一个叫米兰的地方找到了历史久远的米兰古城。这座城比楼兰古城大得多，并且许多建筑物还具有希腊和古罗马的风格；被挖掘出来的文书资料既有汉文，也有别的文字。通过发掘，他终于揭开了楼兰消失的秘密：原来，在汉武帝时，楼兰王被朝廷处死，他的弟弟迁都米兰，改称鄯善。过去的楼兰发展不大，而米兰则渐渐昌盛起来。到了南北朝时，由于塔里木河改道，米兰一带开始干枯，居住在这儿的人们全部迁往他乡，剩下的米兰便渐渐化为一座废墟。

1902 年夏，斯文·赫定从中国携带着大量的文物和珍贵资料，回到了瑞典本土。此后，他依据从中国获取的这些大量的文物和资料，用了整整三年的时间，终于写出了一部五卷本的西域考古巨著，这部巨著名叫《丝绸之路》!

《丝绸之路》的问世，轰动了世界，使沉默死寂的楼兰古城终于重见天日，从而揭开了罗布泊荒漠隐藏了千年的稀世之谜。斯文·赫定的名字顿时传遍整个西方，并因此而荣获了瑞典皇家地理学会颁发的维多利亚金质奖章。

斯文·赫定中国之行的巨大成功，对刚从南极返回瑞典本土的安特生教授来说，在心灵上实在是一次不小的伤害，甚至可以说是一次沉重的打击。安特生虽然学识渊博，经验丰富，才华惊人而又雄心勃勃，但在探险的方向上却选择了寒冷的南极而不是神秘的中国；斯文·赫定尽管学识不如安特生渊博，经验也未必有安特生丰富，但在探险的方向上选择的却是神秘的中国而不是寒冷的南极。其结果是天上地下，大相径庭。如此鲜明的对比，如此严酷的现实，安特生当然难以接受。

但据有关史料表明，安特生并未因此而气馁。虽然他有些后悔，后悔自己选错了寻找的方向，但却自信地认为，如果他当初选择的是中国而不是南极，一定会比斯文·赫定更加出色。可惜，历史已经无法改写了。从南极返回本国的安特生经过一段时间的闭门反思后，很快将考察热情和寻找目光转向中国。为了了解和认识中国，凡是能够借到的有关中国的书籍，他都想法借来查看；凡是可以找到的有关中国的资料，他都一定要找来考证；凡是有关中国古文明的信息，他也总是四处进行搜集。他开始关注中国，研究中国，同时也一天比一天更加迷恋中国。“中国”这两个字眼，如同一只神秘的鸟儿，每时每刻仿佛都在他幻想的天空翩翩翱翔，展翅盘旋，即便有时在沉沉的梦中，也会对中国发出带着鼻音的呼唤。随着时间的推移，“中国”这个亲切又而陌生的国度开始在他心中增强了引力，加大了分量。

于是，安特生加速了与远东各国科学界的联系，默默等待着幸运之神的快快降临。

不久，机遇向他悄然走来。

就在安特生渴望前去中国的日子里，封闭了几百年的中国之门这时也发展到了在某些领域需要稍稍打开一点缝隙的时候。自 17 世纪以后，中国已沦为欧洲各国竞相争夺的一块“肥肉”，并被迫为任何“高等白人势力”的胡作非为大开门户。许多地质学家、地理学家、古生物学家、政治冒险家以及后来迅速发展起来的田野考古学家，像淘金者一样纷纷拥进了远东尤其是中国大陆。在中国的版图上，一时间里古代文化遭到了空前的劫难。敦煌、龙门、云岗等石窟的壁画和古代石雕像，以及洛阳的古墓等，大批古建筑和古遗址都被掘得破烂不堪，惨不忍睹。直到 1911 年辛亥革命爆发，1913 年民国成立，迫于民众的呼声和政府的抵制，西方各国才不再明目张胆地在中国的版图上肆无忌惮地进行抢掠，而是通过各种不同的方式，把他们的科学家派往中国，以得到中国的矿藏资源，特别是煤矿和铁矿的第一手资料。而为了寻找前往中国的机会，西方各国之间始终进行着一场场激烈的竞争。

当时的瑞典被中国认为是“西方几个没有帝国野心的国家之一”，所以中国北洋政府根据当时地质调查所负责人丁文江先生的建议，决定聘请瑞典科学家安特生前来中国担任北洋政府农商部矿政司顾问，并通过有关部门向安特生本人发去了正式的聘请书。这样，接到了中国政府聘请书的安特生，终于以“中国北洋政府农商部矿政司顾问”的正式身份，踏上了梦想多年的远东之旅。

1914 年 5 月 16 日，安特生结束了在中国西部一个多月的艰难考察后，顺利抵达北京。第二天，他便兴高采烈、踌躇满志地前往中国农商部（后改称为农矿部、实业部和经济部）赴任。

当时的中国对初来乍到的安特生而言，可以说各方面都是神秘而又美好的。装在他心灵抽屉里的，不光有兴奋，有惊喜，有冲动，还有希望、梦幻与理想。尤其是首次在中国西部一个多月的考察，使他真真切切地领略到了中国西部山川大漠的瑰丽壮美与奇峰异彩，并用自己的心灵第一次感受到了中国古文明的神秘与伟大。正如他后来所记述的那样："忘记了曾多少次为这具有悠远历史和迷人故事的神奇土地而赞叹喝彩。也难怪斯文·赫定能在中国取得如此辉煌夺目的考古成就。"因此，他雄心勃勃，浮想联翩，决心要在中国这块古老的土地上一展宏图，大干一番！

但随着一段时间过去之后，安特生通过与有关部门和有关人士的接触交谈，发现许多问题和他想象的并不是一回事情，甚至相差甚远。尤其令他百思不得其解的是，田野考古学在西方已经盛行了近一个世纪，可有着悠久文明历史的中国，对此却知之甚少。

田野考古学对古文明的发掘，有着无法估量的作用。早在1830年，法国史前史研究的创始人戴乐维特就在索姆河畔开始用田野考古的最初方法，探索了人类祖先制造业的遗迹。这个举动比达尔文《物种起源》的出版早了三十年。此后不久，西方的地质学家、古生物学家、考古学家也都纷纷离开书斋，奔向田野，其足迹很快遍布世界各地。这一时期中，最有影响的田野考古学家应首推德国的图利希·谢里曼。这是第一个相信《荷马史诗》中描绘的那个世界的确存在过的人物，也是用田野考古手段来证明鲜为人知的文明历史的首创者。1858年，他和他的妻子思加斯·托米诺根据《荷马史诗》透出的隐秘信息，在希腊和小亚细亚一带做了大量的实际考察，并于几年后在希腊尔雷克山的地层下面，终于发现了《荷马史诗》中描绘的神奇迷人的特洛伊古城。十五年后，夫妇俩又发现了神话传说中的特洛伊王后海伦的金冕。谢里曼夫妇的名字因此而响彻欧洲并震动世界！

此外，1871年德国地质学家卡尔·莫赫在南非马绍兰纳地区的维多利亚堡，通过田野考古手段发现了湮没了几千年的津巴布韦文明遗址。这一发现，在欧洲引起了爆炸性的轰动，从而验证了非洲古老文明的特有魅力。接着，1882年美国学者唐纳利则运用田野考古和语言、人种等综合知识进行考察，提出了一个划时代的理论：在哥伦布发现美洲以前，美洲与地处旧文明大陆的埃及文化之间，存在着许多共同之处。并由此提出了"两种文化联系者就是新旧大陆之间、大西洋上曾存在过一个大洲的”理论。他推断这个大洲就是哲学家柏拉图提到的阿特兰提斯；当这个大洲沉落海底后，双方中断了交往，从而发展成了两种不同类型的文化。这个推断得到了西方多数考古学家和人类学家的肯定。

如果说，以上西方学者这些著名的田野考古范例，因东西文化的阻隔和交通信息的闭塞，未能让中国的学者们充分认识到田野考古的价值和意义，那么，令安特生教授不明白的是，差不多在这同一时代里，无数外国学者和盗宝者们在中国这片国土上进行的一系列寻找与考察——有的简直就是强盗般的所谓田野考古行动，为什么也未能让中国的政府和学者们幡然醒悟呢？

的确，在古老的中国，特别是在古老而又神秘的古丝道上，智慧而又勤劳的各民族祖先，曾给我们留下了无数稀世的文化珍宝！这些稀世之宝，有的掩盖在沙漠里，有的隐藏在深山中，有的存封在荒庙内，有的埋葬于古冢里。这些属于中华民族的国宝，就像我们自己家里一笔丰富的遗产，本来是等着后来的子孙们去寻找、去发现、去挖掘、去整理、去研究，可到了19世纪下半叶，一批外国考古者们却翻山越岭，漂洋过海，纷纷闻风而来。在这一批又一批的外国考古者中，我们不可否认确有为寻找祖先足迹而来的考古学者和专家；但同样不可否认的是，也确有一批无耻的“文化强盗”为非作歹！这批“文化强盗”深入西北大漠后，不仅毁坏了许许多多的古迹现场，还偷去了大批大批的文化珍宝，为后来中国的学者们对古文明的寻找和考察造成了无法弥补的损失。

例如，1878年至1888年，俄国上校军官普尔热瓦斯基曾先后五次进入中国新疆一带“考察”，除掠走了埋藏在地下的大量珍宝外，还随意用俄国人的名字为新疆的山河命名，导致中国无数著名的文化遗迹后来在研究上的混乱；1892年，英国人利特代尔携带妻子来到中国新疆库车，打开了古代传教士穆拉·热西丁的圣墓，盗走了大批珍贵的文物和壁画。

又例如，1895年，俄国学者克来门兹在新疆吐鲁番进行“考古”，在不到三个月内便探察了一百三十多个佛窟和庙宇，并从中掘出大量的汉文、梵文和其他文字的古文卷抄本及木刻本。这些珍贵的文物连同无数塑像，全被克来门兹带回了俄国。这位自然学家由此名声大震，还荣获了普尔热瓦斯奖金。

再例如，德国的格伦韦德尔、俄国的鄂登堡、法国的伯希和、日本的桔瑞超、英国的斯坦因等学者和商人，也先后在中国西部利用田野考古的手段，发现了大量的墓穴和古城，携走了难以计数的古代文物珍品。斯坦因还利用在中国得到的珍贵资料，出版了《古代和田》以及一部足有三英寸厚的十六开本的巨著——《西域考古记》。由于他的“考古成就”轰动了整个西方，英国皇家地理学会还特别作出决定，授予这位犹太人一枚巴克格兰勋章。

上述故事若是发生在瑞典本土，安特生恐怕无论如何也是不能容忍的。但令安特生深感遗憾的是，以地质学和考古学为先导发展而成的田野考古学，已被西方人用来在世界各地反复演示了上百年，而由此付出了沉重代价的中国人却依然视而不见，充耳不闻。无数的中国权威学者们不是走向广袤的田野，而是至今还沉浸在自宋代兴起的金石学的方法之中。他们一个个躲在书斋里，或搜集历史资料，或考究古物铭刻——他们把这样的行为方式才看作是真正的有实际意义的考古。甚至连当时新文化运动的领导人之一、现代中国文学改革的先驱梁启超，也对这种方法大加赞赏和推崇。

面对如此中国国情，安特生当然难以理解。作为一名早就接受并开始运用西方先进科学知识的学者，他的思维方式和行为习惯与古老而又封闭的东方中国自然不会一致，甚至大相径庭。因此，他为中国田野考古学中太多太多的空白感到惋惜；同时也为中国学者们头脑中那太沉太沉的思想桎梏感到悲哀。更令他深感痛心的是，历史已经走到了这个时候，不光外国人，就是包括中国人自己，对恢弘、浩荡的数千年中华文化的源头依然感到茫然而不知所措。尤其是远古祖先留下的那些遗物和遗迹，究竟是什么样子，和人类文明的出现到底有什么内在联系，也统统无人知晓。难怪当时的国际学术界公认，中国没有明确的石器时代遗迹。

但安特生毕竟是安特生。他既然不辞千辛万苦，不惧重重风险，自愿并乐意踏上了中国这块土地，当然就有自己的想法，当然就想做点实际的事情。不然，他对不起自己所走过的几千里路程，更对不起在他看来实在是太伟大不过的中国。于是，信心百倍的他在帮助中国政府寻找铁矿和煤矿以及组建现代矿业的同时，还主动在北京当起了先生：他给中国的同行介绍西方有关的先进科学知识，讲解西方田野考古的历史和先进技术。当他协助完成了中国最早开发的第一座现代化铁矿——龙烟铁矿的筹备工作后，又开始组织一帮人马，背离书斋，走向田野，为寻找地下埋藏的古生物化石和远古人类遗物，进行了一系列具有实际意义的田野考古发掘。

出乎安特生预料的是，一些“见多识广”的中国学者对他的那一套并不买账，对他所讲的那些“洋玩意儿”和走向田野的考古法更是不屑一顾，有的甚至明确提出了反对意见。尤其是中国金石学的一些学派，直到他组织人员走向田野，开始寻找、发掘和进行实际科学考察时，还依然顽固坚持自己的立场和观点。

这令安特生感到新鲜，也感到刺激。不过，安特生毕竟是中国政府从遥远的瑞典请来的座上客，不管怎么说他的衣兜里总还揣着一张既令西方学者羡慕不已又叫部分中国学者奈何不得的红色聘请书。因此，他不管别人有没有意见，反正自己想好了应该怎么干，就按自己的想法去干就是了，颇有点目中无人、我行我素的意思。他之所以这么做和能这么做，一个简单的想法就是：既然上帝赋予了他到中国这么一个千载难逢的机会，他就必须要竭尽全力去抓住它。历史不光需要凡人去填写，更需要英雄去驾驭；如果仅有凡人填写而没有英雄驾驭的历史，永远只是一笔糊涂账！

安特生的这一想法还真的奏效。由于他的博学多才和丰富的实践艺术，他在中国所倡导的田野考古工作渐渐得以开展起来。他到中国的第一年，便第一个发现了基质岩有机物的起源。同年，又在中国北部发现了第一个海普隆田野……在他的指导下，各种不同的矿物化石和古生物化石源源不断地被发现和开掘出来，惊喜交加的安特生将这些化石标本不断地从北京运往瑞典的乌普萨拉，供维曼教授领导的古生物研究室研究鉴定。

天赐的良机和特殊的历史背景，使安特生很快在中国野外地矿考察领域中取得了开拓者的资格和权威者的地位。他开始受到中国同行者们的拥戴和敬仰，同时也引起了世界科学界的关注。由于他在中国一系列的考古发现和一系列的重要研究成果的问世，他在考古的经费上得到了国外越来越多的资助，从而使他在中国的田野考古工作愈加顺利。

当然，如果安特生对中国考古史的贡献仅仅是上述所言，他的名字肯定不会在中国流传下来，更不可能在世界文明史上留下痕迹，他的历史也就到此为止，而安特生也就不再是安特生了。

安特生要在中国书写的历史，这仅仅是开始。

二、千里迢迢寻“龙骨”

毫无疑问，在1914年至1918年四年之间，正是安特生用自己的亲身行动，在中国大地上做出的具有真正科学意义和价值的田野考古示范，才成功地唤醒了长期沉浸于古典书本中的中国同行学者，致使他们在新的学科面前作出了新的选择，从而为中国田野考古的历史掀开了新的一页。

然而，在岁月流去了近一个世纪之后的今天，当我们回过头去再认真检索以下这段历史时，很容易便会发现一个完全被当时的外表现象所掩盖了的事实，这就是，安特生来中国后，对“中国北洋政府农商部矿政司顾问”这个官衔，其实并无兴趣。他所面对的是一个社会剧烈动荡和军阀割据与战争连绵的时代，在这样一个时代背景下，他很难实现作为一个职业地质学家的美好愿望。随着田野考古发掘的不断进展，他越来越清楚地意识到，只有在田野考古这个领域才可能有更大的作为——这也正是他来中国最初的愿望和梦想。于是，他开始将目光和主要精力集中在了一样十分奇特的东西身上。

这样东西，就是在中国老百姓中不知流传了多少年的“龙骨”！

关于“龙”的历史，在中国说不清已存在多少年了，总之很早很早以前，在中国就有了关于“龙”的传说和神话。在《甲骨文编》一书中，仅收入不同写法的“龙”字，就多达三十六个！正是这种传说中的“龙”太神了，故中国的皇帝们都喜欢把自己比做“龙”的化身；而东方的中国在西方人的眼里，自然也就成了一个“龙”的世界。而“龙骨”这个名词，早在中国的《山海经》一书中便有记载。国外的一些古生物学家，对此也早有研究。如英国的生物学家、古脊椎动物学的开拓者理查德·欧文，在 1870 年就发表了一篇关于中国哺乳动物化石的论文。其材料来源，便出自中国的“龙骨”。

而安特生对“龙骨”的注意，则是由一位德国医生发现了一颗特殊的牙齿引起的。那是二十年前，德国医生哈贝尔在北京行医，不时从中药店里买到不少“龙骨”和“龙齿”。德国医生虽不是研究古脊椎动物化石的专家，对这些化石的学术意义却有一定的了解。正当他准备对这些化石做进一步的搜集和研究时，八国联军却打进了北京城，把一个本来就不平静的古都搞得天翻地覆，德国医生在北京看病的生意自然也被搅了个一塌糊涂。于是，德国医生被迫选择回国。临走时，他将自己平时从中药店买回的“龙骨”和“龙齿”，挑选后装了满满一箱子，于 1903 年春悄悄带回了德国。

德国医生回到德国不久，便将所带回的“龙骨”和“龙齿”全部送给了当时著名的德国慕尼黑大学古脊椎动物学家施洛塞尔教授。施洛塞尔教授经过反复研究鉴定，惊喜地发现，在众多的“龙齿”化石中，有两颗竟是人的牙齿，而且有一颗还属于人的上颌第三臼齿！施洛塞尔如果当即公布了这一研究成果，那么亚洲具有远古人类生息的事实的论断，将会提前二十三年大哗于天下，而安特生的声名也不会在日后大放光彩。

然而令人遗憾的是，施洛塞尔教授没敢正视他眼前的事实——当历史需要他出面驾驭时，他失去了胆魄和分寸，让幸运之女随随便便就从身边一溜而过——他将两颗人的牙齿只当做类人猿的牙齿匆匆公布于世了！

尽管如此，这两颗牙齿还是引起了学术界的注意。因为早在 1856 年，在德国就发现过尼安德特人，1891 年又在爪哇岛上发现了爪哇人，而亚洲大陆一直是个空白。现在，亚洲大陆终于有了新的发现，引起学术界的重视，也就是一件自然的事情。

也正是在这个时候，安特生知道了中国有“龙骨”的存在；中国的“龙骨”由此在他的脑海里扎下了根。此后，“龙骨”，成了他暗中追逐的猎物；“龙骨”，成了他梦寐以求的精神支柱。多年后，安特生在给他朋友的信中透露，他之所以来中国，其中一个原因就是为了“龙骨”；他来中国后非但没有急于返回瑞典反而长期坚持留在了中国，为的也是“龙骨”!

于是，好不容易来到中国的安特生，当然不会忘记也始终没有忘记施洛塞尔教授那个关于类人猿牙齿的惊人发现。他把寻找“龙骨”的任务作为一个神圣的目标悄悄给自己确定下来。为了这一目标，他愿意远离故土，抛家弃子；愿意吃苦耐劳，铤而走险；愿意牺牲暂时的名利和宝贵的生命年华，甚至愿意长期坚守中国，直到永远!

安特生不是中国人，却懂得“处处留心皆学问”这句中国古语的深刻道理，以致他把“处处留心皆学问”发展成了“处处留心皆真理”。从他踏上中国土地的第一天起，他就开始留心“龙骨”了；凡是有关“龙骨”的信息，他都要跑去打听清楚，哪怕见到一点点“龙骨”的影子，他也要搞清它的来龙去脉，渊源处出。一到北京，他便开始给各地在华的外籍专家们写信，并将当年施洛塞尔教授关于中国动物化石的鉴定结果意见附在信中，请他们负责帮助注意收集和提供中国化石产地的一些线索和信息；与此同时，他还组织了一批技工，依据他手中掌握的初步线索，将他们派往山西、河南和甘肃等地，去进行各种化石的采集。等这些化石源源不断地采集回来后，再经过他的手，从中国运往瑞典的乌普萨拉，不断交给由维曼教授领导的古生物研究室进行研究。一旦在某方面有了研究结果，再及时反馈到他的手中。

安特生做这一切时，既是公开的，又是隐秘的；既是一件光明正大、理直气壮的工作，又是一项心照不宣、妙不可言的计划。但随着时间一天天过去，安特生梦想的“龙骨”却始终不露峥嵘。这多少令他感到有些困惑和焦虑。在这困惑和焦虑中，安特生在中国度过了一千四百多个日日夜夜——四个春夏秋冬，直至 1918 年 2 月前，他日夜期盼的“龙骨”，依然不见踪影。

安特生有点着急了。

但就在这时，机遇开始向他走来。

1918 年 2 月的一天，安特生一早起了床，按惯例开始在窗前读书。到中国四年了，他每天早上必做的第一件事情，便是在窗前读书。从春到夏，从秋至冬，岁岁如此，天天如此，雷打不变。但奇怪的是，据安特生后来回忆，他这天早上的心情有些烦乱不安，像是有什么神灵在冥冥之中驾控着自己，总觉得有什么大事情将要发生。于是，他没翻几页书，便再也读不下去了，只好打破惯例，扔下书本，草草吃了一块蛋糕，喝了一杯咖啡，便匆匆出了门。

这个冬天北京出奇地冷。安特生出门后，只见满街满巷，房前房后，到处铺满了厚厚的积雪，对面店铺的屋檐下，还悬吊着一排排晶莹透亮的冰柱。他裹着大衣，低着头，在雪地上独自默默地走着，走着。他的身后，已经踏出了长长的一串雪印，可他还是不知道自己今天到底走向何方。

恰在这时，他碰上了迎面而来的化学家麦格雷戈·吉布教授。

事情就是这样的奇妙。如果安特生这天不出门，或者出门早了，或者出门晚了，后来的故事或许就不会发生，奇迹也不可能出现。但这天他偏偏出了门。而这一出门，上帝偏爱的阳光便一下照在了他那满是雪花的脸上。

任教于北京大学的吉布教授一见安特生，便停住了脚步，仿佛眼前的安特生今天是专为他而出现的。他虽与安特生同在北京，平常却很少见面，但安特生对中国的“龙骨”怀有极大兴趣，并对“龙骨”一直穷追不舍，他早就有所耳闻。就在几个月前，安特生还专门给他去信，探讨“龙骨”可能存在的地区，并希望他帮助留心查询。所以他一见安特生后，不知是在一种什么样的意念驱使下，便情不自禁地从包里掏出一包裹在红色黏土中的碎骨片，说：“安特生先生，我这儿有一包碎骨片，你看看价值如何?”

安特生当即涌出一丝惊醒。凭直觉，他感到这包碎骨片大有文章。

“这是在周口店发现的。”吉布教授说，“详细地点是在一个叫鸡骨山的山崖左侧。这个鸡骨山因红土中随处可见鸟类骨头而得名。前几天我到那里考察后，亲自采到了这些粘有骨头碎片的泥块。”吉布说着，将碎骨从泥块中剥下递给安特生。

安特生两眼一亮，迫不及待地查看起来。

吉布接着说：“这些泥块是由充满特色的红土构成的。我发现，这种土在周口店许多地方的石灰岩洞中均可见到。但引起我注意的，是这些小碎骨。”

“谢谢您！谢谢您！”安特生匆匆谢过吉布教授，捧着那包碎骨片，转身回到屋里，把自己关了整整一天！

当晚，安特生失眠了。虽然吉布教授给他的这包骨头碎片不是他心目中的“龙骨”，却打破了他正常的工作秩序，也搅乱了他平静的心灵，甚至让他有些神不守舍了。他想起当年德国医生哈贝尔从北京带回去的“龙骨”，想起施洛塞尔教授对“龙齿”的发现。那些“龙骨”和“龙齿”的详细产地虽然至今也不清楚，但出自华北地区这个大的范围，却是可以肯定的。因为华北地区也是“龙骨”的产地，北京中药店在收购这些“龙骨”时，绝不会舍近求远，跑到偏远的南方去购买。那么，哈贝尔医生所带回德国的那些“龙骨”和“龙齿”，会不会和今天吉布教授送来的这些骨碎片一样，都是出自周口店呢？

安特生到北京四年了，这是他最痛苦也是最幸福的一次失眠。他不相信幸运之神如此之快就会降临到他的头上，也不相信世界上真有这样的巧合，但他又不愿意也舍不得否定自己的这个念头。最后，他决定，不管怎么样，一定要到周口店去走一趟。

第二天，安特生一出门，碰见第一个人便问：“先生，请问去周口店有多远的路程？”

那人对周口店似乎十分熟悉，看了安特生一眼，说：“不远，骑毛驴儿起早赶晚，一天。”

据安特生后来回忆，那天他并未完全听懂“骑毛驴”到底是什么意思，只明白去周口店不会太远。他当时的想法是，不管路程有多远，条件有多难，周口店这地方，无论如何是一定要去的！

1918 年 3 月 22 日这天，安特生从北京安定门外乘坐火车，踏上了前去周口店考察的路程。

正值冰雪消融、桃花初绽的三月春光，途中的安特生心情一路见好，而且说不清是什么原因，他总觉着有一种预感在悄悄支撑着他的灵魂。这个预感就是，从今天起，周口店的历史，很可能将从他的手上掀开新的一页。

安特生一到周口店，这个预感便愈加显得强烈起来。周口店乍一望去，虽然平平淡淡，无甚光彩，务农经商的村民既很稀少，耕地种植的面积也极其有限，完全就是北方郊区常见的一个普普通通的山野村庄而已。但在他那双饱览过世界古文明圣地的眼里，周口店似乎有常人所见不到的独特的"风景"。而最引人入胜、令人陶醉之处，就是这里有着独特的地域特色和浓郁的古文化气息。

凭直觉，安特生感到这儿大有文章，很有内容。

根据威格纳创立的大陆漂移学说的理论，后来的地质学家断言：至少在四亿年前，亚洲大陆的华北地区曾发生过一次巨大的地壳变更。这次变更，以北京南部的周口店为分界点，其西部和北部在强烈的碰撞和挤压中隆起，而东部和南部却相对地落了下去。后来又经过数次较大的变更，才使周口店东南成为一望无垠的华北大平原，西北成为重峦叠嶂的太行余脉——北京西山的现状。这个推断明显的证据是，周口店附近的山野中有距今四亿多年前的奥陶纪石灰岩，有距今二亿多年前的石炭—二迭纪煤层；在它北面不远的地方，还有因地壳变更而形成的大理石和花岗岩。尤其是上新世和更新世的堆积物，此处更是保存齐全，随处可见。

按照吉布教授预先指明的路线，安特生很快找到了位于周口店南约两公里的鸡骨山。这位具有敏锐头脑和丰富经验的田野考古专家，刚一登上鸡骨山便发现，这一带烧石灰的、采煤的以及开采建筑材料的，相当普遍。还有那一座座大小不一的石灰窑、煤矿和采石坑，也比比皆是。他很快了解到，烧石灰、采煤以及采集建筑材料，一直是这个小镇和附近居民的主要行业。因为这里没有多少可耕种的土地，居民们只得依靠这里独特的自然条件来维持生计。据说，自明代起，北京多数巨大建筑如故宫、明十三陵、清东陵、清西陵所用的石料和石灰，均来自这一带。这里最初之所以引起科学家们的注意，就是因为这儿的奥陶纪的石灰岩中，有明显而较多的石炭和石矿。吉布教授正是从这里的一种深红色砂质黏土中发现化石的。

当安特生再作进一步的观察时，发现眼前的深红色砂质黏土，是地壳变更时由于石灰岩的断裂才填充进来的。他当即挥动随身携带来的考古探铲，开始了很实际的发掘。幸运得很，不一会儿他便找到了两种啮齿化石和一种食肉类化石。接下去，他又进行了更为细致的采掘。

太阳落山时，安特生将采到的化石装了满满的两个包，兴冲冲地下了山。但是，精明的安特生没有像吉布教授那样急着回去找人鉴定，炫耀自己的伟大发现，而是来到山下，悄悄找了一个小小的车马店住了下来。

入夜，山野空旷寂静，周口店坠入一片黑暗之中。四周除了偶尔传来几声狗叫，几乎听不见任何声响。安特生独坐店中，点燃一盏油灯，将装满化石的皮包慢慢打开，而后小心翼翼地取出化石，一一观赏着，反复思考着，同时也不断幻想着，而内心涌起的，是多年来少有的惊喜与激动。如同他后来在自己的著作《黄土地的女儿》一书中所回忆的那样："我坐下来沉思默想，一系列地质机构的化石层所反映出来的动物发展进程深深地打动了我，就像现在的电影画面一样，一切情节历历在目。这是一部没有尽头的、漫长而又闪烁着光彩的影片，在黑暗的剧院中不停地转动胶片，直至注入某种情绪，达到最高顶峰……"

然而，随着夜晚的愈加宁静，思考的愈加深入，幻想的愈加离奇，一个突然冒出的问题使安特生坐卧不安，心绪难平。这就是，在周口店如此众多的开采者中，为什么所有的人都要小心地避开洞穴和裂缝中那些粘有碎骨的沉积物，而没有人将这些化石当做废渣抛弃，从而使之幸运地保存了下来？

带着这一疑问，第二天一早，安特生便专门跑去走访一些开采的民工。他没想到的是，这些没有文化的民工并未正面回答他的提问，而是很智慧地向他讲述了这样一个传说：

> 很久很久以前，周口店有一个神秘的山洞，洞中住着一群狐狸。这群狐狸吞吃了周围所有的小鸡后，一部分狐狸便变成了神通广大的魔鬼。村民们试图杀死这些狐狸，但狐狸却用魔法把村民们变成了疯子。从此，再也没人敢靠近这个洞穴，更没有人敢去触碰洞中那些粘有碎骨的沉积物了……

这个近似希腊神话般的传说，安特生当然不会轻易相信。但谁又有什么理由来解释或者否认，这些极具科学价值的化石在千百年风雨中未遭毁坏，与这个民间的传说就毫无一点关系呢？

两天后，安特生离开周口店回到了北京。他对这次周口店之行非常满意。他终于在北京附近找到了一处可能存有“龙骨”的产地，这对他来说是一件幸事。况且，这是他到中国四年来第一次发现了骨化石。尽管骨骸很小，看起来属于普通的、可能是幸存下来的鸟的种类，但这个发现，毕竟为他解开施洛塞尔发现的人齿地点之谜，洞开了一扇虽然很小却多少有些光亮的小窗。

因此，我们似乎应该说，日后周口店那轰动世界的考古发现，从安特生的这次考察就开始了，也注定了。

然而，历史的发展，不是一条直线。

如果安特生能继续坚持深入下去，“周口店”这三个字完全有可能提前几年甚至十年传遍世界。可惜的是，安特生在周口店最初的两年发掘中，收获并不理想。他想再进一步发掘下去，又觉前景渺茫。于是，施洛塞尔教授当年描述的那颗像人似猿的牙齿，到底是否就一定出自周口店，又成了他心中一团难解的谜团。

而恰在这时，安特生派往河南考察的人发现了大批的三趾马化石。

消息传来，在北京的安特生顿时高兴万分，激动难抑。他的兴趣很快转向河南的三趾马化石，而对周口店的恋情则渐渐开始冷淡。于是，刚刚来到祖先门前的安特生，探寻的脚步又向别处拐了弯。而这一拐，又拐出了20世纪另一项关于古代文明史的伟大发现——

1920年秋，安特生派他的助手刘长山去河南洛阳一带调查有没有“龙骨”，并收集第三世的脊椎动物化石，同时让他注意可能有的石器时代的发现。同年底，刘长山在河南发现了大批的三趾马化石，并将600余件石斧、石刀很快带回了北京。“这些石器都是从一个村的农民那里买来的。”刘长山对安特生说，“这个村叫仰韶村。在那里，农民搜集了他们土地中所有我想要的遗物。”

安特生见到这些石器后，顿时两眼放光，兴奋得手舞足蹈，他对刘长山说：“不用质疑了，我们已找到了亚洲大陆上第一个石器遗址，看来世界上公认的中国没有发现石器遗址的时代应该结束了。我不仅要向全世界宣布，而且还要亲自去实地考查！”

第二年，安特生来到了河南渑池县，随后便前往离城六公里的仰韶村。在距仰韶村一公里的地方，横亘着一条峡谷，这条无名的峡谷后来由于安特生的到来而被世人所注目。在这个峡谷的北面，安特生惊奇地发现谷底红色的第三世泥土明显地裸露着，并和一层满含灰土和陶片的泥土混在一起。凭着这些特征，安特生当即作出判断，这就是石器时代的堆积。

安特生很快对谷底作进一步的搜索。片刻，他在堆积物的最底层发现了一小块红色陶片，而且这块陶片那被磨光了的表面居然清晰地绘有一方黑色的花纹图案！安特生顿时惊喜无比，他几乎不敢相信，这些精美的彩陶和石器工具，居然会在同一地点！那么，这些古老的器物到底意味着什么呢？难道是昭示着一种尚不为人类所知的古代文明吗？

怀着深深的困惑和好奇的心情，安特生回到了北京，然后开始日夜琢磨和研究从仰韶村带回的那些古老器物。有一天，他无意中发现了一份由美国地质学家庞帕莱于1903年和1904年在俄国土耳其斯坦安诺地区所进行的那次著名的探索考察报告，报告中发表的彩陶图片使他眼睛为之一亮，这些彩陶的外表和仰韶村发现的彩陶竟出奇的相似。难道这二者之间有一种神秘的内在联系？他强烈地预感到，仰韶村的彩陶，有可能存在于史前时代。

问题一旦有了眉目，安特生便再也按捺不住心中涌动的激情。同年秋天，在中国政府和地质调查所的大力支持下，他又组织了一支训练有素的发掘队伍，对仰韶村遗址进行了大规模的发掘。这次发掘，安特生专门作了备忘录。事隔七十九年后的今天，我有幸找到了这份备忘录。现在，让我们不妨先打开这份原始的备忘录，来看看这位欧洲科学家当时真实的心情——

> 在中国助手的陪同下，我于 1921 年 10 月 27 日来到了仰韶村。这个地区不仅有如此丰富的地质遗迹，而且早期历史的遗迹也让人惊叹不已，只要望上一眼，你就会在这儿看到汉代的坟墓和出土的青铜器，而晚些时期的建筑和纪念碑群，在北部的石灰岩上随处可见。更为醒目的一座古寺和两座古城堡，看上去都经历了和平时期的安宁和战乱时期的磨难。那一个个受尊敬的传说人物，在村落旁路边立着的精美雕刻的石碑上清晰可见。我深深感受到了对这富饶、文明村落的虔诚和神圣崇拜。我很难想象石碑群下的早期伟人对我们努力探索这庄严神圣的史前遗迹是什么感受？在这里，我惊喜地看到，石器时代的村落的发展和遥远的地质堆积物的发现，都将与我们所知的这个地区早期人类的历史活动，链条般地衔接在了一起……

仰韶史前遗迹的发掘，尽管比法国人类学家 M. DEM 摩尔刚在美索不达米亚苏萨地区发现彩陶几乎晚了半个世纪，但它却更具划时代意义地标志着田野考古在欧亚大陆上最古老的国家之一——中国的开始；而具有史前历史的彩陶的发现，证明上古中国的盛世时代，绝非是主观的推测和怪诞的想象。从仰韶遗址后来发掘的资料来看，先进的农业社会包含的内容不仅与传说中的记载有关，而且与中亚的史前史有着极其密切的联系。这些发现物打破了西方历史学家一贯认为的东亚是印度——欧罗巴文明的边沿的神话，它以无可辩驳的事实再次提醒西方的历史学家，东西亚文明并非像他们所想象的那样是独立分开的。

仰韶文化只因在中国的历史上属于首次发现，故很快闻名于世，安特生当然也因此而获得了非凡的声誉。无论是中国的还是外国的学者，都一致公认安特生发掘的仰韶遗址，是中国考古学的源头，它不仅促成了中国的第一个考古学文化——仰韶文化的诞生，而且还为中国的学者带来了一套欧洲先进的田野发掘方法——这套方法在整个 20 世纪都被中国的考古学家们所沿用。

然而，也正因为仰韶文化对安特生的吸引，减弱了他在这一时期对周口店的热情，因而使他那本来已经快到祖先门前的脚步，又出现了虽然短暂却很难原谅的犹豫与停顿。

三、 错过祖先的庄园

安特生在中国发现仰韶文化的消息，惊动了奥地利一位年轻的古生物学家。

这位年轻的古生物学家叫师丹斯基。

当安特生发现仰韶文化的消息从北京传到奥地利时，这位在 1921 年的春天才刚刚取得古生物学博士学位的年轻人兴奋难抑，激动不已。他很快找到瑞典古生物学专家维曼教授，表述了自己对中国仰韶文化的惊喜与向往之情。维曼教授见这位年轻人才华横溢，干练聪明，既有热情，又很诚恳，便建议他舍弃奥地利，远征中国，去找北京的安特生合作，共同从事仰韶文化的发掘与研究。

师丹斯基欣然接受了维曼教授的这一建议。1921 年初夏时节，他怀揣着维曼教授的介绍信来到北京。他的初步打算是，先在中国与安特生教授合作三年，专心致志从事三趾马动物群化石的发掘和研究，然后再视具体情况而定。

北京的安特生看完维曼教授的推荐信后，热情地接待了这位来自奥地利的年轻人。但正沉浸于河南仰韶文化研究中的安特生，并未急于安排师丹斯基前往河南进行仰韶遗址的发掘与研究，而是让他去周口店开掘鸡骨山。其公开的理由是，让师丹斯基先去体验一下中国的农村生活，以便日后好在中国开展工作。

安特生这个有违师丹斯基初衷的安排，今天的我们已很难说清其真实的原因究竟是什么——也许是不愿轻易让师丹斯基染指仰韶文化，也许的确是出于对周口店念念不忘的一种关怀，也许还有其他别的什么原因。总之，师丹斯基对这一安排虽然多少感到有些意外，却也没表示反对，二话没话就去了周口店。而且，一去周口店后，很快便在当年安特生住过的一个破旧的寺庙里，建起了一个很有点声势的田野发掘指挥部。

当然，无论是安排别人的安特生还是被人安排的师丹斯基都没想到，师丹斯基的这次周口店之行，仿佛就是上帝的一次有意派遣，竟然会对日后"北京人"的发现起到了关键性的作用。

三个月后，即 1921 年 8 月的某一天，安特生邀请在北京的美国人葛利普教授一起，前往周口店进行实地考察。葛利普是美国著名的古生物学家和地质学家，曾任美国地质学会会长。此公 1870 年生于美国威斯康星州，由于少年时家中清苦，进入科学界全靠自学成材。1920 年以前，葛利普主要从事北美的地层古生物研究和哥伦比亚大学的教学工作，其著作在学术思想的先进性和系统综合的逻辑性方面都具有划时代的意义和影响。他在 1920—1921 年出版的两册地质学教程巨著，突破以往北美教材限于本洲的传统，涵盖全球，着眼发展，堪称全面的地球史总结。1920 年，他应丁文江之聘来到中国，接受了北京地质调查所的古生物室主任和北京大学生物学教授的双重职务，而这时的他已是誉满欧美的一位大学者了。此后，葛利普教授全力投入了中国的古生物地层研究和教学工作，成为我国古生物学的奠基人之一。他在华二十五年，为我国培养了大批地质学和古生物学人才，现今的中国科学院地学部的很多院士都是他的学生或听过他讲课。可以说，若是没有他和丁文江领头在中国建立古生物学，中国这门学科的发展还不知要推迟多少年。

葛利普虽然是个美国人，却十分热爱中国。当后来日伪政权接收地质调查所北平分所时，他举着美国国旗坐在门口不准接收的人进入。后来他索性躺在那里。他还说，他要给他的好友、美国总统罗斯福写信，如果美国再不出兵打日本，他就和罗斯福绝交。当北京大学南迁后，他的薪金也没了来源，暂由新生代研究室每月支付二百元作生活费；同时他患有“干疮腿”（即脉管炎），从膝盖以下、脚掌以上遍是疮口。每日早晨，他的女秘书用消毒水为他洗疮口，然后涂上药膏，再用纱布缠好，他才能拄着双拐走路。但即使如此，他每个星期六还坚持为三个中国学生——裴文中、贾兰坡、王庆昌讲古生物学。后来，他被日本人囚禁在丰盛胡同三号，在囚禁期间，他还用废旧稿纸的反面，写成了一部书稿，这本最后写的书稿被他的女秘书带到了美国，卖给了胡适先生，由台湾出版了。

1946年3月20日下午5时45分，葛利普因胃病出血，病故于北平西四丰盛胡同三号寓所。

中国大科学家贾兰坡后来回忆说：“我所知道的一点点古脊椎动物的知识，还是从葛利普先生那里学到的。葛利普先生入殓时，我去了。在场的还有裴文中、高振西、田本裕等。我们把他那赤条条的身子用白绫子盖上。他被折磨得只剩下一把骨头了，叫我们都不由得落了泪。我们五个人共同把他装进一个里面也铺着白绫子的西式棺材里，送到东郊火葬场火化。三天后，他的女秘书从铁盘子上掏出骨灰，装入一个褐色的坛子里，送到了沙滩地质馆，埋葬在院子中央，并在墓地周围种上了松树。后来，他的骨灰移葬于北京大学校园内。”

安特生邀请葛利普这样一位古生物学家同去周口店的目的，除了看一下师丹斯基的发掘进程外，最重要的一点，是要让葛利普教授传授一些美国先进的发掘技术。因为美国的古脊椎动物以及古生物学家在发掘技术上已取得了遥遥领先于世界的惊人成果。

安特生和葛利普来到周口店后，在发掘指挥部——也就是那座破旧的寺庙里见到了一脸刻着疲累的师丹斯基。他们在庙里稍事休息并询问了有关发掘的进展情况后，便随同师丹斯基一道，向正在发掘中的龙骨山走去。

这天天气晴朗，无雨无雷又无风，只有天上白云舒卷，地下蝉鸣鸟叫，整个龙骨山一片热热闹闹。中国的太阳烘烤在三位外国专家的身上，只片刻工夫，爬至半山腰的安特生和葛利普便开始汗流浃背、气喘吁吁了。

三人来到发掘现场后，葛利普把美国的先进田野考古技术向他们进行了传授和示范，并在现场找到了一些被漏掉了的小碎骨化石。葛利普还告诫发掘者们说，在发掘中一定要细心，绝不能放过任何哪怕是极为细小的痕迹与线索。

时至中午，安特生等人开始坐在工作现场休息。他们一边喝着水，一边用树枝当扇使劲扇着风，一边还谈论着有关周口店的开采情况，既显得雄心勃勃，又有些忧心忡忡。

这时，从山下走来一位四十岁左右的中年汉子。中年汉子像是有备而来，他先是好奇地看了看眼前的几位洋人，又在发掘现场转了一圈，然后才十分自信而又极具表现欲地对安特生们问道：

“你们是想挖龙骨吧?”

“对呀!”安特生忙回答说。

“你们在这儿待下去没用。再找，也是傻费劲!”中年汉子接着说。

“为什么?”安特生急忙问道。

“告诉你们吧，离这儿不远还有一个地方，可以挖到更多更好的龙骨。”

“真的?”安特生坐着的身子一下竟站了起来。

安特生清楚地知道，中国人对龙骨的开采和收集已具有相当长的一段历史了。周口店是从什么时候起发现和开采龙骨的，他至今也没弄明白，但据他 1918 年的那次访问调查，周口店几乎每家都有龙骨收藏，但收藏的目的不是为了赚钱，而是当作一种外伤药以备自用。因为这龙骨制成的药物可以止血愈伤，所以特别受到人们的青睐。当然，也有一部分人会拿到药市上去当药材卖掉。这些“龙骨”，不但国内有人当药吃，而且还出口，香港就是最典型的一个转销地。多年来中国的“龙骨”到底内销外运了多少，无法统计，但有的地方“龙骨”以万斤、几万斤，乃至几十万斤计算，却是事实。因此在中国寻找化石，你若问“哪里有化石?”老百姓无可奉告，你若问“哪里有龙骨?”一般的老百姓都能给你说出个一二三四。

安特生从1918年首次来周口店，心里就有一种预感：当年哈贝尔收购龙骨也许就在这里。因此，当安特生一听这位老乡说别处能挖到好的“龙骨”时，立马便来了情绪，说什么也不肯错过这个送上门来的机会。于是，他详细询问了中年汉子有关情况后，立即整理好工具包，同师丹斯基和葛利普一起随中年人向北方一座石灰岩小山头走去。

新地点很快到达。这地点当地人称“老牛沟”，它位于周口店火车站西150米左右，是一个早已被废弃的石灰矿，位置比铁路要高。当安特生他们走到一堵面朝北高约10米和几乎壁立的岩墙跟前时，中年人指着一条填满堆积物的裂隙说：

“龙骨就在那里头，你们挖下去，保证有好多‘龙骨’。”

安特生等人小心地来到裂隙跟前，只见堆积物由石灰岩碎片、砂土和大动物的碎骨组成，并被石灰岩溶液紧紧地胶结在一起。几个人只搜索了很短时间，便发现了一件猪的下颌骨。这无疑是一个好兆头。猪骨化石的发现，说明这是一处比鸡骨山更有希望的化石地点。几个人在堆积层中一直搜索到傍晚，才怀揣着那块猪的下颌骨兴冲冲地返回寺庙。

当晚，几个人坐下来开始仔细鉴别那块奇异的猪的下颌骨。因这块猪的下颌骨年代久远，且牙齿已经缺失，一时很难作出判断，但安特生凭借自己丰富的田野考察经验及独到的慧眼，还是大胆推测它是一种鹿骨化石。

安特生的这一判断，在第二天的发掘中得到证实。

翌日清晨，据安特生后来回忆说，“阳光普照，空气清爽”，他们一行在阳光的沐浴中“沿着一条直路，从下榻的寺庙出发，又向那处名叫‘老牛沟’的新地点走去”。

这一天，他们收获颇丰，且出乎意料，采到的化石不仅有同先前相同的猪的下颌骨，而且牙齿保存完好。葛利普博士这才赞同了安特生先前的论断，并在以后的研究中将此正式确认为“肿骨鹿”动物化石。当然，同时采到的还有犀牛牙齿、熊类的颌骨碎片等。这些东西的发现，已预示着人类祖先的大门就在前面不远了。

晚上，天空下起了大雨，阵阵雷声伴随着密集的雨点向鸡骨山倾泻而来，安特生和葛利普几个人在破旧的寺庙里伴着窗外道道刺目的闪电和震耳的雷鸣，一口一口地喝着掺有凉水的烈酒，庆贺这预示着美好未来的发现。安特生还当场将这些化石交给师丹斯基，由他去作专门的研究，并请师丹斯基在周口店多停留几个星期，以便对“老牛沟”继续进行发掘。

这个晚上，由于这一新的发现，三位考古学家尽管身处异国，漂泊他乡，但他们仿佛都听到了祖先的那亲切的呼吸，个个兴奋难抑，几乎一夜没有闭眼。

第二天一早，安特生和葛利普准备返回北京，一出门，才知道昨晚的一场暴雨给他们带来了麻烦。抬眼望去，只见山下坝儿河的洪水正一个劲地猛涨不止，暴雨狂卷着水流在山谷中奔泻而下，山上山下，一片水雾蒙蒙，根本无法上路。无奈，他们只好返回寺庙，点燃松枝，围坐火前，讲开了世界各地的传说故事，猜想着在以后的发掘中会出现的种种奇迹。

直到第四天，雨过天晴，没了危险，安特生和葛利普才挽起裤腿，手拉着手，蹚过齐腰深的河流，踏上去车站的路程。与师丹斯基握手作别时，安特生面对朝霞映照下的周口店和鸡骨山，指着风景如画的“老牛沟”，极为自信地说出了让三个人都终生难忘的一句话：“等着瞧吧，总有一天这个地点将成为考察人类历史最神圣的朝圣地之一。”

第二天，师丹斯基就开始了对“老牛沟”的开掘。尽管越往前开掘，困难就越大，但一想起安特生那具有魔力般的预言，他心里似乎便多了一份热情，也平添了一份耐心。

而回到北京后的安特生不知什么原因，一连几日吃不好，睡不香，对周口店总是怀着一种割舍不掉的牵挂，对师丹斯基的发掘工作也多少有些不太放心。几天后，他还是忍不住又去了周口店。

这次，安特生从已发掘的堆积物中注意到一些白色带刃的脉石英碎片，并观察到岩洞旁的石灰岩中有一条狭窄的石英脉矿，这条脉矿从山顶一直延伸到了发掘地。望着那些带有锋利刃口的石英碎片，安特生蓦然想到，这些东西凭借那锋利的刃口，用来切割兽肉应该是不成什么问题的。那么这些东西会不会曾被我们的老祖宗使用过呢？因为早期简陋的工具并非是由人类祖先制造的，而是祖先们从经过的路旁的山野丛林中拣到的。从发掘的带有利刃的石英碎片的数量来看，只有原始人类群居在周口店附近，才会有如此集中并大致相同的石英碎片。这些锋利的刃口，会不会正是祖先用来切割他们捕捉到的兽物的呢？

又经一段时间的发掘考察，安特生坚定了他的这一推断，甚至这一连串的奇思假想令他简直激动万分，无法自抑，以至于使正在发掘中的他突然扔下手中的石英碎片，用手掌敲着岩墙对师丹斯基说：

“我亲爱的师丹斯基，你听着，我有一种预感，我们祖先的遗骸就躺在这里。现在唯一的问题是找到它。你不必焦急，如果有必要的话，你把这个洞穴一直挖空为止。”

安特生回北京后，师丹斯基尽管又在周口店发掘了几个星期，可他还是没有把岩洞挖空就结束了工作。因为发掘实际的困难比预想的要大得多。

但第二次从周口店返回北京的安特生，却无法忘记人类祖先的遗骸就躺在周口店那个洞中的假想。从后来留下的资料来看，这个假想整日整夜地缠绕着他，熏烤着他，折磨着他，令他心绪难平，焦躁不安。尤其是每当夜深人静，他独自伫立在月光之下，遥望着周口店的方向时，他的眼前便会幻化出无数人类祖先的遗骸来……这些遗骸如同天上的群星一般扑朔迷离，闪烁跳跃，既迷惑着他，困扰着他，同时也深深地诱惑着他。而且，从他后来的回忆录中我们还得知，冥冥之中的他，仿佛感到自己的双脚已迈进了人类祖先的家园，看到了昔日祖先的身影笑脸和生活情景，听到了老祖宗从远古传来的那一声声真切的呼唤……这呼唤既存在与现实之中，又飘缈于尘世之外，使他几乎到了走火入魔的地步。

在这样一种心境中熬过一段时日后，安特生还是忍不住再次找到正在北京休整的师丹斯基，希望他无论如何也要再去一趟周口店，将那个很有希望的岩洞再发掘一阵子。

鉴于安特生的一片诚意和心愿，师丹斯基于1923年夏天再度回到了周口店，对那个被认为人类祖先的遗骸很可能就躺在里边的岩洞重新进行了一番发掘。

然而，事过一段时间后，由于可以发掘的部位已经高悬于陡壁之上，建搭更高的脚手架又很困难，若继续发掘下去，危险极大。因此，师丹斯基再一次向安特生提出了要结束周口店发掘工作的要求。

安特生对此十分着急。他找到师丹斯基，竭力对他作最后的挽留。他对师丹斯基诚恳地说："对周口店这个地点，我始终认为它充满着存在人类遗骸的希望。希望你对此要有信心，再认真考虑一下，多坚持一段时间。"

可惜，这次师丹斯基没有听从安特生的劝告，执意坚持要走。于是，正向远古走去的师丹斯基，又错过祖先庄园的门前，沿着另一条路子滑行而去。

设想一下，如果师丹斯基这次不是急于离开，而是哪怕咬咬牙再想法坚持一段时间，那么，第一个闯进人类祖先庄园的，很可能就是他；第一个与人类祖先握手拥抱的，也很可能就是他！因为就在师丹斯基轻叩"北京人"之门时，我们的老祖宗其实已经准备上来迎接客人了，可惜当时的他没有留意到这一细节，或者说没有领会到这层意思——因为事实上，早在1921年初次对周口店发掘时，师丹斯基就在堆物中发现了一颗人的牙齿。遗憾的是，他竟当作类人猿的牙齿给扔置一旁了。并且到了1923年，他在《中国地质调查简报》发表周口店的工作报告时，仍只字未提。而这时的安特生，在对中国远古文化的寻找、发掘和研究中，已经取得显赫成就并轰动世界了！

历史就是这样的奇妙与冷酷！你尽管对她倾心相爱，情有独钟，却永远难以理喻，不可把握，更无法超越。甚至，说不定在什么骨节眼上或者关键时刻，她还会冷不丁将你突然抛弃或者置于死地！因而岁月沧桑千千年，古今中外多少事，无论是英雄还是懦夫，不管是帝王还是庶民，在历史这位很不听话、极难把玩的圣女面前，总是常常显得软弱无能，可悲可笑！

命中注定不能走运的师丹斯基就这样与幸运之女擦肩而过。他在周口店将能采集到的化石采集到手后，便不顾安特生的劝阻，匆匆结束了在周口店的发掘工作，同时也匆匆结束了在中国寻找的历史，带着化石返回了欧洲。从 1924 年 1 月起，他开始在乌普萨拉大学潜心研究从北京周口店运回的化石标本。

四、叩响“北京人”的大门

从奥地利来北京三年的师丹斯基走了，而离开自己的祖国已长达十年之久的瑞典科学家安特生，却依然坚持留在了中国。

师丹斯基的走，走得光明磊落，理直气壮，无可非议。他与安特生的合约尽管只有三年，可他在华期间所调查的脊椎动物化石地点则多达八十余处。而且他回国后一直坚持对周口店的化石作深入的研究。当然，实事求是地说，师丹斯基的离去，在客观上还是给安特生的发掘计划多少造成了一些影响。

不过，后来的历史证明，安特生的确是个具有远见卓识的科学家，也是一个非常出色的颇有韧性的男人。面对他所选定的事业，不后退，不动摇，更不轻易放弃。1921 年至 1923 年对周口店的发掘，尽管没有使他实现叩响“北京人”大门的梦想，可他经过多年一系列的努力寻找后，终究看到了一线希望的生机。在师丹斯基离去之后的日子里，他始终没有忘记周口店，一直将周口店置于自己的关注与研究之中。

1926 年夏，师丹斯基在乌普萨拉古生物研究室整理标本时，又从周口店发掘的化石中明确地认出了一颗人牙。这颗人牙虽然有些残缺，牙冠却保存完好，没有磨损过，鉴定起来极为方便。经过一番考证，师丹斯基将 1921 年发现的那颗人牙和现在这颗人牙一起鉴定为“真人”，并将这一振奋人心的消息很快传至北京。不过，小心谨慎的他，在这“真人”的后面还是暂时画了一个问号。在北京的葛利普教授得知这一消息后，十分兴奋，当即便为师丹斯基发现的这两颗人牙取名为“北京人”。这个俗称很快便在中外科学家中流传开来。后来“北京人”之所以能迅速传遍全球，应该说与葛利普教授这个绝妙的命名大有关系。但由于此时的安特生正在瑞典休假，师丹斯基在周口店化石中发现了人牙的消息并未马上公布于世。

同年 5 月 3 日，在北京协和医院担任教授的加拿大学者步达生收到了安特生 4 月 6 日从瑞典首都斯德哥尔摩发来的一封信函，这封信函的内容是：瑞典皇太子将偕太子妃于 5 月间动身作一次环球旅行。其计划是先访问美国，继而访问日本，然后于 10 月左右再抵达中国。他们打算在中国寻访两个月时间，除了去大同、河南、山东和内蒙古之外，所剩下的大部分时间均在北京访问。皇太子还要求安特生在北京与他会面，为他安排好在北京的一些参观活动，并希望能参观包括北京协和医院在内的北京的一些科学研究机构。

这位皇太子就是后来成为瑞典国王的斯塔夫六世·阿尔道夫。他生于 1882 年，直到 1973 年九十一岁时才在斯德哥尔摩去世。这是一位学识渊博、享有国际声誉的政治家、考古学家、文物鉴赏家和收藏家。当时，他担任着瑞典科学研究委员会会长的职务，这个机构掌管着瑞典科学家包括在中国进行地质学、古生物学和考古学方面的考察和研究的活动经费。安特生过去在中国所进行的古生物和考古调查发掘的经费，大部分都是由这个机构赞助的。因此，瑞典科学界选择安特生来安排皇太子在北京的寻访活动，当在情理之中。

这样，本来已经回到瑞典的安特生只好又在皇太子来京之前赶到了中国。一到北京，安特生便对皇太子在北京的活动作了周密的计划和安排。由于他深知皇太子的才学和嗜好，所以他有意安排皇太子在中国多接触一些有关考古和艺术的研究领域，以便对他们今后在中国的研究工作起到积极的促进作用。他还考虑到，要是再安排一个其他科学领域的科研会议，北京的中外学者就可能会借此机会宣布一些尚未公开的科研成果，那么在这个会上，他本人也就可以乘机公布自己多年来在中国的研究成果了。当然，利用皇太子这次来北京之机宣布周口店发现人牙的重大新发现，对“蓄谋已久”的安特生来说，更是一件再重要、再美妙不过的事情！

于是安特生连夜给乌普萨拉大学研究所的维曼教授写信，向他索求有关在中国发掘化石的最新资料，重点是近期周口店的新成果。前面已经提过，安特生在中国发现的古生物化石，都是运往瑞典供维曼教授研究的。他与维曼教授多年来一直精诚合作，且彼此都很愉快。他后来之所以能闻名于世，与维曼长期脚踏实地的潜心研究有很大的关系。

不久，安特生收到了维曼教授从瑞典寄来的研究成果报告。这个报告的内容包括在山东发现的恐龙以及一些很奇特的长颈鹿和三趾马等化石的重要研究成果。尤其让安特生甚感惊喜的是，维曼教授对师丹斯基在周口店化石中发现的两颗人类牙齿，又作了进一步的考证，认为师丹斯基的发现完全可信，并且还将关于这两颗人类祖先牙齿的幻灯片和研究成果一并寄了过来。为了正确评价师丹斯基这个发现在人类学上的意义和价值，安特生又特意请在华工作的国际著名人类学家步达生写一篇专门的研究论文，以供他在这次会上作报告时备用。很快，安特生又收到了步达生寄给他的研究论文：《亚洲的第三纪人类——周口店的发现》。

安特生看完步达生这篇颇有价值的研究论文，当即兴奋不已。本来，师丹斯基发现两颗人类牙齿的消息，安特生在几个月前便知道了，但他当时并不主张公开，认为这一发现还有待作进一步的考察论证。当然，还有一个更重要的原因是，安特生是一个善于天才地把握历史机遇的人，他不轻易匆忙公开宣布这一重大发现，是有意想等待一个大好时机，好让这一重大发现在世界产生更大的冲击和影响。现在好了，瑞典皇太子这次亲赴中国，命运之神终于开始冲着他微笑了！

1926年10月17日，瑞典皇太子偕夫人从日本来到北京。在安特生和中国相关人员的精心策划下，皇太子一行的活动日程很快被安排出来：

18日至19日，与中国政府官员会晤。

20日上午9时，游北京三海。下午2时，游黄寺土城乾隆御碑。

21日9时，游玉泉山、颐和园。下午休息。

22日9时，参观访问地质调查所、协和医学校；下午2时，在协和医学校礼堂参加地质调查所及生物学会联合召开的欢迎会。

23 日 9 时，游历史博物馆、雍和宫、国子监；下午休息。

…………

皇太子到京后，与北京、天津的科学界进行了广泛的接触。特别值得提起的，是 10 月 22 日这个日子。这天下午 2 时整，由中国地质调查所、北京自然历史学会和北京协和医院等学术团体，在北京协和医学校礼堂联合举行了欢迎瑞典皇太子的大会。出席这次大会的有来自北京、天津的中外科学界的知名学者和教授。会议开始后，首先由地质调查研究所所长翁文灏致欢迎辞，而后由皇太子致答辞。

第一位登台做报告的，是中国著名的政治改革家和学者梁启超。他所作的长篇报告的题目是：《中国考古学的过去、现在和将来》。就当时梁启超在中国乃至世界的声誉而言，他第一个在这样的会上作演讲，是理所当然的事情。

继梁启超之后作报告的，是法国著名的古生物学家德日进。德日进报告的内容是他和法国天主教神父、博物学家桑志华在鄂尔多斯高原的考察情况和主要收获。当年著名的河套人化石和萨拉乌苏、水洞沟旧石器时代遗址，就是德日进和桑志华神父于 1922 年和 1923 年考察时发现的。他俩在中国土地上发现的第一批大规模的旧石器，以无可置疑的事实再一次告知西方人类学家："中国无石器时代人类"的断言，纯属无稽之谈。

作为最后一个压台人物登场的，是安特生。他首先向中外学者表示了真诚的谢意，而后便代表维曼教授郑重宣布了在周口店发现两颗人类牙齿的重大消息。接下来，他又将步达生的研究论文《亚洲的第三纪人类——周口店的发现》在会上作了绘声绘色的宣讲：

周口店动物群可能是上新世的。师丹斯基亦持有同样的看法。不过根据研究，这个遗址的层位可能是早更新世的。不管它是属于第三纪晚期还是第四纪早期，有一个明显的事实不会改变：具有完整而确实的地质资料的古老的人类化石，已经在亚洲大陆的喜马拉雅山以北首次发现。因此，早期人类曾在亚洲东部存在这一事实，现在已经不再是一种猜测了。

周口店发现的牙齿中有一颗是右上臼齿，大概是第三臼齿。从照片来看，它那未被磨损的牙冠所显示的特征本质是属于人类的……另一颗大概是靠前面的下前臼齿。它的牙冠保存很好，没有磨损。照片上所显示的特征是一个双尖齿。

周口店的臼齿，在特征上与哈贝尔从北京一家中药店购来的那颗牙齿相似。这件标本在1903年由施洛塞尔描述过。它是一颗左上第三臼齿。它的牙根合并，但齿冠磨蚀得很厉害。根据石化程度，施洛塞尔认为它可能属于第三纪的，分类上暂时放在'真人'或'类人猿'。施洛塞尔在描述这个牙齿时所作的推论很值得回味。他当时指出：未来的调查者可以指望在中国找到新的类人猿、第三纪人类或更新世早期人类化石的材料。因此，周口店的发现对他的预言作出了肯定的回答。

现在比较清楚，在第三纪末或第四纪初，亚洲东部确实存在人类或与人类关系十分密切的类人猿。这一点在史前人类学领域里是至关重要的。因为差不多在这个时候，也有猿人生活在爪哇，曙人生活在英国的皮尔唐，海德堡人生活在德国的茅厄尔。这些种类实际上是同时代的。它们从中亚高原各自向东、向东南和向西迁移了同样远，并到达它们后来居住的地区。中亚高原的某个地方看来非常可能和上述种类的共同分化中心恰好是吻合的。所以，周口店的发现，给人类起源于中亚的假说提供了强有力的证据，在一连串链条中又增加了重要一环。

安特生的报告几乎让所有的与会者都蒙了。演讲完毕长达一分钟，台下竟然还没人作出反应——也没人敢轻易作出反应。

的确，这突然而至的消息所带给人们的震撼力实在太强大了，即便是早有预见的科学家，面对这一带有爆炸性的大大出乎意料的消息，一时也很难适应。因为在亚洲大陆上还从未发现过年代如此久远的人类化石，可现在偏偏出现了，这怎不使人感到强烈的震惊呢！

幸好，安特生是敏感而又睿智的。

他顾不得听取众人的反响，也无需顾及众人的反响，他相信无论是中国的听众还是外国的听众，迟早有一天会清醒并由此对这一伟大的划时代发现投以敬慕与真诚之情。现在，最要紧的，是让大家尽快相信这是事实而不是梦幻。于是，他开始放映事先准备好的这两颗人类牙齿的幻灯片。而且，一边放，一边还向台下的听众耐心地讲解：

> 这个发现，虽然目前还极不完整，但它可能导致在中国的瑞典工作者整个研究工作的重大进展。周口店的大量鉴定结果，是由中国地质调查队和布莱克博士合作的结晶。它代表着北京协和医学院和洛克菲勒基金会的友好合作。

安特生没有白费心思，一切都像他预想的那样顺利和自然。在铁的事实面前，人们再也无法让自己保持冷漠了——幻灯刚一放完，全场便一片沸腾……

消息很快在北京和世界范围引起轰动，中外新闻媒介随之纷纷报道了这个耸人听闻的消息。第二天，当时北京的权威报纸《晨报》还以《周口店发现之最古人类牙齿》为题，以显著位置作了报道。

由于“北京人”的现身，使安特生终于实现了叩见远古人类老祖宗的梦想，从而把他的事业推上了一个辉煌的顶峰，并使他的名字在人类文明的史册中理所当然地占据了一席之地。安特生盛名的光环使他同时代的地质学家和考古学家都黯然失色。瑞典民族良好的形象给安特生提供了成功的机遇，而安特生也不负众望，用他的巨大成功又为瑞典民族增添了一道耀眼的光芒，以至于多年之后，人们还会从《中国大百科全书》和《大不列颠百科全书》中读到他的名字和有关他的介绍。

然而，“北京人”的现身，如同安特生事前预料的那样，并未得到所有科学家的承认。即使像法国德日进那样在国际上极有名望和远见的大科学家，也不例外。就在这个消息公布后的第三天，安特生收到了德日进托人捎给他的一封短信。

七十年后的今天，我查到了这封短信的原文：

尊敬的安特生博士：

承蒙好意，送来的照片已仔细拜阅。我认为站在朋友的立场上，我不应该隐瞒我对它们的看法。

老实说，我并不完全相信那两颗牙齿有那种假设的人类性质，甚至是被当做人类前臼齿的那个缺少牙根的标本。虽然乍看起来似乎十分可信，但却可能是某种食肉类动物最后面的臼齿。另外一颗牙齿的情形也一样，除非它有明确的四个牙根。

周口店的牙齿即使永远无法证明属于食肉类动物的（如我希望那样），然而我担心亦同样永远无法绝对证实它们是属于人类的。既然它们的性质还不确定，处理的时候必须极为谨慎。

不过，我始终未见到标本。同时，由于对师丹斯基在古生物学方面的经验抱有极大的信任，所以，我只想坦白地对你说出我的意见。

德日进

1926 年 10 月 25 日

据安特生后来回忆，他是在会后的第三天晚上读到德日进教授这封短信的。这个晚上的北京已进入深秋，窗外不时有风刮进屋子，使没有暖气的屋里盛满了凉意。德日进的信虽说字里行间都充满了真诚与热情，但同时也不无尖锐。安特生把自己关在屋里，独自静静地将这封信一连看了好几遍，最后才把眼睛停留在了“德日进”这三个他再熟悉不过的名字上。

德日进是法国著名古生物学家、地质学家和思想家。他于 1881 年 5 月 1 日诞生于法国中部平原附近丘陵地区的一个小山村。18 岁获学士学位后，进入神学院。1902 年为逃避宗教的迫害，被迫赴英吉利海峡学习经院哲学。1905 年又去了开罗，从事化学教学和继续自修地质古生物学。1908—1914 年，他在美国从事神学、哲学、地质学和古生物学研究。

1919 年在巴黎自然博物馆从事科学研究。1922 年获博士学位。

1923 年，德日进来中国参加法国天主教神父桑志华（R. P. Licent）在天津开展的古生物、地质考古工作。在 1923—1928 年这段时间，他主要和桑志华一起，为天津北疆博物馆（现天津自然博物馆）对鄂尔多斯、内蒙古、东北、山西、陕西的第四纪、第三纪哺乳动物化石地点进行发掘和新旧石器的采集与研究，同时也积极参加北京地质调查所的学术活动。在 1929—1939 年这段时间，即从周口店发现了北京猿人开始，他与丁文江、翁文灏等人筹划在地质调查所成立了新生代研究室，并担任了该研究室的顾问，同时还与杨钟健、裴文中、卞美年等人对周口店猿人地点的哺乳动物进行了系统研究。也就是从这个时候起，他从一个研究中国地质古生物的“过客”，成为中国地质界的一员大师。特别是他对“智慧圈”的提出，成为现代研究人类与环境相互关系的一个重要的思潮。

德日进 1946 年离开中国，先后在中国生活工作了二十二年。这位同安特生一样长年移居异国的优秀的科学家，以“客卿”的身份为中国地质古生物学、特别是古脊椎动物学做出了杰出的贡献。他回到自己的祖国五年之后，即 1951 年，当选为法国科学院院士，不久移居美国，写成了在科学和哲学上都有广泛影响的巨著：《The Pheromenon of Man》。1955 年 4 月 10 日，德日进病逝于纽约，法国为他专门举行了国葬，并将他誉为“法国的达尔文”。

作为刚刚公布了重大发现的安特生，当然是满心希望能得到科学界的认可，尤其是希望得到像德日进这样具有权威的科学家的支持。但德日进教授却对他的发现提出了如此尖锐的疑问！这既让他感到有些意外，又令他感到有些尴尬。从安特生后来所著的《黄土儿女》一书中，我读到了这位科学家那个晚上的态度与心情：

我无需指出这位科学家（作者注：指德日进）是我所见到的最有远见和最令人愉快的人。他的来信，完全是坦率和真诚的提醒，是对于乐观而导致错误倾向的见解。我知道这位渊博的古生物学家有充分的理由表示他的疑虑。

的确，就安特生当时提供的有关资料和幻灯片来看，像德日进这样渊博的大生物学家完全有充分的理由表示怀疑。因为周口店所能找到的人类化石毕竟太少了！而且，在北京的科学家没有一个人见到化石标本。当然，安特生可以回答类似的批评，因为他手中掌握有师丹斯基以敏锐的头脑和科学的精神所做出的研究成果；而也正因为师丹斯基对中国食肉动物化石的长期深入研究，才使安特生有了足够的证据去避免德日进等人假设的危险和错误。如果说后来的事实证实德日进当初的判断有所失误，那只能表明一点，这位世界第一流的科学家对科学的态度是何等的严肃与真诚！

在以后的几个月里，安特生依然未能摆脱抨击的阴影。周口店发现的两颗牙齿到底代表的是一种早期人类，还是一种类人猿，抑或是一种食肉类动物，常常成为人们饭后茶余谈论甚至讥笑的话题。而最让安特生难堪的，是在一次盛大的招待会上。那是瑞典皇太子的欢庆会结束后不久，法国著名矿业学家、法国自然学会秘书拉克鲁瓦教授来华访问。为欢迎这位杰出的科学家，中国方面在北京中国餐馆举行了隆重的招待会，北京和天津自然科学领域的重要人物以及安特生等均出席了这个会议。但出乎安特生意外的是，这个会议除了带给他喜悦，还有尴尬。那天，安特生的座位与葛利普教授紧挨在一起。葛利普教授这位老先生尽管晚于安特生从美国来到中国，但他的世界声誉在当时却比安特生和其他来华的科学家大得多。此前，他曾赴喜马拉雅山地区考察，并以地质学家和古生物学家杰出的慧眼和思维，天才地提出了这一地壳运动现象对人类起源的发展有着重要的决定性的作用。但就是这位在中国科学家和外国学术团体中都有很高威望的老前辈，在宴会快要结束之时，竟情绪激动地站了起来，“双眼像利箭一样”盯着安特生，大声叫喊道：

“喂，安特生博士！‘北京人’是怎么回事，到底是人还是食肉动物?”

安特生后来回忆说，他感觉“头嗡地响了起来，脚下的地面在转动”。他怎么也不会想到令他尊敬的葛利普教授会在这样的场合以讥讽的口吻来质问他。因为“北京人”这个俗名当初还是他提议使用的，若是没有使用这个绝妙的名称，周口店发现人类化石的消息说不定还不会如此广泛的传遍世界呢！那么，这位令人尊敬的老头儿今晚怎么会当众如此提问？其用意到底又何在呢？

安特生很快镇静下来，也明白过来：如若不迅速作出回答，他必将成为今晚众人讥笑的佐料。他灵机一动，不紧不慢地说：“我尊敬的葛利普教授，来自周口店的最新消息是：我们的老朋友既不是一位男子汉，也不是食肉类动物，而是走在我们当中的某个阶段的代表，并且还是一位女士呢！”

葛利普教授从安特生这一极富幽默而又带有肯定的回答中，似乎觉出了自己刚才的失态，便连忙举起酒杯，不再追问下去。

有趣的是，此次宴会后的几个月里，“北京女士”竟成了周口店最大发现的代名词。

1927年春，为探寻祖先的踪迹、考察东方远古文化而在中国生活工作了长达十三年之久的安特生，怀着对中国无法割舍的心情，连同他寻找到的价值连城的化石标本一起回到了他的祖国——瑞典。

回到祖国的安特生依然无法忘记中国，他用通信的方式与中国的科学家们保持着经常的联系，周口店后来的发掘工作情况也始终在他的关注之中，而中国的科学家们也一直深深怀念着这位科学家。他人虽然离开了北京，可他为中国早期地质发展所做出的杰出贡献和在科学事业上锲而不舍的追求精神却永远留在了中国。他不仅是中国地质学会创立会员之一，还积极组织和参与了中国周口店“北京人”遗址的发掘与研究工作。在华期间，他的足迹遍及山西、河北、河南、山东、陕西、甘肃以及内蒙古地区等，不仅研究范围甚广，其影响力也极其深远。

安特生回到瑞典后不久，便在斯德哥尔摩筹建了远东古物博物馆，并自任馆长，终身对所搜集到的化石标本进行整理和研究。1939年，他还在《瑞典远东古博物院汇报》第十一期上发表了他的重要论著——《远东地形与考古之研究》。这是一部他在华期间所进行的地质、考古调查与研究的总结性著作。他回到本土后，尽管直到死，既没有成为财产的富翁，也没有再搞出轰动世界的研究成果，但正因为是他首次叩响了远古人类祖先的大门，他的名字才和“北京人”一样，永远被载入史册。他回到瑞典后的几十年里，虽然在中国的土地上又相继发现了年代更加久远的山顶洞人、元谋人、蓝田人、大荔人、许家窑人、马坝人、长阳人、丁村人和河套人等，可任何一位后来者一旦面对他，都会黯然失色。在华期间，他曾多次向中国朋友和助手们说过：“我生性不奢钱财，只追求荣誉与盛名。”他用他一生的追求告诉后人：他做到了，且如愿以偿。

1960 年，安特生病逝于瑞典斯德哥尔摩，享年八十六岁。

第二章
“打开”周口店

五、 步达生好梦成真

周口店发现“北京人”的消息一经传出，全世界科学界的人士无不为之感到极大的震撼。有人这样形容道：“这一消息刚一宣布，就像一枚重磅炸弹震撼了当时的科学界!”

的确，“北京人”的出现，让世界对中国再次刮目相看。在西方人的眼里，中国这个有着悠久历史的文明大国，虽然贫困落后，虽然陈腐封闭，却永远有着谈论不够的话题，永远有着折腾不完的新鲜事情。就像一条江，生生不息，永无尽头；好比一个谜，深不可测，永不露底。这次“北京人”的发现，更让神秘的中国又一次在世界古文明的舞台上大展风采。它使一切致力于远东特别是中国考察的学者和科学家们，不得不停下脚步，不得不蓦然回首，同时也不得不以一种无尚崇敬和仰慕的心情，再一次对中国以及对中国的周口店叩首相望，感叹不已，并随之纷纷踏上了东方这条寻找祖先足迹的漫漫征程。

在这纷至沓来的人群中，捷足先登者，也是最为优秀者，当数步达生。

步达生和我们今天熟知的白求恩大夫一样，同是加拿大人。这是继安特生之后，又一位“忘记了”自己祖国的古人类学家。他 1884 年出生于加拿大多伦多市，1906 年毕业于多伦多大学医学系，但他偏偏对生物学感兴趣，于是大学毕业后又重返校园学习比较解剖学，毕业后作了解剖学讲师。1914 年，他赴英国受教于著名学者史密斯门下，专门从事研究人脑比较解剖学。后来，在世界范围内展开的一场关于人类进化问题的大讨论强烈地吸引了他，使他对人类的进化问题又产生了浓厚的兴趣。而正是这种兴趣，让他改变了已经从事了多年的专业，最终成为一位世界著名的考古人类学家。

步达生的兴趣转入人类学之后，和安特生一样，对神秘中国同样充满了仰望和向往之情。1919 年，他应北京协和医院解剖科李德坚教授的邀请，顺利来到了中国，在协和医院任神经学和胚胎学教授。两年后，被任命为解剖科主任。在华期间，他与中国地质界杰出的代表人物丁文江、翁文灏等经过长时期的筹划，与当时隶属于农商部的地质调查所合作，共同成立了新生代研究室，即创立了中国第一个当时以研究古人类为主的研究室（此研究室由洛氏基金会捐款设立），并担任实业部地质调查所新生代研究室名誉主任，积极参加了周口店“北京人”化石的研究与鉴定工作，并将他的研究成果主要发表在《中国地质学会志》上。他在积极参与周口店猿人鉴定与研究过程中，显示出了他在比较解剖学、神经解剖学等方面很深的造诣。正是由于“北京猿人”的发现与研究，使当时地质调查所新生代研究室在地层学、古人类学、古生物学、地文学以及史前考古及其文化等方面引起世界学坛的瞩目。故此，中国地质学会为表彰他在周口店北京猿人的研究工作中所做出的贡献，1931 年授予他“葛利普金质奖章”；中央研究院也授予他金质奖章；英国皇家学会还接纳他为皇家学会会员。令人痛心的是，由于他长年熬夜，积劳成疾，1934 年病故于北京协和医院解剖系的工作室里。临死前，他身旁堆积如山的，是像金子一般的周口店“北京猿人”的化石。

由于步达生对“中亚是人类发祥地”的学说一向持赞成的态度，并写过不少文章，论述了中亚是寻找早期人类及其祖先最有希望的地方。因此，来到中国不久的步达生，很自然地便与安特生在科研工作上结为愉快的伙伴，并负责研究安特生在辽宁、河南和甘肃等地发现的新石器时代人骨。步达生不负厚望，在墓地调查中为安特生提供了很重要的线索。后来安特生又请他撰写了一份关于研究仰韶出土骸骨资料的专题报告，由于步达生的真诚与热情，使这项合作同样完成得十分出色。因此从这个角度说，安特生的成名，正是步达生为其奠定了理论基础。

1922 年底，为全身心地投入对人类发祥地的考察与研究，步达生又专门写信给北京协和医院负责人胡顿，提出了一个严密而具体的考察人类发祥地的野外工作计划。在这个计划中，他明确写道："现有的一切证据表明：人类及其祖先的分化地区的中心，在中亚某地。"这个观点的提出，表明了步达生不同于西方别的科学家的见解和对东方中国寄予的深切厚望。接下来，从 1925 年夏天起，步达生与安特生一道，又筹备了一个以新疆为目的地的中亚考察计划。这个计划打算用不少于两年的时间，在新疆地区开展考古学、地质学和人类学三个方面的研究。此计划在第二年便获得了瑞典科学研究委员会和美国洛克菲勒基金会的支持，并很快得到了一笔活动经费。

然而，正当步达生沉湎于中亚考察并决心大展宏图之际，却突然传来了周口店发现"北京人"的消息。步达生得知这个消息的时间大约是在 1926 年 9 月的中旬，当时他正在条件极为艰苦的野外作业，得知这一消息时，他既感到意外，又感到惊喜，用他自己的话说，"脑子长时间都处在一种高度的兴奋之中，好像此事如同我的生命一般，与我一下子便有了一种不可分割的联系"。而且，一个新的庞大的计划当即便在他心里油然而生，这就是：立即转移中亚考察工作的重心，把目光集中盯在"北京人"身上；将周口店的发掘和研究作为一个"有联系的追加项目"，纳入他和安特生合作的中亚考察计划之中。

于是，尚未等"北京人"的消息正式公布，步达生便从"天苍苍，野茫茫"的边地匆匆赶回了北京，并很快找到了安特生，将自己这一新的计划和盘托出。安特生完全同意步达生的这一计划。二人经过磋商，一致认为，要想把这个计划变为现实，第一个很关键的人物，就是北京协和医学院行政委员会负责人胡顿。于是，尽快攻下胡顿这道难关，便成了步达生的首要任务。

那是一个细雨斜飞的早上（即步达生返回北京的第三天），步达生草草用完早餐，拾起一把雨伞，便匆匆向北京协和医学院赶去——他要趁胡顿刚刚跨进办公室那一时刻找到他，并向他当面陈述自己的意见：更改先前与安特生合作的中亚考察计划，而把主要力量和资助经费转而投入到周口店的发掘之中，同时筹建一个体质人类学研究机构。由于时值金秋，满地的落叶已铺平了北京的大街小巷，瑟瑟秋风阵阵吹来，透出几分浸人的寒意。步达生虽然衣着单薄，但在北京古都这样的环境中行走，如此一点凉意，对他来说几乎没有什么感觉。

步达生是个从小就注重磨炼自己意志和性格的人。还在少年时代，他便常常划着独木舟到加拿大南部的卡沃撒湖去旅行。就在那儿，他把自己训练成了一个划独木舟的高手。后来念中学时，他还曾经在哈德逊湾公司找到一份差事：驾驶独木舟将一批补给品送到北安大略。他在这次几个星期的远行中，独自一人驾着满载货物的小舟，航行在寒风刺骨、惊涛骇浪的河面上，随时都面临着覆舟的危险。但他一路潇洒，毫不畏惧。途中，他和印第安人交朋友，学习他们的土语和生活方式。印第安人见这位白人少年聪明诚实，勇敢机灵，便送给他一个“小白鼠”的绰号，借此称赞他那像麝香鼠一样轻快敏捷的动作。后来，他又跑到一个僻远的大森林里去试掘金矿。一天，森林突然失火，他们全被围困在大火之中。幸亏他机敏而又会水，急忙跳进一个湖里躲了整整两天两夜，才幸免于难。

冷风中，步达生一边踏着落叶，一边想着事情，不一会便来到了北京协和医学院的门前。

众所周知的北京协和医学院，是一片占地几千平方米的巍峨雄伟的古典建筑群。它外观华美，建造工艺精湛，砖的砌缝如同用铅笔勾画般又细又直。北京协和医院一直属于美国人所有。在中国人的心中，它的实际地位胜过故宫；在外国人的眼里，它则比法国的卢浮宫更为珍贵、重要。然而，这座在中国历史的风风雨雨中挺立了近百年的如同圣母玛丽亚教堂般的神圣之地，却是在被扭曲的岁月中和人道主义的旗帜下诞生的历史怪胎，同时也是中国遭受耻辱的活的证据。

1900 年，日、俄、美、英、法、奥、意、德八国联军入侵中国，并和清朝反动政府勾结一起，用暴力镇压了轰轰烈烈的义和团运动。当他们在中国的大地上进行了一场野蛮的抢劫和血腥的屠杀镇压之后，还要中国政府献出四亿五千万两银子作为“战争赔偿”。这就是所谓的“庚子赔款”。

1906年，一个在中国活动了几十年的美国传教士，向美国政府首先提出建议：利用“庚子赔款”来吸引中国学生赴美留学，借以培养一批人才，从而控制中国的发展，支配中国的元首，把用枪炮换来的钱，再去换取用枪炮难以得到和无法得到的东西。这个计划很快得到了美国政府的批准，并于1909年付诸实施，即美国政府将中国付与美国的部分赔款，用在了在美国各高等学校留学的中国学生身上（后来其他几个西方国家也竞相效仿）。这一举动被世界某些舆论称之为“慷慨的榜样”“填补了人类历史慈善事业的空白”。与此同时，美国人还用中国赔款的一小部分在北京建立了协和医学院，以显示对中国人的特殊“仁慈”和“恩惠”。

协和医学院的原址是明朝万历年间一个皇亲的宅第，后演变成为清王朝的一个帅府。当美国人在这里破土动工时，却意外地从地下发现了大批金银。这些金银的价值，足足可以盖上好几个同等规模的协和医院。但后来由于美国发生经济危机，便被迫将这个医学院连同附属医院卖给了美国石油大王——洛克菲勒石油财团。此后，协和医学院便成为洛克菲勒财团在中国的一个基地和活动中心。

步达生一进协和医学院的大门，便见到了迎面朝他走来的行政委员会负责人胡顿。双方经过简单的交谈，胡顿在原则上表示支持步达生这一新的计划。但有些问题，还得找地质调查所所长翁文灏。

于是，不厌其烦的步达生又跑到中国地质调查所，找到了刚上任不久的所长翁文灏。翁文灏是中国著名的地质学家和中国地质事业的重要创始人之一，曾与李四光同任首届副会长。步达生走进翁文灏的办公室，受到了翁文灏所长的热情接待。在友好而平和的氛围中，步达生开门见山，向翁文灏所长详细陈述了自己的意见。他说：

“依我看来，在周口店发现上新世晚期或更新世早期的人类或与人类有密切关系的类人猿化石，是史前人类学领域中一项带有根本意义的重要发现。现在很清楚，在第三纪后期或第四纪早期，东亚确实存在过人或者同人十分密切的类型。在这个时间的前后，也有猿人生活在爪哇、曙人生活在辟尔唐、海德堡人生活在茅厄尔。实际上所有这些类型都是同时的。它们由中亚高原各自向东、向西南和向西移动了一样远。这足以表明，中亚高原最可能是它们的共同分化中心。因此，周口店的发现，立刻给我们计划的中亚考察团以一个补充的推动力，它督促考察团在出发前先着手一个最重要的有联系的追加项目，这就是周口店的发掘和研究……”

步达生的这一意见，得到了翁文灏的赞许。在谈话结束时，翁文灏提议最好以信件的形式交换两人的谈话内容，以作为双方签署合同的基础。

一个星期后，步达生便将书写的信件寄于翁文灏。

翁文灏在接到步达生来信的第三天，便给步达生写了一封既维护国家权益，又尊重外国专家意见的复信。

步达生接到翁文灏回信的当天，便立即复信表示：我和胡顿博士都非常欢迎并完全同意您来信所补充的各点意见。

作为中国地质学奠基人之一的翁文灏，确是一位富有远见卓识而又充满了智慧的杰出人物。步达生在写给他的信的第二个条款中提道：“所获得的材料准备用于研究，人类及类人猿化石由我掌握，论文在《中国古生物志》上发表。其他方面的材料则由地质调查所研究并永久保管。”今天的我们当然无法知道，这到底是步达生无意中的小小疏忽，还是他出于别的什么目的而有意为之，反正他在信中对“人类及类人猿化石”最后的权属问题，始终只字未提；而这个问题又恰恰是整个协议中最为重要、最为关键的一点。敏感而智慧的翁文灏当然注意到了这一点。所以他在给步达生的复信中，将材料的使用权和归属权问题严格加以了区别，并对它们的权属问题作了明确规定：“无须多说，根据这个建议，留在您处的骨骼材料应永久保管在中国，而不论体质人类学研究机构的方案将来实现与否。”

1927 年 1 月 3 日，步达生接到美国纽约发来的电报：洛克菲勒基金会总部同意为周口店发掘项目拨款 24000 美元。步达生看完电报后，兴奋难抑，当即抓起电话，想向翁文灏报告这一大好消息。可惜翁文灏不在，他便马上写了一封短信，将这个好消息告诉了翁文灏。翁文灏接信后，欣喜万分，表示一定尽快落实此事。

1927 年 2 月 14 日，中外双方经过一番严肃认真的协商和斟酌后，终于达成如下协议：

中国地质调查所与北京协和医学院
关于合作研究华北第三纪第四纪堆积物的协议书

第一款：设立华北第三纪及第四纪化石堆积物研究专门基金。由洛克菲勒基金会赠与二万四千美元作为到 1929 年 12 月 31 日为止的两年期间的研究专款。中国地质调查所将由它的研究经费中拨出四千元，以补贴这一时期的用费。本项目的一切开销得提请合作双方的负责人批准。本合作项目的宗旨，是寻找和研究早期人类化石和同时代的动物化石，但不涉及晚期文化的研究，尤其是历史时期的文物。在考察过程中意外发现的历史时期的不管何种文物，将交给适当的中国博物馆。

第二款：北京协和医学院解剖科主任步达生博士在双方指定的其他专家协助之下负责野外工作。二至三名受聘并隶属地质调查所的古生物学家专门负责与本项目有关的古生物研究工作。此外，双方应以其现有的人员给予本项目以任何必要的援助。

第三款：一切采集到的标本归中国地质调查所所有，但人类学材料在不运出中国的前提下，由北京协和医学院保管以供研究之用。

第四款：一切研究成果均在《中国古生物志》或中国地质调查所其他刊物上以及中国地质学会的出版物上发表。

此协议的正式签订，表明了中外双方的诚意和远见，从而使中外双方联手发掘周口店的计划在根本上得到了保障。而步达生则好梦成真，多年的努力与心愿终于变成现实。

六、 步林发现一颗人牙

周口店大规模的系统发掘计划，在美国洛克菲勒基金会的鼎力支持和中国地质调查所的具体组织下，于 1927 年春正式开始实施。

该项工作的名誉主持人，便是大名鼎鼎的丁文江。

当年的丁文江虽然大名鼎鼎，今天的大多数年轻人却很可能一无所知。如果提起《徐霞客游记》这部书来，也许还略知一二。而《徐霞客游记》的编纂者，正是丁文江。这位中国地质事业的重要创始人之一，年仅十五岁便东渡日本留学，之后再由日本远渡重洋，前往英国林肯郡的司堡尔丁读中学，而后又在剑桥大学和格拉斯哥大学攻读动物学及地质学，获得双学士学位。直到 1911 年，才离英取道越南回到祖国，在上海南洋中学开始任教。

1916 年，丁文江与章鸿钊、翁文灏一起在北京组建了农商部地质调查所，并出任首任所长；同时担任中央大学地质学教授。其间，他曾向北京大学校长蔡元培建议聘请美国的葛利普教授和当时在英留学的李四光到该校任教。1917 年，他还随梁启超赴欧洲考察，并列席了巴黎和会。可惜的是，这位天才的地质学之父，一生博学多才，却因一次煤气中毒，于 1936 年 1 月 5 日死于湖南长沙，年仅四十九岁。

由于丁文江对周口店的发掘工作一直都很支持，所以发掘周口店名誉主持人的身份，便自然而然地落在了他的肩上。此外，除了步达生和翁文灏主要负责组织工作外，第一批派往周口店发掘的主要指导者和实施者还有四个人，他们是：

李捷：中国自己培养的第一批地质学家，为周口店遗址的挖掘做过开拓性的工作。他此次前往周口店，是以中国地质调查所代表的身份出现的，即担任周口店野外工作事务主任，主要担负地质、地貌学的调查，负责与地方当局、土地所有者的交涉及管理从事发掘的招聘工人等行政事务。

步林：由维曼和安特生教授推荐的瑞典古生物学家，毕业于乌普桑拉大学。1927 年 3 月 16 日偕夫人来华后，担任古生物研究专员和周口店发掘顾问。此次派往周口店，主要负责发掘的科学计划。

刘德霖：原为美国著名的古生物学家葛利普的技工，曾跟随美国自然历史博物馆中亚考察团进行为期两年的野外考古发掘。主要担任周口店发掘技术助理兼室内修补化石专员。

谢仁甫：步达生的办事员，或者说秘书。他去周口店，主要是给刘德霖担当助手。

随同上述人员前往周口店的，还有一个专门为步林烧菜做饭、洗衣铺被的勤杂工。

1927 年 4 月 14 日，在步达生的安排下，刘德霖和谢仁甫乘火车先去了周口店；第二天，又用汽车将步林和李捷送到了周口店。两天后，周口店的系统发掘工作便正式启动。

这时的周口店还没有发掘人员的住房，步林和李捷等都只好委身于一间小小的骆驼店里。据当年参加过周口店发掘工作的贾兰坡老先生回忆说，骆驼店坐落在坎儿河右岸，只有九间土顶土墙的小屋，离“北京人”遗址仅有二百米左右。小店虽然条件简陋，但对当年参加周口店发掘工作的人们来说，就算是个遮风挡雨的好地方了。

根据步达生的最初估计，整个周口店的发掘，在两个月甚至六个星期便可结束。但实际上“北京人”遗址含化石堆积之大、内容之丰富、问题之复杂以及工作之困难，都远远超出了他的想象。正如贾兰坡先生后来所言：“其实，经过半个多世纪时断时续的发掘，周口店含化石的堆积至少还有一半保留在那里；未弄清楚的问题和新提出来的问题等等，仍然成堆地摆在我们面前。”

这次发掘工作共用了半年时间，被挖掘出来的堆积物约三千立方米。虽说这一年的发掘时间不算太长，但却获得了五百箱化石材料！尤其值得一提的是，1927 年 10 月 16 日这天，步林先生在当年师丹斯基发现第一颗人类牙齿的旁边，从发掘的化石堆积中又出奇地找到了一颗人牙化石！而且，这颗人牙化石保存极好，完整无缺。

那一时刻的步林说不出有多么的高兴。他刚从遥远瑞典第一次踏上中国这片神奇的土地，便有幸参加了周口店的发掘工作，而且，还很快发现了一颗人牙！由于这一天大的好事来得实在太快太猛了，所以竟让他感到有些不知所措了。他将这颗人牙小心翼翼地清理包装好后，便连夜送到了步达生的手中。

捧着步林送来的这颗人牙，步达生激动不已，惊喜万分。他很快对人牙化石进行了一番仔细的鉴别，等确认无误之后，便于当年的10月29日向已经回到瑞典斯德哥尔摩的安特生写去一封长信，用难以抑制的激动心情报告了这一大快人心的喜讯。他在信中这样写道：

尊敬的安特生博士：

我们终于得到了一颗漂亮的人牙！

这确实是一个令人振奋的消息！

步林是一位优秀而热心的工作者，他在极不安宁的环境下，不顾战乱，坚持考察工作。10月10日翁博士（笔者注：指翁文灏所长）考虑到地方之间正在打仗，从大连发来急电，督促我把步林和李捷叫回来。但是，我在这里详细打听之后，觉得还没有必要这样做。于是，我写信给步林，讲明当前的局势，告诉他说，不管是他还是李捷，我希望他们都不可去冒什么风险。不过，因为他们了解当地情况，所以对于什么时候撤回北京，完全应该由他们自己作出判断。

他们那里有六十人参加发掘，所以每天开销很大。我因委员会的日常工作缠身，未能亲身下去。谢仁甫亦因地方之间的战争而不能常去周口店。10月19日晚，当我于6点30分开完会回到办公室时，发现步林在那里。他身穿野外服装，风尘仆仆，但脸上却挂着幸福的笑容。他不顾战乱而完成了这个年度的野外发掘工作，在10月16日发现了那颗牙齿。真是交了好运，终于从堆积物里挖到了这颗人牙。我太兴奋、太惬意了！步林上这儿来的时候，甚至没让他一道来华的妻子知道他已回到了北京。他真是一位跟我志同道合的人。我希望您转告维曼博士，我多么感激他派步林到中国来工作。

我们现在已有五十箱左右的材料运到北京。它们是上次战乱期间于7月下旬运回来的。还有三百多箱尚未从周口店启运。地质调查所的李捷先生正忙于设法弄到车皮将这些材料运回来。今天，我已经在娄公楼地下室安排好地方存放这批材料。这个地方，对于在楼上新生代研究室上班的步林来说，是很方便的。

到目前为止，我们已经用去将近一半的经费，还剩下大约一万三千元留待明年使用。

步达生

1927年10月29日

从步达生给安特生的这封信中，我们不难看出，周口店的发掘工作虽然取得了可喜的成绩，却也充满了种种困苦与艰难。作为刚到中国不久的年轻的瑞典古生物学家步林，在周口店的发掘中正经受着一系列的考验，同时也承受着很大的风险。中国当时已进入军阀混战的顶峰时期，位于北方的两大军阀张作霖和阎锡山之间的战争正在进行，战争的硝烟不时随着寒冷的秋风阵阵飘来，振聋发聩的枪炮声时时如重锤般震撼着龙骨山脉，一支支破败的军队每日穿梭往来于周口店附近，夜幕下如同蛇一般在山谷中游来荡去。而且，不时还有手中端着刺刀和摇晃着手榴弹的士兵钻进步林工作的山洞——或躲避炮火的袭击，或包扎鲜血淋淋的伤口，或狼吞虎咽地偷吃着半生不熟的小鸡，或偷鸡摸狗地干些见不得人的勾当，常常搞得正埋头发掘的步林等人心惊肉跳，不得安宁。但炮声的轰鸣和士兵的骚扰不但未使步林停止手中的发掘工作，反而在如此动荡不安的环境中，还取得了丰厚的成果——这一点，如果不是具备强烈的事业心和受过严格训练的人，恐怕是难以做到或不可能做到的事情。

步达生的信寄出之后，他又对步林发现的这颗人类牙齿进一步作了详细的分析研究，认为这是一颗成年人的左下第一臼齿，性质与师丹斯基发现的那颗臼齿完全一致。根据这颗下臼的性质以及它在地理分布上的意义，步达生撰写了专门的研究报告，在报告的结论中，他认为周口店龙骨山发现的人类化石，是介乎猿与人中间的一种原始人类，与已发现的任何原始人类都不同。于是他给这新发现的周口店的原始人类起了一个新的拉丁文学名——“中国猿人北京种”（Sinanthropus peki nensis）。同时又给起了一个俗名：“北京人”（Peking Man）。并在报告中提议为周口店建立一个人科的新属新种，即“中国猿人北京种”，或“北京中国猿人”。

而后，步达生又将他的报告印了很多份，分别寄往世界各地有关的机关和学者，并且还亲身携带着这颗牙齿周游世界（应该说，这是违反当时合同上不许将标本运至国外的规定的），与世界各国的人类学家当面研讨。然而，步达生的此次行动，并没有得到世界学术界的同情和赞许，普遍认为他无知大胆，仅根据少量的材料便得出了一个重要的结论。而他为“北京人”起的那个学名也始终没有流行起来，相反，当年葛利普提议使用的“北京人”这个俗名，却被科学界认可，被大众接受，并很快传向世界，流行至今。

迫于愈演愈烈的军阀混战，为确保发掘人员的安全，周口店这年的发掘工作，在步林发现人牙的第三天，暂时画上了一个句号。

七、“石油大王”资助周口店

1928 年 4 月，周口店的发掘工作，又在世人的瞩目、期盼与疑问中，掀开了第二页。

由于李捷和刘德霖调往西北科学考察团参加发掘，经过中外双方协商，决定派上个月才从瑞典学习回国的杨钟健参加周口店的发掘，并由杨钟健取代李捷为中国地质调查所在周口店的正式代理人。

杨钟健 1923 年毕业于北京大学地质系，获理学学士学位。1924 年，他在他的导师、北京大学地质系主任李四光的推荐下，赴德国留学，在慕尼黑大学地质系古生物专业学习古脊椎动物学，1927 年获哲学博士学位。随后，他按照中国地质调查所的意见，赴瑞典乌普萨拉维曼教授主持的研究所，开始研究周口店的化石。因此，他对周口店遗址并不陌生。

杨钟健去周口店后，首先将这次的发掘面选在了去年发掘面的东部。他们先从山顶往下，开出一块长二十米、宽十二米的长方形地段，而后自4月下旬起，便开始野外工作。但到了5月下旬，由于军阀内战又一次波及周口店，步林、杨钟健等人只好再次回到城里，发掘工作被迫停顿。至8月底，局势开始缓和，发掘工作又重新恢复。为补偿失去的时间，步林和杨钟健一直坚持在野外，直到年底大雪封山，发掘工作才不得不停止。

这一年，尽管因军阀的混战而使周口店的发掘工作荒废了近三个月，但收获同样甚丰：发掘堆积物二千八百立方米，获得材料五百七十五箱；不光在去年步林发现牙齿的东北角堆积层上十米处发现了“北京人”居住的洞穴，而且还在堆积层中发现了两块很重要的下颌骨。经步达生认真考证，这两块下颌骨一块属少年女性，一块属成年男性，其中一块还保存了三颗完整的臼齿。这一出乎意料的发现，使步达生再度兴奋不已，因为正是这一新的发现，为他去年仅凭一个牙齿就建立起来的“中国猿人北京种”这个新属新种，提供了强有力的证据。

然而，周口店发掘工作面临的危机也日渐明显。原因是美国洛克菲勒基金会给周口店的专款即将用完；而经过两年的发掘，“北京人”遗址含化石堆积物的体积远远超出预先的估算，要想在这笔专款用完之前完成在周口店的发掘计划，是根本不可能的事情。两年的发掘工作已让中外专家们越来越感觉到，周口店这个遗址绝不是一个简单的独立的地盘，你越走进它，便越会感到它无穷的神秘与魅力。它那丰富的化石内容，复杂的地层堆积，无不证明它和周围更广大的地域有着不可分割的联系。如果研究者们仅仅把眼光局限在周口店这个小小的角落，而不将探寻和考察的目光投向它所关联的一切领域，那么，要想彻底弄清周口店遗址发掘中所提出来的地质学、古生物学和地貌学等诸多错综复杂的问题，是不切实际的。

为此，对周口店的发掘工作始终充满热情而又极富远见的步达生于1927年底离开北京，专程赶到美国纽约洛克菲勒基金会总部，详细汇报了周口店遗址的发掘情况，并和有关人士一起讨论了新生代的研究计划。他还向洛克菲勒基金会正式提出：希望继续为中国周口店的发掘赠款。

在步达生的积极周旋下，洛克菲勒基金会最后几乎同意了他的全部请求——不仅同意为周口店的发掘继续赠款，还决定再拨款四千美元作为1928年周口店发掘工作的追加费用。于是，步达生于1928年秋满载而归。他与前来迎接他的丁文江博士刚一见面，便张开手臂激动地说："丁博士，真是太幸运了，他们几乎同意了我提出的全部条件！现在好了，我们总算又有了经费。我想，一项人类最辉煌的事业将从周口店再度开始！"

由于周口店在关键时刻得到美国"石油大王"洛克菲勒财团的慷慨资助，一度停滞的发掘工作又开始好转起来。

1928年冬，为了更好地做好周口店的发掘工作，步达生和丁文江、翁文灏等人经过频频磋商，决定用一项新的、内容更加广泛的合作计划，取代即将到期的周口店研究计划。此计划为期三年半，由中国地质调查所和北京协和医学院共同进行，预算出来的十一万美元的发掘经费，则由洛克菲勒基金会提供。为避免日后工作中可能出现的种种麻烦，步达生、翁文灏和丁文江还决心把刚刚成立的新生代研究室，办成一个"真正的中国机构"，一个隶属于中国地质调查所的特别部门，以使今后所有的发掘计划都由该研究室统一掌管。

为此，1929年2月8日，双方经过反复磋商，翁文灏和步达生专门拟定了两份文件。为了解当年中外科学家们严肃认真的工作态度和一丝不苟的科学精神，不妨请看一下这两份文件：

中国地质调查所新生代研究室组织章程

一、本研究室的宗旨为开展一项广泛的人类古生物学调查计划。采集、研究和描述中国第三纪及第四纪的化石均为本研究室的目标。本研究室尤其关注人类生物学方面的问题。

二、本研究室的行政事务置于地质调查所所长管理之下，并由下列人员予以辅助：

丁文江博士为中国新生代研究的名誉主持人；

步达生博士为研究室名誉主任；

杨钟健博士（或另一名中国古生物学家）为研究室副主任，专门从事古生物学部分而不是人类学部分的研究工作；

其他专门人员可由地质调查所所长指定或邀请参加研究室的研究工作。

三、由洛克菲勒基金会资助专款，通过北京协和医学院分批拨给新生代研究室使用。

四、一切采集的材料包括人类学标本在内，全部归中国地质调查所所有，但人类学标本将暂时委托北京协和医学院保管以便于研究。当标本分存在地质调查所时，亦应随时为协和医学院的科学家们提供研究上的方便。一切标本均不得运出中国。

本新生代研究项目不涉及文化的研究并将不采集历史文物；不论何时，若偶然发现的历史文物，将交给适当的中国的博物馆。

新生代研究室与北京协和医学院和步达生博士的详细协定

一、所有地质及古生物学的文章将在中国地质调查所或地质学会的刊物上发表。但是，在取得地质调查所所长同意的情况下，步达生博士可以在任何刊物上发表他所研究的人类学方面的文章。同时，如果可能，这样发表的同一文章将于相同的日期登载在《中国古生物志》上。

二、由专款中付给杨钟健博士头一年的薪水为每月二百元，第二年每月二百二十元，第三年每月二百五十元；付给裴文中先生头六个月为每月六十元，下半年每月八十元，第二年每月九十元，第三年每月一百元。

三、北京协和医学院允许新生代研究室继续使用娄公楼内的房间。但地质调查所在认为需要的时候，可以随意将保存在那里的材料的一部或全部搬到西城这个调查所自己的办公楼去。

四、研究室主任亦管理野外工作和作年度报告。

1929年4月19日，中国政府的农矿部正式批准了这两个具有非凡意义的组织章程。不久，洛克菲勒基金会第一批资助款项也通过北京协和医院拨给了新生代研究室。至此，周口店的发掘研究计划，将几年前步达生和安特生发起并制定的中亚考察计划彻底取而代之。不久，步达生又去爪哇出席了第四届太平洋科学委员会会议。会上，这位科学家为了宣传周口店的意义，利用一切可以利用的机会，抓紧向各国同行们展示“北京人”化石的模型，从而引起与会者对“北京人”的大加赞赏和极大兴趣。

几乎与此同时，德日进和杨钟健还以《周口店洞穴层》为题，对1927年以来系统发掘周口店的三年工作作了专题报告。值得一提的是，德日进和杨钟健在这个报告中将“北京人”遗址含化石的堆积物自上而下划分出十个层。他们根据动物群的性质，确认这套堆积的时代“明显地属于更新世”，“比黄土期动物群古老，而且性质几乎完全不同”。这一研究成果，为后来的周口店研究以至华北的第四纪地质学的研究奠定了坚实的基础。

正如安特生博士所说：“资金、耐力和出色的鉴别力，是发现新财富的基础。”特别是新生代研究室的建立，开拓了整个中国新生代研究的新局面，使中国有了第一个属于自己的从事新生代地质、古生物学特别是古人类学研究的研究室。而周口店的发掘工作，也正因为具备了良好的一切条件，才导致一年之后那震惊世界、誉满全球的伟大发现。

然而，当新生代研究室的中外科学家们为周口店的一次次发现激动不已时，世界上大多数的人类学家、考古学家却用手扶着眼镜，远远地观望着中国已经发生、正在发生和将有可能发生的一切。他们中有不少人打心眼里并不承认或者说不肯轻易承认中国的周口店，以及周口店的“北京人”，他们急需想看到的，是实实在在、确确凿凿、令人心服口服、不得不服的考古证据。

古老的中国，能再度说服世界吗？

第三章
“北京人”横空出世

八、裴文中发现第一个“头盖骨”

中外古人类学家寻找祖先的脚步，转眼间跨进了 1929 年。这一年，当我们谈到中国的周口店，谈到周口店的“北京人”，不得不谈到另一个年轻人。

这个年轻人叫裴文中。

有人说，裴文中应该算这个世界寿命最长的一个人了。因为正是他的出现，把人类原来只有一二十万年的历史，一下子往前延伸了二三十万年！

裴文中 1904 年 1 月 19 日出生于河北丰南县小集区西纪各庄，父亲裴文廷楹是清末的一个秀才。1921 年，裴文中怀揣家里为他拼凑的几十块银洋，心里铭记着父亲“做人要正，成绩要硬”的教诲，只身来到北京求学，先考入北京大学预科，后转入本科地质系。不久，父亲病逝，裴文中身无半文，一贫如洗，只好半工半读——一边上课，一边帮别人整理稿件，或者给报刊投点小稿，或者到《东方时报》作点校对。此外，他还到孔德中学（现北京二十七中）等中小学校去做兼课教师。著名剧作家吴祖光说，他小时候还听过裴文中的课呢！

在如此艰难的生存条件下，裴文中除了出色地完成地质专业课外，还对文学一往情深，常常去听一些著名的文科老师讲课。尤其是鲁迅先生在北京大学讲《中国小说史略》时，他每次总是早早就去抢上一个好座位。

台上讲课的鲁迅先生当然没有想到，这位每次老老实实坐在台下认认真真听他讲课的“文学青年”，六年后居然在周口店摇撼了整个地球！

也许正是在鲁迅的直接熏陶和感召下，正是在这种文理兼收与并蓄之中，裴文中为自己打下了坚实的文学基础。1924 年，有感于军阀的残酷混战，他写了一篇题为《戎马声中》的小说，发表在由鲁迅的学生孙伏园主编的《晨报副刊》上。

这篇小说发表后，有幸落入鲁迅的法眼。鲁迅认为小说的文字朴素无华，感情真挚热烈，写出了‘游学的青年，为了炮火下的故乡和父母而惊魂不定的实感”，颇有信手写来，不事雕琢的好处。是“乡土文学”之一种。

年仅十九岁的裴文中，写出的第一篇小说便得到了大文豪鲁迅先生如此高的评价，可见他悟性与天分之了得！但他并没有被文学抛出的“花环”所迷惑，而是依然坚守自己的地质专业。

1923 年，“二七”惨案之后，北京各界人士在汇文中学大操场开会，声讨军阀，支援工人斗争。就在这次会上，裴文中挺身而出，发表了慷慨激昂的演讲；1925 年，“五卅”惨案后，他积极参加各界举行的游行示威筹备工作，并在《北京晨报》上发表了署名“革命”的三言长歌，宣传反英反日；后来，中国最早的马克思主义者李大钊作了他的入党介绍人！

1927 年，裴文中从北京大学毕业了。但堂堂北大地质系的毕业生，却因在学校有过“闹革命”的经历而在北京找不到一份工作。他多方奔走求职，天天写信推销自己，希望能在地质专业上有所作为。可求职信写了一封又一封，结果却始终不能如愿以偿，而其他工作也无下落。无奈之下，他只好在北京过起了流浪人的日子。

一日，他正为自己无所事事而发愁，路过农商部地质调查所门口时，突然想到了该所的所长翁文灏先生。翁文灏先生虽是地质调查所的所长，却兼任北京大学、清华大学和北京师范大学的教授。裴文中与翁文灏素不相识，更谈不上有什么私交，只是听过他的课而已。但“有病乱投医”的他，灵机一动，便大胆地给翁文灏先生写去了一封求职信。翁文灏读了裴文中的来信后，同意接收裴文中到地质调查所上班，其工作是研究山东的三叶虫化石。

1928 年春，周口店的发掘工作又将开始，翁文灏所长便推荐裴文中去了周口店。裴文中在周口店的主要工作就是负责管理工人的账目、伙食，简单说，就是一个勤杂工。好在他性格忠厚，待人诚恳，干活又肯卖力，再加上勤奋好学，苦钻业务，因而很快便得到了领导、专家和同事们的厚爱。

1929 年春，当周口店的发掘工作无人支撑时，翁文灏既是出于一种责任，也是出于一种无奈，便自然而然地将主持周口店发掘工作的担子，搁在了裴文中的肩上。

这一年，裴文中 25 岁。

为了能在周口店尽快学到更多的考古知识，他开始拼命啃读一本又一本有关古生物学方面的书籍和刊物，几乎到了一种痴迷的状态。为了把书本知识和发掘实践结合起来，他征得杨钟健先生的同意，亲自上山帮助挖化石。凡发掘出一块化石，或者有一点什么线索，他总要反复琢磨半天。他在周口店的一系列表现，被担任发掘指导的步林博士看在眼里，很快便将他选为唯一的助手。

不到一年，裴文中就从一个门外汉，变成了一名熟练的技术员。

然而，裴文中和他所指挥的工人们在这个时期的发掘，尽管付出了极为艰苦的努力，并取得了相当可观的成绩，却仍未超出安特生和步林发现成果的价值尺度。而寒冷的冬季，在一阵接一阵的大雪的飘飞中，悄然降临了。龙骨山从翠绿变成了惨白，由温暖变成了寒冷，但周口店的发掘，却始终没有什么大的突破。

这时，北京方面已经下令：立即停止工作。加之天气冷得出奇，工人们开始显得有些烦躁不安，心灰意冷。是继续坚持挖掘下去，还是见好就收？裴文中陷入了深深的苦恼之中……

经过再一次仔细查看，裴文中认为，“北京人”居住的范围很大，希望很有可能就躲在这最后的坚持之中，现在说什么也不能死心。因此他坚决反对停工，又一次向工人们发出了号令：“挖，继续挖，一定要坚持到底，挖它个水落石出，决不半途而废！说不定，我们最想要的东西就在这下面。”

在裴文中的督促下，龙骨山的发掘工作在凄凉的寒风中继续默默向前推进。1929 年 12 月 2 日下午 4 时，落日已经染红西山，发掘场地上，除了北风的呼号，便是荒草的哀鸣，虽然人人都感到寒意彻骨，但为了心中那份难灭的希望，大伙在连脚都站不稳的情况下，仍坚持用最原始的运土办法，用绳子把一筐一筐的土从洞中拉上来，然后再用人工一筐一筐地抬出洞外。

由于天气太冷，已经冻得浑身发抖的裴文中准备下令收工。就在这时，远古祖先的大门仿佛“吱”的一声裂开了一道缝隙——他们很意外地在空隙的底部凿穿了一个神秘的洞。“这个洞穴，会不会是猿人行走的通道呢?”敏感的裴文中喜出望外，心里一阵窃喜。他一边在心里琢磨着，一边找来一截绳子拴在腰上，再点燃一支蜡烛，攥着一支手电，而后对周围的人说道：“你们将绳子的这一头拽住，我先下去看看!”

裴文中缒绳而下，进入洞中，然后瞪大眼睛仔细察看。这一看，他被惊呆了：一片片的白骨——远古动物的化石全都安详地躺在洞底的尘土之中，只要用手一扒，一块块化石便清晰地显露出来，像是上帝有意保存下来的一座化石宝库!

裴文中爬出洞口，把洞内看到的情况向工友们作了简单介绍，然后又和乔德瑞、宋国瑞和刘义山三位工友一起下到洞底。由于洞穴的空间太小，他们每个人只好再点燃一支蜡烛，一步一步地往前走着。尽管四支蜡烛都在燃烧，都在跳动，但洞内却越发昏暗，惨淡的光亮使四名发掘者几乎看不清对方的脸。由于裴文中的另一只手上拿着蜡烛，挖掘时就只能靠一只手。含大量化石的堆积物被一铲铲小心地挖出，又一筐筐拉出洞口……

此刻，山野寒风呼号，零星的雪花在风的裹挟中无目的地胡飘乱荡，不时地散落下来，带出丝丝冷气；惨白的太阳从西方的山顶悄悄钻出云雾，向世界作着最后的告别。

天，渐渐黑了。

也许是因为天气太冷，或者是由于到了下工的时候，周围显得异常的寂静。洞穴深处越发黑暗，四个人不说一句话，全都屏住呼吸，沉寂中只有锤镐、探铲发出的冰凉的碰撞声，才证明洞里还有四个高级生命的存在。

突然，刘义山大叫一声："这是什么?!"

裴文中和另两个人同时哆嗦了一下，急忙放下手中的工具，围拢过去。裴文中仔细一看，惊喜得简直忘乎所以！原来，眼前那个黑黑的、圆圆的东西，竟是一块完整的猿人头盖骨！

匿藏了五十万年的人类祖先，终于向自己的子孙第一次露出了尊容！

然而，用什么东西将头盖骨带出洞去呢？裴文中一时犯了难。是的，都是因为这个发现太突然、太出乎意料了，即是最伟大、最有远见的科学家，也断然想不到这照耀千古的发现就在今天，就在眼前！

最后，裴文中想到了自己身上的棉袄。他很快脱下棉袄，将头盖骨轻轻包藏起来，而后一步一步、小心翼翼地躬腰走出洞穴……

夜幕降临了，起伏的山峦在沉沉夜色的包围中，显得格外的肃穆而空旷。风已停歇，雪却下得越发的大了起来，看样子，一场真正的封山大雪就要到来了。衣着单薄的裴文中紧紧搂抱着怀里的头盖骨，在起伏不平的山间小路上一步一步地往回走着，走着，片片雪花，悄无声息地飘落在他的头上、脸上和肩上；还有那冷飕飕的风，裹着那浓浓的夜，如同细细的皮鞭，不停地抽打在他的身上，让他生出一阵阵恐惧与寒意。尽管裴文中冻得全身直哆嗦，可他怀里却像搂着一团火，直撩拨得他血液沸腾……

多年之后，裴文中对此情此景，记忆犹新：

> 我像一个淘金人突然遇到了狗头金，不，我怀中的头骨比狗头金要贵重得多，意义更大得多。尽管是寒雪飘洒的冬夜，但我只穿了两个褂子的身体，却没有感到一点寒意，只觉得心在怦怦地跳，两腮和耳朵根热辣辣的。
>
> 我怀抱头盖骨，在沉寂的山野中走着，思绪不住地翻腾。多少人的向往、梦幻和追求，今天终于付诸现实了，五十万年前的人类就躺在怀中，实实在在地躺在怀中，这就是我们的祖

先啊！这是一件多么有趣和了不起的事情！想到这里，我的眼窝开始发热、发烫，最后泪水哗哗地淌了下来……

夜色中的裴文中摸索着回到当年师丹斯基和步林等人住过的乡村寺庙——也就是他现在的指挥部兼宿舍后，匆匆吃了几口饭，便将自己关在屋里，奋笔疾书，向北京的翁文灏所长报告这一惊人的发现：

尊敬的翁所长先生：

今天交了好运，我们在原发掘址第九层下边发现一个洞穴，经发掘得一猿人头盖骨，一个完整的头盖骨。我在现场就把它取出并安然无恙地带回。待稍作处理，我即携此头盖骨返北京面交。

裴文中敬上

1929 年 12 月 2 日晚匆匆

翌日一早，裴文中派专人把信送去北京。送信的人前脚刚走，他按捺不住心中的激动，接着又跨进了邮电所的大门，急匆匆地给步达生拍了一封电报：

顷得一头骨，极完整，颇似人。裴文中

步达生看了裴文中的电报后，惊得呆若木鸡。他后来这样回忆道：

在那一时刻，我眼睁睁地望着手中的电报，只感觉到双手在微微发抖，电报上的字像天上的星星一样在不停地闪烁，而整个脑子却一片空白，一片模糊。我希望其有，又恐怕其无。

1929 年 12 月 6 日清晨，裴文中宣布年度周口店发掘到此结束。送走民工后，他先将“北京人”头盖骨用自己的两床旧棉被细心包裹起来，外面再捆上褥子和线毯，连同其他的生活用具一起，背着下了龙骨山。

当裴文中将头盖骨送到步达生的手中时，步达生开始并未表现出多么的激动和兴奋。可当他用剔针一点点将包裹着头骨的硬土剔掉时，这位杰出的古人类研究专家竟抱着刚刚露出了本来面貌的头骨怔怔地看了好几分钟。由于极度地兴奋，他不停抖动的双手竟差点将头骨摔在了地上。“没错，是人的！是人的……”步达生眼里迸射着无比激动的光芒，竟一连在头盖骨上亲吻了三次。他放下手中的头盖骨，转身拍了一把裴文中的肩膀，很是兴奋地说道，“小伙子，感谢你，整个世界的人类学家都应该感谢你这一伟大的发现！记住，从现在起，你的名字可以留传后世了！”

裴文中走后，步达生仍按捺不住激动的心情，他接连不断地给国外科学界的朋友写信，报告了这个足以令他的同行震惊和羡慕的喜讯。1929 年 12 月 13 日，他在给英国著名解剖学家、自己的老师艾利奥特·史密斯教授的信中这样写道：

> 这一年周口店的工作再次以一个壮丽辉煌的顶峰而结束：12 月 2 日，主持野外工作的裴文中在那里发现了一个保存完好的中国猿人的成年人头盖骨（笔者注：这个头盖骨后来被魏敦瑞先生重新确定为少年）。他在现场就把它认出来并亲自细心地把它挖出。12 月 6 日，当这个仍然带着野外包裹的头盖骨带回北京的时候，它还是潮湿的呢！整个东西包括了一块大的石灰岩，头盖骨有一半包在它里面。我打算在给您和基思教授发出的圣诞贺电里，报告这个将于 12 月 28 日举行的中国地质学会会议上正式公布的好消息。如果您能够将这个消息传给史密斯·伍德沃德、格雷戈里、沃森等诸位博士，我将感到高兴。
>
> 裴文中先生是一位出类拔萃的野外工作人员；杨钟健是第一流的研究人员，在野外工作方面亦是如此；而德日进则是“老将出马，一个顶仨”。

完整的“北京人”头盖骨的发现，以无可辩驳的事实宣告了周口店的发掘达到了前所未有的顶峰，并使一切怀疑和贬低裴文中的人目瞪口呆，哑口无言。

此前，古人类学家发现的最早的人类，是德国的“尼安德特人”，距今约一二十万年，属“古人”阶段。也就是说，在裴文中未发现这块“北京人”头盖骨之前，人类只有一二十万年的历史。但年仅二十五岁的裴文中发现“北京人”头盖骨之后，人类的“寿命”一下便多了几十万年！

很快，中国北京周口店发现“北京人”头盖骨化石的消息传遍全球。全世界的人类学界、考古界都被震动了。美国古生物学界的泰斗奥斯朋首先给裴文中发来贺电。其后，世界各国争相祝贺，贺电源源不断。尤其是“北京人”头盖骨被地质调查所隆重展出时，前来参观者更是川流不息、络绎不绝。

1929 年 12 月 28 日下午，中国地质学会特别会议在地质调查所隆重举行，应邀到会的除科学界外，还有中外新闻界人士。二十五岁的裴文中面对一群白发苍苍的中外科学家，在会上作了发现“北京人”头盖骨的报告。裴文中的报告刚一结束，全场掌声雷动，经久不息。会后，正如所预料的一样，裴文中的这一创世纪的伟大发现，如同东方横空扯响的一道闪电，顿时照亮了人类文明历史上一团漆黑的夜空，并使世界为之震惊，为之动容！

第二天，北京《晨报》以巨幅标题做了报道：

五十万年前的人类祖先被唤醒

周口店发现一完整的猿人头盖骨

昨日下午 2 时，中国地质学会特别会议在地质调查所隆重举行，调查所所长翁文灏致辞，裴文中、步达生、杨钟键、德日进等中外科学家出席演说。裴氏发表其重要科学的发现，谓北京西南周口店曾掘得“北京人”头盖骨一个，已变成完整的化石。此乃世界前古之人类的化石，其年代当在五十万年以上，亦是亚洲发现的第一块远古人类头骨，此种发现足令世界震惊。

毫无疑义，是裴文中氏唤醒了亚洲最古老之人类，并把它从沉睡的洞穴中请了出来。

作为最初之研究成果，步达生博士断定这位先人可能属青年和少年间之年龄段，性别尚未确定，极可能属男性。对此位“北京人”头骨之研究，极大限度地扩展了我们对人类早期历史之认识。注意到“北京人”头骨之厚度，可联想到英国南部“曙人”之厚头骨。但在其他之部位，如厚眉骨及低前额，“北京人”又和爪哇的特里尼尔人有密切之关系。步达生博士仔细比较两种猿人，揭示了二者之基本区别。爪哇之特里尼尔人进化较高级，此并非对某一民族而言。“北京人”有混合原始人与现代人之特征。步达生氏总结其特点言：“北京人”属发展之类型，接近原始人。此不仅属尼安德特人、南非人种之原型，亦属现代真人之原型。

这一创世纪发现，使整个人类早期理论渐趋成熟……

一时间里，裴文中和他所发现的“北京人”头盖骨，成了当时中国人最感兴趣的爆炸性新闻，北京城里的大街小巷几乎无人不晓，无人不谈；与此同时，国外报纸也纷纷登载了周口店发现“北京人”头盖骨的消息，并以“地球人类的震撼”“古人类研究史上的一道闪电”等题目，报道了“北京人”头盖骨发现的重大意义和影响。有文称：“北京人”遗骸是考古学为体质人类学提供的珍贵非凡的实物资料，它不仅对人类起源的研究是一个巨大的突破，而且使人类学学科体系进一步牢牢奠定在唯物主义的坚实基础之上，使整个人类学的面貌为之一新。

九、“北京人”与达尔文

“北京人”横空出世，二十五岁的裴文中一举成名。

由中国的裴文中，我想到了英国的达尔文。

1854 年，自小被学校和父亲看作愚笨无能、不可教化的查理·达尔文，毅然弃家离开英国本土，踏上了去北美洲考察的航船。五年后，风雨飘摇中的他发表了足以改变人类思想进程的伟大著述：《物种起源》。

在这部惊世骇俗的巨著中，达尔文以亘古未有的全新的进化观念，首次明确提出，地球上的生命并不是像是《圣经》里所描绘的那样，是上帝在一个星期之内创造出来的作品，而是经历了长时间的进化才逐步变成了现在这个模样。之后，他又写了《人类的由来》一书，首次提出人猿同祖、人是由古猿变化而来的理论。《物种起源》和《人类的由来》的发表，如同冬夜的长空突然炸响了一声撼天震地的惊雷，一夜间便使当时的宗教界、政治界、学术界以至整个世界陷入一片茫然与慌乱。因为《物种起源》的问世，是对千百年来根植于人类心中的"上帝创造人"的学说的一个灭绝性的打击。于是达尔文也由此理所当然地受到了来自各方面的指责与非难，并被骂为"一个极端失去理智，丧心病狂的疯子！"

然而，正是这个"疯子"所创立的学说，受到了当时的两位伟人——马克思和恩格斯的充分肯定与高度评价，被誉为"十九世纪自然科学的三大发现之一，"使之"在人类起源的研究上开辟了一条新的道路"。

此后，恩格斯站在人类历史的高度，在达尔文理论的基础上，更加深刻、全面地提出了"劳动创造人"这一划时代的理论。恩格斯关于《劳动从猿到人转变过程中的作用》一文的发表，如同火上浇油，使原本对达尔文的进化理论进行谩骂和攻击的宗教界以及反科学的西方统治阶级，越发感到恐慌和不安。他们以极度的愤怒和彻骨的仇视，拼命抵制和消除这些理论在一切领域中的流传和影响。于是，昔日一派"春光明媚、和平友好"的西方世界，顿时狼烟四起，纷争不断，一场科学与反科学的血腥搏杀，在看不见硝烟与剑影的战场上迅速展开。

正当这场旷日持久的搏杀，杀得昏天黑地、胜负难分之际，近代考古史上具有划时代意义的、严格运用地层学和类型学方法进行的田野考古，凭借着一系列创世纪的成果，为达尔文的"进化"理论提供了决定胜负的关键的佐证。

就在达尔文发表《物种起源》的同一年，著名地质学家查尔斯·赖尔和英国古生物学家、考古学家、地质学家等一起，踏上了阿布维尔实地考察的征程。三年后，他们根据发掘的遗迹，作出了“绝种的哺乳动物与旧石器时代人类的工具是共存的”这一科学的结论。1868 年，考古学家在法国多尔多涅地区埃济附近，发现了与旧石器和绝灭动物化石同一时期的克罗马农人化石；1891 年，著名考古学家欧金·杜波易期，在印度尼西亚爪哇岛特里尼尔发现了猿人骨骼化石；1908 年，在德国茅厄尔的海德堡河床中，考古学家发现了保存完好的古人类下颌骨，被称之为“海德堡猿人”；1911 年，在英国南部辟尔唐的河床中，查尔斯·陶逊爵士发现了颇像人类的头骨碎片及其他猿人的碎骨；紧接着，地质学家在欧洲西部和中部相继发现了人类历史上早已灭绝的人种——尼安德特人的头骨……

上述所有这些发现，无疑将考古学中无可辩驳的例证和人类进化的学说紧紧地联系在了起来，从不同的、更加明了的角度，开阔了人们不断更新的视野，进而加强了对人类进化理论的认识和研究。尽管如此，当时的西方宗教界和反科学的统治阶级，对这些重大科学发现却依然不屑一顾，甚至不择手段加以否定和抵毁。如，雅典的不列颠学院主任霍迦斯，就始终坚信物质证据的考古是“次要的”，只有那些被文献所阐明的发现物，才是主要的。而此时的牛顿和玛利特等人的研究，实际上已进入了“神创造万物”的歧途。这些曾在科学界英名显赫的盖世天才，并没有让他们的天才再度发出迷人的光芒，相反却遁入了一条黑暗的通道；德国的“学术权威”、国会议员维尔合为诋毁进化的理论，则干脆把尼安德特人宣布为“一个因患白痴病而成畸形的现代人头骨”，甚至认为爪哇猿人“根本不是人，而是属于一种已经绝灭的大型长臂猿”。

当西方“进化”与“反进化”的思想搏杀进入白热化状态时，考古学家们都企望能在特里尼尔、海德堡、辟尔唐等地发现更多的化石。但最终收获甚少。“进化”派的论据便显得捉襟见肘，力不从心。而那个被后来传为笑柄的在英国发现的“辟尔唐人”，则成了 20 世纪科学史上最大的一个骗局——

1911 年，英国业余地质学家查尔斯·陶逊从英格兰索赛克斯郡的辟尔唐附近的砾石坑中搜集到了一个头盖骨残骸，然后送给世界著名的人类史专家、大英博物馆的阿瑟·伍德沃德博士进行考证。陶逊对伍德沃德说："我发现了部分古人类头盖骨，我相信这一发现可以和德国海登堡发现的'海登堡人'媲美。"伍德沃德看了后，认为这个头盖骨意义重大，决定与陶逊合作。于是二人携手继续在砾石坑中进行发掘，并搜集到了令人惊异的大量牙齿、骨头和史前工具。

随后，他们将这些发现即刻送到 1912 年 12 月 8 日由英国地理学会在伦敦召开的学术会议上进行鉴定。借助幻灯片，陶逊向与会者绘声绘色地描述了他如何发现头盖骨的精彩过程，而后伍德沃德又讲述了每块骨头碎片的详细情况，并当场断言："这就是现代人类直接的祖先!"而此前在德国发现的"海登堡人"和在法国发现的"尼安德特人"，都不过是"退化过程中的旁系"而已。

接着，陶逊和伍德沃德又将所有的发现物拼凑起来，向全世界宣布他们的"惊人发现"：在二十五万年前的这一地区曾经生活着一种人们尚不知道的人类。这种生物正是人们搜寻已久却没有被人发现的人与猿之间的过渡性生物！于是，"辟尔唐人"成为达尔文生物进化理论的第一个最有力的证据；同时，关于人类发源地的问题也不再是中东或非洲，而是英国。陶逊的这一发现，被称为"世界科学史上具有里程碑意义的注脚"，而陶逊本人也因此而声名鹊起，享誉全球。

然而，陶逊去世后，当其他人继续在这一地区发掘时，却什么也没发现，于是有人对"辟尔唐人"的真实性表示怀疑。直到 1953 年，由于新的年龄检验技术的出现，"辟尔唐人"才被认定是个骗局：陶逊发现的那块头盖骨是人的，但腭和牙齿却是猩猩的。这些牙齿经过锤磨加工，并用铁和锰等化学物质进行了处理，因而看起来颇像人齿；头盖骨本来是完整的，但是在打碎并埋入砾石坑之前，也同样进行了技术精湛的老化和染色处理；更让人啼笑皆非的是，那颗牙齿上原来被科学家们认为是新牙质的东西，竟然是一块口香糖的残留物!

那么是谁主谋和参与制造了这个骗局呢？制造"辟尔唐人"骗局的

主谋，是一个曾在大英自然历史博物馆工作过的叫欣顿的人！欣顿之所以要故意制造这个欺世盗名的科学大骗局，是因为当年他想在大英自然历史博物馆捞个全职薪水的职位时，遭到了著名的人类史专家伍得沃德的拒绝。于是，为了报复学术权威伍德沃德，欣顿便精心设计了这一20世纪最大的科学骗局——他要让伍得沃德在向全世界宣布了重大发现之后，却又发现这一切原来全是假的，从而使伍德沃德在全世界面前荣誉扫地，丢尽脸面！

可见，人类文明的历史，从来就不是只有春花秋阳，也非一帆风顺，而总是潜藏着杀机与欺诈、阴谋与陷阱。但达尔文的“进化”理论，以及马克思、恩格斯“劳动创造人”的学说，在经受了暴雨雷电的打击、摧残之后，最终未被扼杀在摇篮之中。它伴随着考古学界对史前人类历史的不断发现、不断发展而逐步走出沼泽和泥潭，并开始为坚持科学态度的世界少数知识分子所接受。

1896年，中国著名学者、翻译家严复，开始着手翻译由英国著名生物学家赫胥黎撰写的介绍达尔文学说的《天演论》。三年后，即1899年，该书在中国出版。这部鸿篇巨制在中国的问世，致使在西方争论不休的“进化”概念比其他科学概念更早地传入中国，并对中国人向来坚信的女娲黄土造人的世界观产生了极大的震撼。

1918年7月，中国最早的马克思主义者李大钊开始在中国传播马克思主义。李大钊的这一传播，导致了一个后来决定中国命运的政党——中国共产党的诞生。显然，这时期“北京人”骸骨及其遗迹的发现，客观上为“进化”的理论提供了极为重要的事实根据。因为中国“北京人”的发现，不同于其他“人”的发现，更不可与“辟尔唐人”同日而语。尤其是裴文中对“北京人”头盖骨和后来对火的发现，以及被定为“人类工具”的石英碎片和已经绝迹的上万块动物化石的发掘，扫除了人们心中的疑虑，确定了猿人阶段在人类发展中的地位，解决了自上个世纪以来关于爪哇人到底是猿还是人的长期争论，使人类的历史从此被推到了五十万年之前。这一具有非凡意义的历史性大发现，不仅是人类认识自身起源和进化的一个突破性进展，是古人类学史上划时代的里程碑，而且在科学思想的广泛普及中，还给世人特别是贫穷积弱的中国人，以理性的思考与启迪。

然而，令人遗憾的是，几十年来人们一直乐此不疲地探讨“北京人”及其遗迹发现的学术意义，却忽略了它对整个人类、特别是对二三十年代中国人的思想所起到的重大启蒙。因此，有必要强调的是，“北京人”的发现在充分证明了马克思主义关于人类起源的推断和达尔文学说的同时，还在客观上为这些理论的传播起到了不可忽视的、推波助澜的作用，从而加速了这些理论更快、更普遍地深入大众之中。

于是，我们似乎可以得出这样一种认识：如果没有周口店“北京人”的发现，马克思主义和达尔文的学说要想如此迅速地被人类所普遍接受，几乎是一件不可能的事情；而1921年在中国的土地上诞生的共产党，与周口店“北京人”的横空出世，在理论上同样有着某种渊源和必然联系。

当然，裴文中发现的“北京人”头盖骨把周口店的发掘和研究推上了辉煌的顶峰，并不等于全人类对古文明的寻找已经走到了尽头，更不意味着人类探究历史、寻找祖先的脚步即可就此停止。全世界几乎每一位关心周口店的科学家都清楚地知道，在东方的中国、在中国北京的周口店、在周口店的龙骨山、在龙骨山那一个个充溢着无数未知奇迹的山洞里，完全还可能有更令人惊心动魄、目瞪口呆的美妙花环和奇峰异石，等着天才的人类学家和考古学家们去发掘，去开采。

那么，一夜成名的裴文中，能否再给世人带来一份惊喜呢？

十、火，石器，“山顶洞人”

纵观世界文明发展的历史，任何一项伟大的发明或者发现，要想在短时间内完全被世人所认可和接受，都不是一件轻而易举的事情。

裴文中的“发现”，也不例外。

“北京人”头盖骨问世后，确实惊动了世界，也震撼了每一个人的心灵，但不少人在嘴上或者在心里，对裴文中本人并不完全服气，其理由是：裴文中发现“北京人”头盖骨，多少有些偶然，也带点运气。

不错，人类的全部历史几乎都是由无数的偶然组成。没有偶然，哪有必然？所有的必然早就全都锁定或者说隐藏在无数的偶然之中，关键是看你能否抓住那偶然一现的神秘之机。正是裴文中这一“偶然”的“发现”，不仅改变了他自己的地位，同时也挽救了周口店的命运。

在裴文中没有发现“北京人”头盖骨之前，由于周口店迟迟没有发现重要的“北京人”标本，所以洛克菲勒基金会的代表人对周口店开始冷淡，继而绝望，由此产生了不再为周口店的发掘“投资”的打算。也就是说，如果洛克菲勒基金会一旦真的断了周口店发掘的经济来源，周口店的发掘工作肯定从此中断。因为当时无论是一贫如洗的中国地质调查所，还是处于军阀混战中的国民党政府，都没有钱、也不可能拿出钱来资助周口店的发掘工作。而裴文中发现“北京人”头盖骨之后，洛氏基金会代表人不仅一下子有了新的可供研究的化石，同时也看到了中国的龙骨山潜藏的希望和可观的前景，于是一改原有打算，愿意继续为中国周口店的发掘资助美元。

有了美国人的美元，正处于“山穷水复疑无路”的周口店，一下子便“柳暗花明又一村”了。龙骨山过去一直归鸿丰灰煤厂私人所有，每年在此发掘时，中国地质调查所都要向这家灰煤厂交纳租金。为了避免珍贵的龙骨山今后遭到破坏，有了钱的中国地质调查所很快便委派裴文中等人出面，与鸿丰灰煤厂的经理交涉，最终用四千九百块银洋将整个龙骨山买了下来，龙骨山从此变成了国家公产。

从 1930 年的春天起，裴文中们在山下西边开始建房子，以作野外办公室和工人宿舍。他们一边建房，一边将发掘的范围扩大。上百的工友在裴文中的指挥下，每天在龙骨山上上下下，来来往往，开掘的进度一天比一天快，再加上那些卖花生、瓜子、糖果以及烧饼、老豆腐的小商小贩们来回兜售，不停吆喝，兵荒马乱中的周口店顿时显得热闹繁荣起来。

到了秋天，裴文中的主要计划就是发掘“鸽子堂”。鸽子堂位于“北京猿人”洞穴的东北角，只因此洞常年都有无数多的鸽子来此栖息，故被当地人称为鸽子堂。就在发掘鸽子堂的过程中，裴文中又惊人地发现了“北京人”用火的痕迹！

那是一个秋高气爽、阳光明媚的下午，裴文中带领着他的发掘队伍从鸽子堂的地表往下挖掘，至八米深时，看到一层黑灰色的堆积物。这堆物质土质松软，极易发掘，抓一把放在手里，分量很轻很轻；若是再使劲攥上一把，则有像能挤出水来的感觉。就在这一层中，他们除发现一块“北京猿人”的下颌骨和一件大致完整的锁骨外，还发现了许多被烧过的石头、骨头、松籽以及一块较大的紫荆木炭！那些被火烧过的石块，有的变了色，有的炸裂开，有的石灰岩块竟被烧成了石灰；而那些被烧过的骨头，也大多变成了或黑色，或蓝色，或白色，或灰色，有部分骨头被烧焦炸开后，还显露出了斑斑裂纹或者完全变了形……

裴文中拿起一块一块被火烧过的石头和骨头，借着从洞外斜射近来的光亮，一一仔细辨认着。渐渐地，他激动起来，开始不停地轻轻地敲打着手中的石头，思绪的翅膀仿佛从脚下的遗址一下飞越到了几十万年前“北京人”居住的山洞里……在裴文中看来，今天被世人大量使用的火，在几十万年前就曾经照亮过老祖宗的眼睛，温暖过老祖宗的身心。那时候，山洪暴发，野兽成群，小到苍蝇、蚊蝇，大至老虎、犀牛，随时都在威胁着老祖宗的性命。每当冬季来临，天寒地冻，死亡的阴影便笼罩在他们的头上；无论是突然划过的闪电，还是横空扯响的雷鸣，抑或每日都要降临的夜晚，都会令他们深感恐惧。然而，经过漫长艰辛岁月的洗礼之后，老祖宗们有一天终于看到了火，认识了火——那是闪电遗给人类的野火！最初，火使他们害怕，火令他们胆怯，一不小心触到，就被烧痛、烧伤甚至烧死。但渐渐地，老祖宗们开始真切地感到，火能吓跑寒冷，带来温暖，火能驱散黑暗，引来光明，还能让那些整天成群结队、耀武扬威的野兽们闻火丧胆，望火而遁。于是老祖宗们想法将火引进了他们群居的山洞里，渐渐懂得了要使火保持不灭，还需用自己劳动的双手不断住火堆上添加树枝或者木棍——如此这般，人类的火种便在不知不觉中被保存下来了。当然，让老祖宗们感受最深的，可能还是每当火烧灭之后，那些留存在灰烬里的、散发出一种特别香味的山鸡、小兔、麦豆、野果，捡起来吃上一口，味道好极了！老祖宗们吃了这些被火烤过的野食后，缩短了消化的过程，却大大发达了脑力，于是人类开始变得聪明起来……

裴文中的遐想固然浪漫，但科学最讲究的，是确凿的证据。

1930年冬，德日进从周口店携带着一块被裴文中发现的炭块标本返回巴黎，与欧洲史前遗址的发现物作了对比。结果，二者性质完全相同。然后，德日进又请巴黎博物馆矿物研究室的高伯特博士对这块标本做了分析试验，结果是被火烧过之后留下的炭。接着德日进又从“石英一层”取出一些黑色物质和一块被烧过的骨头，一并送给北京协和医学院药物学系的里德教授，再次进行了化验。结果再次证明：裴文中们在鸽子堂发现的那堆黑灰色的物资，是草木灰！周口店的“北京人”，已经学会了使用火！

当然，这并非是说，人类用火是从“北京人”开始的，而是说“北京人”对火的应用又有了很大的发展，并有了管理火的能力。稍早的周口店第十三地点，和山西省苗城县的沂河文化遗址，都发现过用火的证据；还有距今80－100万年前的陕西省蓝田县公王岭蓝田人遗址，也发现过属于炭质的黑色物质。半个多世纪以来，有不少材料证明，中国对火的遗迹的发现，在全世界是最早的；而裴文中在周口店发现的“北京人”用火的遗迹，并非自然现象，而是“北京人”所为。这一重大发现不仅提高和坚固了“北京人”在古人类学中的价值和地位，而且一下子将人类用火的历史提前了几十万年！

后来，裴文中所领导的工作队在鸽子堂还发现了“北京人”使用过的石器！他们从发现的两个地区中，收集到不少于两千块石英碎片和十块不属于洞中的石头。然而令裴文中深感痛心的是，当他将这些成箩成筐的石头收集起来，洗刷干净，再想法运回北京，然后一一陈列出来，请地质调查所和有关的同事们来察看和研究时，他们一个个却看得直摇头——没人相信这些乱七八糟的石块会是什么“宝贝”。

于是，为了得出一个权威性的结论，地质调查所所长翁文灏只好专门邀请法国著名的史前石器考古学权威步日耶教授前来中国，请他鉴定一下裴文中发现的那些被人称为“马路边上的石头”到底是什么东西？

1931年秋，步日耶教授不远万里，应邀来到中国北京。这位世界公认的石器考古权威在详细考察研究了周口店遗迹的化石后，认为“北京人”不仅会使用火、保存火，还会制造石器，即会制造简单的劳动工具；裴文中们挖掘出来的那些“石头”是非常珍贵的旧石器，是“北京人”在艰难困苦的生存岁月里用以征服自然界的得力的生产工具。步日耶教授不光完全接受了裴文中此前所作的结论，而且还进一步指出：“周口店的那些兽角和骨头也有明显人工加工过的痕迹，这些发现同石器一样，都可能成为人类祖先的工具。”

大科学家步日耶的此次中国之行，不光鉴定了裴文中发现的“石头”，同时还连带着鉴定了一个人。这个人就是裴文中。在离别中国的前夕，步日耶教授对裴文中当面坦言：“我非常愿意带你到法国去深造，你意下如何?”

如此一道从天而降的美丽的人生风景，犹如一抹绚丽多姿的彩虹忽然飘挂在了裴文中的眼前。出国深造，不仅对今天的中国学者有很大的魔力，对二三十年代初的中国学者同样魅力无穷。法国不光有很多像步日耶这样优秀的人类学家、考古学家，还有不少成功的考古经验，裴文中若是去了，不仅可以学到国际上最新的生物学知识和最先进的考古技术，还能拿到“洋博士”的学位，从而提高自己的身价，为日后职称的晋升、学术上的扬名乃至仕途上的飞黄腾达营造资本。何况，他将从师于世界顶级大师的门下；何况，土生土长、正值青春活力的他可以乘机走出国门，去文明的欧洲尽情地享受一番法国人那种连花盆和烟灰缸里都荡漾着浪漫的生活!

然而裴文中的反应，却是令人意想不到的平淡。他清楚，周口店的工作刚开了个好头，那些已被发现出来的“宝贝石头”还需他去做进一步的考察和研究。再说，新发现的一个山顶洞，还有待于他尽快去组织开掘。因此，他非常抱歉地对步日耶教授说：“目前周口店的工作离不开我，我也离不开周口店，请允许我再做一段时间的发掘工作，然后再来法国，好吗?”

步日耶教授尽管略感遗憾，但还是十分热情地握住裴文中的手说：“我等着你，年轻人!”

步日耶教授走了，裴文中则继续留在了周口店。从 1933 年起，他组织人马，全力以赴，开始对山顶洞进行发掘，至1934年底，共发现了八个人的骨骼化石，其中有三个属于成年人的完整头骨。从头骨和其他骨化石看，“山顶洞人”跟现代人在体质上已没有大的区别。经过证明，这些“山顶洞人”是旧石器时代晚期的人类，属于中国第一次发现，经鉴定，距今约一万八千年至一万年前。有了这个发现，旧石器时代初、中、晚三期的人类在中国的发现就齐全了。也就是说，人类发展史的三个阶段都有了代表者。旧石器时代初期的人类，就是代表猿人阶段的“北京人”；中期的代表者，就是“河套人”，是法国神父德日进发现的，距今约二十万年前；只有这晚期的“山顶洞人”，则是由中国人自己发现并研究的。而“山顶洞人”及其文化的发展，不仅使人类发展史上的“新人阶段”在中国有了代表者，而且对于研究代表直立人阶段的“北京人”，也具有直接的重要意义。

是的，“北京人”头盖骨的发现，证明中国人的祖先并不是从西方迁移过来的；火与石器的发现，证明了中国人的祖先自古便聪明而又勤劳；“山顶洞人”的发现，又使周口店发掘的意义再次得到了拓展。裴文中本人也因这一系列伟大的发现而再度步入辉煌，使他在世界人类尤其是中国大众心中的声名，远远超过了当年的安特生博士，以至于多少年之后，中国以及全世界的青少年仍然可以从历史课本上读到“北京人”头盖骨及其遗迹这一伟大发现的文字，裴文中也因此而伴随着这一划时代的发现而被后人铭记心间。

1935年夏，裴文中赴法国巴黎人类古生物学研究所和巴黎大学动力地质研究室留学，离开了周口店。周口店的历史，将从另一名年轻的中国人手中，掀开新的一页。

十一、贾兰坡发现三个“头盖骨”

继裴文中后步入周口店的，是仅有高中文化、名不见经传的贾兰坡。

贾兰坡十三岁那年，在北京谋生的父亲将从乡下接到北京念书。高中毕业后，由于家境太穷，父亲再也无力供养他上大学。一个大男人，找不到一份工作，无力养家糊口，这让贾兰坡感到非常难堪。

有一天，贾兰坡的表弟在恒兴缸店见到了裴文中。表弟无意中提到表哥贾兰坡闲在家里无事可做，只闷头读书的事。裴文中一听，说中国地质调查所正在招考练习生，何不叫他去试一试。结果，因了裴文中的这一句话，贾兰坡以优异的成绩考上了中国地质调查所新生代研究室的练习生，一步跨进了地质调查所的大门。

1931 年春，裴文中将贾兰坡和另一位刚毕业不久的大学生卞美年一起领到了周口店。这一年，贾兰坡二十二岁。

从此，贾兰坡的命运便与周口店的命运永远连在了一起。

作为裴文中的助手，贾兰坡像当年裴文中刚到周口店一样，每天除了钻研考古方面的知识外，大大小小的杂事全都得干，全都得揽。他学什么像什么，做什么就是什么，始终坚持表里如一，持之以恒。尤其是和裴文中一起开掘鸽子堂和"山顶洞人"的几年中，他更是没日没夜地扎在泥堆里。

1934 年，贾兰坡被晋升为技佐（相当于助理研究员或讲师）。1935 年，裴文中赴法留学，离开了周口店，周口店的发掘主持工作，便落在了贾兰坡的肩上。但 1935 年的发掘结果，却并不令人满意，贾兰坡所领导的发掘队伍除了发现一些人牙以及灰烬层里的一些烧骨和石器外，没有找到什么新鲜的东西。

1936 年春，周口店的发掘工作再度拉开序幕。按照新生代研究室的意思，本年周口店的发掘任务，仍是寻找人类化石。但这一年的发掘工作，跌进了一个低迷的深渊。上上下下对周口店新年度的发掘工作，基本上持一种观望的态度；不少人还认为，周口店的寻找已经走到了尽头，不可能再指望有什么奇迹发生了。

可就在 1936 年 6 月 10 日这天，贾兰坡他们的发掘刚一开始向第八至九层推进时，发现了一个几乎完整的猕猴头骨。6 月 20 日这天，又发现了两颗"北京人"的门齿和一块头骨碎片，同时还有三块猕猴的上颌骨。但由于雨季很快来临，贾兰坡不得不宣布结束本季度的发掘。

1936 年的夏季刚过不久，贾兰坡又率领一批技工前往周口店，开始继续发掘第八至九层。

10月22日，正当贾兰坡为找不到新的化石而一筹莫展时，上午10点，在裴文中当年发现“北京猿人”第一个头盖骨之南约十米处，他们发现了一块“北京猿人”的左下颌骨。

11月15日上午9时30分，刚开工不久，在靠近北边的洞壁处，贾兰坡他们又发现了一块头盖骨!

下午4时15分，贾兰坡们在挖出上述头盖骨不远处，再次发现了另一个头盖骨!

第二天，魏敦瑞带着夫人、女儿同卞美年一起，雇了一辆出租汽车匆匆赶到周口店，将第一个头盖骨带回了北平。

11月24日下午5时，魏敦瑞在协和医学院解剖科自己的办公室举行了中外新闻记者招待会，透露了贾兰坡在周口店新发现两块“北京猿人”头盖骨的消息。第二天，中外的许多报纸便以头题的位置纷纷刊登了这一消息。于是，继1929年裴文中发现第一个“北京猿人”头盖骨之后，全世界的学术界又一次被中国的贾兰坡和周口店的头盖骨震动了!

然而，事情并未到此结束。

11月26日上午9时，即魏敦瑞在北京举行记者招待会的第三天，贾兰坡又在周口店发现了第三个“北京人”头盖骨!这个头盖骨的发现，无疑等于火上加油，使本来就沉浸在一阵阵惊喜中的科学界几乎到了发狂的地步。12月19日，中国地质学会北平分会在西城兵马司九号中国地质调查所北平分所图书馆举行特别会议，特邀请魏敦瑞和贾兰坡就发现“北京人”头盖骨一事作专题报告。到会中外学者，百人有余。

会议首先请贾兰坡报告了三个“北京猿人”头盖骨发现的前后经过，而后由德国著名古人类学家魏敦瑞就其重大意义作学术报告。魏敦瑞在报告中这样说道:

> 现在我们非常荣幸，因为中国猿人在最近又有新的发现：10月下旬曾发现猿人下颌骨一面，并有五个牙齿保存；11月15日一天之内，又发现猿人头骨两具及牙齿十八枚；26日更发

现一个极完整之头骨。对于这次伟大之收获，我们不得不归功于贾兰坡君，因为当发现之始，前两个头骨化石虽成碎片状态，但贾君已知其重要性，并施用极精巧的技术，将其掘出，并经贾君略加以修理，后才由卞美年君及余携手研究。

此三个头骨，均为成年的，保存得都很完好。前两个，一个较大，一个略小，大的属于男性，小的属于女性。头盖部分虽然完整，但颅底部不齐全。因为颜面部分及上颌骨都有保存痕迹，可重示其原来面目。不幸的是，保存的颜面骨骼，由于震压太碎，工作实感困难。

已故步达生教授研究1929年裴文中先生发现的八岁孩童头骨之后，即无头骨发现，此次在十一天之间发现三个完整头盖骨，实出人意料。

中国猿人为最原始的化石人类，关于脑量容积，女性约为850～1050立方厘米；男性约910～1200立方厘米（现代人约1320立方厘米）。头骨两性之间的差别，比现代人较大，与猩猩和大猩猩相仿佛。

最近找到的小头骨，和春季发现的头骨碎片，全可以用来解释爪哇猿人的问题。爪哇猿人很久就被认为是大长臂猿的化石，但因头骨的性质与中国猿人相同，由此可见爪哇猿人并非他物，即与中国猿人属于相类的一支人类。换一句话说，所谓爪哇猿人，即为中国猿人演化过程中代表进步者。然而这次找到的头骨，男性比女性高得多，并且很接近尼安德特的人类，所以演化过程，似从中国猿人进化到尼安德特人，然后再进化到现代人类。

第三个猿人头骨，比前二者尤为完整，比第一个小，比第二个大，脑量容积约1100立方厘米，为一青年的头骨，颜面有一小部分保存，如左右两块鼻骨、眼眶骨等，并和头盖相接连。

关于中国已有的中国猿人材料，如头骨、下颌骨和牙齿等，实在是最完善、最优美的采集。只是四肢骨骼始终未能找到。

从已有的头骨和下颌骨来看，在未变成化石之前，已经破碎，此种特征可以认为中国猿人当时彼此互相杀害，剖弃四肢，将人头积存洞里。不过就现在所有的材料研究，对于人类演化可以解决，唯对解决上边的问题尚嫌不足，将来再有新的发现时，或可得到解决。

会后，中外报纸对此纷纷作了大肆报道。尽管当时战争的烟云几乎遮住了人们对其他所有事物关注的视点，但中国的贾兰坡继裴文中之后，又在周口店发现三个“北京猿人”头盖骨的消息还是很快例外地得到了全球性地传播。

贾兰坡的发现，无疑是继裴文中伟大发现之后的又一伟大发现，也是周口店的发掘在徘徊了六年之后几乎谈不上有什么收获的萧条境况下一次具有历史意义的重大突破！三个“北京猿人”头盖骨同时出现的事实，不但让关注周口店发掘的悲观者看到了希望，而且也给坚持寻找祖先足迹的贾兰坡和其他中外科学家们以莫大的信心和巨大的力量！一些长期被传统偏见紧紧束缚的学者也不得不承认：“北京人”的发现，填补了人类发展史上一个很重要的空白，具有重大的科学价值。

十二、 鬼子杀害三名技工

1937 年，中华民族跌进了一个苦难的深渊。

周口店的历史，从这一年起，由鼎盛彻底走向衰败。

年初，为了寻找河上洞化石和新的原始人踪迹，贾兰坡和卞美年等被翁文灏所长专程派往云南、贵州。同年 3 月 20 日，贾兰坡匆匆返回北平。4 月 2 日，他带着一批技工到达周口店，开始了新一轮的挖掘。3 月 24 日，他们在“北京人”遗址发现了一颗“北京人”的前臼齿和两块头骨碎片。4 月 27 日，又发现了一块北京人的下颅骨残片和一块眉骨。此后一段时间里，贾兰坡们又接二连三地发掘出了不少“北京人”的头骨片和单个的牙齿。特别是“北京人”的上颌骨，过去从没发现过，有了它，对复原“北京人”的面型便有了根据。因周口店寻找到了新的人类化石，美国洛克菲勒基金会非常高兴，很快又资助了新生代研究室数万美元的研究、发掘经费。

然而，正当惊喜交加的中外科学家和贾兰坡们挽起袖子准备在周口店大干一番，彻底解开人类进化之谜时，急剧变化的国内外形势，却不允许他们追寻的脚步再心安理得地往前迈进了。贾兰坡他们这时已从报纸上看见或者听人谈到，中国军队节节败退，日军已经入侵到北平的家门口了，且日寇不断寻衅闹事，准备大举进犯华北。所以，1937 年的发掘工作到了 6 月，不得不草草收场。6 月底，发掘工作便基本结束。

7 月 7 日，卢沟桥事变发生。

7 月 9 日，周口店发掘工作全部停止。

8 月 13 日，日军进攻上海，抗日战争全面爆发。

于是，随着“七·七”卢沟桥事变一声枪响，所有关心周口店发掘事业的科学家的美梦全被惊碎！美国洛克菲勒基金会资助的这项具有世界合作性质的伟大发掘考察计划，在艰难地持续了十年之后，终于无可奈何地降下了帷幕。越来越险恶的战争风云，使中外科学家们不得不暂时含恨放弃了寻找祖先遗迹、追问祖先来历的长远计划。周口店——这个令全人类顶礼膜拜的神圣之地，很快就插满了令人胆战心寒的太阳旗；呛人的火药味搅和着腥臭的血污，伴着侵略者隆隆的炮火声和“八格呀路”的狂叫声，顷刻间便将东方圣洁的文明之光覆盖得一干二净，渺无踪影。

根据中国地质调查所的通知，周口店发掘人员分批撤回北平。主持人贾兰坡携化石标本率大部分科技人员首批撤离。他们一行人全部轻装上路，沿着西山北行，整整走了两天，天黑时分才抵达北平西直门。

周口店自发掘之日起，便有一个约定俗成的老规矩，即每次发掘工作停止期间，总会留下一部分人作看守。大批的技术人员返回北平后，周口店这次同样留下了赵万华、董仲元和萧元昌三位技工。赵万华，河北省宛平县香山人，满族，时年五十四岁；董仲元，河北省通县人，汉族，时年四十二岁；萧元昌，河北省定县人，汉族，时年三十岁。此外，还有一部分原从当地雇用的技工也留了下来。我从保留下来的薪金名单上看到，直到 1937 年 12 月，周口店总共留下了二十六人。这二十六人中，有的家就住在周口店，不舍得远离他乡；有的原籍虽然不在周口店，却在周口店居住已久，早就习惯把自己当成周口店人了，在那样一种混乱时局下，也就不愿再离开周口店了。

留守在周口店的人员在技工组长赵万华的带领下，开始一段时间，基本上还能勉强工作，赵万华和贾兰坡间还常有书信来往。但“七·七事变”后仅一个月，百余名日军就占领了周口店。他们四处烧杀抢掠，几乎每天都在车站和村内抓人抬弹药箱和伤兵。不久，一场规模异常的血战很快在龙骨山发生。交战的双方，是日本操纵下的伪军和华北抗日自卫军，冲突地点在县城东大石河两岸。当年安特生住过的乡村寺庙以及寺庙的前院——后来周口店的发掘指挥部，全被日伪军所占，并成为阻击抗日自卫军的工事；埋有北京人遗骸的山洞，也成了日伪军存放弹药、食品和进行作战的天然屏障。短短一夜间，龙骨山便完全失去了往日的高贵与气度、孤寂与平静，隆隆的炮声震撼着山谷，喊杀声和哀嚎声在山野间反复回荡，整个龙骨山硝烟弥漫，杀气冲天。寺庙、土墙在炮声的轰鸣中坍塌了，盛藏人类祖先的山洞在交战中崩裂了，老祖宗的尊严被亵渎了，古文明的庙宇被践踏了。战争和愚昧给这块圣杰之地带来的，是疯狂的摧残和空前的劫难，是无知的发泄和滑稽的表演！

1937 年 11 月，周口店地区的战事才暂时处于缓和状态。但也就在这时，一件表面看似平常，却对后来“北京人”化石的丢失有着紧密联系的事情发生了：1937 年 11 月 7 日下午 2 点，三辆汽车载着数十名日本人以“参观”“朝拜”的名义，从北平突然闯进周口店。据留守在周口店的赵万华说，在这数十个日本人中，有十几个是荷枪实弹的军人，有六个身着西服，身份不明。这六个穿西服的日本人近期来每天都去西城所内“参观”，行动鬼鬼祟祟，神神秘秘。他们一到周口店，便上了龙骨山，找到一位技工，说：“我们是来贵处参观、考察的，准备在这儿住上几宿，请给安排一下。”

技工回答说：“周口店的负责人已去了北平。再说，我们这儿也住不下这么多人。”

穿西服的日本人问：“裴文中先生在哪里，知道吗？”

技工摇头。

又问：“贾兰坡先生最近来过吗？”

技工答：“贾先生在北平，没见来过这里。”

六个穿西服的日本人不再说什么，很快来到裴文中当年发现头盖骨的山洞前停下。其中两位颇有点学者风度的日本人先掏出随身携带的《中国地质学会志》和《中国猿人史要》翻了翻，便对照着书本开始打量山洞的四周。接着，又掏出皮制图尺，对山洞的长宽距离进行了仔细的测量。然后，再用摄像机拍下了几乎一切可供拍摄的地形、地貌和古生物的堆积层。当做完这一切后，六个日本人又绕着山洞“游览”了一圈，这才回到“北京人”遗址的入口处，坐在地上饱餐一顿，尔后抹抹嘴，扬长而去。

据后来的资料证明，这六个穿西服的日本人中，两位颇有点学者风度的日本人，就是日本东京帝国大学教授长谷部言人和东京帝大地质系助教高井冬二。四年之后，日本北支派遣军总司令部正是根据他们此次中国之行所提供的情报，开始了对“北京人”化石的紧急搜寻！

赵万华很快写信报告了贾兰坡。贾兰坡当即去信，催促赵万华等人放弃那里的一切，尽快撤回北平。之后，贾兰坡又一连给赵万华去了好几封信，一再告诫他们要小心为是，尽快回城！可又一段时间过去了，赵万华等人还是没有离开周口店。

位居北平的贾兰坡其实有所不知，由于日军增援，疯狂反击，这年三四月又占据了周口店。日军跑到龙骨山后，四处搜寻，八方查找，并指挥汉奸们将发掘“北京猿人”遗址的办公室的一切家具用品抢掠一空，对留守在周口店的人员也实行了一定的控制。当然，赵万华等人这时如果要想溜走的话，凭着他们对地形和情况的熟悉，也是一点没有问题的。但这时的他们完全忘记了自己的安危，已经死心塌地地把周口店当成他们自己的家了。三位技工都没什么文化，既不是科学家，也不是工程师，甚至连一个正儿八经的技术员都算不上。但作为一个中国人，他们却具备了人间最宝贵的东西——良心！同时还懂得最起码的一个道理——周口店“北京人”遗址是中国的，只要他们在一天，就要尽到自己的一份努力，看守好它，决不允许日本鬼子随意践踏！因此，尽管当时的周口店可谓战火纷飞，杀机四伏，但他们每天依然坚持上班，干他们应该干的事情，尽他们应尽的职责，甚至繁忙时连晚上也不休息。那份忠诚，那份劲头，那份情景，简直就像一群勇敢的战士，即使战死沙场，也决不退出自己亲手建造的阵地一样。他们在周口店的一切行动，已完全变成了一种甘愿的献身和清醒的自觉。

直到 4 月 27 日，贾兰坡才接到赵万华 4 月 23 日的来信：“现在本所工作停止，因便衣队在此驻防，在本山坡设立防御工事。”4 月 28 日，贾兰坡又接到了赵万华一封寥寥数语的来信：“便衣军驻守，本所我等仍未工作，并无意外之事。”此后便音讯渺无。

5 月 4 日，贾兰坡忽然接到一封由周口店发出的未署名的来信，该信说：“5 月 3 日赵万华、董仲元、萧元昌被日军绑走，押解到房山县城。”

得到这一消息后，贾兰坡焦急万分，马上向新生代研究室领导作了报告。接着，他们又多方设法营救，但均未奏效。5 月中旬的一天，周口店方面急急忙忙跑来一人，向贾兰坡他们送信说：赵万华等三人被一个姓乔本的日本顾问和伪县长项镇安酷刑审讯，指为“抗日便衣队”，于 11 日和其他“罪犯”被押赴县城西门外，用刺刀挑腹杀害了。与三位技工同时遇害的，还有三十多人，全被埋葬在了“万人坑”中！

噩耗传来，中国地质所的全体科技人员无不悲愤万分。翌日一早，贾兰坡怀着沉痛的心情，匆匆跑去将这一噩耗告诉大科学家、新生代研究室顾问德日进。当时德日进正在西城兵马司九号办公室打字，听了贾兰坡的述说后，立刻站了起来，深深低下头，面对周口店方向，默哀一分钟，然后才坐下来，很久很久，一语不发。

三位工人被杀之后，其他技术工人再也不敢靠近龙骨山一步了。他们中，有的去拉人力车，有的去当劳工，有的甚至去讨饭……龙骨山再也没人照管了。日本人所奴役的便衣队秉承日寇的意旨，将裴文中和贾兰坡他们当年建在周口店的办公室全部拆毁，改成了日军的工事，然后将其木料修成了山上的堡垒和车站的房子。原来用于发掘的“土机器”的钢索和铁架，也被日本人全都运走。而裴文中他们当年苦心栽种在龙骨山上的一片片郁郁葱葱的树木，也被统统砍伐一空，甚至有的连树根都给挖走了。

此后，周口店原来的办公室很快变成一片瓦砾，荆棘和篙草开始一寸寸地吞噬着龙骨山。昔日热闹非凡、弥漫着浓浓古文明气息的周口店，在枪林弹雨和凄风苦雨的蹂躏下，渐渐坠入一片死寂之中。

战争的火焰越烧越旺，文明的脚步，还能走多远呢？

第四章

“北京人”秘密大转移

十三、 协和医学院陷入困境

历史的转折，常常带有突发性和偶然性。

如果日本在 1937 年没有发动侵华战争，有关“北京人”的故事，肯定是另一种过程，另一种结局。但，战争还是不可避免地发生了，周口店和“北京人”的命运也就因此而发生了改变。

1938 年后，由于中国人民奋起抗战，日军在东亚“速战速决”的战略严重受阻。为摆脱其内外困境，以求“死中求活”，日本又将战火向东南亚丛林推进。世人所知的南洋，是英美等国的势力范围和托管处，也是石油、橡胶、锡、镍、茶叶、大米等重要物资的著名产地，而且处于欧亚两大洲及印度的海上咽喉要道，也在世界格局中具有举足轻重的战略地位。所以日本对此悍然采取军事行动，是想拿英美开刀，直接威胁英美等国的殖民利益与在中国的重要政治经济权益。于是英美与日本间的矛盾，由此加剧。

1939 年 9 月 1 日，欧洲战火突起。在一片“不要误了公共汽车”的呼喊声中，日本意欲将战火蔓延到亚洲和太平洋地区。1940 年 9 月 23 日，日军占领印度支那北部，开始了南侵的第一步。1940 年 9 月 27 日，日本与德意法西斯签订了“三国同盟”条约，宰杀的对象便是美国和英国。为此，1940 年 5 月，罗斯福总统向刚刚演习完毕的美太平洋舰队下令：进驻珍珠港！

1940年冬，日舰开赴金兰湾海面，向英美示威。英国立即宣布马来、新加坡进入紧急战备状态；美国则急忙发出了远东撤侨的劝告书，督促侨住远东的一切美国公民，迅速归国！

1941年3月8日，日本野村吉三郎与美国国务卿赫尔开始了第一次正式会谈。此后，双方在卡尔顿饭店、威特曼公园等地多次会谈。宾主你来我往，貌合神离，明争暗斗。尽管双方的关系已到了不可调和的地步，但彼此引而不发，各打各的如意算盘。美国方面企图采取“先欧后亚”的战略方针，不惜以牺牲中国以及荷兰、印度的利益，同日本达成暂时的妥协，并诱使日本进攻苏联，以换取日本放弃进攻南洋美国属地菲律宾，求得“太平洋上的平静”之目的。而日本的战略方针则是利用欧洲局势，诱使德国先同美国交手，拖住英美主力，利用美国迫使中国政府投降，以期在远东建立巩固的“后方基地”，然后再集中主力南下，对英美势力范围大打出手。

于是，太平洋上空，乌云密布。

太平洋上空的乌云，在战争这个魔鬼的驱赶下，也飘到了中国北平的上空。几年前才从法国回来的裴文中对美日两国间发生在太平洋上那些鬼鬼祟祟的事情，自然并不清楚，但对从日本广岛和太平洋上空不时席卷而来的血腥气息和紧张气氛，却早就实实在在地感受到了。他虽然每天坐在协和医学院的办公室里，内心却忧心忡忡，尤其是想到自己刚从法国回来时的雄心壮志，心里便充满了无奈与悲凉。

1937年11月裴文中取道意大利，乘船返回南京时，正值上海战事吃紧。是时，国民党的军队已退向南京，国民党政府也准备迁往内地。不久，南京沦陷，三十余万居民遭到日军灭绝人性的大屠杀。接着，广州失守，武汉失陷，战火把大半个中国烧得一片狼藉。北平落入日伪之手后，中国地质调查所在枪声与战火的笼罩中很快退出北平，迁往南京，后又相继迁往长沙、昆明，直至退到重庆北碚才算立稳了脚跟。设立在北平协和医院的新生代研究室，却没有随地质调查所搬迁，因为当时的协和医学院属于美国人的势力范围，在此范围内的一切，日本人是不敢轻易干涉也是无权干涉的，所以在美国星条旗的保护下，新生代研究室在一片混乱之中居然还挣扎着维持了三年；而中国地质调查所的一切财产，则暂时由负责北平协和医学院的美国人代管。

但由于负责北平协和医学院的美国人平时在与日本人的交涉中非常困难，再加上地质调查所留下的几位职员意见不合，工作起来就更是难上加难，所以裴文中一回到北平，正发愁的地质调查所美方负责人如释重负，很快找到他，要求他留在北平，接替协和医学院新生代研究室的工作。

新生代研究室名义上是协和医学院的一个附属组织，其工作人员均由协和医学院发给证书，所以尽管当时日本人已经占领了北平，却并没有占领属于美国管辖的协和医学院，裴文中他们每天照样可以以协和医学院职员的身份上班。但 1941 年之后，随着日美矛盾的日趋尖锐，太平洋上空的乌云越聚越厚，中国、乃至整个世界，仿佛都被架在了一个由日本制造的火药桶上。而北平的局势，更是一天不如一天。日本鬼子横行霸道；外国侨民惊恐万状；驻华美军神不守舍；新生代研究室的每一个工作人员，每天在办公室谈论的话题几乎全都是关于战争、战争……

在此期间，北平协和医学院整班整班的学生以及助教、讲师、教授等，也都带上自己可以携带的一切书籍和生活用品，纷纷开始离开北平。海外的教师、学生，先乘火车到达秦皇岛或者上海、青岛等码头，再转乘轮船回国；中国的教师、学生，大都先从日本统治区想法冒险逃到四川重庆，而后再在那里继续工作和学习；一些医务人员，则纷纷逃往南方城市，重新寻找新的工作。此这时的协和医学院虽然照常开门维持，但工作内容却已经堕落到只限于门诊理疗了。于是，北平协和医学院——这座由美国人构建在中国土地上并曾经辉煌一时的医学殿堂，有史以来第一次出现了空前未有的衰败与沉寂。

面对如此险恶的日美战争局势，几乎所有关心“北京人”研究计划的科学界人士，都开始担心起“北京人”化石的安全问题了。因为如果日美战争一旦爆发，“北京人”化石的命运肯定凶多吉少。而作为新生代研究室具体负责人的裴文中，对“北京人”化石的安全问题自然比任何人都更加着急。在他看来，“北京人”发掘于中国的周口店，首先应该属于中国的国宝，其次才是人类的稀有财产。他作为一名中国的考古工作者，比外国的科学家们更有责任、更有义务保护好“北京人”。何况，他还是“北京人”第一个头盖骨的发现者！

于是，珍贵的“北京人”化石怎么办？究竟应该采取什么切实有效的保护措施？怎样存放才能真正做到安全可靠、万无一失？便成为摆在中国地质调查研究所所有中外科学家们面前一个十分严峻的问题。

十四、 犹太人泪洒北平

1941 年 3 月初的一个早上，北平协和医学院内一片冬来万物凋残的景象。树草凄凄，寒风瑟瑟，就连一地熙熙攘攘的落叶，也被风刮得缩成一团；不远处，日本人的警车在呜呜地叫着，而美国的星条旗却依然高高挂在医院的门洞前，如同最后一张完整的面皮，在寒风中缓缓无力地飘动着。虽然这时的北平已是风声鹤唳，四面楚歌，但相对而言，协和医学院就算一块安全的地方了。

一夜未眠的魏敦瑞顶着寒风，匆匆迈进了协和医学院的大门。这位德国著名的古人类学家和解剖学家，自 1935 年应聘来华，替任步达生担任地质调查所新生代研究室名誉主任并致力于“北京人”化石研究以来，几乎每天早上总是第一个走进自己办公室。如果说当年的步达生在周口店人类化石的研究中，充分显示了他卓绝的智慧和超人的洞察力，那么魏敦瑞在对“北京人”化石的发掘与研究中，则最大程度地体现了一个犹太人在科学上的精神斗志和精湛技艺。

魏敦瑞来华后，在古人类研究领域所取得的非凡成就，是很少有其他民族的科学家与之匹敌的。尤其是在华期间发表的关于“北京人”的科学研究论文，其严谨的结构、流畅的文笔、准确的叙述，充分显示了一个德国科学家的优秀特质。这些著述不仅是人类学的杰作，也是一切科学论著的典范。在中国科学界看来，魏氏发表其辉煌论著之前或者以后，没有任何一种用欧洲语言写就的关于人类化石的研究报告，可与他的关于“北京人”研究之专著相提并论。

然而今天，魏敦瑞却破例没有首先走进自己的办公室，而是直接来到了裴文中的办公室。

自日美关系开始紧张以来，魏敦瑞对“北京人”化石的安全问题，就一直忧虑不安。两个星期前，他和裴文中等人曾就“北京人”化石的安全问题作过反复地商讨。当时，有人提出一种方案：把“北京人”化石连同魏敦瑞的行李一起，悄悄运往美国。魏敦瑞觉得有失稳妥。他说：“我认为，如果把这批化石作为我的行李运往国外是非常危险的。现在华北均为日本人控制之中，万一‘北京人’被海关查出，就会遭到扣留。再说，这样有价值的东西在如此危险的时候运往前途更加不可知的美国，是否妥当也应慎重考虑。我想，最保险、最合适的方法，是不是还是让化石留在原处，也就是说将它牢牢地锁在协和医学院新生代研究室的保险柜中。至少，在目前来说这种做法是较明智的。”大家觉得魏敦瑞说得很有道理，便否定了上述提案。

但两天之后，魏敦瑞又找到裴文中，认为由他将“北京人”标本带到美国去，存放在美国纽约自然博物馆里，这个方案是可以考虑的。理由是局势看来会越来越乱，“北京人”化石只要在中国，不管放在什么样的保险柜里，其安全都是很难保证的。虽说现在日本人还未占领协和医学院，但这只是迟早的事情，一旦有一天占领了，“北京人”化石肯定凶多吉少。

而裴文中的内心，左右为难，矛盾重重，他的真实想法是：“北京人”化石宁可让美国人拿走，也不能落到日本人的手上！问题是，如果真同意让魏敦瑞带到美国去，又违背了 1927 年 2 月中国地质调查所和美国洛克菲勒基金会双方签订的《中国地质调查所与北京协和医学院关于合作研究华北第三纪及第四纪堆积物的协议书》的规定。因为此《协议书》中有明确规定：周口店发掘所得的一切东西，完全是中国的财产，不得运出中国；而人类化石的研究权，则属于美国洛克菲勒基金会所委托的代表。换句话说，就是魏敦瑞作为美方的一名代表，只有权研究“北京人”化石，却无权将这些化石带走。所以，裴文中犹豫再三，还是没有同意魏敦瑞的这一提议。

其实，早在年初，地质调查所所长翁文灏和协和医学院的院长胡顿曾就“北京人”化石的安全问题，拟出了如下三个方案：

> 1. 在北京找个秘密之地，把“北京人”化石藏起来，这样可以避免用船外运时可能遇到的危险；
>
> 2. 把“北京人”化石转移到国民党政府所在地重庆。
>
> 3. 把“北京人”化石全部运往美国，委托美国自然历史博物馆保存，战后再送还中国。

这三个初步方案尽管商定出来了，但“北京人”化石还是迟迟没有转移，也不敢轻易转移。原因是这三个看似可行而又相互矛盾的方案均存在着明显的不足，真要执行起来，会有很大的困难和风险。

若按第一个方案做，首先遇到的问题是，隐藏“北京人”化石的秘密场所选在什么地方为好？其次，即使“北京人”化石被秘密藏起来了，但它终归是在沦陷区，一旦日美战争爆发，狡诈的日本人肯定会不惜一切代价探寻“北京人”化石下落，无论再秘密，恐怕也难逃日本人的魔掌。

第二个方案从理论上说多少有些道理，因为只要能把“北京人”化石运往重庆，日后的安全基本就有了保证。但问题是，在如此战火纷飞、烽烟四起的恶劣环境下，若想对“北京人”化石进行一次辗转数千里的大转移，风险极大，并非易事！稍有不慎，便有落入日伪或匪痞手中的可能。

相比之下，第三个方案尚具可行性。因为只要将“北京人”化石用车辆运往秦皇岛码头，再将它装在美国来华的邮船或货轮上，就能平安抵达美国。但问题在于，“北京人”化石毕竟是中国的国宝，把中国的国宝“偷偷”运到美国去，岂不成了“大汉奸”“卖国贼”？有关部门和有关人士能同意这一方案吗？全体国民能理解这番苦心吗？更何况，这个方案又明显地违背了中美之间早就签订过的条约。

怎么办？三个方案，各有利弊，各有长短，哪一个似乎都可以执行，但哪一个执行起来都有阻力，都有难点，都有危险！

正因为事关重大，一时难以定夺，所以转移问题也就暂时搁置下来。没想到这一搁，便搁出了大麻烦！

当时，日本人进攻南太平洋已箭在弦上，日美关系一天比一天紧张，美国驻华使馆已经开始劝告、催促美国华侨尽快回国。魏敦瑞因为代表美国洛克菲勒基金会管理“北京人”的发掘和研究工作，故美国洛克菲勒基金会鉴于战争即将爆发，劝他马上改入美国国籍，去纽约自然博物馆继续从事“北京人”化石的研究工作。但前提是：必须定居美国。

所以，魏敦瑞今天再次来找裴文中只有一个目的，希望裴文中同意他将“北京人”化石标本带到美国去——他经过再三考虑后，认为这是目前最好的也是唯一可行的办法。

裴文中正为此事心急如焚。近一时期来尽管他绞尽脑汁，冥思苦想，却还是拿不出一个成熟的、两全其美的、肯定可行的具体办法来。听了魏敦瑞的意见，他觉得有道理，原则上同意魏敦瑞将“北京人”标本带回美国，条件是：战争结束后再运回中国。

但这毕竟是中国的一件大事情，裴文中个人是断然不敢做主的。所以，1941 年 3 月初的一个下午，裴文中和魏敦瑞便一起来到美国驻北平公使馆，请求美国公使馆的负责人向远在重庆的翁文灏发去一封他俩共同签署的请示电报。因为翁文灏是地质调查所的老所长，现在又是国民党政府的经济部部长，而当年与美国洛克菲勒基金会签订的合同又是他亲手所为，所以，如果没有他和国民党政府的同意，“北京人”化石要想运出国门，是不可能的事情。

这封电报的内容是：

北平情势日趋恶化，“北京人”化石转移之事宜势在必行，不可再有延迟。余等再三思虑，转移方向有二，分别为重庆、纽约。最终去往何处，请指令。

电报发出后，魏敦瑞和裴文中稍稍松了一口气。余下的事情，便是在焦虑中等待。

然而，或许是由于战乱的缘故，或者出自别的什么原因，一个多月过去了，却迟迟等不到重庆方面的任何一点回音。

等不到复电的魏敦瑞每日心急如焚，又无计可施，而时间却在一天天过去，战争的脚步在一天天逼近，北平的形势越来越坏，战争的火药味越来越浓，几乎每时每刻，人们都能听到那令人心惊肉跳的枪炮声。如此严峻的国际形势以及紧紧张张的北平现状，使这位几乎对“北京人”倾注了一生心血的科学家一想起“北京人”的安全问题，便忐忑不安，心神不定。他吃不下饭，睡不着觉，即使在夜深人静之时，也常常从噩梦中突然惊醒。他越来越强烈地预感到，“北京人”化石很可能在劫难逃，这笔几次轰动世界的人类财富，在不远的某一天完全可能会毁灭在人类自己的手中！可他纵有回天之力，也爱莫能助，这时的他若是再不尽快离开北平，很可能就再也走不了了。无奈之下，他只好做出先离开北平前往美国的决定。

历史需要铭记的是，这位极其精明的犹太人，这位极负责任的科学家，在临走前却为中国和世界做了一件大好事——

1941 年 4 月初的一天，魏敦瑞把他的中国助手胡承志叫来办公室，极其严肃而又颇具伤感地说：“我马上要走了，非走不可了！我有一种预感，也许在不久的一天，我们将失去曾经倾注过我们心血和热情的这些宝贵的化石，并难以完整地寻回。可面对这个不测的预感，我们又无力去改变它。唯一可以弥补的是，你现在立即把裴文中和贾兰坡发现的那几个‘北京人’头盖骨的模型赶做出来。”

胡承志说：“这几个模型可以做，但就是太费事了！”

魏敦瑞说：“是的，我也知道做这样的模型很费精力和时间，但为了‘北京人’及人类今后的研究事业，你必须这样做，直到非停止不可那一天止。”

“做好后怎么办？”胡承志问。

魏敦瑞说：“你用邮寄的办法，给我寄到美国纽约自然博物馆去。感谢你所给予的最后一次合作与帮助。我在那边等着你的成果。”

胡承志说："您放心走吧，我做好后一定尽快给您寄去！"

1941年4月21日，魏敦瑞就要离开中国了。为了表示对一个外国科学家的美好友情，裴文中从新生代研究室有限的开支里拿出了点钱，让人到街上买回一点糖果，在协和医学院娄公楼106室专门为他举行了一个欢送道别会。会议由裴文中主持。会议开始后，裴文中先说了说表示感谢的话，然后便请魏敦瑞讲话。

魏敦瑞站起来，很客气地给大家敬了一个礼，然后以极其复杂的心情说道：

"感谢各位朋友对我来华工作期间所给予的热情帮助与合作。在我来华工作的六年里，生活得非常愉快。今天，我就要离开中国，离开各位亲密的朋友了，不能和朋友们一起工作了，这不是一件值得高兴的事情，可你们还摆了这么多的糖果，让我很是感激。由于时局的原因，我不得不离开中国，这是一件令我感到十分遗憾的事情。相信不远的将来，我还会重返这个美丽的国度，同大家一起工作。中国是一个了不起的国家，这儿有着发掘不完的宝藏，研究不尽的东西，令全世界的人们仰慕不已。如果不是因为战争，我愿意一辈子留在中国，死而无憾。我走后，希望我们多加强工作联系，多通信息。同时也希望你们继续努力工作，为我们的考古人类学做出更大的贡献……"

魏敦瑞话还没说完，声音却越来越低，越来越弱，最后竟讲不下去了。他侧过身，抬起衣袖想掩饰那双发红发烫的眼睛，但泪水还是流了下来……

会后，魏敦瑞又来到装有"北京人"化石标本的保险柜前，最后一次将保险柜亲手打开，捧起一个"北京人"头盖骨，像捧着自己亲生孩子的脸庞，抚摸了又抚摸，亲吻了又亲吻，直到滚滚滴落的泪水打湿了手臂，打湿了化石，他这才恋恋不舍地将化石小心翼翼地放回保险柜。这位外籍科学家把研究对象视为自己生命的动人情景，令在场的中国学者深受感动。

就这样，在中国寻找、研究了六年祖先遗迹的魏敦瑞，如同前任几位外籍科学家一样，怀着深深的眷恋和遗憾的泪水，也离开了中国。

之后，胡承志按照魏敦瑞临别时的嘱托，开始昼夜加紧制作“北京人”头盖骨模型。第一套模型他在 8 月便已完成，并及时寄给了远在美国的魏敦瑞教授，供他继续研究时使用。不久，魏敦瑞给胡承志回信说，他收到了“北京人”头盖骨模型，且完好无损，深表感谢，云云。接着，胡承志又给魏敦瑞寄去了第二套“北京人”头盖骨模型。在制作模型的过程中，尽管胡承志既费神又费力，但他凭着多年给魏氏当助手的经验和自己不断练就的精湛技艺，还是出色地完成了制作模型任务。他所做的这些模型颜色得当，外形逼真，如果不是行家慧眼仔细辨认，简直就和刚从周口店出土的“北京人”头盖骨一模一样。可是，当他做好了第三套头盖骨的模型，并把装有第三套头盖骨模型的邮包交到邮局时，北平通往美国的邮路却被卡断了。后来，德日进教授知道此事后，便以他的名义从邮局将这套模型取了回来，直到 1946 年他离开中国时，才将这套模型送回新生代研究室。

魏敦瑞离开中国后，便定居美国，并在纽约自然历史博物馆继续从事“北京人”的研究工作，先后发表了一系列论著，其主要代表作有：《中国北京猿人头骨》《中国猿人头盖骨》《爪哇早期巨人与中国南方古猿》。尤其是在 1946 年出版的《猿，巨人及人》这本专著，综合了他一生的研究精华，创造性地论述了人及猿类之祖先的复杂关系，引起世界古生物学界、人类学界的高度重视和广泛称赞，被誉为研究人类学和古人类学的经典性文献。特别值得一提的是，这位聪明的犹太人，这位极富远见的科学家，在当时那样一种混乱的战局下，离开北平的前夕居然对“北京人”化石命运的预感是那样的准确，并能很有预见性地安排胡承志做好了所有“北京人”头盖骨的模型，为日后中外科学家们的研究提供了形象的依据，因而在某种意义上弥补了“北京人”后来丢失的缺憾。——这是不幸之中的大幸。为此，全世界的人类和所有的子孙都应该向他致敬！

而这一时期的裴文中，依然顽强地支撑着新生代研究室摇摇晃晃的局面。遗憾的是，他已经远没有当年主持周口店发掘时那样走运了。越来越紧张的日美关系和动荡不安的国际时局，使研究所里不少人员陷入极度的恐慌和不安之中，研究工作根本无法正常进行。再加上重庆方面一直没有关于“北京人”化石如何处置的消息，所以他心里明白，在国难当头之际，别说有所作为，只要能安安全全地将“北京人”保存下来，就算是不幸中的万幸了！

十五、 日本人暗中出动

1941 年下半年，世界局势又发生了新的变化。6 月 22 日，正当日美谈判争论不休之时，法西斯德国先于日本向苏联发动了突然袭击。短短十几天，德军便以“闪电式战术”，突破苏联边界六百多公里，大有长驱直入之势。

消息传出，举世震惊。

面对瞬间骤变的世界局势，日军摩拳擦掌，蠢蠢欲动，在统治集团内部，迅速爆发了一场“南进”还是“北进”的大论战。而论战的最终结果是，主张“南进”的实力派获胜。于是日本决定孤注一掷，在英美的南洋势力范围内大开杀戒。7 月 24 日，日军在印度支那南部登陆，开始了掠夺资源的罪恶行动。日美谈判，由此宣告暂停。

作为对日本人的回敬，7 月 26 日，美国罗斯福总统宣布冻结日本在美的一切资产。8 月 1 日，再度宣布对日全面禁运石油。显然，如果日本的石油得不到进口，在两年之内储存的原料就会消耗殆尽，那么具有高强度杀伤力的武器，如军舰、飞机、大炮等，将统统变成一堆废铁。

对此，日本人怒火万丈，杀气骤增，日本海军军令部总长永野修身大将公开宣称：“与其坐待石油日渐枯竭，倒不如先发制人。”9 月 6 日，日本东京的御前会议讨论了由海军军令部草拟的一项重大决议——《帝国国策实施要领》。此《要领》明确提出：“帝国为确保自存自卫，在不惜对美、英、荷一战的决心之下，大致以 10 月下旬为期完成战争准备。日美外交谈判，如果至 10 月上旬仍不能实现我方要求，立即采取对美（英、荷）开战行动。”

10 月下旬，日本以东条英机陆军大将上台组阁后的新军阀聚集一起，进行了连续九天九夜的激烈争吵和疯狂策划，而后确定了对美作战的具体方案。日美大战，一触即发。

而此时，度日如年的裴文中，仍然没有得到重庆翁文灏的任何回音。他除了在焦灼中等待，还是等待。杨钟健和卞美年此时已经离开北平，先到南京，后退长沙，再去昆明，最后辗转到了重庆。留守在家里的科学界人士，随着战争风险越来越大，不少人早对自己的工作失去兴趣，或者说虽有兴趣却又无法进行。于是，一些人开始成群结队，漫无目的地游动起来。而越来越燥热沉闷的天气，又驱使游动的队伍不断增多，不断扩大。在这闲闷无聊、燥热、极其难挨的日子里，存放在协和医学院新生代研究室的"北京人"化石，一时便成了游荡人群关注的热点和闲置的品物。北京、天津科学界要人，以及京津四所大学地质系、历史系的教授和学生们，纷纷涌向协和医学院参观"北京人"。新生代研究室几乎变成了饲养猿猴的动物园，而研究人员也因此差不多成了"饲养员"和讲解员。

当然，这些供参观的"北京人"化石，统统不过是仿制的模型而已。这些仿制出来的模型，与原来真的标本相比，除了重量轻、专家拿到手里才知道以外，若是只用眼睛看，是根本分辨不出来的。平常，新生代研究室人员研究的时候，一般用的也都是仿制的模型，除非有特别用途或有重要人员前来参观，是绝对不许任何人从保险柜中取出"北京人"真品的。

在这些众多的络绎不绝的参观者中，有两个很奇特的日本人，也神不知鬼不觉地夹在其中，瞪着一双机警的眼睛，不声不响地四处打听、窥探。而且，几乎每个星期，这两个日本人都要混杂于人群之中，光顾一次"北京人"化石的模型——像幽灵一样地到来，又像幽灵一样地离去。

不久，这两个日本人的行动引起了中国地质调查所有关工作人员的注意。有人将这一情况向裴文中作了反映，正当裴文中要出面了解这两个人的身份和来历以及参观"北京人"的动机时，想不到这两个日本人却在 1941 年 11 月初的一个下午，不请自便，大大方方、笑态可掬地来到了裴文中的办公室。

这两个神出鬼没的日本人，正是“七七”卢沟桥事变之后，曾经暗中到周口店“参观”、窥探过“北京人”遗址的日本东京帝大人类学教授长谷部言人和地质系助教高井冬二。

长谷布言人一见大名鼎鼎的裴文中后，以日本人惯有的礼节，向裴文中深深鞠了一躬，显得很谦虚，也颇有一些学者的风度。当他简单把自己的身份作了介绍后，便彬彬有礼地说道：“我们是怀着对贵国远古文化无尚崇敬的心情来这里参观访问的。伟大的‘北京人’的发现以及取得的研究成果，令我们敬慕不已。‘北京人’是中国人的祖先，当然也是我们日本大和民族的祖先，我们为中国有如此伟大的发现而感到自豪，同时也对裴先生的杰出成就表示深深的敬意和诚挚的祝贺!”

裴文中望着面前的两个小个子日本“学者”，并没有急于说什么。他知道，“北京人”的发掘和研究工作，虽然历来都是由许多外国的学者共同参加的，但是，由于美国洛克菲勒基金会代表的控制，始终没让日本的科学家和学者参加。日本人曾多次去“参观”过周口店，也曾多次同他们有过联系，却一直未能伸进一条腿来。日本人对于这项重要事业，当然是不会甘心永远被排斥在外的，所以“七七”事变之后，日本的一些“学者们”便想以战胜者的姿态，要来攫取这项事业。但只因“北京人”的发掘和研究工作，背后站着一个腰缠万贯、“独霸江湖”的大老板——美国洛克菲勒基金会，日本人也就只有忍气吞声、无可奈何了。至少目前还是如此。

“裴先生，我们的意思是，鉴于您在国际上的崇高名望，以及‘北京人’化石对人类意义之重大，我们打算在您所领导的研究室学习工作一段时间，在您的指导下，从事我们共同祖先骨骸的研究。若能承蒙您高抬贵手，在贵处容我二人一席之地，那实在不胜感激，也是我们一生中最大的荣耀与幸运!”长谷部言人对裴文中说了一大堆溢美之词后，终于还是道出了真实的意图。

裴文中对长谷部言人和高井冬二的要求，毫不犹豫地给予了拒绝。因为裴文中心里明白，在这风雨飘摇的时刻，两个不速之客想来这里“研究”“北京人”化石，不可能纯粹是为了科学，而还会有其他不可告人的目的。那么这个不可告人的目的究竟又是什么呢？他想，日本人无非是想利用在新生代研究室工作的机会，进一步了解“北京人”的保安措施，侦探中国方面将如何转移或隐藏这批珍贵的化石而已。关于这一点，即便是一个孩子，恐怕也能从日本人的目光中，感知到这是一个心怀叵测的圈套。

“请裴先生三思。后会有期。”两位日本“学者”遭到裴文中的拒绝后，留下两句意味深长的话后，无可奈何地离开了协和医学院。

但是，裴文中心里有数，这件事情日本人肯定是不会就此罢休的。

果然，两个星期后的一个下午，高井冬二居然在法国人德日进的陪同下，又一次来到裴文中的办公室。裴文中一见高井冬二，颇感惊讶，他没想到日本人真是神通广大，竟然把手伸到大科学家德日进那儿去了。

德日进一进门，便指着高井冬二先向裴文中做了介绍，而后就告诉裴文中说：“高井冬二希望能在研究室工作两个星期，研究一下周口店的各种动物化石。”

裴文中急忙借口推辞说：“现在没有办公桌，是不是等等再说。”

德日进却说：“那就让高井冬二先生先在我的办公桌上工作吧，这些日子我就不来办公了。”

尽管裴文中心里知道，高井冬二很可能就是来新生代研究室“卧底”的，但又拿不出什么证据，加上德日进是大科学家，又是中国地质调查研究所请来的顾问，所以也就没再好讲什么，想等观察观察再说。

这样，高井冬二就真的在新生代研究室“工作”起来了。

其实，中国的周口店和“北京人”化石，早就被日本帝国紧紧地盯在了眼里，并列入了他们梦想侵吞中国文明圣果的计划之中。早在1926年，发现“北京人”的消息初次公布后，日本学术界便引起震动。1929年，当裴文中在周口店发现第一个“北京人”头盖骨的消息刚一公布时，日本文部省就开始密切关注“北京人”化石的一切动静了。其间，日本方面还曾经多次通过日本驻华使馆，向中国政府提出请求，欲派人参加周口店“北京人”的发掘和研究工作。但他们的一系列请求遭到了中国地质调查所和洛克菲勒基金会的坚决反对而最终未能如愿。“七七”卢沟桥事变之后，日本人感到插手“北京人”化石的机会已经来临，便迅速调派东京帝大长谷部言人和高井冬二来华。两人来中国的公开身份是学者，名义是到中国来作学术访问和交流，而暗中的任务则主要是搜集“北京人”化石的有关情报，包括有关“北京人”化石的一系列科学研究成果，以及“北京人”存放的具体地点、具体工具和具体保管情况。

鉴于美国人的强大势力和中国方面采取的严密的保安措施，长谷部言人和高井冬二始终未敢采取冒险行动，而一直是利用暗中察访的方法，偷偷探寻“北京人”化石的有关信息和存放地点。但随着时间的推移，他们发现这种方法实在笨拙之极，收效甚微，在某些方面甚至一无所获。因为裴文中所领导的新生代研究室向人们展示的，只是一些人类骨骸的模型而已，真正的“北京人”骨骸却始终藏而不露，秘而不宣，日本帝国即使派来两位高级间谍，也未必就能囊中探宝，一了宿愿，何况他俩乃一介书生也！当然，二人心里也明白，像“北京猿人”化石这样的世界珍品，恐怕只有傻瓜才会将其暴露于大庭广众之下；他们唯有也必须采取特殊的行动和手段，方能有所突破。

长谷部言人和高井冬二在中国境内缓慢无效的行动和微小的情报收获，使日本文部省要人极其不满。于是，随着太平洋上空战争乌云的日渐浓密，日本文部省再次下令，催促他们务必加紧行动，尽快探明“北京猿人”化石的一切虚虚实实。

然而，长谷部言人和高井冬二毕竟不是专业情报人员，他们在会议桌上的高谈阔论可以哗众取宠甚至令人从心底发出由衷的赞叹，但在情报工作中的拙劣伎俩却不免常常显得捉襟见肘，甚至弄巧成拙——和裴文中的对话和到新生代研究室去“工作”，便是最好的例证——其后果是既暴露了自己，又促使中国方面进一步提高了警惕。

高井冬二来到研究室“工作”的当天晚上，裴文中便向胡顿院长作了详细汇报，并指出：“高井冬二来研究室‘工作’，很可能居心不良，另有预谋。”

胡顿说：“看来事情比我们想象的还要复杂。‘北京人’化石必须尽快想办法转移，否则后果不堪设想。”

裴文中说："问题是，我们该按哪个方案行动呢？"

胡顿说："您又想到什么好办法了吗？"

裴文中说："很显然，'北京人'化石是不能按第一种方案留在北京的。看日本人的来头，即使你把它藏在老鼠洞里，他们也会钻进去把它挖出来！"

胡顿说："是的，这一时期来，我也有这种预感。但究竟怎样才能防止万一呢？"

裴文中说："我看还是只有向重庆和纽约方面说明情况，请他们在后两种方案中尽快择其一个。"

胡顿说："看来也只能这样了。"

此后，新生代研究室加强了对"北京人"化石的封锁和警戒，除雇用警卫人员外，胡顿还作出规定：研究室人员轮流夜间值班，严防"北京人"化石被盗。据胡承志后来说，每天魏敦瑞用"北京人"作研究，他用"北京人"做模型，但用完后必须放回保险柜里，从不许"北京人"在保险柜外过夜。而且，到了晚上，每隔半个小时便有一个打更的人背着一个监测仪器，一旦发现异常情况，立即报警。甚至连他在哪儿做模型工作，也必须有一个店铺为他担保。

奇怪的是，日本方面却不见有任何动静。

而这时，北平的天气已越来越短，越来越冷，随着一场大雪的飘落，1941 年最严酷的冬天到来了。

1941 年 11 月 3 日的一个夜晚，天空飘落着零星的雪花，肆虐了一天的北风丝毫没有歇息的意思，依然呼啸着横冲直撞。喧哗了一天的北平古城渐渐沉寂下来，大街小巷只有风的尖号、雪的飘零以及三五成群急着赶路的长者、儿童、男人和女人。

这个夜晚的胡承志，在研究室加班。

胡承志加班的原因在于，随着美日关系的恶化，局势越来越严重，如果他不加紧将其他一些"北京人"化石模型制作完毕，万一重庆和纽约方面的批令一来，"北京人"化石马上就得转移，到时再做就来不及了。所以直到深夜 12 点，他才离开研究室。临走前，他还特意向值班员作了交代，一定要对“北京人”严加看守。

据魏敦瑞的秘书息式白后来撰文说，胡承志走后，正当又困又乏的值班员昏昏欲睡时，却蓦地被一种异样的感觉触了一下，心头随之掠过一种不祥的预兆。他起身抹了把脸，迅速出门，便真的听到了从隔壁实验室传出的轻微的响动声。

“莫非有人在盗窃化石?!”值班员的心“咚”地一沉，差点叫喊起来。

但他没有喊。他猫下腰，轻轻来到实验室的窗下，然后慢慢抬起头来，从窗户的缝隙向里窥视。只见实验室角落的墙架上有一个晃动的手电筒，微弱的光束集中在保险柜上，一个人影弯腰站在保险柜前，一只干瘦的手上拿着一块桌布，既像是在为保险柜擦抹灰尘，又像是在轻轻地拨弄着保险柜上的刻度盘。

值班员顿感惊奇。因为他清楚，珍贵的“北京人”化石就在这个保险柜内。此人是什么人？晚上到此干什么？是来打扫卫生，还是想盗窃“北京人”？他猛地将门推开，同时打开了随身携带的手电。

一道光束突然直射在了对方的脸上，对方打个冷战，惊叫了一声，干瘦的手迅速从保险柜上缩了回来，手上的桌布一下掉在了地上。

对方惊呆了，值班员也大吃一惊。

原来，彼此都认识。

此人是个五六十岁的干瘦老头，是近几个月才出现在协和医学院的。老头的任务是在工作人员下班后，打扫各医务室和实验室的卫生。老头平时极少和人说话，也很少有人主动和他接触，他每天准时出现在院里时，总是穿着一件脏乎乎的蓝色短上衣和一条扎着腿的黑色裤子，看上去极像一个地道的苦力工。值班员几乎每天上班都能与这老头相见，却并没有把这个打扫卫生的老头放在眼里，也从来不知道他姓什么，叫什么。至于这老头是什么时候来的，谁引荐来的，从哪里来，家安何处，等等真实背景及其社会关系，更是一无所知。

“你……在这里干什么?”值班员厉声问道。

“先生，我是……是院务部派我来打扫这间屋子的卫生的。我今天有点事，所以来、来得太晚了……”老头指着身旁的拖把和水桶，很不自然地作着解释，脸上的窘态显而易见。

值班员哼了一声，在老头身上反复打量了几眼，本想当场将对方扣留当作小偷交医学院处理，但觉得又没什么过硬的证据，虽然刚才自己好像看见对方有转动保险柜上刻度盘的动作，但又很容易被对方以擦拭保险柜上的灰尘为由蒙混过去。再说，老头到底是真的打扫卫生，还是一般的小偷，或者就是想把“北京人”化石窃走？现在还很难作出判断。如果他真是想盗窃“北京人”化石的话，问题恐怕没有这么简单。不如来个放长线钓大鱼，今晚先让他回去，以免打草惊蛇，等明日将情况搞清楚后再作处置。

于是值班员故意作出一副若无其事的样子，说：“天这么晚了，我看还是明天一早再打扫吧。”

“好的，先生。”干瘪老头躬身施礼，收拾好拖把、水桶，一出门便消失在了夜色之中。

第二天一早，值班员便将昨晚看见的情况向裴文中作了如实汇报，裴文中听后颇感震惊。二人经过分析，认为这里定有文章。于是，裴文中立即赶到院务部，查问到底是谁派那个老头到实验室去的，又是谁给他打开的门。结果，院务部没有一个人承认自己知道此事。裴文中又让院务部立即派人去找那老头，要当面对他进行审问。

可等院务部的人跑到老头的宿舍一看，老头屋里除了一个已经破烂的暖水瓶和一张摇摇晃晃的空床还孤零零地躺在墙角外，所有的生活用品早已清扫一空。至于老头本人，经过四处寻找，更是不见一丝踪影。

老头的半夜出现和突然失踪，给裴文中等人留下了一道难解之谜。老头的行动是正常的，还是不正常的？是无意的，还是有目的的？是一种巧合，还是背后有人指使？如果是受人指使，那么这个指使他的人是谁？难道是日本人不成？如果真是日本人，那……

一个星期过去了，裴文中依然没有得到任何线索，依然没有解开这个谜团。直到四年之后，这个谜团才得以解开：1945 年，日本投降后，盟军在东京帝大教授长谷部言人的一份《备忘录中》中，发现了有关这件事的一段记载：

……当我们费尽心机在协和医学院终于物色收买了一个专事打扫卫生的中国人，并企图通过他将‘北京人’化石弄到手时，由于意外的情况使我们的计划再次落空。这使我们不得不考虑其他的方法并马上动手，因为一旦“北京人”化石被转移，以后的事情就更加困难了。

尽管当时的裴文中对这一切并不知晓，但凭着一种直觉和其他的有关线索，他感到“北京人”化石的安全问题已经变得越来越复杂化了。鉴于国内外形势一天天地恶化，鉴于日本人一直在暗中活动，“北京人”化石是迁是留，何去何从，也就到了非解决不可的时候了。

于是，一份电报从裴文中手上，再次飞往重庆。

电报发走后，裴文中每天上班时，总要站在办公室的窗前，朝着国民党政府，也是老所长翁文灏所在的方向——重庆，呆呆地望上一会，心中暗暗涌动的，是一种无奈的惆怅和烦躁的焦虑。

然而一周过去了，两周过去了，三周也过去了，重庆方面依然杳无音信。

十六、“北京人”惊动蒋介石

重庆的日子和北平一样，也越来越不好过了。

原中国地质调查所所长翁文灏先生自九年前弃学从政之后，心情似乎就一直没有好过的时候。长年累月，东奔西跑，白天夜晚，加班加点，频繁的会议，杂乱的事务，扯不完的难题，理还乱的关系，搞得他心力交瘁，苦不堪言。尤其是近一个时期以来，随着国内国际形势的日趋恶化，重庆方面的各种矛盾日渐增多，而他自己，更是完全陷入了一种极其苦涩而又难以自拔的煎熬之中……他感到自己精神的大厦似乎马上就要支撑不住了。

在中国现代科学家中，翁文灏无疑是一位极有个性魅力的治国平天下的旷世之才。他是中国第一位地质学博士，获有美国、英国、加拿大、德国等多个学术团体的名誉会员和院士等荣誉头衔，是第一个代表中国出席国际地质会议并在会上宣读学术论文的中国学者，是我国地质学、也可以说是更广泛的地球科学非常重要的创始人和先驱学者，也是第一个把中国地质带出国门的人。他和章鸿钊、丁文江、李四光被公认为我国地质科学的四大奠基人。而且，他在地质学学术上的排名，并不亚于众所周知的李四光。后来他从政于国民政府，历任国防设计委员会秘书长、行政院秘书长、经济部长直至行政院院长。

在上世纪三四十年代，中国曾经出现过一个“学者从政派”。当时，蒋介石的教育部常务次长、留英科学家钱昌照，向蒋介石建议筹办国防设计委员会，并递交了一份委员名单，里面几乎囊括了当时中国知识界、实业界的精英人物。此提案当即被蒋介石采纳。正是从这个名单开始，演绎出了“学者从政”“专家治国”的思潮。胡适当上了外交部长，清华大学的历史学教授蒋廷黻当上了行政院政务处长，中国物理学会第一任会长李书华当上了教育部副部长，等等。1933 年，国民政府中央机关一万二千名公务员中，科学家和技术人员竟超过了十分之一。翁文灏便是其中一员。

应该说，翁文灏是一个没有政治野心的人，不是他选择了政治，而是政治选择了他。而悲剧还在于，政治一旦选择了谁，谁的命运就很难预料了。翁文灏骨子里生成的学者秉性，使他本无意于仕途；加之他在地质学方面早已成就卓著，对做官从来兴味索然。然而仕途偏偏对他情有独钟，厚爱有加，做官居然做到了“宰相”一级，达到了传统士大夫仕途之顶峰。而之所以能够如此，又完全是无心插柳柳成荫的结果。

1932 年春，由钱昌照推荐，翁文灏作为若干专家学者之一，赴庐山为蒋介石讲学。庙堂讲学，本是中国士大夫“为帝王师”的古老传统，翁文灏自然乐于前往。也许蒋介石与他前世有缘，面对众多的学者，偏偏对他格外赏识。蒋介石一向喜用浙江人，翁文灏出生于浙江，算得上蒋的宁波小同乡。他忠厚诚笃，又颇具才干，正是蒋欣赏的那种德才兼备之人。于是，蒋当下就邀翁文灏留下，任新成立的政府高级咨询机构——国防设计委员会的秘书长。一心搞科学的翁文灏做梦也没有想过自己这一辈子要做官，便再三推辞，执意不从。但最后还是身不由己，与蒋达成协议：由钱昌照出任副秘书长，在南京执行常务，而他只挂一个虚名，依然回北平主持中国地质调查所工作。

据许纪霖先生撰文说，尽管翁文灏坚持留在北平，而只挂牌南京，但对国民党政府却同样有着深刻的象征意义——它意味着南京政府与北平的自由知识分子开始携手合作了。在一大帮知识名流中，翁文灏尽管挂的是头牌，但他的“庙堂意识”恐怕是最淡薄的了。他并非缺乏行政的能力，只是没有做官的兴趣。然而，一起偶然的车祸，却又偏偏改变了他的命运。1934 年春节，翁文灏在浙江武康境内的一次外出中，偶遭车祸，伤情十分严重。蒋介石得报后，当即命令医院不惜一切代价抢救，并派去医生，接去家属，将生命垂危、仅有九十磅体重的翁文灏硬是从死神那里夺了回来。如果说庐山讲学，翁文灏对蒋介石的“不耻下问”有“知遇之恩”，那么车祸脱险之后，他的内心又添了一层“救命之恩”，为日后翁、蒋两人的关系埋下了伏笔。翁文灏为人忠厚，不可知恩不报。所以，当第二年蒋介石邀他在学者如云的“人才内阁”中出任行政院秘书长时，翁文灏便再也不好意思推辞了，只得正式入京任职。从此，翁文灏弃学从政，从书斋步上政坛，踏上了危机四伏、险象环生的官场之旅。

从科界跨入政界，虽说翁文灏是迫不得已，但开始也不乏雄心勃勃。在初涉政界的翁文灏看来，政治是什么？“政者正也”，政治最重要的目的不过就是想法让优秀的、有能力的人能够上去当政，不行的或不相宜的人和平地下来。翁文灏的这一政治观显然是二十年代丁文江、胡适一辈主张的“好政府主义”的流风余韵。当初受此鼓舞而产生的王宠惠领衔的“好人内阁”，虽然昙花一现，流为历史笑柄，却并没有惊醒多少自由知识分子“好人政治”的乌托邦美梦。尤其是科学家出身的丁文江，一直对此笃信不疑。翁文灏是否受丁的影响，我们无从知晓，但这两个地质学家对政治似乎都有一种多少幼稚的、一厢情愿的幻想，以为政治只是一个好人当政的问题。大凡科学家从政，都容易将政治简单化、技术化，以为只要按照一套科学的方法管理政治，就可以药到病除，马到成功。其实不然。政治体制不变革，像翁文灏这样的好官纵然再多，也无济于事。因此，在国民党那样一种政治体制中，阴差阳错的翁文灏与其说是幸运儿，不如说是牺牲品——一个为腐败体制陪葬的牺牲品。尽管翁文灏是不懂政治却又误入仕途的一介书生，但他毕竟又是一群“醉汉”当中的清醒之人。

今天的我们如果站在历史的角度来看待翁文灏，这的确是一个有着非凡品格的中国知识分子。也许正是在他身上有了一种开拓精神，在他领导下的北平地质调查所，才于 1929 年在周口店发掘出了轰动世界的“北京人”头盖骨！他有八个子女，家累很重，生活拮据，但从不侵吞公款；虽兼任多职，却只取一份主职工薪而从不领取兼职俸禄；在任地质调查所所长时，他连汽车也不配备，坚持步行上下班，省下的经费则用在科学研究上。这在当时贪官污吏横行的社会里是极其难能可贵的。据他老家宁波城西石塘镇的老人说，翁文灏从不衣锦还乡、车马相随，往往孤身一人，身着长衫在田间阡陌徘徊，没有一点官架子。在国民党内，凡是做过行政院长的人，无不腰缠万贯，他却一直保持着独立不群的品格，始终两袖清风。作为客座教授讲课，他凭的也不是官位，而是渊博的学识和精辟的论述倾倒所有学生。

后来，翁文灏不顾蒋介石的再三挽留，毅然辞去了行政院院长的职务。作为中国第一代现代知识分子，他虽然身上还残留着传统士大夫的心态习性，但整个人格却释放出了独立的光彩，并能在最后一刻投入和平阵营。在纠正错误这一点上，我们看到了作为科学家的翁文灏的真正本色。

在现代中国，像翁文灏这样既有传统功名（早年曾经中取秀才），又有洋博士头衔的知识分子，少而又少。假如，一代奇才的翁文灏能有幸遇上一个太平盛世，一个开明体制，他后来的死，也许就不会那般的悲惨而廉价了。

然而，种种错位，种种短绌，竟然是那样奇妙地巧合在了一起，以致让后来者的我们实在难以辨清，到底是翁文灏负了时代，还是时代负了翁文灏？而在 1941 年，身为国民党经济部长的翁文灏，面对错位的历史和历史的错位，面对“北京人”何去何从的问题，就更是身不由己、力不从心了。

从北平发来的有关“北京人”化石到底作何处置的请示电报，翁文灏早就收悉了。而且，刚收到电报时，他便与国民党驻美大使胡适进行了联系，就“北京人”化石存放在美国的可行性问题，进行了具体的商谈。接着他又与美国洛克菲勒基金会进行了多次联系。然而，由于局势很乱，数月之后，几经转折，才好不容易得到了美国洛克菲勒基金会同意“北京人”运往美国的回音。可由于“北京人”化石事关国家荣誉，他个人难以做主，所以为慎重起见，他给在外视察战事的蒋介石发了一封措辞激烈的电报：

> “北京人”化石在北平安全无望，极有被窃取之可能。倘有险失，乃为世界人类之一大损失，其价值和影响无可估量。为救国之珍宝于危难，请速作迁移之去向。

蒋介石接到电文后，由于一个拳头要抗击小日本，另一个拳头还要对付共产党，再加之各种事务缠身，外交活动不断，即使很想顾及此事，也根本无暇顾及。

一眨眼，两个月过去了。

据说，直到翁文灏第二次催促此事，蒋介石才召集政府有关人员开会。会上经过一番慎重的考虑和比较，最后终于作出决定：同意将中国的“北京人”化石运往美国自然历史博物馆避避风险，待战争结束后再归还中国。

翁文灏获悉这一消息后，这才立即给裴文中写信，对“北京人”化石转移之事做了如下安排：

> 先找美国驻北平公使馆，对“北京人”化石转移之事作个周密的计划安排，请他们委托有关部门将“北京人”化石标本

运到美国，然后再交给国民政府驻美大使胡适先生；

“北京人”化石运到美国后，可供魏敦瑞博士研究时使用，但保管和保存权必须在中国驻美大使馆的手上，即必须要掌握在胡适先生的手中。待战争结束后，务必再将“北京人”化石重新运回中国。

应该说，翁文灏的上述打算和考虑是周全的，也是很有水平和极富远见的。因为 1941 年的中国，毕竟是日本人横行霸道的天下，而日本人的本性，他是心中有数的。所以为防止“北京人”的命运万有不测，他只好同意将“北京人”运出国去。当然，这样做，就他个人感情而言，也是一件很痛苦的事情。

遗憾的是，翁文灏写给裴文中的这封至关重要的信，来得太迟了一点。裴文中说，“他收到由美国驻北平公使馆转给他的这封信的时候，已经是 1941 年的 11 月份了”。也就是说，离太平洋战争的全面爆发，只差一个月左右。

裴文中接到翁文灏来信的当天，便匆匆赶往美国驻华公使馆打算交涉关于“北京人”化石转运的种种具体事宜。而此时的美国驻华公使馆已是一片慌乱：各种各样的材料文件，撒落一地；乱七八糟的箱子柜子，堆了满满一走廊；公使馆内所有大大小小的官员们的脸上，好像都清楚地在表达着一个意思：战争就要爆发，赶快离开中国这个是非之地吧！

在慌乱的人群中，裴文中好不容易找到了美国驻华公使馆的负责人。可当他把“北京人”化石转运美国之事说了之后，对方给他的答复却是两个字：“不行！”

“为什么?!”裴文中一听就急了。

美国公使馆负责人语气十分坚定：“我们在未得到美国驻重庆大使馆詹森大使的训令前，无权‘航渡’‘北京猿人’化石标本。”

“那现在我们该怎么办呢?”裴文中急忙问道。

“必须先请示重庆方面的詹森大使。如果他下令，我们照办就是了。”美国公使馆负责人说。

裴文中当即请美国公使馆负责人给重庆的詹森大使发去一封急电。

大约两三个星期之后，詹森大使才向北平复电，同意将“北京人”化石标本装箱运往美国。据说，中国行政院秘书长蒋延黻还同美国大使詹森签署了一份相关的协议书。

奇怪的是，据裴文中本人说，此后有关“北京人”的一系列事情，他就再也没有插手了，而改由协和医学院的院长胡顿和总务长博文与美国公使馆交涉、安排。事情为何如此？至今不得而知。从现在留下来的资料中，我找不到任何线索、根据和理由，也没人留下任何清晰的说明。我只在裴文中本人后来撰写的《“北京人”的失踪》一文中，查到了这样一段文字：

> 一直到1941年11月，才由北平的美国公使馆转来翁文灏的信，允许将“北京人”的标本全部运往美国，交纽约自然博物馆保管，待战争结束后再行运回中国。但是当我与北平的美国公使馆交涉时，他们的负责人却说没有得到重庆美国大使詹森的训令，不便负责。我又请他们急电重庆请示詹森，等詹森回电答应，时间已经到了11月底。以后，就由协和医学校的校长胡顿和总务长博文二人与美国使馆交涉。

裴文中为什么没有和美国公使馆继续交涉，而改由胡顿和博文进行交涉？除了裴文中自己的这一说法外，我找不出其他任何根据。而胡顿和博文与美国公使馆具体到底是怎么交涉的，也扑朔迷离，无证可查。

于是，“北京人”的历史，从这时开始，似乎变得更为隐秘、愈加复杂起来；而日美之间的矛盾，也发展到了剑拔弩张的地步。

十七、“模型大师”最后装箱

据有关资料显示，1941年11月2日这天，是个没有太阳的日子，美国驻华舰队总司令赫德上将一早起床，心情便极其烦躁。按惯例，他起床后的第一件事情，还是打太极拳。每当赫德上将在打太极拳时，是任何人不能惊扰的，也是任何人不敢去惊扰的。可这个早上的他尚未屏息静气、最后收关，一个军务参谋便急匆匆地将一份来自美国海军总部的命令送到了他的面前：

> 驻屯北京、天津海军陆战队、驻沪海军陆战队第四联队、驻华长江舰队，务必迅速作好撤离准备，共赴菲律宾群岛作军事集结。

赫德总司令当即停止打拳，匆匆奔向办公室。

自1927年起，美国海军便派遣陆战队屯驻中国的北京、天津、上海等租界。近几年来，尽管世界局势越来越动荡不安，直至彼此水火不容、兵戎相见。但由于美国采取了中立和避而不战的战略指导思想，因而驻华美军虽然身处战争旋涡，却始终能毫无顾虑和不受任何威胁与伤害地平安度日。

可现在，太平洋上空满天风险，战事眼看一触即发，凶多吉少的日美局势使远在异国他乡的美国军官们不得不惊恐起来。他们在为美国命运担忧的同时，更为自己的命运深感不安，随时作着各种各样的推测，密切关注着美国政府透出的点滴信息。虽然，驻华美军开赴菲律宾群岛所进行的军事集结，在很大程度上意味着将与日军直接交锋，但血战在即，容不得有半点犹豫，何况服从命令是军人的天职。所以，驻华的美国海军在接到命令后，立即行动起来，开始作着迅速撤离中国的准备。与此同时，远在大洋彼岸的美国总统轮船公司，早在海军总部发布命令的前三天，就按照政府的指令，派出了“范盘轮总统号”“麦迪轮总统号”和“哈里逊总统号”三艘远洋巨轮，从旧金山海岸拔锚起程，分别开往中国的秦皇岛和上海，前来承载美军撤离危机四起的中国。

忙乱中的美军当然不会想到，此刻的日本已经决定孤注一掷，不惜一切代价，对美、英、荷三国开战！1941年11月5日，日本军令部发布了由天皇批准的准备作战的命令。11月21日，日本联合舰队司令长官山本五十六发出了绝密的作战命令。26日晨6时30分，日本军舰队共三十三艘舰只组成的庞大舰队，从日本领海拔锚起程，以颇为壮观的环行航海队形，在波涛滚滚、浓雾密布的太平洋海面上，向远在三千海里以外的美国珍珠港急速挺进。

而此时在中国北平的美国官兵们，除了胡思乱想、坐以待命外，整天无所事事。直到 11 月 20 日早晨，霍华德上校才接到一纸命令：所属部队的行李、器械、枪支弹药等，马上全部装车，运往浦东码头等待装船。11 月 28 日，美驻上海海军联队第一队四百五十名官兵，在联队司令霍华德上校率领下，乘“哈里逊总统号”巨轮离开黄浦江，直驶秦皇岛。由于“范盘轮总统号”因故延期来华，所以根据赫德上将的命令，“哈里逊总统号”必须前往秦皇岛，运载驻屯北平、天津的美国海军官兵，然后驶往菲律宾群岛。同日，美国驻平公使馆、驻津和驻沪总领署分别发出通告，力促美驻华侨民，尽早撤退！

其实，早在太平洋上空刚刚弥散战争乌云之际，美国驻华侨民们便开始纷纷回国了，但有相当一大批人却因故不能撤离。当美大使馆发布了最后通告并披露太平洋严峻局势之后，剩下的美国人才慌不择路地奔逃起来；与此同时，英国人也在本国驻华使馆的劝告下，开始了大批的归国撤退行动。于是，一时间里，北平、天津、上海及其他有侨民居住的城市，迅速开始了比以往更大规模的喧哗与骚动。大街小巷，街头巷尾，到处流动着美英两国的军人家属、外交人员的家属以及经商和传教者的家属；城里城外，四面八方，尽是携妻带子、扛箱背包的滚滚人流；卡车、轿车、人力车，来回穿梭，奔忙不停，反复运载着撤离的人群和各种行李。华东、华北，更是雨雪交加，电闪雷鸣，凄风苦雨中，告别的人群川流不息，络绎不绝，哭声、笑声、哀叹声，此起彼伏，交织一片；小偷匪贼，趁火打劫，无论在大街还是在小巷，光天化日下明目张胆拦截车辆，抢劫侨民——这对漂泊中的美国人和英国人来说，无异于雪上加霜，苦中添悲。而那些驻华的荷兰人、比利时人、挪威人、丹麦人，也因德国法西斯的入侵，流落街头，无家可归；法国人则因为大多不愿归顺维希政府，也只有暂时寄人篱下，漂泊在外；俄国人则因西伯利亚大铁道被德国掐断，同样有家难回。无数的人整日哭丧着脸在大街上四处游荡，探听信息，密切关注着战争的发展态势和自己祖国的命运，同时也纷纷使用本民族发明创造的脏话来谩骂和谴责法西斯的暴行……

世界各地，狼烟四起。中国北平，一片混乱。

“北京人”化石，到了非转移不可的时候了。

“北京人”化石要转移，首先得装箱。这个装箱的重任，落到了中国的胡承志的身上。

胡承志名义上是魏敦瑞的一名助手，实际上是新生代研究室的一名技士。新生代研究室所有标本的模型，全都是由他亲手做的。1931 年春，胡承志到北平协和医学院解剖科工作时，仅有十四五岁，他深知要想在这里站住脚，除了自己努力工作外，还必须学好英语。于是他勤奋好学，不久就学会了英文，而且还能读会说。后来，研究室就让他帮步达生修化石，步达生死后，又让他帮魏敦瑞修化石和做“北京人”模型。开始，他什么都不会，只好一方面从书本里找制作方法，一方面靠自己在实践中苦心钻研。魏敦瑞见这个青年人很有出息，就在医学院里找了个外国专家，教他制作模型。这个外国专家每教一次，要收取 10 美元的学费。可是没几个月，这个外国专家就再也不肯教他了。魏敦瑞找到这位外国专家，问他为什么不教？这位外国专家回答说：“胡太聪明，他现在做的模型已经比我做的还要好了，我还教他干什么？”

仅仅几年的工夫，胡承志便成了做各种化石模型的专家，技术之精妙，达到了以假乱真的程度，常常令同行们惊叹不已。据裴文中说，当时有一位十分傲慢的美国体质人类学家，以最瞧不起人而著称，他对任何人做的事，从来都不肯说一个好字。但奇怪的是，当新生代研究室把胡承志制作的模型寄给他时，他给新生代研究室写来一封亲笔信，对新生代研究室的研究工作一字未提，而对胡承志做的模型却连连称道，大加赞许。贾兰坡后来也撰文说：“胡承志是我的好朋友。我曾到 B 楼看过他制作模型。他制作每件模型都一丝不苟，精益求精，在每件模型上都刻上发现人的名字。他制作的模型与原件相比，一般的人很难辨出真假。说他是一名制作模型的高手，一点也不为过。”

于是，胡承志在中国地质调查研究所便有了“模型大师”的美称。

然而，这位“模型大师”正因为承担了“北京人”化石最后的装箱任务——也就是说，在中国人当中，他是唯一一位最后见到“北京人”化石的人，所以当后来“北京人”化石神秘失踪后，他的内心就比别的人多了一份忧虑，也多了一份痛苦！正因为此，半个多世纪以来，这位后来成为矿物学家和恐龙研究专家的“模型大师”，似乎一直有一种很微妙的东西潜藏在内心深处，有苦难言，备受折磨；无论是外国的还是中国的作家、记者、科学家，或者别的什么人，只要找他谈有关“北京人”化石丢失的情况，他一直缄默不语，不愿提起；甚至有的外国学者和记者亲自来到中国登门造访，也同样被他拒之门外。

1999 年 1 月 17 日下午，经过多年的争取努力，这位“模型大师”终于被我的诚意打动，在家中接受了我的采访，并提供了很有价值的新情况。由于“北京人”化石的装箱问题，以及装箱后如何从中国人手上把箱子交到美国人手上等问题，在整个“北京人”化石丢失的过程中是一个很重要的关节点和转折点，而胡承志作为唯一一位最后见到“北京人”化石的中国人，同样举足轻重，至关重要。所以，为了让这段历史尽可能真实地展现在读者的面前，此后我与胡承志先生又进行了多次恳切、深入、细致的长谈，有的谈话甚至相当激烈、残酷。特别是为了摸清历史的真实脉络，针对其中一些极为关键的细节，我不得不进行无情的追问与探究。现将我的几次采访录音的主要内容公布于后，供大家分析时参考：

李鸣生：胡老，“北京人”化石的最后装箱，是否确是您亲手所为？

胡承志：没错，确实是我亲自装的箱。

李鸣生：据我了解，当时您在新生代研究室仅仅是一名技术工人，并无实权，装箱的事情您不可能擅自做主，那么是谁指示您装的箱呢？

胡承志：早在 1941 年 4 月，魏敦瑞离开中国去美国前，他就让我将“北京人”和“山顶洞人”化石一并装箱，然后交给协和医学院院长胡顿，或者交给总务长博文，以便到时交美国公使馆运往美国。我问魏敦瑞何时装箱，魏敦瑞对我说，等候通知。大概到了 1941 年的七八月左右，有一次裴文中先生也告诉我说："'北京人'化石要全部装箱运走。"我当时没有问他具体细节，只问他什么时候装箱，他说："听信儿。"

李鸣生：那么到了真正装箱的时候，又是谁叫你装的箱呢？

胡承志：博文。是个美国人。

李鸣生：这个博文到底出干什么的？当时是什么职位？

胡承志：他是协和医学院的总务长。

李鸣生：博文让您装箱的时间，是哪年？哪月？哪日？

胡承志：大概是在珍珠港事件爆发前的 18 天到 21 天之间，也就是说前三个星期左右。

李鸣生：珍珠港事件爆发的时间是 1941 年 12 月 7 日，如果是三个星期前的话，那就应该是在 1941 年 11 月的 16 日或 17 日左右。您能想一想准确的日期到底是哪一天吗？

胡承志：准确的日期我现在确实记不起来了，别的人也记不清了，因为当时很乱，不可能有意去记住这个日子。但我确实记得是在日本占领协和医学院后的两三天。有一次裴文中也找到我，我们共同回忆的是在珍珠港事件的前三个星期左右。

李鸣生：这天是上午、下午还是晚上，具体是谁给您说的，怎么给您说的，您现在还能想起来吗？

胡承志：我记得是一个上午。那天，我正在办公室做模型，息式白急急忙忙地跑来找我……

李鸣生：息式白？怎么会是她？

胡承志：息式白是魏敦瑞的女秘书，二十岁出头，英文名的音叫赫斯博格。她是德国人，后来加入了美国籍。当时，她刚来新生代研究室才几个月的时间。

李鸣生：那就是说，具体通知您装箱的人其实不是博文，而是息式白？

胡承志：对。息式白找到我后，神秘地对我说："博文打电话来，让我告诉你，马上将'北京人'化石装箱，送到他的办公室去！"

李鸣生：既然形势紧迫，为什么博文不直接通知您，而要让息式白来转告您呢？

胡承志：可能是因为息式白的办公室有电话，我的房间没电话，博文就先通知息式白了吧。息式白的办公室就在我的斜对面，离得很近。

李鸣生：从当时的实际情况来看，杨钟健走后，裴文中是新生代研究室的名誉负责人。从当时协和医学院的隶属关系来看，博文应该先通知裴文中才对，而不应该直接通知您。那么为什么胡顿和博文他们要避开裴文中，而让秘书息式白直接通知您呢？

胡承志：这个我不知道。不过，当时裴文中的办公室不在协和医学院，而在另一个地方，也许是因为时间太紧迫，来不及了，就直接让息式白通知我了。

李鸣生：问题是，既然博文可以用电话通知息式白，同样也可以用电话通知裴文中，至少可以先用电话告诉一下裴文中。时间问题，好像不应该是个问题。

胡承志：这我就说不清了。

李鸣生：在这个环节上，博文会不会是在有意避开中国人，有搞鬼的意思？

胡承志：博文搞鬼不可能，因为这样的事他必须要向胡顿院长报告，他是受胡顿领导的。

李鸣生：问题是，胡顿也是美国人。博文、胡顿都是美国人。而协和医学院的美国人又是受美国洛克菲勒基金会领导的。再说了，周口店的整个发掘工作，是在美国洛克菲勒基金会的经费资助下开展的。那么，在"北京人"的问题上，从这个时候开始，美国人会不会就有打算占为己有的想法呢？

胡承志：这我不知道，无可奉告。

李鸣生：您得到装箱的通知后，有没有告诉裴文中呢？

胡承志：当然我要告诉裴文中啰！息式白走后，我感到此事事关重大，于当天下午就跑到了裴文中的办公室，把息式白通知马上装箱的事告诉了他，问怎么办。

李鸣生：裴文中是什么态度？原话是怎么说的？

胡承志：裴文中说："你赶紧装吧！"当天，我和另一个人便开始装箱了。

李鸣生：（听到这里，我有些吃惊，因为在过去的传说中，都说最后装箱的人就胡承志一个人。）另一个人？这个人是谁?!

胡承志：这个人叫吉延卿，是解剖科的一个技术员。是我请他帮的忙，因为我一个人无法从三楼把大木箱抬到一楼。

李鸣生：吉延卿这人现在在哪里？

胡承志：早不在了。

李鸣生：（我又是一惊）怎么回事？

胡承志：死了！

李鸣生：什么时候死的？什么原因死的？

胡承志：大概在1945年前，生病死的。

李鸣生：那就是说，知道装箱情况的，现在就只有您了。

胡承志：对。

李鸣生：请您详细谈谈装箱的具体情况好吗？

胡承志：我让吉延卿帮我把早已准备好的两只大木箱抬到办公室后，我们先将房门锁住，然后开始装箱。要装的两个木箱均为白木箱，一大一小，小的为一百二十厘米长，三十厘米高，七十厘米宽；大的为一百三十厘米长，三十厘米高，七十厘米宽。由于这次装的不是模型，而全是真家伙，所以我们的每一个步骤都比装模型更加小心谨慎。我们将"北京人"化石从原来的保险柜中一件件取出后，给每一件化石都包了五层，第一层包的是擦显微镜镜头用的细棉纸，第二层用的是稍厚的白棉纸，第三层包的是洁白的医用吸水棉花，第四层包的是医用细纱布，第五层包的是白色粉莲纸，第六层再用厚厚的白纸和医用布紧紧裹住，就像穿了六层衣服似的。这些化石包好后，我们才小心翼翼地将它装入四方形的小木盒，并用吸水棉花将小木盒剩下的空间填满，然后再将这些小木盒一一装进大木箱里，最后再用木丝填实，使化石和小盒、小盒和大木箱形成一个牢固不动的整体。因为不这样的话，万一有个闪失，我就对不起列祖列宗了。至于那些牙齿化石，由于最零碎，最容易遗失，所以我们就用小纸盒来装。这些小纸盒内填有棉花，上面压有玻璃，玻璃上贴有镶着红边的标志，标明牙齿部位的符号。小纸盒装好后，先放入小木箱，再装进大木箱。“北京人”化石主要装在较大的一个木箱里，另一个较小的木箱内，则主要装的是“山顶洞人”化石。化石全部装完后，再严密封盖，在外边加锁，并在两个木箱的外面分别标有“CASE1”和“CASE2”的字样。

李鸣生：对不起，胡老，我的英语不行，CASE 这几句英文是什么意思？是一种标记还是一种暗示？

胡承志：CASE 就是箱子的意思。

李鸣生：你们装完这两个箱子一共用了多长时间？

胡承志：大约二个多小时。

李鸣生：装箱工作这么仔细，怎么这么快就能装完？

胡承志：因为过去我装过一次。

李鸣生：怎么会装过一次？

胡承志：1937 年“七七”事变之前，即 1937 年的 6 月间，魏敦瑞怕日本人进城后“北京人”化石放在协和医学院有危险，就让我先把“北京人”化石用箱子装起来，我就装过一次箱了。当时装箱使用的那两个箱子，就是这次使用的这两个箱子。这两个箱子是当初新生代研究室的木工张寿山做的。装完箱后，又将这两个装有“北京人”化石的箱子送到了美国花旗银行的保险库里。但不久又从美国花旗银行的保险库里取了回来，重新放在了协和医学院的B楼魏敦瑞办公室的保险柜里。

李鸣生：这就是说，“北京人”化石装过两次箱，并且几年前就曾经转移过一次了?

胡承志：是的，正因为我装过一次箱，第二次对我来说就是轻车熟路了。

李鸣生：“北京人”化石装完箱后，您又是怎么处理的呢?

胡承志：两个箱子装好后，我和吉延卿就找来一辆平板小轮车，然后分别将两个箱子运到了总务长博文的办公室。

李鸣生：您能肯定，确实是您亲自将这个箱子送到博文办公室的吗?

胡承志：当然能肯定。

李鸣生：送到博文办公室后，您和博文又是怎么交接的?

胡承志：我并没有交给博文。

李鸣生：(我大吃一惊！因为此前国内国外所有的文字记载和民间传说，都是胡承志把箱子交到了美国人博文手上。)没交给博文，那您交给谁了?!

胡承志：博文的秘书。

李鸣生：秘书？男的女的?

胡承志：女秘书。

李鸣生：叫什么名字?

胡承志：记不住了。她说博文交代过，她知道这事。

李鸣生：您交给这个秘书时，办公室当时还有其他人在场吗?

胡承志：还有两个秘书。

李鸣生：这两个秘书叫什么名字知道吗?

胡承志：也不知道。

李鸣生：那么您将箱子交给这位女秘书时，有没有签个字，打个收据什么的呢?

胡承志：没有。

李鸣生：这么重要的事情，照理说，怎么也该打个收据吧？再说了，您为什么不亲自交到博文手上呢？

胡承志：我送箱子去博文办公室时，博文不在。因为当时谁也不知道“北京人”化石后来会丢失，所以也就没想那么多，也没把问题想得那么复杂，那么严重。反正让我装箱，我就装箱；让我送去，我送去就行了。不过，装完箱后，我把两个箱子里装的所有化石都记了一份清单，并在清单上写上A和B两个字，然后将这份清单交到了裴文中手上。

李鸣生：后来呢？

胡承志：听说博文将这两个箱子转移到了协和医学院F楼4号地下室的保险库里。因为大家知道协和医学院的保险库是一个最保险的地方，即使是失火了，保险柜也不会受到损伤。协和医学院所有的重要档案历来都存放在里面。

李鸣生：箱子从博文办公室转移到地下保险库时，是您和博文一起干的吗？

胡承志：不是。博文转移化石时，我根本就不在现场。

李鸣生：既然您不在现场，凭什么说是博文把箱子转移到了地下保险库？又凭什么说两个箱子就一定转移到了保险库？

胡承志：我是听人说的。

李鸣生：听谁说的？

胡承志：听裴文中说的。就在珍珠港事件爆发后的第二天，我见到了裴文中，他告诉我说，他碰到了王锡炽（作者注：王锡炽为协和医学院附属协和医院的院长）。王锡炽对他说，博文到办公室看见两个箱子后，当天就将两个箱子亲自押送到了F楼4号地下室的保险库里。两个箱子在那儿只待了一夜，就又送走了。到底送到哪儿去了不知道，估计是送到美国公使馆去了。

李鸣生：既然您是听裴文中说的，而裴文中又是听王锡炽说的，那么用什么来证明，博文确实是把两个箱子从他的办公室押送到了保险库？博文有没有可能将箱子弄到别的地方去了呢？

胡承志：这个不太可能。因为还有一个人用小车帮博文将两个箱子推到保险库的。

李鸣生：（我一惊）怎么还有一个人？这个帮着推箱子的人是谁？

胡承志：这个人叫常文学。

李鸣生：常文学是什么人？干什么的？

胡承志：博文办公室的勤杂工。

李鸣生：说常文学帮着博文推了箱子，根据是什么？

胡承志：一个根据是博文说的。

李鸣生：如果博文说的不是真话呢？

胡承志：还有第二个根据，就是珍珠港事件爆发后，就为“北京人”化石失踪的事，常文学被日本宪兵给抓去了。在日本宪兵审问常文学的过程中，常文学自己也承认确实帮着博文推过箱子。

李鸣生：后来人们都说，箱子在地下室保险库放了一夜后，第二天博文就把箱子送到美国公使馆了。这种说法到底有没有什么根据？

胡承志：我当时也是听裴文中说的。后来日本占领协和医学院后，我又听说博文被日本宪兵抓去审问时，也是这么讲的。

李鸣生：问题是，谁来证明博文是这么讲的？谁来证明博文的这个说法就一定是事实？

胡承志：因为当时与博文同时受审的还有美国公使馆的人，他们知道博文是怎么说的。

李鸣生：您的意思是说美国公使馆的人也被日本人抓起来了？

胡承志：是这样。

李鸣生：但据我目前掌握的所有资料来看，中外有关人士没有任何人谈到美国公使馆人员被日本宪兵队抓起来的事。而且，根据我的理解，一般来说日本人也不太可能抓美国公使馆的人。不知您的这一说法的根据是什么？

胡承志：我也是听说的。具体我也不知道。

李鸣生：那么后来博文从日本宪兵队放出来后，你们问过博文到底是怎么回事吗？

胡承志：我 1947 年出差来北平后，并没有见到过博文。我见他后曾经问起过“北京人”的事，可我一提起新生代，一提起“北京人”，就神经质。

李鸣生：那就是说，你并没有亲自从博文口中问到“北京人”化石的下落情况。

胡承志：是的。

李鸣生：那么别的人又问没问过博文呢？比如裴文中、杨钟健等人。如果问了，是什么情况？若是没问，为什么又不问呢？因为“北京人”化石到底交没交给美国公使馆，只有博文和胡顿院长才知道。

胡承志：我不知道他们问没问过博文。

李鸣生：现在的问题是，有什么根据来证明装有“北京人”化石的两个箱子确实是送到了美国公使馆，并和美国公使馆相关人员办了交接手续？这些手续现在在哪里？只有找到了这些手续，才更有力量证明“北京人”确实是交到了美国人手上。

胡承志：不知道。

李鸣生：您后来的情况呢？

胡承志：后来？后来珍珠港事件爆发不久，我就逃走了。

李鸣生：您逃走仅仅是出于个人的安全考虑呢，还是怕“北京人”的事受到牵连？

胡承志：主要是怕“北京人”的事受到牵连。其实，日本人还没打进北平时，也就是说，我还在装箱的时候，就想着要逃走了。

李鸣生：为什么在那个时候就会想到要逃走呢？

胡承志：因为“北京人”化石只要一装箱，准出娄子。你想想看，这“北京人”化石一装箱，就意味着要运走。如果真正运到了美国，日本人打进北平后，找不着“北京人”化石，又知道是我装的箱，肯定要找我的麻烦；要是“北京人”化石没有运到美国，途中被人弄走了，或者搞丢了，不光日本人要找我，美国人也同样会找我，我怎么说得清楚。所以我只有一走了之，先逃过日本人这一关。

李鸣生：（听到这儿，我深为胡承志先生的精明而感到惊讶——不，简直就是震惊！因为在我采访的所有与“北京人”有关的人员中，还没有一个人像他这样对“北京人”化石装箱后的命运和结局有如此准确的洞察和如此英明的预测！这反让我对胡先生的话心存疑虑。这疑虑并不是我怀疑胡先生的话的真实性，而是躲藏在这个故事背后的历史的真相究竟是什么，奥秘是什么，玄机又是什么。有些话本来想进一步问，但我还是忍住了。）您逃走后，又跑到哪儿去了呢？

胡承志：跑到南京去了。在哪儿每天提心吊胆地躲了整整三年。

李鸣生：在这三年中，为什么日本人要找的人全都找到了，单单就没找着您？

胡承志：这我就不知道了。反正自从我将两个装有“北京人”化石的箱子亲自送到协和医学院总务长博文办公室那天起，就再也没有见过“北京人”化石了。而有关“北京人”化石下落的情况，我就更不知道了。恐怕也再没有一个中国人知道了。

…………

是的，自装有“北京人”化石的两个箱子被胡承志送到博文的办公室后，就再也没有一个中国人知道“北京人”化石的踪迹了。“北京人”

化石的命运，从此紧紧攥在了美国人的手上。

由于当时战事吃紧，中方再也没人过问过“北京人”化石的去向，真正的去向除了美国人，恐怕再也无人知道。我在采访中，听到了多种版本的说法，比较一致的说法是：装有“北京人”头盖骨的两个箱子仅在协和医院的保险库里存放了一个晚上，第二天美国人便与其他重要物件一起，急急忙忙转运到了位于北平东交民巷的美国公使馆。为了确保中国的“北京人”头盖骨能安全地转移到美国，美国方面从公使官员到协和医学院领导以及相关工作人员，纷纷行动起来。甚至美国公使馆还为“北京人”头盖骨的转移问题，专门制定了一个严密的转运计划。该计划明确规定，美国海军陆战队从北平撤退时，先负责将“北京人”头盖骨用专列护送至秦皇岛，再将“北京人”头盖骨装在从上海驶来的“哈里逊总统号”轮船上，然后将“北京人”头盖骨安全护送到纽约，存放在美国自然历史博物馆里。

然而就在这时，即 1941 年 12 月 7 日，大洋彼岸的美国突然遭到日本偷袭！“北京人”头盖骨的命运，因此而发生了不可逆转的大改变！

第五章
日本天皇紧急下令

十八、 珍珠港与 “北京人”

1941 年 12 月 7 日这天，对美国人而言，是一场可怕的噩梦！而对中国人来说，则是一个令人伤痛的祭日！

12 月 7 日凌晨 1 时 16 分，随着太平洋瓦胡岛海底“咔嚓”一声响动，五艘日本特种潜水舰如野马脱缰一般，向着驻守在夏威夷群岛的珍珠港的美国太平洋舰队疯狂扑去。这时，美国将军马歇尔正骑着他心爱的枣红马，牵着一只白毛黑斑狗，在阿林顿公园愉快地进行着星期日早晨的散步。透过公园的树丛，马歇尔听到了从附近教堂传来的圣洁的风琴声和赞美诗；与此同时，即夏威夷时间 7 日晨 6 时 15 分，一百八十三架日机穿破黎明前的夜幕，从六艘航空母舰上起飞，也向着珍珠港方向悄然飞去。此时驻守在珍珠港的美国海军官兵们正迷醉在“神圣的周末”的娱乐之中。军官们在陪酒女郎的搀扶下，从“太平洋夜总会”“夏威夷桥牌中心”等逍遥场所踉踉跄跄地走出来，嘴里不时哼着流行小曲和胡乱叫嚷着谁也听不懂的酒话；檀香山广播电台则依然漫不经心若无其事地播放着优美动听的轻音乐；九十六艘不同型号的美国军舰静静地停泊在平静而温柔的水面上，空中见不到一架巡逻的飞机，唯有从教堂传出的圣洁的钟声，在宁静淡泊的珍珠港上空独自悠悠回旋。

而在中国北平，一列载有“北京人”化石的专列在美国海军陆战队的护送下，在极其神秘的气氛和冬日寒冷的霜雾中，这时已缓缓离开北平站台，正按预定时间，沿“京山铁路”向着位于渤海边的秦皇岛驶去。按美国方面的计划，从上海方向驶来的“哈里逊总统号”轮船将于12月8日驶达秦皇岛，接走在华的美国海军陆战队和装在两个箱子里的“北京人”！

然而，就在这一天，即12月7日，日本人以突然袭击的方式，偷袭了美国的珍珠港！

12月8日，日军迅速占领了美国在北京、天津以及秦皇岛等地的所有机构，并在秦皇岛截获了载有“北京人”化石和美国海军陆战队的专用列车。而美国总统轮船公司的“哈里逊总统”号从菲律宾首都马尼拉开航以后，一直被一艘日本军舰紧追不舍，最后在上海附近扬子江口触礁（还有一种说法，说“哈里逊总统号”被日本炮火击中后，搁浅在了上海以东长江口附近，未能驶向秦皇岛港）。所以，“北京人”化石未能装上“哈里逊总统号”。结果一夜之间，不翼而飞，去向不明。

“珍珠港事件”爆发时，没有一个中国人知道“北京人”化石失踪的事情，更不知道正是因为日本人偷袭了珍珠港，才导致了“北京人”化石的丢失，因而对日本偷袭珍珠港一事，就像强盗抢了别人家的东西一样，几乎没有什么反应。但珍珠港上午8时20分，当美国总统罗斯福收到华盛顿海军总部从珍珠港拍来的第一份电报时，双手颤抖，声音哽咽，连连说了三声“不可能！”而后指着标有日本岛国的地图大声骂道：“我做梦也没想到，在这个星球上，竟有如此牵强附会和说出了这么多谎言的国家！”

12月8日6时，日本驻华陆、海军司令部迅速通知所属部队，立即采取行动。于是，日军调集炮舰六艘，飞机十二架，向停靠在上海黄浦江上的英、美两炮舰突然发起攻击。早有准备的英、美舰奋起还击。凄风苦雨中，残星冷月下，黄浦江面炮声隆隆，硝烟滚滚，美、英两舰被日舰团团围住。双方仅仅交战了二十分钟，三百零一吨的英炮舰“赫特勒尔号”便被炮弹击中，骤然起火，在拂晓的江面上摇摆挣扎了不足三分钟，便在一片呼天抢地的惊叫声中无可奈何地沉入江底。美舰“赫克尔号”自知寡不敌众，当即停止还击，在桅杆上挂出了白旗。美、英两舰的官兵除死伤者外，三百一十多人全被日军俘虏。随后，日本陆、海军进驻美、英两国在沪租界，将美、英侨民全部逮捕，押入集中营。

同日，驻中国华北日军也杀气腾腾地扑向北平、天津和秦皇岛所在的美军兵营及英美租界。驻北平的日军在小野松支陆军大佐的指挥下，乘着茫茫夜色，包围了北平东交民巷内的美军兵营，并对重要地段全部进行了封锁。

而此时北平的市民们，并不知道昨晚和今晨发生在太平洋上的一切。当他们迎着晨曦，像往日一样走出自家的房门时，才吃惊地发现整个市区的街道已经完全改变了往日的模样。遍地是持枪的日本士兵，四处流动的是载有日军的车辆，张贴在大街小巷的各种“布告”“声明”等，令人眼花缭乱，胆战心惊。随着东方大亮，街上的人越聚越多，秩序越来越乱，车马拥在一起，行人挤成一团，东西南北，大街小巷，交通几乎全部堵塞。东交民巷内，日军将六国饭店以东划为临时军事地带，任何车马行人，统统不准通行；六国饭店的工作人员和旅客，也一律不许出入。而美国兵营，更是成了北平市民和各国侨民关注议论的焦点。许多人冲破层层封锁来到六国饭店四周，爬上楼顶、高墙，向美兵营内窥探。几名被日军特批而进入东交民巷的记者，企图进入美兵营采访，却被美海军守门士兵挡了回来。尽管如此，8 日上午，北京《晨报》还是印发了一份关于东交民巷现状的《快报》：

由于东交民巷美国兵营还存留有一百二十名美国海军官兵，所以东交民巷也便成了戒备的中心。每一个道口都伫立着荷枪守望的日本勇士，于是每个道口都堆积了如山的人。日本兵，中国警察在忙乱地指挥着，每一个人的面上，现着惊恐和严肃，同时心里也意识到战争的可怕。东西大街的西半截，静静的没有一点响动，只有臂上佩着标志的日本士兵忙着张贴布告，告诉人们日本和美英已经交战了。

美国兵营的大门，紧紧关闭着，门的旁边贴着一份日军的大布告。在这有着历史价值的一刹那，门口有几个佩戴着臂章的摄影记者。门楼上的美国国旗，也现出了衰弱无神而在挣扎的气息。记者正在注视着关在门里的一百多名美国兵，现在不知作着怎样的窘状的时候，大门哗啦一声开裂了一条缝，从里面闪出了手提零碎什物的三个厨师，同时也看到了手握枪柄的无精打采的美国士兵。美兵营将要崩溃了。

东交民巷的巡捕，已失去了他们昔日所有的威风，低着头坐在道边，身旁还有一个大茶壶。经记者询问，才知道自从昨日上班以后，到现在还没有移动地方，肚子一直饿到现在。

从东交民巷出来，经过东长安街、东单一带，路上的行人特别多，个个现着有事的神态；同时在每一处壁板下，围聚着仰视日美战争消息的人。这个大的波动，不但是中国恐怕是世界每一个角落，都被震撼了！

8日下午2时45分，驻京美兵营内一百二十余名官兵全体集合，庄严、整齐地排列在美国星条旗下，在美国国歌的乐曲声中，由哈斯特上校亲手降下了悬挂了十四年之久的美国星条国旗。当美国国旗缓缓降落时，哈斯特上校举手敬礼，以示告别。官兵们清楚地看见，哈斯特上校的脸在抽搐，手在颤抖，两行混浊的泪水漫漫溢出了眼眶……

12月9日，罗斯福总统身披深蓝色海军斗篷，登上国会大厦讲坛，进行了一次震撼人心的演说：

昨天，对我们美国人来说，永远是个耻辱的日子。就在这一天，美利坚合众国遭到日本帝国海军和空军的突然袭击，使美国的陆、海军遭到严重的损失，大批美国人遇难……

昨天，日本政府出兵马来亚；昨天，日本军队进攻了港；昨晚，日本进攻了菲律宾群岛；今晨，日本军队又进攻了中途岛……

我们将永远记住，这样向我们进攻，意味着什么！

我要求国会宣布：自12月7日星期天无端发动这场卑鄙的

进攻之时起，美国和日本帝国之间处于战争状态！

罗斯福总统发表讲话的当天，中国政府对德、意、日宣战！

随后，英国、加拿大、澳大利亚、荷兰、新西兰、法国、波兰等二十多个国家，相继对日宣战！

惊心动魄的第二次世界大战开始了！

世界局势，顿时陷入一片混乱！

十九、“北京人”神秘失踪

日军占据北平后，对美国驻北平使馆以及燕京大学、育英、慕贞等大中小学校，全部进行了封锁。北平协和医学院，自然也在劫难逃。

接管协和医学院的日方负责人，是日军大尉军官松桥。

松乔曾留学德国洪堡大学，获医学博士，他的老师，便是大科学家魏敦瑞的学生。此前，松乔曾多次作为日本学者，来过北京协和医学院参观过“北京人”。由于他是学医出身，又对考古和人类学有所研究，所以日方特地派遣他来接管协和医学院，同时负责搞到“北京人”化石。

松桥带领的日本占领军在协和医学院的行动，比在美国海军陆战队兵营干脆、利索得多。不到半个小时，他们便占领了协和医学院的每个要点，并将住在协和医学院内的美国人全部捕获，院长胡顿、总务长博文以及一名美国大夫和正在协和医学院养病的美国著名人士司徒雷登，也统统被拘押在了胡顿院长的住宅里。

然而，松桥这个穿着马靴、挂着战刀的“日本侵略者”，与别的日本侵略者似乎有所不同，他首先张贴布告一份：凡是协和医学院和协和医院的教职员工，一律坚守岗位，不得擅离职守！接着又下了一道命令：一定要把图书馆和资料标本保存好！他说，协和医学院图书馆是亚洲第一流的医学图书馆，里面有很多极其珍贵的、绝版的图书，这些书不像设备、仪器什么的，丢了还可以再买，一旦丢失，就无法弥补。所以他明确规定：所有图书只能还，不许借；同时，他还下令将所有资料和标本全部封存起来，不许乱动，不许丢失。每天还到各个办公室进行检查，一旦有违规现象，立马处置。据说，有一天，协和医学院的一个中国人在办公室闲着无聊，正拿着一枚印章在一本英文词典上瞎盖，恰好被进来的松桥看见了，松桥当场便将这本英文词典没收了，说这是图书馆的书，不许随便损坏！

正因为此，日军占领协和医学院后，不仅协和医学院的图书馆未遭毁坏，其他不少珍贵的资料和标本，也有幸得以保存。设想一下，假如当初接管协和医学院的日本人是个野蛮、愚蠢而又无知的家伙，那协和医学院的知识财产会被摧残成什么样子呢？因此，在保护协和医学院图书馆和历史文化遗产这一点上，我们也许应该向松桥这样懂得珍爱人类历史文化遗产的日本人致敬！

遗憾的是，正因为此，松桥后来被日本宪兵队抓了起来，和美国人关在了一起。其罪状有二：一是接管协和医学院后对“北京人”追查不得力；二是对协和医学院的中国人太仁慈。据被关的美国人说，松桥被日本宪兵队整得够呛，受的苦比他们多得多。他被关了两年，才从宪兵队放了出来，但日方却不再管他了。他没地方住，没地方吃，最后还是美国人博文将他收留在协和医学院靠北边的一间房子里暂居下来。战后，松桥回到了日本，据说日子过得十分凄凉；但他心里却特别踏实。他常常对友人说，在中国的那段日子里，我无愧于自己，无愧于历史，也无愧于伟大的中国人民！

与松桥同时进驻协和医学院的，还有东京帝国大学（即现在的东京大学）的教授长谷部言人以及东京帝国大学地质系助教高井冬二。长谷部言人过去对“北京人”化石就垂涎三尺，始终未能如愿，故日本文部省对他在中国的表现极为不满，认为他是日本帝国派往远东最无能的一个人！但是，就在他为“北京人”化石绞尽脑汁而又一筹莫展时，他得到了日军将要封锁协和医学院的消息，这对正处窘境中的他来说，无疑于雪中送炭。因此，长谷部言人一到协和医学院，便带着两名手持大枪的日本宪兵，直奔掌握着存放“北京人”化石的地下室保险柜密码的息式白小姐的房间。

息式白小姐曾是魏敦瑞先生忠实的秘书，魏氏去美国后，她一个人留在了协和医学院，继续从事有关“北京人”化石的保管工作。这个夜晚的她在黑暗中尚未完全弄清眼前到底发生了什么事情，便被日本宪兵从床上“请”了起来，而后挟持着来到了娄公楼地下室藏有保密柜的门前。

“打开!”一个日本宪兵以命令的口气说道。

“我……”息式白摊摊手，耸耸肩，做出一副无能为力的样子。

“息式白小姐，”长谷部言人道，“你不要再演戏了，我们非常清楚，这间地下室归你保管，也只有你知道里边那个保密柜的密码。你就赶快动手吧!”

“没有博文的命令，我无权打开这间屋子。”息式白辩解说。

日本宪兵冷笑道：“息式白小姐，你别再指望博文了，他和你们的胡顿院长都被我们抓起来了!”

“什么?!”息式白大惊，望着眼前的日本人，不知如何是好。

长谷部言人态度有些缓和地说：“息式白小姐，你大概还不知道吧?日美战争已经爆发了，中国的北平已经是我们大日本帝国的天下了!”

“我的上帝啊，这是真的?”息式白双手捂住自己惊恐的脸。

“是真的，我们不会骗你。”长谷部言人伸手拍了拍息式白的肩膀，“息式白小姐，你不用怕，只要你打开房门和里边的保险柜，就没你的事了。”

“我、我没钥匙。”息式白借口道。

“钥匙在哪里?”日兵宪兵有点急了。

息式白一看抵赖已经没用了，只好嗫嚅道：“在我房间里。”

“走，马上回去取!”日本宪兵吼道。

两个日本宪兵押着息式白，很快便将钥匙取了回来。在两个布满杀气的日本人的逼视下，地下室的铁门在息式白的手上打开了。紧接着，无奈之下的息式白又被迫走到保密柜前，伸手按动了只有她和魏敦瑞才熟知的密码键盘。息式白那细长的手指在密码键盘上旋转片刻后，她抓住保险柜的把柄轻轻一拉，那足有十五英寸厚的钢质大门在昏暗的灯光下“嘎”地响了一声，这才终于极不情愿地敞开了这扇不知有多少人朝思暮想的神秘之门！

长谷部言人兴奋得几乎跳了起来，但他尽量按捺住心中的激动，弯下腰去，小心翼翼地将脸贴在保险柜上，而后瞪着双眼，在保险柜中仔细查找起来。

他先拿出一块磨光的鹿角、一盒獾的犬齿、一盒狐狸犬齿，接着又拿出四块石器和七本电影胶片……

然而，当长谷部言人兴冲冲地将保险柜中的一切全部查找完毕后，这才发现，他朝思暮想的“北京人”化石已经不翼而飞！存留在保险柜中的不过是一具假的石膏模型！满怀希望的长谷部言人面对空空如也的保险柜，心猛地一沉，一下预感到了事情的复杂与玄妙。

长谷部言人立起身来，两手交错，一边在保险柜前来回踱步，一边不停地拍着手上的尘土，眼里不时射出的，却是一道道近似绝望的凶光。他一动不动地望着面前的息式白，带着仇恨似的逼问道：

“说，你把真正的“北京人”化石藏到哪里去了？”

“我不知道。”息式白这下倒显得冷静起来。

“你，快说，到底弄到哪儿去了？！”长谷部言人急了。

此时的息式白已完全清醒过来，知道了日本人的真正用意。她看了看眼前这个道貌岸然的日本“教授”，什么也没说，什么也不想说。是的，她记得非常清楚，就在不久前，她曾不止一次地接待过这个一副谦恭模样的日本“人类学教授”，并多次友好地为他讲解过关于中国“北京人”的发掘、研究等情况。而长谷部言人对她的每一次讲解，都显得是那么的谦虚、那么的和蔼、那么的真诚、那么的友善；每次与她分手时，又是拱手，又是作揖，笑态可掬，一副感激不尽的样子。只是到了后来，当息式白听裴文中说长谷部言人可能居心叵测时，她才对这个日本“人类学教授”冷淡起来。然而长谷部言人却好像什么事也没发生，依然一如既往地来协和医学院参观、访问、学习，还主动与她攀谈，说：“魏敦瑞的离去是‘北京人’研究的一大损失；他对魏氏的研究成果表示由衷的敬佩。”现在，望着眼前这个气急败坏的日本“学者”“教授”“人类学家”，息式白小姐一切都明白了。她虽是女流，但毕竟也是一个见过世面的人物，何况她此时的愤怒，已远远超过了日本宪兵眼中的凶光给她带来的胆怯与恐惧。她斜视了对方一眼，轻轻摇了摇头，便背过身去，不再说话，用女人特有的藐视作为抵抗的武器。

站在息式白面前的两个日本宪兵，此刻似乎再也不需要掩饰什么了，因为整个协和医院已归日本人所管。他们看了息式白一眼，冷笑了两声，说道：

“息式白小姐，你是说，还是不说?”

“我无话可说。”

“既然你不愿意在这里说，那就请你到别的地方去说吧。”

“去哪里?”

“别问，到时候你就知道了”

“我不去！你们放了我!”息式白大叫着。

但息式白还是被两个日本宪兵带到了位于北京西城区一座被日本兵看守着的不知名的别墅里。日本人对她先是审问，后是威逼，再是利诱，但息式白还是什么也不说。但到了后来，在灵与肉的苦苦折磨中，她还是不得不作了如下陈述：

> “北京人”化石已根据协和医学院总务长博文的指示，于12月5日装箱转移。这天上午，由美国海军陆战队派了一辆卡车来协和医学院将“北京人”化石拉走了，听说是要搭乘由上海驶来的“哈里逊总统号”轮船运往美国自然历史博物馆。由于这属重要机密，“北京人”化石拉走后，是存放在美国大使馆里，还是已经被运走，我一无所知，实在无可奉告。

到此，日本人感到从息式白身上再也无油水可榨了，只得将她放了出去。息式白释放后，仍回到协和医学院。但她的工作和日常行动，始终处在日本人的秘密监视之中。

接着，日本宪兵队又将关押在美军集中营的博文抓进了息式白刚刚受过凌辱的那栋别墅里。面对博文这种身份的美国人，日本人先是以老朋友的身份好言相劝，最后再让日本宪兵拳脚相加。被日本宪兵打得皮开肉绽、惨不忍睹的博文，在狱中对“北京人”化石的下落问题到底是怎么交代的，我在采访中没有听到准确的说法，也没查到可靠的资料，只是听几位相关的人士说，博文大致交代了如下内容：

“北京人”化石由胡承志装完箱后，送到了我的办公室。我很快又将它送到了地下室的保险库里。“北京人”化石在地下室里只存放了一个晚上，第二天就按照上面的指示，押送到了美国驻华公使馆。12 月 5 日，美海军陆战队派人从美国公使馆拉走了“北京人”化石，并立即送往了秦皇岛港。据说，他们将在那里等待原定 12 月 8 日抵达秦皇岛港口的美国金元公司的‘哈里逊总统号’轮船，而后将“北京人”化石运往美国。但“北京人”化石现在到底在哪里，具体情况如何，我一点也不知道……

博文的这一说法，到底是真是假，或半真半假，时至今日，无人知晓。比较可靠的事实是，几天后，被折磨得满身伤痕累累的博文，又被日本宪兵队重新送回了美军集中营。

就在息式白和博文在那间不知名的别墅里遭受毒打和审讯时，松桥大尉和长谷部言人指示日本士兵，在协和医学院所有可能匿藏“北京人”化石的地方，进行了反复严密地搜寻。然而，这伙日本人除了找到了一些类似他们在地下室保险柜中见到的“北京人”的石膏模型外，对真正的“北京人”化石依然一无所获。

是谁弄走了“北京人”化石？

美国人？日本人？还是中国人？

长谷部言人想到了另一个人。

二十、东洋“教授”紧逼不放

长谷部言人想到的这个人，是裴文中。

长谷部言人想到裴文中的目的，当然不是为了切磋考古，而是要从裴文中口中打听到“北京人”的下落。早在十几年前，当他从日本的《考古报》上第一次看到裴文中春风得意地捧着“北京人”头盖骨化石的巨幅照片时，心里的“想法”就诞生了。今天，日本帝国的大炮终于为他们打开了通向中国的方便之门。所以，当他突然出现在裴文中面前时，完全失去了往日东洋帝国大学“教授”和“人类学家”的风度，张口就迫不及待地问道：“裴文中先生，你能告诉我们‘北京人’化石到哪里去了吗？”其口气既像是在询问，又像是在审查。

从来者的口气中，裴文中敏感地预感到“北京人”化石的命运可能不妙，但转念又想，装有“北京人”化石的两个箱子在日军占领协和医学院前就由胡承志交到美国人手上了，应该没有问题。于是他不冷不热地答道：“‘北京人’化石在美国人手上，你们应该去问美国人才是。”

“裴先生，实话告诉你吧，”长谷部言人说，“美国人还没把‘北京人’化石运出中国就不翼而飞了。“北京人”化石现在身在何处，你不会不知道吧？”

裴文中一听“北京人”化石还没运出中国，而且已不翼而飞，心里大吃一惊。这是怎么回事呢？胡承志明明已交到了美国人手上，怎么会不翼而飞呢？“北京人”化石曾藏身在北京周口店龙骨山的山洞里，以自己独特的方式存活了几十万年，并始终默默注视着人类的变迁。而今，子孙们好不容易与老祖宗会了面，若是真的丢了，其损失是根本无法弥补的！想到这里，他只淡淡地说了三个字——“不知道”，便再也懒得说什么了。

面对裴文中紧闭的嘴，日本“教授”无可奈何，只好告辞。不过，临走时还是留下一句话：“裴先生，我们很欣赏你的记忆力，也相信你的记忆力，请你再好好想一想。再见，后会有期。”

第三天，松桥大尉忽然来到裴文中的办公室。他先环视了一下四周，接着和裴文中拉扯了几句闲话，然后问道：

“裴先生，你知道‘北京人’标本存放的地方吗?”

“不就在协和医学院的解剖系吗?”裴文中说。

松桥大尉摇了摇头，看了裴文中一眼，坐下，只喝水，不说话。

裴文中也伸手拿起桌上的报纸，一声不吭，埋头看报。

松桥大尉坐了大概有几分钟，这才起身道别。出门前，他几乎是附在裴文中的耳边轻声说了一句：“裴先生，你没说实话!”

第二天，松桥大尉向裴文中打来电话，约他晚上到他住的宿舍里“谈一谈”。

当晚，裴文中按时来到松桥大尉的宿舍。松桥很客气，让坐，倒茶，一切都是熟练的中国式礼节。而且，松桥大尉虽是日本人，却能说一口流利的中国话。两人“谈”了一会儿有关协和医学院的一些情况，似乎再也没话可说了。在整个谈话过程中，有关“北京人”的事情，松桥大尉只字未提，裴文中也佯装不知，局面就显得有些尴尬。后来，松桥大尉提议说：“裴文中先生，我请您到咖啡馆去坐坐如何?”

“请便。”裴文中依然不卑不亢。

两人来到一家咖啡馆。松桥大尉选了一个靠边的位置，先请裴文中落座后，自己才坐了下来。此刻，已近午夜时分，咖啡馆里显得比较安静，在场的除了几个中国人外，几乎全是日本人。

松桥大尉端起咖啡，并没急于送进嘴里，而是先看了裴文中一眼，然后才开门见山，直奔主题：“裴先生，我想问您一个问题。”

“请说。”裴文中欠了欠身子，伸手端起了桌上的咖啡。

“您能不能告诉我，‘北京人’化石现在到底在什么地方?”

“我不是已经告诉过你了吗?”裴文中喝下一口咖啡，故作镇静地反问道，“怎么，你们没去?”

松桥大尉的情绪有点激动：“裴先生，实话告诉您吧，我们的人已经去过解剖系了，那保险柜里的‘北京人’化石是假的，而且还知道是美国人弄走了真正的‘北京人’化石。我希望你对我说实话。”

“我的办公室离哪儿很远，确实不知道。”裴文中说。

松桥大尉急忙安慰道："裴先生，说吧，不要紧的。协和医学院被我们接管后，我们仍然会对你格外照顾的。因为我们知道，你是研究学问的人，不是政治家。不过——"大尉端起咖啡杯，继续说道，"我可要实话告诉你，这事如果军部不再有人追问，你还可以照常工作，我们只负责把协和医学院改为一所日本伤兵医院就完事了。至于其他事情嘛，也就顾不上了。但是，若是军部再要追问起来，你是逃脱不了责任的。知道吗?"

"知道。"

"那就请赶快告诉我实情吧，尊敬的裴文中先生，我已经没有多少耐心了!"

"要说的，我已经说过了。"

松桥大尉一仰脖子，咕噜灌下一大口咖啡，然后突然改用日语说了声"再见"，便疾步离开了咖啡馆。

静静的咖啡馆平静如初，像什么事情也没发生。

几天后，几个日本宪兵一大早便来到裴文中家，先是对他进行了一番审讯，然后厉声吼道："拿出来!"

"拿什么出来?"裴文中不解。

"装什么糊涂，居住证!"日本宪兵冷笑道。

裴文中这才明白，原来日本宪兵今天"登门造访"，是受人旨意，来没收他的居住证的，其目的是要控制他的行动。因为没有了居住证，他就出不了城门，无法离开北京，甚至连上街都是很困难的! 但没有办法，他只好掏出了居住证。

宪兵们一把从裴文中手上抢过居住证，而后匆匆夺门而去。

此后一段时间里，再也没有日本人找过裴文中，也没有日本人向他提起过"北京人"的事。据裴文中后来回忆："在此期间，有人告诉我，在北京的日文报纸以及日本的两家大报上，都在第一版用大号字登载了'北京人'失踪的消息。消息的大意是：'北京人'的重要标本，原存放在协和医学院解剖系的保险柜中，但是日军接收时保险柜内却全换成了石膏做的模型；据他们所知，这些标本是中国的财产，不许运往外国，但是美国人不顾信义，将这些标本偷偷地运往美国了。"

转眼到了1941年底。协和医学院被日军改成了伤兵医院。美国的星条旗已不再是协和医学院的保护伞，全体员工只好发资遣散，新生代研究室也随之瓦解了。

大名鼎鼎的裴文中，成了一个无业游民。但日本人不但没有减轻对他的“关照”，反而对他格外“重视”。他无论走到哪里，身后总有日本特务对他暗中盯梢；他不管做什么事情，总有一双像枪口样的眼睛“瞄”着他；随时随地，日本人只要随便找出一个理由，就可以刁难他，折磨他。而且生存问题，也成了这一时期他最大的问题。

为了养家糊口，裴文中被迫放弃了自己多年从事的考古事业，去北平师范大学地质系当起了“教书匠”。裴文中在名义上是教授，实际上他一个月的工资却只能买回二十公斤玉米面。他一家七口人，两个大人五个孩子，靠二十公斤玉米面怎么过日子？没有办法，他和夫人只有去买更廉价的混合面吃。所谓混合面，就是掺有麻袋毛、玉米皮和沙子的杂面，这种杂面连今天的猪饲料都不如。然而在当时的中国，四亿人中就有三亿半中国人吃的都是这种面！到了后来，随着物价的飞涨，全家人连这种面也吃不起了，裴文中只好把家中的红木圆桌卖了，祖传手镯卖了，连抽屉上的拉环都被卸下来换了成了黑窝窝头。再后来，甚至把美国地质学家葛利普送的一架老式钢琴也给典了出去。搬钢琴时，裴文中眼圈都红了，他不是舍不得这架钢琴，而是舍不得一位外国老科学家的那份感情。

然而，即使活得如此辛苦，裴文中也坚持要活下去。他知道，一个科学家的价值，应该体现在历史的任何阶段，渗透在生活的每一个细节；在战火弥漫、混乱不堪的年代里，活着，本身就是一个科学家最高的成就！因此，他每天坚持钻研考古方面的书籍，心里始终惦记着周口店和“北京人”的沉沉浮浮。

1942年2月，中华社向世界播发了“北京人”神秘失踪的消息：

中华社2月21日电　保存在北京协和医学院地下室的“北京人”化石和部分灵长类化石神秘失踪。这些来自周口店的古人类化石，经科学家鉴定，年代在五十万年以上，为亚洲迄今发现的最古老之人类化石，是不可多得的珍宝。它对研究人类的起源及远古人类的进化，具有重大的不可替代的意义和作用。

日美关系交战之前，这些化石于1941年11月初分装在两个木箱内，准备运往美国。12月5日，带有“北京人”化石的专用列车离开北京驰往秦皇岛，打算在那里送向一艘美国航轮哈里逊总统号。这艘轮船预定于12月8日抵达秦皇岛，由于太平洋战争爆发，专用列车在秦皇岛被截，哈里逊总统号也没有驶到秦皇岛。从此，“北京人”下落不明。

但贼心不死的日本人，并未因此而放弃对“北京人”的追逐。

裴文中回忆说，就在1942年的8月的一天，有人告诉他，有一位日本地质学家要找他谈话。当他如约定来到北京饭店时，那位日本地质学家显得很是彬彬有礼，几句闲谈之后，便对他说道：“日本东京帝国大学的长谷部言人教授不日要来北京，准备成立一个‘周口店调查所’，在周口店继续发掘‘北京人’，准备请你一起参加。”心里有数的裴文中只点了点头，却不作半句回答。

几天之后，高井冬二带着一名日本宪兵，突然来到裴文中家。一见面，高井冬二便对裴文中说：“我与长谷部言人刚刚来到北京。我们此行的目的，是准备继续在周口店开展发掘研究工作，希望你能同我们好好合作一下。”

裴文中说：“依我现在的情况，恐怕是爱莫能助，无能为力了。”

“为什么?”高井冬二问道。

裴文中说：“只为我是一个中国人。”

高井冬二沉默片刻，说：“当然，裴文中先生，你有选择的自由。不过，周口店的事情我们大日本帝国很重视呀。明白吗？很重视呀！你们中国有句俗话说得多好，好汉不吃眼前亏嘛！我想，裴先生是个聪明人，还是再考虑考虑吧!”

说完，高井冬二在屋里来回踱了几步，忽然又转身问道：“裴先生，我还有一件事情要问你。”

“请便。”

“‘北京猿人’的下落，你究竟知道还是不知道?”

“我早就说过了，不知道。”

高井冬二不再追问什么，转身离开了裴文中家。

有一天，长谷部言人和高井冬二带着几个日本兵，领着裴文中（也有人说是押着裴文中）专程来到周口店龙骨山，查找“北京人”。裴文中面对满目荒凉、一片萧条的龙骨山，回想着当年周口店轰轰烈烈的发掘情景，心如刀绞。所以他对长谷部言人和高井冬二的所有提问，一概以“不知道”作答，搞得两位日本“人类学家”火冒三丈，又无可奈何。最后，长谷部言人和高井冬二只得带着几个日本兵离开了周口店。

在此期间，日本人还干了一件事，就是日本宪兵队住进协和医学院娄公楼后，因急于用房，竟然下令把存档在协和医学院娄公楼的古生物书籍和枯骨化石装入一辆载重汽车拉到东城根下（东总布胡同东口，小丁香胡同东口往北十数步），全部进行焚毁。市民们听说日本宪兵在焚烧协和医学院的书，纷纷前往围观，见书籍正在熊熊燃烧，便将大部分书籍从火中抢走，而后再将这些书籍按斤卖给街头那些收破烂的；而从载重汽车上倒下的一大批骨骼，更是被愚蠢的日本兵用抢托肆意捣毁，砸得粉碎。其中一部分幸存者，也东一块西一块，散布满地。一位叫韩德山的协和医学院食物化学系的职员，下班时正好路过那里，不仅亲眼目睹了日本宪兵们罪恶的这一幕，而且还乘日本宪兵不注意，偷偷地捡了四块骨骼。直到1950年年底，韩德山先生才将这四块骨骼从西安寄回北京中国科学院。经杨钟健先生鉴定，一块是水牛的距骨，三块是鹿的距骨，四块骨骼均出自于周口店“北京人”地点。

长谷部言人和高井冬二在北京活动了一个多月，周口店也去过好几次，但对周口店始终没有实施发掘；对“北京人”下落之事，不知什么原因，也没再问过裴文中。而裴文中自从被日本人弄到周口店去了一趟之后，对“北京人”的命运又多了一份担心。他担心“北京人”有一天会落到日本人手上。但他实在搞不清，两个东洋“教授”的葫芦里到底卖的什么药，日本方面下一步究竟还有什么动作。

二十一、贾兰坡顶着枪口“盗图”

日夜牵挂着“北京人”命运的，当然不只裴文中一个人。

就在日本人对“北京人”穷追不舍之际，中国新生代研究室的另一位古人类学家——曾在十一天之内发现了三个“北京人”头盖骨的贾兰坡，也一点没有闲着。

珍珠港事件爆发前，随着地质调查研究所的南迁，人员的疏散，贾兰坡也不得不离开了新生代研究室，暂时忍痛放下了对“北京猿人”的研究工作。失业后的贾兰坡整天心神不定，无所事事，甚至一度曾沦落到了去帮人卖雪花膏的地步。就在他走投无路、贫困潦倒的时候，他收到了已经迁到大后方的中国地质调查所和杨钟健等人的来信，要他离开北平，到已经迁往南方的地质调查所去。考虑再三，贾兰坡决定离开北平，尽快南下。

一旦真要离开工作和居住了多年的北平，贾兰坡的心情也是非常复杂的。他家有父母、妻子和儿女，当知道他要离家出走时，每个亲人的心情都很沉重。可一想到自已为之钟爱的考古事业，他还是作了出走的选择。1941 年 12 月 6 日（星期六），也就是珍珠港事件爆发的头一天，他乘上了从北京到浦口的火车。

贾兰坡途中一切平安。可当他 8 日上午在浦口一下火车时，就觉得气氛紧张，情况不妙：站内站外有铁路警察来回穿梭，出口处的两旁还站满了军警；每个乘客不但被搜遍了全身和携带的行李物品，而且还由满口中国话的日本宪兵挨个盘问。由于贾兰坡事先从北平市警局领到了证件，所以总算通过了车站这一关。但第二天，他去找一位朋友时，才知道昨天早晨日军偷袭了珍珠港，太平洋战争已经爆发了！这个突如其来的消息，令贾兰坡大吃一惊！考虑再三，最后他只得又从南京折回北平。

回到北平的贾兰坡，并不清楚日本军已经占领了协和医院。上班第一天，他刚刚来到东单北大街路西的娄公楼门前，就发现气氛异常，情况有变。他刚走进协和医学院娄公楼一〇八室，听到的第一个消息就是："北京人"化石丢了！

"怎么会呢？不是早都做了安排吗？"望着议论纷纷的人们，贾兰坡被惊得目瞪口呆！他知道，在周口店发现的所有人类化石，包括"北京人"和"山顶洞人"以及一些灵长类化石，其中还有一个非常完整的弥猴头骨，全都保存在协和医学院西楼解剖系地下室的保险柜里，任何人都是不能轻举妄动的。特别是"北京人"化石，平常研究的时候，一般都是用仿制的模型，除非有特别用途或有要人前来参观，否则是绝对不能从保险柜中取出真本的。这究竟是怎么回事呢？

几天之后，贾兰坡又从别处得到消息，"北京人"化石确实失踪了！并且，除了已经装好了的两箱"北京猿人"化石之外，他亲自带领技工们装的六十七箱动物化石、三十多箱书籍以及十多箱清华大学袁复礼先生存放在新生代研究室的爬行类化石和私人文稿，也统统都遭到日本侵略者的捣毁或付之一炬。贾兰坡清楚地记得，这六十七箱动物化石包括：北京人遗址的肿骨鹿、斑鹿、犀牛及其他动物；第九地点和十三地点的鹿类、水牛、犀牛及介壳化石；第十四地点的鱼化石；湖北宜昌新恐角兽头骨的左半部，北京人遗址的裴氏转角羚羊颈骨；周口店第三地点的介壳；安阳绿龟；山东山旺古犀的前后肢骨及植物化石；山顶洞赤鹿角；山西武乡的中国肯氏兽；以及山顶洞的熊、虎、猩、兔、狼、狐等化石。这些化石都是他和其他科学工作者多年辛勤工作的成果，只因没能及时运往安全地点，统统被日本侵略者洗劫一空！

贾兰坡还得知，日军占领协和医学院后不久，长谷部言人、高井冬二以及日本宪兵队，不分白天和夜晚，到处寻找"北京人"化石，因而致使很多人都受到了牵连和拷问。除了院长胡顿、总务长博文、秘书息式白和裴文中等人外，还有协和医学院解剖科的马文昭教授也被抓进了日本宪兵队。马文昭教授这已经是"二进宫"了。他第一次被抓是因为孙中山先生的内脏。孙中山先生在协和医学院逝世后，五脏六腑全都被保存在协和医学院里。后来汪精卫异想天开，要把孙中山先生的内脏弄回南京，供奉在中山陵里，于是就派日本宪兵来协和医学院找。日本宪兵找不着，就把马文昭教授给抓了起来。后来，孙中山先生的内脏在病理科找到后，才把马文昭教授放了出来。没想到，这次因为“北京人”的事，日本宪兵队又把他关起来进行审问。此外，当时用小车帮博文运送“北京人”化石到F楼四号保险库的工人常文学，也被抓进了日本宪兵队进行严刑审讯，打得皮开肉绽，死去活来。

一个星期后，日方就派人对贾兰坡进行查问：“你知不知道‘北京人’化石的下落？如果知道，马上报告，不得有误！“几天后，又有背景不清的人士专程登门“拜访”，苦口婆心，劝他重新去周口店协助日本人参加发掘工作，并愿为他支付相当丰厚的酬金。

去周口店工作，当然是贾兰坡梦寐以求的愿望。但一听是去给日本人干活，他拍案而起，断然拒绝，并马上下了逐客令！

于是，这一时期的贾兰坡每当晚上睡在床上时，老是睁着眼睛想“北京人”，想周口店，越想越睡不着，越想越觉得问题严重！他想，“北京人”已经丢失，没有办法，现在能做的事情，就是想法保护好现有的有关“北京人”的各种资料！

存放在协和医学院的“北京人”遗址的平面图和剖面图，是贾兰坡最担心的。这些多年来绘制的图，过去就已经全部装订成册，并一直存放在他自己手上。但南下的时候，他不可能带走这些图纸，便将这些图纸存放在了协和医学院原来办公的地方。没想到现在日本人打进来了，并占领了协和医学院，还要千方百计得到“北京人”化石。如果日本人找不到“北京人”化石，肯定就会回过头来打这些图纸的主意。而这些与“北京人”密切相关的图纸一旦落到日本人的手上，或者遗失了，甚至遭到毁灭，过去所有在周口店发掘出来的标本，都将失去层位的依据而造成混乱，已经发掘出来的标本就再也无从查对了。因为每张平面图和剖面图上都详细地记有每件标本的出土位置，那么由此给未来的周口店发掘事业造成的灾难将是不可估量的。

于是，为了不让这些珍贵的历史文明遗产毁于日本人之手，贾兰坡决定干一件相当冒险的事情：把“北京人”遗址的所有图纸，从日本人手上“偷”回来！

然而，要从日本人的眼皮下和枪口下“偷”出图纸，谈何容易！

贾兰坡首先想到的一个方案是：把原图纸偷偷复制一份，然后再想法拿出去。

但原图纸的比例为1∶100，如果在办公室里对图纸原封不动地进行复制，一是很容易被人发现，二是即使能在办公室复制成功，由于原图纸的目标太大，带出去时也肯定会被日本兵搜查出来；而一旦被搜查出来，不但图纸保不住，恐怕连自己的脑袋也保不住了。

怎么办？

贾兰坡终于想出了一个好办法：将原来图纸1∶100的比例，缩小为1∶200，然后画成草图，带回家后再描绘出来。

方案想好后，贾兰坡开始行动了。

为了携带方便，防止出门时被日本兵搜查出来，贾兰坡在办公室画草图时，使用的是一种又细又软的薄纸。由于这些“北京人”遗址图纸原来多半都是贾兰坡自己亲手测绘的，所以他画起草图来，可谓轻车熟路，事半功倍。到了下班的时候，他再将这些草图藏在身上，或者干脆就放在衣服兜里，日本哨兵检查时，他就大大方方地掏出来晃一晃，日本兵以为是“手纸”，他就乘机混出了协和医学院的大门。

回到家，一吃过晚饭，他便将这些“手纸”一一平展开来，再仔细地绘在另一张好纸上。当天的草图，必须当晚绘完，第二天再去“上班”，再去“作案”，再去冒险。

就这样，一天绘一张，或者两张，贾兰坡整整干了两个月，终于将原来所有的“北京人”遗址图纸全部复制完毕，并将它们一一装订成册。

贾兰坡在偷偷绘制图纸的同时，还偷偷干了一件同样很漂亮的事情：加印发掘周口店的照片。他每天偷偷从办公室的柜子里取出几张底片，用纸包好，再想法混出大门，接着找个机会，跑到位于王府井大街的五兴照相馆，将这些照片洗印出来，而后再将底片偷偷放回原处。等一两个月下来，他竟然偷偷洗印了不少珍贵的照片，并同样将它们装订成册。

贾兰坡这一大胆的“盗图”之举，对后来周口店和“北京人”的研究工作起了非常大的作用，即使是在今天，研究周口店和“北京人”时，也仍然离不开这些图纸和资料。特别是那本经过他精心复制的平面和剖面图册，比原图的记录还要完整，后来用照相的方法将它拍摄下来后，洗印了几本，至今还在使用。

贾兰坡这一“盗图”之举的必要性和重要性很快被局势的发展所证实：就在贾兰坡把图纸和照片偷偷复制完毕不久，日本占领军便采取了紧急行动，将原来保存在北京协和医学院B楼解剖科魏敦瑞研究室的有关周口店的所有文件资料，以及保存在娄公楼一〇六室和一〇八室的所有文件、图表和一部分标本，统统当作战利品掠回了日本。

而且，在此期间长谷部言人等日本人对“北京人”的追查和搜寻，从未放松，从未停止，其紧迫、疯狂的程度，远远超过了贾兰坡的想象。

二十二、日本侦探穷追不舍

从1941年到1942年，长谷部言人等日本人就始终没有放弃过对“北京人”的追查。尽管他和他的同伙们绞尽了脑汁，费尽了心机，但真正的“北京人”化石最终还是深藏不露，音信渺无。

1942年下半年，长谷部言人从北京返回东京，当即向日本文部省呈上一份在中国搜寻“北京人”的情况报告。多年后，我查到了这份报告的复印件：

文部省：

存放于北京协和医学院密室中的“北京人”化石头骨已被转移，目前只存有石器时代的工具和一些科学价值不大的动物骨骼化石标本。经初步调查，是美国人转移了“北京人”化石，因为他们已预料到日本皇军将占领北京协和医学院。如果我们的调查和估计无误，“北京人”化石应该还在中国的某一个地方匿藏着。目前，我们正在加紧搜查之中，只要尚有一线希望，我们决不放弃最后努力！同时，我们请求天皇命令华北驻屯军继续负责搜查“北京人”。

长谷部言人呈上

1942 年 7 月 3 日

日本文部省接到长谷部言人的报告后，当即呈送日本裕仁天皇阅示。

裕仁天皇按照大卫·伯格米尼（David Bergamini）的说法，是“一个令人恐惧的战争首领。他不知疲倦，有奉献精神，细心、精明而有耐性。他继承了祖父的未竟事业，要将白人赶出亚洲”；但也有人说，裕仁天皇是“一个文化生物家”，他把对帝国的管理职责留给大臣和海军司令，而将自己的全部精力贡献给蘑菇和小虫子似的海洋生物。不管外界对这位日本天皇作何评价，至少有一点是可以肯定的，那就是裕仁天皇对古物——尤其是对中国的古董字画和各种文物总是格外欣赏，厚爱有加。因此，当他看完文部省送来的关于“北京人”头盖骨的报告后，当即作了如下批示：

令北支派遣军总司令部负责追查“北京人”。待查实后，从速运往日本帝国。

日本文部省速将天皇指令交于日本大本营陆军司令部，再由陆军司令部向北支派遣军司令部转达天皇的指令。

至此，长谷部言人结束了他在中国的历史使命，随后被日本文部省派往中国继续“从事”周口店古人类化石的“发掘”与“研究”。而他多年来在中国苦苦经营却最终没有完成的搜寻“北京人”的“宏大事业”，则由日本“北支总部”一名著名侦探来完成。

这位日本著名侦探，叫乔治·锭者。

锭者个子不高，平头短发，留着一撮日本武士惯有的小胡子，看上去既精干又老练，全身上下的每一个毛孔，似乎都透射着一股阴冷的杀气。据不少人回忆，第一次见到这个日本人时，给人留下的印象，就像在山间的夜晚突然撞见了一只饥饿的野狼！因此，在日本同行圈里，锭

者享有“老狐狸”之称

1942 年底或 1943 年初的一个夜晚，带着一副宽边墨镜的乔治·锭者，从东北起程，悄无声息地潜入了中国古都北平。锭者潜入北平后，第一个找的人，就是裴文中。可锭者第一次去裴文中家时，运气不好，裴文中不在。

裴文中回家后，家里人对他说：“来了一个日本人，叫锭者，还留下了一张名片。让你明天不要出门，有要紧的事情找你谈。”裴文中拿起那张烫金的名片，斜了一眼，随手扔在一旁。心想，跑不了，肯定又是来找“北京人”的。

第二天一早，锭者再次来到了裴文中家，一见裴文中，显得十分客气和热情。锭者说得一口流利的英语，几句寒暄之后，便直截了当地说道：“我是‘北支总部’的侦探，奉军部最高命令，为找‘北京人’化石而来，希望能得到裴先生的鼎力相助。”

“遗憾，我对你很可能无力相助。”裴文中不卑不亢。

“我已经知道保险柜中的‘北京人’真的已经被人偷走了，剩下的只是一些破碎的模型，同时我还知道盗窃者就是美国人。我想，这些情况裴先生不会不知道吧？现在，我非常希望裴先生能告诉我当时‘北京人’丢失的一些具体情况。”

“我的办公室在西城兵马司九号，协和医学院在东城，两者离得远，当时具体发生了什么事，我并不知道。”裴文中答。

“负责看管‘北京人’保险柜的人是谁？”锭者问。

“我只知道是美国人，到底具体是谁负责，我也不太清楚。”裴文中答。

“‘北京人’标本到底存放在什么地方？”锭者问。

“协和医学院娄公楼的地下室。”裴文中答。

“你最后看见‘北京人’是什么时候？”锭者问。

“大约是日美开战的前一个月，我因为要找一块头骨来研究，进过保存‘北京人’的地下室。”裴文中答。

锭者点了点头，站起身来，继续说道：“我知道你是热衷于做学问的人，不是政治家。只要你肯配合，我们是不会伤害你的。为尽快弄清‘北京人’的下落，从现在起你不能出门，至少两个礼拜内不能出门，要随时等我找你谈话。”

锭者不愧是个精干、狡诈的老手，从裴文中家出来之后，仅用了三天时间，就把协和医学院内所有与“北京人”有关和可能有关的人，全部审讯了一遍，就连曾经用小车帮助博文把两个装有“北京人”化石的箱子送进保险库的勤杂人员常文学，也没漏掉。

但锭者的“工作”还是没有取得突破性的进展。

最后，锭者把“希望”押在了美国人博文的身上。

而昔日风度翩翩的美国学者博文，在日本人长达一年多的拘禁中，此时已经明显憔悴和消沉了。锭者不分白天夜晚，一次又一次地审问他，有时还用种种毒辣的手段摧残他的身体，用种种卑鄙的伎俩污辱他的人格。渐渐地，他的精神开始崩溃了，几乎快成了一个精神病人。但不管锭者怎么严刑拷打，他只把“北京人”怎样装箱、装箱后怎样押送到地下保密室，而后又怎样交到美国公使馆的情况讲了后，就打死也不说话了。

没办法，锭者只好像扔麻袋一样将博文扔在一旁。

接下来，锭者在综合、分析了所有的调查情况后，又将追查的目标重点放在了美国海军陆战队。美国驻华北海军陆战队自 1941 年 12 月 8 日那场灾难从天而降后，境况越来越坏。太平洋战争爆发不到一个星期，英国最新型的、最强大的战舰“勇猛号”和“威尔斯亲王号”相继被日军炸沉，美国太平洋舰队眼睁睁地望着它在太平洋滚滚燃烧却无力参战；菲律宾群岛、马来群岛、泰国先后受到日军攻击后，新加坡沦陷、香港沦陷……整个东南亚犹如山崩地裂，英美军队到处都在溃退、溃退。因此，太平洋海岸的战争消息，使这支远在几千里之外的美军不寒而栗；而他们自身的遭遇，更令人生出无限的伤感与恐惧。这些驻京、津、秦皇岛的美国海军，第一次亲身体验到了在国外当俘虏的滋味。他们白天的一切事务被取消了，晚上的夜生活也不可能再存在了，限制上街，限制串门，限制彼此窃窃私语，限制相互交头接耳，甚至还要限制四处张望等一切人的正常活动。只要日本士兵走过来，他们就得立即鞠躬，稍有怠慢，便会挨上一记重重的耳光。

锭者首先找到了华北美国海军司令官哈斯特上校。这时的上校司令官早已失去了往日的神气与傲慢，他尽管依然身着军服并佩有日本人特许的长剑，然而却没有了半点军人的精神和气质，那长长的佩剑如同乞丐的木棍斜挂腰间，让人见后除了感到可怜甚至滑稽之外，再也不可能生出其他任何美感。

但锭者审问哈斯特时，哈斯特上校却十分坦诚，他说，他确实曾经接到过美国大使馆的指示，让驻华北海军陆战队负责转移“北京人”化石；但他并没有具体承办这项任务，因为当时还有许多更紧迫的事情要等着他去处理。至于“北京人”到底是什么模样？是高是低？是胖是瘦？是三块骨头还是五根肋骨？是装在白色木箱里还是装在红色皮箱里？是一个箱子还是两个箱子？他从未见过，因而一概不知。至于派去拉箱子的人，究竟是去什么地方拉，是拉了还是没拉，他也同样无可奉告。

锭者只好暂时放弃了哈斯特上校，转而找到了曾经去协和医学院运送“北京人”化石的美军上士斯耐德尔和中士杰克逊。锭者认为，不出意外，这两位直接承办“北京人”化石的转运者，应该知道“北京人”化石的去向。

然而，当锭者见到两位“知情者”时，情形却比他想象的复杂得多，棘手得多，同时也尴尬得多。斯耐德尔和杰克逊站在锭者面前，紧绷着脸，不愿正面和锭者对视。也许因为初生牛犊不怕虎，两位年轻的士兵虽身陷囹圄，却并不把眼前的这只“老虎”放在眼里。他们开始推说什么也不知道，什么也记不起来，后来在锭者的再三逼问下，才不得不承认，他们是去北京协和医学院押车装过一批“货物”，但并不知道里面装的是什么东西。他们先将这批“货物”送到美国公使馆，之后又遵命押往秦皇岛，然后再放入瑞士仓库。至于这批“货物”里面到底有没有红木箱或白木箱，红木箱或白木箱里究竟又装没装有“北京人”头盖骨，则一概不知。

“你们怎么可能不知道呢?!”锭者一听，好不容易搞到的线索有可能又将断掉，一下有些急了。

“我们怎么可能知道呢?”两位美国士兵反问道。

“转运‘北京人’是你们的职责!”锭者强调说。

“士兵的职责是完成上级交给的任务。”两位美国士兵针锋相对，并不示弱，“上级交代任务时并没告诉我们箱子的颜色和形状，更没有告诉我们箱子里到底装的是什么东西；如果我们都知道了箱子的颜色和形状，甚至知道了里边存放了珍贵的‘北京人’化石，那岂不意味着泄露了军事机密，违犯了军事纪律?”

锭者再也无话可说。

锭者回到住所，开始分析近期的调查情况。他对美国人提供的线索，尤为重视。在锭者看来，尽管那些美国佬的话表面上听起来语无伦次，毫无头绪，但有一点却是可以肯定的：既然美国海军陆战队受美国公使馆的指令，去协和医学院转移过一批“货物”，那么珍贵的“北京人”化石肯定就在其中。只要搞清“北京人”从协和医学院运出后，美国人将它藏在了什么地方，找到“北京人”就大有可能。根据两个美国兵的说法，“北京人”已被他们转押到了秦皇岛瑞士仓库——假设美国士兵的话是真的，假设“北京人”目前还没有同其他货物一起被转移至别处，那么“北京人”就应该还匿藏在秦皇岛瑞士仓库的某个地方。

经过一夜推敲，锭者最后认定，可能存留“北京人”的地方只有两处：1. 秦皇岛瑞士仓库（这个地方的可能性最大）；2. 美国海军陆战队兵营。而要证实这两个地方是否存在“北京人”，只有尽快实施搜查。

锭者当即向北支派遣军司令部作了报告。得到准许后，锭者首先带领一群士兵，冲向美国陆战队兵营。但经过好一阵搜查，没有发现“北京人”。

于是锭者马不停蹄，又火速赶往秦皇岛瑞士仓库。

往日井然有序的秦皇岛，这时已经完全乱套了。1941 年 12 月 8 日，日军缴获秦皇岛霍尔库姆营地美国海军陆战队官兵的枪支后，又对美国在秦皇岛及市区的所有物资进行了严密的封锁。此时的秦皇岛码头，从北京、天津等地运来的集装箱已塞满了整个货栈，偌大的瑞士仓库几乎放不下一只脚了；码头上一座座由货物堆积而成的小山包高高耸立着——有的用白色篷布遮盖着，有的顶端搭上几块草席，有的干脆什么也没有，任凭风雪肆虐。这些货物大多都是准备装上“哈里逊总统号”轮船的。但如前文所述，从太平洋上过来的“哈里逊总统号”轮船最终未能靠岸，码头上的货物便成了一堆堆、一群群既无人运走也无人领回的“流浪孤儿”。

由于战局不断恶化，秦皇岛港成为日军转运战备物资的专用码头。随着一批批军火的运进运出，原存放于码头和瑞士仓库的美国人的物资，有的被日军抛于大海，有的被运到大街上卖掉，有的被洗劫后则变成了自己的私有财产。而之所以这么干，都是为了保证有充足的地盘，以存放战争所急需的军火。

锭者赶到秦皇岛港后，立即将“北京人”化石的情况向这里的日军司令官作了汇报，并要求派兵协助搜寻“北京人”化石。于是，整个秦皇岛港内港外，无论是大小板箱还是集装箱，统统以各种方式打开，逐一进行搜查；整个码头、仓库和货栈，铺满了从箱子中扔出的衣服、书籍、铁器、瓷器、木器等各色物品；日本士兵的皮靴在上边来回走动，几乎快将这些抛散的物品碾成一摊烂泥。

锭者和他的士兵们经过三天三夜的紧急搜查，最后连一块骨头碎片也没找着。这位著名东洋“间谍”的梦想，再次落空。但就在锭者快要感到绝望时，一个日军上尉向他报告说，根据派遣军司令部的指令，几天前有一批美军的行李从秦皇岛运到了天津瑞士总库！

据有关资料记载，锭者得知这一消息后，并没有直接去天津，而是悄悄返回北平，先去会见了一个女人。这个女人，就是魏敦瑞的秘书息式白。此前，锭者为寻找“北京人”化石的下落，曾先后三次找过这位协和医学院的女秘书兼保密室的保管人。这位聪明、漂亮而又性感的女人，给锭者留下的印象美好而深刻。男人对漂亮而又性感的女人，总是多一份说不出的情感，说不出的缠绵，说不出的温馨；这样的女人一旦出现在面前，便难以抵挡，不可抗拒。更何况，息式白还是一位他很想利用也必须利用的漂亮女人！因此，他要让息式白和他一起去天津。只有这位女人亲自到场，才能辨认“北京人”的真伪。

锭者来到协和医学院时，已是下午时分。医院里除了住有大量日军伤员外，门诊业务也已对外开张，院里院外便有了一些活跃的气氛。不过，一切进出人员必须经门口全副武装的哨兵检查后，方决定是否放行。锭者一见息式白，尚未坐下，便直奔主题：

“息式白小姐，‘北京人’最近有什么新的线索吗?”

“对不起，我对‘北京人’没有兴趣。”

“你没兴趣，我有兴趣。”

“那是你的事情，与我无关。”

“我告诉你，‘北京人’就藏在天津的瑞士总库里。”

“那是你做的梦吧?”

“请你跟我走一趟天津。”

“我不去。”

“必须跟我去!”

“那……什么时候动身?”

“现在!”

一个小时后，锭者和息式白如同一对貌合神离的情人，踏上了开往天津的列车。据息式白晚年回忆，锭者和她来到天津兵营后，很快与这里的日军指挥官松井少佐取得了联系。翌日一早，锭者便率领四名日本士兵赶赴天津瑞士装卸公司，与公司经理罗契克拉经过一番交涉后，终于得到了可以进库搜查的允许。但对方要求说，在搜查时不得打乱仓库的正常作业；如果出现损失，锭者负责赔偿。于是在公司监工的带领下，锭者、息式白和四个日本兵一同进入院中一座最大的仓库里，只见仓库的地板上，堆积着各式各样大皮箱、小皮箱、内务箱和包装箱，从标明的地址和文字可以看出，这些货物的主人来自十几个国家，其中美国居多；而其余一部分货物，正是锭者要搜查的美国海军陆战队的行李。

“息式白小姐，你看这些行李箱中，哪两件可能装有‘北京人’化石?”锭者指着行礼说。

由于行李箱太多，积压严重，几乎无法辨别。息式白随便指了指几个行李箱，示意搬下来打开查查看。

经一番折腾，一个个沉重的箱子被日本兵极其小心地抬到了仓库的走廊上，接着在监工的监视下，锭者用钳子和螺丝刀打开了箱盖——对锭者这样一位著名的侦探来说，打开箱子而又不露明显的痕迹，如同吃饭一样的容易。然而，当所有被怀疑的箱子一一打开后，除了露出一堆堆衣服、书籍、儿童玩具以及美国士兵的一封封情书外，并未发现“北京人”的丝毫痕迹。但锭者并不罢手，亲自带领四个日本士兵继续赤膊上阵，将几十口箱子打开、封死，再打开、再封死，直至最后一个。但最后展现在锭者面前的，依然是些衣服、书籍、儿童玩具等乱七八糟的东西，“北京人”始终以“避而不见”的方式拒绝了日本人的“来访”。

锭者长叹一声，一下蹲在地上，当即露出一脸的紧张。而息式白望着那一个个已经离开主人的箱子，却禁不住伤感万分，泪流满面。因为她深深爱恋着的男友，正是被日军当作战俘押走的一个美国海军陆战队队员。

或许是仓库的沉闷，或许是由于锭者内心的悲切与恐惧，尽管外面飘落着零星的雪花，但锭者的额头还是渗出了点点汗珠。锭者望着满库的物资，仍不死心地对息式白说：“息式白小姐，你说，从秦皇岛运来的美国人的东西，有没有可能混入了其他的货堆之中？”

“也许吧。”息式白说。

“我看有这个可能。这样，明天我再多找些人，将这个仓库中所有的行李箱全部搜查一遍。”

“但愿您能交上好运。”息式白依然不冷不热。

接下来的两天时间里，日本士兵在锭者的指挥下，又对天津瑞士装卸公司总库的所有行李箱、集装箱，进行了无一遗漏的开盖搜查。但还是没有找见“北京人”的影子。锭者破釜沉舟，孤注一掷，又下令将仓库的每一个角落认认真真、仔仔细细搜查了一遍。但，还是没有结果。

锭者绝望了。

息式白晚年回忆说，在返回北平的列车上，锭者坐在她的对面，心情沮丧，神色恍惚，一言不发，只顾埋头一根接一根地抽烟；浓重的烟雾掩遮着他那张蜡黄的脸，使她觉得眼前坐着的这位著名“侦探”，似乎不是一个有血有肉的人，而是一尊被人供奉已久的泥像。

片刻，锭者抬起头来，吐出一口浓重的烟雾，怔怔地望着息式白，说："息式白小姐，您认为'北京人'有可能会在什么地方？我想听听您的想法，哪怕是揣测，甚至是……胡思乱想。"

"其实你早就知道，当包装好的'北京人'化石被美国海军陆战队从协和医学院拉走后，或者说，当'北京人'化石从我保管的实验室被取走之后，我就再也不知道它的具体下落了……"息式白说。

锭者摇了摇头，说："息式白小姐，您还是谈谈这'北京人'可能在什么地方吧。"

息式白说："如果我没猜错的话，那装化石的箱子不是在美国公使馆，就是在美国海军陆战队兵营，再不，就是在秦皇岛码头的某个仓库里。"

锭者苦笑道："息式白小姐，您的推断十分正确，我也曾这么想过。不过，据我的调查，'北京人'既不在美国公使馆，也不在美军陆战队兵营和秦皇岛。因为这三个地方我都作了详细、彻底的调查和搜寻。假如两个装有'北京人'的木箱在秦皇岛，被日本皇军发现，那么他们是一定会转告我的，或者早就报告了北支派遣军司令部。但是，在我去之前和去之后，我们没有得到一点消息。"

"会不会在秦皇岛港口被日军士兵用皮靴踩碎了？或者被他们随手抛进了大海？"息式白想象着说。

"说，继续说。"锭者鼓励道。

"我是说，"息式白补充道，"假如日本士兵发现并且打开了装有'北京人'化石的木箱，可他们却缺乏古人类学这方面的常识，所以把这些宝贵的东西当成了无用的垃圾，然后……"

"住嘴！不要对我们大日本皇军作如此的污辱，我相信我们大日本皇军是绝对不会干这种傻事的！"锭者像一头被激怒的雄狮，一下咆哮起来。

列车鸣叫着驶进了北平车站。

息式白与锭者匆匆分手后，找了一辆人力车，一声不响地回到了协和医学院。锭者回到住处后，则一反常态，既不忙着洗手吃饭，也不像从前那样马上忙着向他的上司汇报搜查“北京人”的情况，而是端端正正地坐于桌前，而后慢慢静下心来，开始撰写关于寻找“北京人”经过的《备忘录》。这个计划在他从天津返回北京的列车上就已想好了。从东京来北京之前，锭者并未想到“北京人”的搜寻工作会如此艰难——其实，到此时为止，他也并不认为这件事就有多么艰难，只是战争所造成的特殊环境和特殊氛围，使这件事情变得复杂了，棘手了。当然，他不得不承认，他最终没有保持住一个大侦探遇事不惊的风度，而不得不像一只晕了头的苍蝇毫无目标地傻撞起来，以致如此快速地就败下阵来。而这有辱大日本帝国和天皇本人的失败，对他来说就意味着生命的终结。

这个夜晚很快就过去了。锭者把写成的《备忘录》密封好后，交给一位侍从，命他务必亲自转交给北支派遣军司令部。随后，他脱下自己身上那套精工制作的毛料军装，换上一件黑色礼服，跪在一个低矮的漆桌旁，面对墙上洁白明亮的镜子，在胸前慢慢画了一个十字，嘴里说了几句只有自己才能听懂的话，而后抓过一把日本武士军刀，慢慢对准自己的腹部，突然猛地刺了下去……

当锭者躺倒在血泊中，苦苦等待着生命的快快结束时，前来拥抱他的却不是死神，而是他的侍从。侍从将昏迷中的锭者当即送进医院，经医生紧急抢救，锭者的性命终于保住了。但他的侦探生涯，却从此结束了。

不久，锭者被送回日本，很快就被关押起来。直到二战结束，才恢复了自由。有资料显示，日本无条件投降后，在盟军缴获的日军情报资料中，有人发现了锭者死前书写的那份关于搜寻“北京人”的《备忘录》，从而引起圈内人士极大的兴趣。至于锭者在这份鲜为人知的密文中到底记下了什么秘密，埋下了什么谜底，有无记下“北京人”下落情况，我曾四处查询，八方搜索，至今尚无结果。

当然，对锭者的此次天津之行，也有传闻说，他在天津已经找到了“北京人”；而对锭者自杀未遂一事，也另有说法：当有人得知锭者找到“北京人”后，立即对他实施了谋杀！故锭者不是自杀。

总之，上述两种说法，不管谁真谁假，由于日本大侦探锭者的出现，“北京人”究竟下落何处，再度引起世界的关注。

第六章
全球寻找“北京人”

二十三、“北京人”的下落与日本人的命运

“北京人”突然神秘失踪，如同当年突然发现一样，再度震惊了世界，无数关心“北京人”的科学家纷纷致电、致信协和医学院的院长以及翁文灏、裴文中等，三番五次地询问“北京人”丢失的原因、经过和近况。然而，在那战火纷飞的混乱年代，谁能给出令人满意的答案？谁又该承担这份责任？

“北京人”刚丢失不久，魏敦瑞忠诚的女秘书息式白便给远在美国自然历史博物馆的魏敦瑞先生寄去了一封很奇特的信：

> 拉利失踪，迄今下落不明，经各有关方面大力搜寻，仍无结果。

信中的“拉利”，指的是什么呢？

太平洋战争爆发以后，日军在华建立了一种只能写二十五个字的所谓“红十字信函”制度。这种制度允许在日本占领国土上的人，与在战俘营中或在“敌对”国家中的亲友进行通信，但来往的信函必须经过日军严格的检查后，方可投递。息式白小姐发往美国的信函当然也不例外。为了能把“北京人”失踪的消息尽快传递给美国的魏敦瑞，息式白在信中故意用“拉利”来替代“北京人”。她知道，日本人是看不懂“拉利”

的意思的，只有远在大洋彼岸的魏敦瑞教授能心有灵犀一点通。

据魏敦瑞的同仁——美国著名人类学家、美国自然历史博物馆馆长夏皮罗先生后来回忆，魏氏接到息式白的来信后，马上就明白了一切，他双手不停地颤抖着，眼睛却直直地望着东方，一直持续了足足十几分钟。尽管魏敦瑞教授平时极具学者风度，是个自制力很强，喜怒哀乐不形于色的人，但这次他却一反常态，大失风度。他独自走到窗前，久久遥望着东方，满含热泪，默默无言。最后，也许是他实在无法控制自己悲愤的心情了，突然大声喊叫起来："是谁毁掉了"北京人"？是战争，是日本人挑起的这场战争！战争，战争是个臭婊子！"

魏敦瑞喊罢，竟仰天长叹，长泪不止。

几天之后，魏敦瑞教授才渐渐冷静下来。他立即向美国洛克菲勒基金会总部打探"北京人"下落的消息。而此时的洛克菲勒基金会总部，也正为"北京人"的丢失而大为恼火，他们一边致电指责美国大使馆和协和医学院胡顿等人渎职，一边通过各种渠道探寻"北京人"的下落。但这时的北平已不再是美国人的天下，所以洛克菲勒基金会总部得到的消息，总是道听途说，互相矛盾。今天从北平发来的电文称，装有"北京人"化石的箱子在日军占领秦皇岛兵营之前就已装上火车，向天津转移了，后来火车在中途被日军扣压，所有物件都经日军搜索后扔掉了，"北京人"当然也就在劫难逃；明天发来的电文又称，"北京人"化石已安全装上了"哈里逊总统号"轮船，正向美国方向开来，大约一周之后便可抵达美国；后天发来的电文则说，"哈里逊总统号"轮船被日军截获并租用后，不幸被美国军舰击沉，故"北京人"化石很可能已同"哈里逊总统号"轮船一同葬身海底……

当这些信息传到魏敦瑞耳朵里时，魏敦瑞被搞得晕头转向，不知所措。但作为一名杰出的古人类学家，他却深知"北京人"对人类演变的历史具有的重大价值和深远意义。为了能尽快寻找到这稀世之宝，他下定决心，以一个科学家的名义，给美国政府写信，请求帮助寻找"北京人"，并强烈要求政府利用各种场合谴责导致"北京人"失踪的日本人！

魏敦瑞教授哪里知道，这时的美国政府早已陷入战争的泥潭而不能自拔，他写去的信如同泥牛入海，久久不见回音。尽管魏敦瑞教授每日焦虑不安，夜夜难眠，但这位痴迷的古人类学家却依然苦苦地等待着，哪怕有一点点有关“北京人”的小道消息，也能引起他极大的兴奋。

而这时的北平、天津及秦皇岛等地的人们，对“北京人”丢失一事，也莫衷一是，众说纷纭。

一种说法是：日本人把所有从火车上卸下来的箱子，统统装上了一只驳船，准备送到开往日本横滨的一艘货轮上。但恰在这时，驳船被美国飞机扔下的炸弹炸毁，于是“北京人”沉入了秦皇岛不远的海底。

一种说法是：日本人根本就没有把“北京人”装上船。日本人把装有“北京人”头盖骨的专列劫持后，就把“北京人”连同其他的美军货物一起，当做“龙骨”卖给当地的中国商人了。

一种说法是：装有“北京人”化石的箱子已经到了天津美国海军陆战队的兵营，但还未来得及装船，日军就突然占领了天津，于是在一片战乱中“北京人”不翼而飞，去向不明。

一种说法是：日本人扔掉“北京人”化石后，被俄国一位神秘的女郎认出，而后携带着“北京人”，火速逃往了欧洲。

此外，说法还有多种多样，举不胜举。总之，不管说法有多种，也不管说法是否确切，所有舆论的矛头对准的，几乎全是挑起这场战争的日本人！

然而，就在世界各地，尤其是北京和天津的百姓纷纷议论“北京人”，并将“北京人”的丢失和日本人紧密联系在一起时，英文版的《北平时事日报》却突然发出了这样一条爆炸新闻：

保存在北京协和医学院的“北京人”头骨被窃

有名的“北京人”被模型调换

一个美国职员被怀疑为主要盗窃者

中华同盟社消息：约在五十万年前居住在北京附近的人类祖先——著名的中国猿人的头骨发现被窃，在它原来的地方被运出而替换了一个模型。

这个惊奇的事情是被两位日本学者——东京帝国大学地质系的教授长谷部言人和该系的助教高井冬二先生所发现。他们在 1942 年 8 月 19 日到达北京，在周口店开始他们的研究工作。

当这两位学者去参观保存在北京协和医学院的极为珍贵的原始人类化石时，他们惊奇地发现“北京人”头骨已被模型所调换。该学校里的一位美国职员被怀疑曾在“大东亚战争”爆发时取走了真正的头骨，因为他预料到日本武力将占领学校。

偷盗发生在两年以前吗?

长谷部言人博士指出，若干石器时代的工具和一些属于石器时代到铜器时代过渡时期的人类骨骼的真实标本却都留下了。从另一方面获悉，有一个日本医学院的毕业生松桥在某次为研究人类学问题去参观北京协和医学院时，曾经亲眼看见中国猿人的头骨标本。他说，他在 1940 年时，同许多日本学者去该校的时候，他们发现，在该学校的储藏室里，只有一个爪哇直立猿人的模型。据松桥说，有这样一个合同，就是禁止“北京人”头盖骨从这个学校运出。

这篇文章的内容是否属实，不得而知。但一个令人费解的事实是，这则消息公布后不久，长谷部言人便停止了对“北京人”的寻找，并很快从周口店撤出，不再进行发掘。据裴文中后来回忆，此后日本人也放弃了对他的纠缠，再也没人找过他的麻烦。另外，还有这样一种说法：日本人在天津找到了“北京人”，然后让息式白小姐去天津辨认。可息式白到了天津刚下火车，日本人又对她说，“天津找到的东西，与‘北京人’无关。马上回去吧，没你的事了!”从此以后，日本人便再也没有找过“北京人”。

于是有人做了这样的推测：可能是锭者从博文或者美国海军陆战队的某个队员的嘴里问出了详情，而后“按图索骥”，找到了“北京人”。这样，日本人才放弃了对裴文中的纠缠，心满意足地返回了东京。

的确，对“北京人”垂涎三尺的日本人突然停止追查，给后人留下了一个难解之谜。但在我看来，就日本人做事的性格和习惯而论，他们不找到“北京人”，或者说对“北京人”失踪一事不搞个水落石出，是断然不会善罢甘休的。那么究竟是怎么回事呢？是因日本在战争中的地位逐渐处于劣势而无暇顾及，还是他们确实已将“北京人”牢牢地抓在了自己的手中？

后来又传出这样一个说法：锭者自杀未遂后，日本军部又派出一个陆军大尉继续寻找“北京人”。但这个大尉是谁？他是怎么到中国的？在中国是通过什么渠道什么方式怎么寻找的？他在寻找过程中都找过哪些人？他寻找的详细经过和最终结果如何？却一直未向外界有过半点透露。

事实上，有关“北京人”的丢失、寻找、议论、猜测在纷纷扬扬了一个时期之后，人们还是不得不暂时画上了一个句号。因为此时人们更加关心和更有兴趣的，是风起云涌的有关战争的各种消息和传闻。比如，列宁格勒保卫战，斯大林格勒保卫战，盟军在欧洲开辟第二战场，中国远征军进入缅甸战场以及诺曼底登陆，等等等等。尽管这一时期的人们对“北京人”依然难以忘怀，偶尔也会投以关注的一瞥，但随着不断变化的世界政治格局，和第二次世界大战的隆隆推进，特别是后来意大利和德国的失败，人们更为关心的，还是在这场战争中导致“北京人”失踪的罪魁祸首——日本人的最终命运。

日本法西斯偷袭珍珠港大功告成之后，尽管逞凶一时，但很快又陷进了一个难以自拔的烂泥坑。1942 年 6 月，日本海军进攻中途岛，遭到了美国海空部队的拼死抵抗。8 月，美军在所罗门群岛的瓜达康纳尔岛登陆，发动反攻。此后，日军在太平洋上连连受挫，节节败退。沿着太平洋进攻的美军，在攻克所罗门群岛后，于 1943 年 11 月开始攻击吉尔伯特群岛。1944 年 11 月，美军又出动 B—29 远程轰炸机，从马里亚纳群岛的塞班岛、关岛起飞，直扑东京，实施连续大规模轰炸。另一路美军则从西太平洋沿新几内亚北部进攻，与英、澳、荷军队会师后，攻占新几内亚西部。1945 年 2 月，两路美军胜利会师，重返菲律宾。6 月，美军迫近日本国门，日军“大和号”巨舰沉没，海军舰队全被摧毁。

在缅甸战场上，从1943年10月开始，中、美和英、印、东非、西非部队先后在缅甸北部和西部投入反攻。在盟军节节胜利的形势下，缅甸国民军和游击队于1945年3月底发动总起义，5月1日解放仰光。日军在缅甸彻底失败。而在中国战场上，中国军民坚持不懈的反击，终于粉碎了日本法西斯企图以战养战、把中国占领区变为太平洋战争“兵站基地”的计划，有力地配合、支援了盟军的对日反攻。

1945年8月6日，美国在广岛投下第一颗原子弹；8日，苏联宣布对日作战，并迅速出兵中国东北，歼灭了近百万日本关东军；9日，美国在日本长崎投下第二颗原子弹，长崎化为一片废墟。当晚，由日本天皇在御前会议上最后裁决，以不变更天皇地位为条件，接受《波茨坦公告》；15日凌晨，日本裕仁天皇广播《停战诏书》，宣布无条件投降。

至此，二次世界大战宣告结束。中国以及世界反法西斯同盟终于打败了日本人。

然而，打败了日本人的中国人，能找回“北京人”吗？

二十四、中国专家赴日寻找

1945年11月19日，美国美联社在东京向世界发布了这样一则消息：

“北京人”遗骸在日本发现

在被日本军队送往日本又被占领当局取得的掠夺品中，来自已知人类最早祖先之一的山洞中科学上的无价之宝“北京人”。

现在得知在取得的这些掠夺物中，包括有粗糙的工具，雕刻的牙齿的装饰品和说明这些物品在1929年北平附近周口店石灰岩山洞中发现的位置略图。它们曾在北平协和医学院保存过。

从被没收的信中泄露，“北京人”的遗骸曾被中国人很好地保藏起来，躲避了日本科学家三年的追寻。在日本当局通知了盟军总部后，这些物品在东京帝国大学内找到。

盟军总部的科学顾问、美国地质调查所的职员怀特·莫尔博士现在保管这个遗骸，并准备送回到中国中央地理调查所。

这则新闻对世人的震动是不言而喻的，尤其是对刚刚躲过了战争一劫的中国人来说，恐怕就不仅仅是震动了，简直就是飞来的福音，或者说是一个巨大的诱惑！因为中国人包括不少外国人一直认为，“北京人”最大的可能是落在了日本人的手上，而现在多年来渺无音信的“北京人”终于在日本露出峥嵘，这对苦苦寻找了多年的中国人尤其是科学家来说，该是多么大的安慰啊！

当然，这毕竟只是一则报道。但发自美联社的事关如此重大事件的报道，难道还能杜撰吗？何况，西方一家报纸早有透露，第二次世界大战刚一结束，美国地质调查所的怀特·莫尔博士便奉美国国务院之命，以盟军总部科学顾问的身份专程赶往日本寻找“北京人”。这与现在这篇报道中提到的“盟军总部的科学顾问、美国地质调查所的职员怀特·莫尔博士现在保管这个遗骸”完全吻合。于是，多年来所有关注“北京人”的人们尤其是中国人，对这则新闻的真实性都坚信不疑。

1946 年 1 月 2 日，英文版的《北平时事日报》又发表了英国路透社 1 月 1 日发自上海的一则消息：

“北京人”将由日本归还中国

在日本占领期间被日本军队当作掠夺物运往日本的“北京人”，将归还到中国中央地理调查所。据东京大学报告说，这些名贵的遗骸和石器工具已经一同交给了盟国当局。

寻找了三年之后，日本科学家在北平找到了“北京人”，有一个专家负责监督把它运往东京。遗骸和图标以及其他文件在日本人手中没有遭到任何损害。

在美国洛克菲勒基金会的支持下，1929 年中国科学家在美国人类学家合作下于北京附近的周口店发现了“北京人”。在研究“北京人”与“爪哇人”谁较老的问题上，科学界曾有过激烈的争论。最后，科学家们同意“爪哇人”可能较老，但是“北京人”在科学上价值更大，因为他更像人一些。

在日本占领期间，日本科学家曾在发现过“北京人”遗骸的周口店附近进行过新的发掘工作，但是没有新的发现。

“北京人”是中国被日本掠夺的宝物中首先将被归还的，但是中国爱国团体现在还正在设法取回其他被日本抢去的中国的古物和艺术的宝物。

如果说，去年 11 月 19 日美联社发布的那条新闻让有些人多少还不太放心的话，那么这次英国路透社发布的这篇报道，则完全让人吃下了一粒定心丸。尽管在日本发现的“北京人”尚未经过中国人的最后确认，但这篇报道已经明确说明，“这些名贵的遗骸和石器工具已经一同交给了盟国当局”，“遗骸和图标以及其他文件在日本人手中没有遭到任何损害”。想想看，倘若被发现的“北京人”没有经过有关专家的鉴定，美国美联社和英国路透社能凭空捏造、瞎编新闻吗？

于是，不少人积极提议，中国人应该尽快组织人马，到日本去拿回自己的“北京人”，或者说去日本找回自己的“北京人”！

机会终于来了！

民国 35 年，即 1946 年 3 月 31 日，一架中国航空委员会管辖的飞机第一次飞入日本领空。日本投降后，同盟国纷纷派出代表团前往日本，参加在东京举行的对日本战犯的审判以及被日军掠夺物资的接收等活动；而在抗日战争中付出沉重代价并为战争的胜利做出重大贡献的中国，自然也要派代表团前往日本参加各种活动。此刻，这架第一次进入日本领空的中国飞机，承载的就是前往日本参加战后各种活动的国民党政府代表团，其团长为朱世明将军，代表团的顾问，便是中国著名的考古学家李济先生。

李济，字济之，1896 年生于湖北钟祥县，1918 年毕业于清华学堂，随即赴美留学。他先在麻省克拉克大学学习心理学和社会学，并获得文学硕士学位，后渐渐对民族学和人类学产生了浓厚兴趣，又转入哈佛大学学习人类学专业，并于 1923 年获得博士学位后回国。李济先生最初在天津南开大学执教，后入清华大学任讲师，与王国维、梁启超、陈寅恪、赵元任并列为清华大学五大导师。先生是中国最早独立进行田野考古的学者。1926 年，先生与美国弗利尔艺术馆合作，主持发掘了山西西阴村仰韶文化遗址，从而揭开了中国现代田野考古学的序幕。1929 年，先生全面主持并首次独立完成了殷墟的发掘工作。正因为先生在殷墟发掘中做出了非凡的贡献，被英国皇家人类学会吸收为名誉会员。此外，先生以人类学家眼光对待中国文明史，力主把中国历史置于世界历史背景来观察，既不赞同某些本土论者所持之狭隘地域观念，又力驳“西来说”中的种种无根据的臆测，而完全以科学实证之精神开辟了人类学派的古史研究之蹊径，一步步使中国上古史的重要阶段由传说变为信史，为中国现代科学考古学开拓了一条新的道路。

就李济先生当时的声誉而言，他作为中国代表团的顾问前往日本，是再恰当不过的了。用他自己的话来说，则“是由一种追寻丢掉了的灵魂的心引导出来的决定”。所谓“丢掉了的灵魂”，指的就是“北京人”。事后有人曾怪他“放着正事不做而出去跑江湖”，这显然是对他的误解。此次日本之行，他主要职掌属于教育文化方面的事务，专门的责任就是为调查战争期间日本劫去的中国的书画、古器物及一切与文化有关的物品，并与盟军总部商量要求赔偿的步骤，为签订和约作一个具体的方案。这是教育部与外交部指定的工作，行前已商得盟军总部同意。除此之外，他还有一个前人“未完成的重要使命”，那就是寻找、查证“北京人”!

历史真是有趣得很。很小的时候，李济便从私塾老师那儿听到过二千年前中国的徐福率领三千童男童女离开中国，去日本为秦始皇寻找长生不老之药的故事：秦始皇去世前，曾到琅琊山访寻以炼长生不老之药而闻名的术士。在那里，他发现了齐国著名的术士徐福。他希望徐福能找到使他长生不老的仙药。才智过人的徐福回答秦始皇说，如果皇上能够交给他三千童男童女和所有必需的食品及后勤保障，包括技术工匠、医生和药品，他一定不辱使命。秦始皇当然希望自己长生不老，永远年轻，便给了他五十艘船和所有他需要的东西，于是徐福带着这支庞大的船队朝着东方驶向日本。由于徐福他们到达日本时，正好看到初升的太阳，所以就把日本命名为“日出之邦”。也许是徐福后来没有在日本寻找到“长生不老药”的缘故，便在日本定居下来，从此再也没有回过中国。但为对秦朝故土以示纪念，徐福将随员的所有后裔都赐姓为秦。1994 年 4 月当选的日本首相羽田孜上任前，曾公开承认，他就是中国第一个皇帝秦始皇的后裔，即徐福一个随员的后代，在二百年前才改为“羽田”。这令日本许多人士深感震惊。

但李济万万没想到的是，二千年前的徐福带领三千童男童女在日本登陆，为的是替中国的皇帝秦始皇寻找长生不老之药；而二千年后的今天，他和中国代表团来到这“日出之邦”，为的则是寻找中国的老祖宗——“北京人”!

此行结果，又会怎样呢?

承载着中国代表团的飞机降落在日本横滨附近的厚木机场时，已是下午 6 时时分。这是 1946 年 3 月最后的一个日子，虽说春分已过，但下午 6 时的日本，仍是一片美好景象，并不见与黄昏相随的万家灯火。李济先生回忆说，由厚木机场乘汽车到东京中国代表团的住所，虽说只有三十余里，却走了两个小时。司机是美国士兵，却没开快车，理由很简单：炸毁了的路，仅仅刚恢复到可以通车的程度。横滨至东京的这条路，原为工业繁盛区域，日本投降前已被炸光；路旁的高楼大厦、工厂花园统统不见了，所见的只是一堆堆扔在路旁的破铁、烂板、残瓦、柱烬等。汽车虽走得慢，但因天黑却看不清楚周围的情形，沿途所得印象仅是隐隐约约。不过这两小时汽车行程的经验，却唤醒了李济等中国同行的若干回忆；同车的人虽在断断续续地谈话，车外却静得像是半夜里在坟圈里乱窜时所触到的旷野：偶尔听见一阵风吹树叶的乱响；偶尔看见类似磷火的几盏路灯；偶尔还可感觉到有一两个人的影子在不远的地方摇摇摆摆。面对此情此景，李济感慨万千：“将近十年的抗战及窜逃西南各省的经验，使我此时只感到悲悯：战时的那股怨气，似乎软化了，收缩了，隐蔽了；在那时我确实没有任何称快的心情。”

应该说，这次由美国主持的盟军总部的工作做得十分周到。此前，李济得到南京美国使馆的通知后，盟军总部就派了一位中国通的美国人史克门少校特别先到上海来与他接洽。但他却错过了见面的机会。来日本的前一天，他去访史克门少校，少校又未到；到了东京的第三天，他又去找少校，少校却又飞往上海了。

李济到东京后见到的第一个美国人，是美国海军司令斯脱特。斯脱特中等身材，灰色眼睛，平常最喜欢穿的衣服，就是黑色海军制服。他给李济留下的印象是：“一位很诚恳率直的人”。在服役海军以前，斯脱特曾是一位富有经验的博物馆工作者。最初他听说李济他们来日本寻找“北京人”，“似乎感觉到有一点惊讶”。等李济把有关“北京人”的前后发掘情况以及它的重大意义与他交谈后，他很快便理解了中国人为什么要苦苦寻找“北京人”，同时也理解了中国对于文化教育注重的意义，并为中国人对古文明执着的追求精神所深深打动。

斯脱特司令告诉李济的第一个消息，就是关于“北京人”的消息。遗憾的是，他谈的是一个很坏的消息——斯脱特对李济说：“盟军总部已查询东京帝大的教授，据他们的说明及答复，‘北京人’不在东京，也不在日本。”

“这……事情怎么会是这样呢？有两篇报道不都报道说，已经在日本发现了‘北京人’吗？怎么转眼间‘北京人’又不在东京、不在日本了呢？”李济感到很是惊讶，甚至简直难以置信。但斯脱特司令官的话又说得十分肯定。李济从对方的口气中明显感觉到，斯脱特司的话绝非儿戏！

“我也不希望事情变成这样，但目前我得到的情报就是如此。”斯脱特摊了摊手，很是无奈地说。

“斯脱特先生，如果果真如此，是一件非常令人遗憾的事情。不过，我恳切地希望您再协助我们查证一下新的线索。您知道，‘北京人’对中华民族这样一个古文明国家来说，是非常重要的！”李济再次强调说。

“这我理解。放心吧，我会尽量的，李先生。”斯脱特满口答应，十分爽快。

李济先生与斯脱特司令道别后，接着就开始了对“北京人”的寻找。他知道，要想在日本找到“北京人”的线索，首先必须找到日本东京帝国大学的长谷部言人和高井冬二。但李济费尽周折，始终找不着长谷部言人和高井冬二。有关人士向他介绍说，这两个曾以学者身份多次反复出现在中国的教授，于1942年底返回东京后，便开始对从中国拿回的化石标本进行潜心研究。日本战败后，两位曾经风光一时的教授顿时失去了往日春风得意“英雄气度”，很快变得神情恍惚、老态龙钟了。他们同所有参战和被战争所累所害的日本人一样，最终不得不受到了历史的严厉惩罚，进而陷入了战败后精神的巨大痛苦和绝望之中，不久便隐身于某个乡村角落，再也不见踪影了。

真实的情况到底如何，李济难以判断，也无法判断，只好中止了对长谷部言人和高井冬二的查找。

之后，李济又和号称“中国通”的盟军总部的美国史克门少校取得了联系。史克门少校于4月8日由上海返回东京，4月9日便与李济会了面。由于他对中、日两国的历史文化有很深的造诣，故二人的谈话开展得既快又顺利。可惜的是，史克门少校同样否认了他们已经找到了“北京人”化石标本的事实。李济的希望再次落空。但在这次会晤中，史克门少校向李济表示了七点意见：

（一）京都大学的梅原末治教授想约我当面谈退还日本劫掠的中国古物问题，我很赞成，并愿同往；

（二）盟军总部管美术品与纪念品物品的一组，保存有珍珠港事变后日本广播新闻的全份，其中有数条记载日本搬运中国古物的消息，可作中国代表团参考；

（三）现在总部所订的规则为：凡是有确实证据，并具容易辨认为日本战时劫掠的属于盟国的器物，总部均可代为搜寻并退还原主；

（四）在平时劫掠的美术品与古物，总部不拟办理；

（五）周口店上洞层的遗物，已由盟军总部保管，可以退还中国；

（六）中央图书馆的书籍现在东京，可以咨请盟军总部代索；

（七）要日本政府命令日本收藏家各编一完备的收藏目录，送盟军总部及各国代表团作参考，可以考虑。

史克门少校的这七条意见，有几条是对一些问题的答复，有的则代表的是盟军总部已经采定的立场。

接下来，史克门少校又与李济商量下一步如何查找的问题。由于东京除了沿皇宫区域及大学一带，大半都炸毁了，旧日收藏多已下乡或已散佚；帝室博物馆的陈列品，也只是应付盟军的急就章而已，几乎没有什么看头。而京都却完全不同，大战期间没遭任何轰炸，有关教育文化的事业更没停顿过，又为收藏家集中之地。因此，史克门少校提议，一起去京都走一趟，到那里好好查找查找，说不定在那里能找到“北京人”。李济满口答应，因为这也正是中国此次日本之行的计划内容之一。

史克门少校和李济一行当即赶往京都。他们在京都共住了七天，李济与史克门少校同住一个饭店，差不多朝夕相见，且同桌吃饭的时候甚多，李济便尽量利用这些机会与史克门少校多交换意见。史克门少校是一位爱好东方艺术的人，富有收藏经验，对于中国抗战前的考古工作也甚为熟悉，并认识很多的东方学家。所以两人很谈得来，谈的范围也相当的广泛。当然，他们各自都有必须保留的部分，彼此都能理解，心照不宣。

在此期间，李济向史克门少校提出了三个问题，以征询意见：

1. 中日战争，应该从何年算起？

2. 日本军阀在中国毁坏的文物，如上海商务印书馆的东方文化图书馆、南开图书馆等，日本应该如何赔偿？

3. 未经中国政府允许（伪政府的允许不算），日本人在中国发掘器物，应如何处理？

关于第一个问题的答案，当时有三种不同的说法：（1）从珍珠港事件算起；（2）从“七七”事变算起；（3）从“九一八”算起，算到甲午战争那一年。对此，史克门少校认为，自“九一八”算起似乎最合理。但应该呈送到高一层的机关决定。毁坏的古物应该赔偿，盗窃的古物应该归还，这在原则上应无问题。但具体的办法仍应遵守“有切实证据的”及“可以辨别的”两个标准。

史克门少校的这些意见，应该说大致符合中国代表团的期望。不过真正落实起来，盟军总部似乎也不是那么痛快，或者说显得很是困难。至于何以如此，不得而知。

一日，盟军总部有一个叫鲍尔士（Gordon Bowles）的高级美国顾问，在京都碰见了李济。鲍尔士曾在哈佛大学研究民族学，也在西藏考过古，与李济是旧相识了。二人在日本相遇，自然都很高兴。当鲍尔士得知李济所遭遇的困难后，很坦诚地对李济说：“美国政府对于中国要求日本偿还劫掠的文物，是极同情的，但英国却不一定。他们对于‘劫掠’一词（斯坦因等在新疆、甘肃一带的行为）极为敏感，不一定会帮助中国。所以，我的意见这事最好就在盟军总部办理最好，不要推到 Allied Counci 去决定，那里是不会得到什么好结果的。”

听了鲍尔士的话，李济心中基本有数了。

然而非常遗憾的是，他和史克门少校在京都寻找了整整一个星期，还是没有找到“北京人”。在余下的日子里，李济仍坚持在日本四处奔波，八方打听，哪怕有一点点与“北京人”相关的线索，他也要亲自过问，亲自查询。

但还是没有找到新的线索。

这是怎么回事呢？本来，在日本找长谷部言人和高井冬二，是一件不应该成问题的事情，可有关人士却推说“地址不明，难以查询”。此外，去年 11 月 19 日美联社就曾向世界发布了“‘北京人’遗骸在日本发现”的消息，今年 1 月 1 日英国路透社又发表了“‘北京人’将由日本归还中国”的消息，现在，为什么以美国为首的盟军总部对“北京人”到底找到没找到，找到后到底在谁的手里，又避而不谈甚至干脆从根本上加以否定呢？在李济看来，“北京人”在日本人手上，或者遗失在了别的什么地方，是完全可能的；但谁又能断言，美国就一定没将“北京人”从日本人手上揽入自己的腰包？

李济把有关寻找“北京人”的情况向中国代表团团长朱世明将军汇报后，朱世明将军感到问题复杂，也很棘手，当即给盟军总部发去一份《备忘录》，请求盟军总部继续协助查找“北京人”和其他人类学标本之下落。该《备忘录》原文如下：

备忘录

致：威娄柏中将

参谋长助理

主文：为送还周口店的人类学材料及中国猿人的研究记录

1. 根据报告，以下各项物件在战时从北平中国地质调查所新生代研究室被送到日本：

(1)“北京人”标本，包括七个头骨，十二个下颌骨，一些牙齿及骨骼材料。

(2) 周口店第一地点，第十五地点及山顶洞的石器、骨器及动物遗骸。

(3) 关于周口店发掘的工作记录、照片和文件等。

(4) 安阳发现的狗及狼等哺乳动物。

(5) 步达生教授及魏敦瑞的关于人类学的书及单行本等。

2. 已经知道，在发掘周口店的工作中及创办了新生代研究室时跟中国地质调查所合作的北京协和医学院曾经请求盟军总部查询上列失物。随后一些属于项目(2)和(3)的标本被送还了，现在是在盟军总部自然资源组保管。中国代表团李济博士应中国经济部的要求，请对这些高度重要的科学标本作更进一步的查询。经过请求从C. I. E组已发现物件的清单。附在后面的是这个清单的抄件。

3. 为此请求盟军总部指示文物保管处的外国及杂项财产部把重新找到的周口店人类学的标本和中国猿人的研究记录交给中国代表国的李济博士。并请盟军总部对那些还未发现的物品继续作进一步的搜寻。

4. 恳切希望你们对于这些请求加以注意。

中国代表团团长　朱世明

1946 年 4 月 30 日

很快，盟军总部与日方就劫掠中国物品问题，初步达成了如下几项协议：

1. “七七”事变以后之劫掠品，有证据者即退还中国；
2. 登记日本私人收藏目录以备检查；
3. 已决定之事项为周口店遗物即时缴还代表团；
4. 中央图书馆书籍即时预备送还。

然而，令人大失所望而又无可奈何的是，尽管李济先生在日本进行了一个多月的艰苦努力，对“北京人”前后共进行了五次寻找，最终还是没有找到“北京人”。

5 月 5 日，带着一腔遗憾，李济先生离开了日本。

5 月 24 日，李济给裴文中复了一封信，并附了一份《备忘录》和物品清单。李济的信全文如下：

文中先生：

5 月 21 日手示敬悉。弟于 5 月 5 日返国，因写报告各处信都未写。弟在东京找“北京人”前后约五次，结果还是没找到，但帝国大学所存之周口店石器与骨器已交出（弟已看过一遍，确是你们的东西），由盟军总部保管。弟离东京时，已将索取手续办理完毕。兹将致总部之备忘录抄奉，即可知其大概矣。一切详情容再谈。

专此并颂

撰安

弟　济手启

卅五·五·廿四

本来，此前裴文中曾致电在重庆的翁文灏，希望能随中国代表团亲自前往日本寻找“北京人”。但翁文灏不久回电说，国民政府已决定派考古学家李济随团赴日。所以，裴文中便给李济写去一封信，嘱他在东京寻找长谷部言人和高井冬二，向他们要回“北京人”的标本。李济从日本回国后，裴文中又迫不及待地给李济写去一信，询问在日本寻找“北京人”的情况，所以才有了李济的这封回信。

裴文中收到信不久，在北平见到了李济。当裴文中详细问及李济在日本寻找“北京人”的情况时，李济告诉裴文中说，在东京他曾通过中国驻日代表团要求盟军总部代找长谷部言人和高井冬二，向他们询问“北京人”的消息，但是盟军总部最后给他的回答是：长谷部言人已迁往乡间，住址不明；高井冬二可能在东京，但因住址不明，也查询不着。

裴文中听后颇感奇怪，长谷部言人和高井冬二在日本是两个响当当的人物，既有知名度，又有详细地址，怎么会找不着呢？他认为这实在是不可能的事情，显然是美军总部欺骗了李济。

就这样，两千年前的徐福没有从日本找回长生不老药，两千年后的科学家李济同样没有从日本找回“北京人”。尽管中国代表团回国不久，被日本人掠走的周口店的化石标本以及其他资料等很快就由盟军总部接收后交还给了中国。但当年日本人掠走了中国大量的化石标本，现在还回来的却只是极少一部分。为了让事实说话，我现将战争前后两部分有关“北京人”化石标本的清单公布于众。

战争前，由胡承志亲自装的两个箱子的“北京人”化石清单是：

一只较大的白木箱子里，共装有七盒标本：

第一大盒："北京人"的牙齿（分装七十四小盒）

"北京人"的牙齿（分装五小盒）

"北京人"的残破股骨九件

"北京人"的残破上臂骨二件

"北京人"的上颌骨二件

"北京人"的上颌骨一件（发现于山顶洞底部）

"北京人"的锁骨一件

"北京人"的腕骨一件

"北京人"的鼻骨一件

北"北京人"的腭骨一件

"北京人"的第一节脊椎骨

"北京人"的头骨碎片十五件

"北京人"头骨碎片一盒

足趾骨两盒

猩猩牙齿化石三小盒

"北京人"的残下颌骨十三件

第二盒：北京人头盖骨

第三盒：北京人头盖骨

第四盒：北京人头盖骨

第五金：北京人头盖骨（1929 年从"E 地"发现）

第六盒：山顶洞人女性头骨

第七盒：山顶洞人女性头骨

另一只较小的白木箱子装有下列标本：

北京人头骨（从"D 地"发现的）

山顶洞人头骨（男性老人）

猕猴头骨化石二件

猕猴下颌骨化石五件

猕猴残上颌骨化石三件

猕猴头骨化石残片一小盒

山顶洞人下颌骨四件

山顶洞人脊椎骨一大盒

山顶洞人盆骨七件

山顶洞人肩胛骨三件

山顶洞人膝盖骨三件

山顶洞人头骨残块三件

山顶洞人跗骨六件

山顶洞人骶骨二件

山顶洞人牙齿一玻璃管

山顶洞人下颌骨残块三件

战后，日本人归还中国的关于周口店的物品清单是：

周口店第一地点不同水平层的平面图和剖面图一套。

野外工作办公处的简报和账目十一套。

给外国的周口店哺乳动物化石清单一套。

周口店外景的电影胶片七本。

山顶洞磨光的鹿角一件。

山顶洞狐狸和獾的犬齿一盒（四十四个）。

未磨过的山顶洞狐狸和獾的犬齿一盒（三十七个）。

山顶洞的石坠、骨针、带红色的石灰岩碎块和大型鹿的犬齿一盒。

山顶洞狐狸的犬齿（典型标本）一盒。

山顶洞的人工穿孔的蛤蜊壳、鸟骨坠、鱼骨、鱼的脊椎骨和石珠一盒。

山顶洞的石器四块。

第一地点的石器三块。

第一地点烧过的鹿角碎片一盒。

第十五地点石器五块。

第十五地点石器一块。

文件（英文）三卷

两相比较，差别甚大。而且，在日方归还的这一极少部分物品中，见不到一件“北京人”化石标本!

现在的问题是，如果“北京人”不在日本，又在哪里?

二十五、 美军中校授命查询

就在裴文中焦急地等待李济在日本寻找“北京人”的消息的同时，远在美国的魏敦瑞博士也十分关注中国此次去日本寻找“北京人”的情况。当得知李济先生从日本回国后，魏敦瑞博士马上催促美国方面，赶紧与中国联系。

1946 年 7 月12 日，裴文中收到了曾受美国国务院委托前往日本寻找“北京人”的美国著名地理学家怀特莫尔寄来的一封信：

尊敬的裴文中先生：

您大概已经收到了美国陆军当局在东京帝国大学找到的周口店的文件和标本。

在魏敦瑞博士的请求下，我附上一张这些物件的清单。当去年冬天在东京的时候，我曾努力寻找中国猿人遗物的线索，但是不能这样做。

如果您对被日本人拿去的任何东西需要提供东京任何进一步的情况的话，我建议您和美国陆军中校善克联系。

你的亲爱的怀特莫尔

1946 年 7 月 12 日

怀特莫尔曾在 1945 年从美国动身去日本寻找“北京人”之前，就由军邮转给裴文中一封信，他在这封信中对裴文中说，他将奉命去日本东京美军总部工作，同时又奉美国国务院之命和接受罗氏基金会的委托，在日本东京寻找“北京人”遗骨，要求裴文中为他提供一些有关“北京人”的消息，以便让他顺利找到“北京人”遗骨。裴文中当即给他回信说，您可以到东京帝国大学人类学教研室找长谷部言人和地质教研室找高井冬二教授，他们二人是最后在北京寻找“北京人”标本的负责人，他们可以供给您最后和最可靠的消息。

奇怪的是，裴文中去信后再也没有收到怀特莫尔的回信，后来又去了两封信，还是没有回音，直到一年后的今天，才收到怀特莫尔的这封来信。更令裴文中费解的是，怀特莫尔在信中说：“当去年冬天在东京的时候，我曾努力寻找中国猿人的遗骨的线索，但是不能这样做。”“但是不能这样做”是什么意思呢？按理说，怀特莫尔是美军总部军事地质组的代理组长，并受美国国务院之命和洛氏基金会的委托在日本寻找“北京人”，不仅没有什么问题，而且完全可以做到畅通无阻！可为什么他又“不能这样做”呢？是谁？是什么原因迫使他“不能这样做”？为什么开始让他专程去日本“做”，后来又“不能这样做”，这一变化，究竟说明了什么？怀特莫尔的苦衷和难言之隐又是什么？

而且，怀特莫尔在信中对他在日本询问长谷部言人和高井冬二的情况也只字不提，这又是为什么呢？到底见没见长谷部言人和高井冬二？见着了，这两人对“北京人”的下落怎么说？若是没见着，什么原因？难道也是像盟军总部回答李济一样，是“住址不明”吗？从寄来的清单来看，盟军总部已经从东京帝国大学索取到了许多有关“北京人”标本的研究材料，而要取得这些材料，就得找到长谷部言人和高井冬二，而找到了长谷部言人和高井冬二，“北京人”的下落问题应该就有一个说法。即便长谷部言人和高井冬二避而不谈，怀特莫尔也该问个水落石出不可！但为什么怀特莫尔避而不谈，而只简单而含蓄地说他“不能这样做”？怀特莫尔这句很微妙的话，想表达的究竟是什么意思？这句话的背后，隐藏的又是什么？

据悉，盟军在东京帝国大学发现有关“北京人”的材料后，美国曾经特派专人代表罗氏基金董事会去东京进行了秘密的接收，事后却对外宣称，只接收了一些拍摄的周口店的电影胶片。美国方面派去接收的人是谁，谁也不知道；派去接收的人到底接收了什么东西，接收了多少东西，也不清楚；而在接收的那些东西中到底有没有“北京人”，除了接收者外，更是没人知道。

因此，裴文中反复看了怀特莫尔的信后，脑子里闪出的尽是一个又一个的问号。不过，根据沃特莫尔的建议，裴文中还是决定尽快与美国陆军中校善克取得联系。

善克中校是盟军军事地质调查组的组长。此前，威娄柏陆军中将接到中国代表团团长朱世明的《备忘录》之后，便将《备忘录》迅速转交给了善克中校，并明确指示将由他负责调查“北京人”以及其他化石的下落。与此同时，在魏敦瑞博士的反复请求下，美国政府联邦调查局也开始协助善克中校全力寻找“北京人”。所以，裴文中与善克取得联系后，为善克提供了一些有关“北京人”的情况，希望善克中校尽快帮助中国找回“北京人”。

于是，中国人去日本寻找“北京人”的故事刚刚结束，由美军善克中校牵头寻找“北京人”的行动，又在秘密中拉开了序幕。

据美方留下的资料表明，善克中校是个相当精明而又十分能干的人。受领任务后，他很快组织起一个调查组，并按照计划立即开始了行动。

善克首先率领调查组仔细研究了由盟军总部转交过来的有关中国“北京人”的若干资料与情报，又对日本侦探锭者生前书写的关于搜寻“北京人”的《备忘录》进行了一番研究。而后立即启程，首先赶往关岛美军医院。

珍珠港事件爆发后，驻华美国海军陆战队全部被日军所俘。1941 年 12 月中旬，被俘的美国海军陆战队被日军分别从北平、天津送往上海江湾战俘营，不久，又被转送到北京丰台的一个集中营。美军哈斯特上校同他忠诚的海军陆战队队员在上海江湾和北京丰台度过了艰难的一年零七个月之后，1943 年 9 月又被日军分两批押往日本。而后，哈斯特上校和一部分陆战队官兵被送到了日本北部的一个废铁矿，在日军严密的监视下从事挖掘铁矿石的苦力；而另一部分美军则被送往冰天雪地的北海道继续关押。战争结束后，关押在日本集中营的战俘陆续遣返回国。原驻华美国海军陆战队由于长时间的关押和日军的百般折磨，有四分之一的队员死于非命；剩余的人员则因痢疾等疾病而导致了其他各种慢性疾病的发生，个个生命垂危。于是，美国军部决定：前驻华海军陆战队在遣送回国之前，先送往关岛美军医院接受治疗。

善克中校一行抵达关岛后，驱车直奔美军医院。他很快找到了正在医院疗养的原美国海军陆战队哈斯特上校和大部分前驻华美国海军陆战队员。善克简直没有想到，才短短几年，罪恶的战争便将哈斯特上校完全变成了一个白发苍苍、精神恍惚的干瘪老头；而眼前这些活下来的陆战队队员也个个瘦骨嶙峋，面无血色，目光呆滞。尽管残酷的事实已向世人表明，这是一支饱受战争磨难与创伤并且现在已经完全垮掉了的队伍，但若用标准的军人的眼光来审视，哈斯特上校和他的士兵们那一双双充满血丝的眼中偶尔透射出来的些许光芒，仍不失为一群优秀的美国军人。

“哈斯特上校，请允许我向您表示诚挚的问候。”善克中校一脸真诚地说。

哈斯特上校苦笑了一声，人世间的一切似乎早已大彻大悟：“没有什么，军人的命运，就是如此。”

“我这次专程赶来，是为寻找中国‘北京人’一事。希望上校能多多关照，把您所知道情况尽可能说得详细一些。”善克中校说完，打开了事先准备好的录音机。

然而，哈斯特上校回答的内容与四年前在北平给锭者的说法大同小异。他只承认他受美国大使馆的委托，派人到协和医学院取走了“北京人”化石并运往秦皇岛。至于具体方案、办事经过、转运途径、存放地点、最后去向，等等等等，他一概不知，无可奉告。

善克中校大失所望。双方一度陷入沉默。

“哈斯特上校，”片刻，善克中校问道，“您作为海军陆战队最高长官，为什么对‘北京人’的转运没有负责到底呢？”

哈斯特上校一下激动了，似乎有什么东西勾起了他的痛处，他大声强调说："那时天要塌了，后来也真的塌了，作为一名军人，一名驻华美国海军陆战队最高指挥官，大敌当前，我要竭尽全力去维护我的部队，支撑危急的局面，而不可能一门心思地去看管那些死人骨头!"

二人的谈话只得到此结束。虽是不欢而散，彼此倒也十分坦诚。

根据哈斯特上校提供的线索，善克中校又在医院里找到了曾参与"北京人"化石转运的美国海军陆战队队员斯耐德尔上士——即前文日本侦探锭者曾经找过的那个美国士兵。两人见面是在一个晚上，窗外有星星，还有一轮似圆非圆的月亮，整个关岛沉浸在战后的寂静之中，很容易让人想起许许多多有关生生死死的事情。这位在北海道历尽苦难总算幸运地活下来的美国海军上士，在接到医院有关部门通知后仅仅十分钟，便一瘸一拐地来到医院的会客室。善克中校一见上士，首先热情地伸过手去；上士放下拐杖，顺便接住了善克中校的手，嘴里却吝啬得没吐一个字，表情也显得出奇的平静。

中校直截了当，提起了"北京人"。上士认真听着，还是一言不发。中校第三次提出希望上士谈谈他的亲身经历时，上士这才抬起头来，专注地望着窗外，而后晃动着有些肿胀的脑袋，慢慢悠悠地开始了他的讲述。那音调，那表情，那感觉，既像是一个诗人在对着皎洁的月亮朗诵自己的诗作，又像是一个老到的小说家在讲述自己某部书稿的构思，有关"北京人"的这段故事，他好像已经在关押期间打了五年的腹稿——

1941年12月4日上午10点，奉上司的指令，我和杰克逊下士驾一辆卡车前往北京协和医学院拉东西。至于拉什么东西我们不知道也没有过问，因为在这之前许多美国驻北京机构都在忙着向外抢运东西，陆战队兵营也有大批物资开始运往秦皇岛港。因此这次去协和医学院，对于我们来说没有感到有什么特别和例外，一切都是自然的事情。

当我们开车走出海军陆战队兵营时，天空布满了阴云，不时飘落下零星的雪花，雪花落到车窗玻璃上很快就融化了，并不影响我们的视线，更不会影响我们要做的事情。

我们驾驶卡车从东交民巷向东，然后转弯向北进入王府井大街，最后驶进协和医学院。我们向协和医学院总务长博文先生说明来意后，他让我们将车靠在医学院运货口的装卸台上，那些东西早就堆积在装卸台上等待我们了。卡车的尾门放下后，医学院的苦力开始将台上的板条箱和包装箱往车上装。由于我在车上指挥装箱的位置，所以就注意到两个带圆铜锁的红木箱，并指挥苦力把这两口箱子放在了车厢的最后边。现在看来，那两个箱子装的也许就是"北京人"化石。

车装好后，我坐上驾驶室，杰克逊坐在车厢里以便监视，防止万一出现差错。当我们返回陆战队兵营大院时，这时兵营已经开饭了。

"怎么才回来?"麦克里迪中尉端着饭盒听完我的汇报后有些不高兴地问。

"箱子太多，医学院的那帮苦力又不肯卖命，总是磨磨蹭蹭的，真他妈见鬼。"我答。

麦克里迪中尉点点头："快吃饭吧，吃完饭准备卸车。"

我们吃完饭后，发现一群士兵正在麦克里迪中尉的指挥下进行卸车。卸下的箱子分别用红色油漆写上了哈斯特上校、罗宾逊中校等陆战队军官的名字。至于为什么要这样做，我们不清楚也没有去问麦克里迪中尉。不许随便问上级的规定，是美军的纪律，这你是知道的。

箱子上的名字写好后又重新装上了车，并用油布盖好，因为这时天空仍飘荡着雪花。当我们要回营房休息时，麦克里迪中尉走过来说："斯耐德尔和杰克逊，你们两个明天早上 7 点，押送运载这一车物品去秦皇岛，下午赶返京的火车回来向我报到。"

尽管我们不愿意执行这项无聊的差事，但还是答应了下来，因为作为军人只有服从命令。这天夜里，雪下大了。第二天早晨，大雪依旧下个不停，卡车的油布上足足积了两英寸的雪。

我们将车上的雪扫掉后，急忙钻进了驾驶室，卡车在艾斯顿中士的驾驶下很快来到前门火车站。和我们一起出发的还有一辆装载陆战队兵营物资的卡车。通过火车站的苦力，两辆卡车的东西被卸下后又装上了北京至秦皇岛的列车。列车的第八节和第九节车厢归我们陆战队专用。

大约一个小时之后，火车出了前门车站向秦皇岛方向驶去。我和杰克逊还有另外两名陆战队队员怀抱卡宾枪，爬进各自的车厢开始了这趟押运的征程。在没有暖气的闷罐车厢里，湿漉漉的冷，让人直打哆嗦，尽管我们带着毛皮手套，但手指还是很快被冻僵了，几乎握不住枪。路上的积雪时常将列车堵住，为了扫除障碍，火车不得不多次停下来等待铲除轨道上的积雪，直到黄昏的时候才总算到达秦皇岛。

借助港内专管搬运的苦力，我们监督着把物品从车上卸了下来，再用小车推进货栈和瑞士仓库。这时从天津和北京运来的各种包装箱已堆成了山，整个港内几乎每一个角落都放满了，它们都在等待美国邮轮“哈里逊总统号”的到来。

我们总算去掉了一件心事，只是下午去北京的列车早就开走了。回营房已不可能，我们只好搭乘一辆黄包车，来到秦皇岛美国海军陆战队霍尔库姆营地过了夜，第二天才返回北平。

善克中校听完斯耐德尔的叙述，和同行交换了一下眼色，然后问道：“你确实在霍尔库姆营地住过一夜?”

“是的，这不会有错。”上士答。

“从日本侦探锭者留下的资料来看，此事你并未向他提起过。”

“是的。我今天向您所讲的故事，从来都没向任何人提起过。如果您不是出于一种公心，如果您不是远道专程而来，如果您不是一名称职的美国军人，那么对不起中校先生，您也将永远听不到这个动听的故事。”

“那个叫杰克逊的下士现在还在医院吗?”

“他在北海道患了肺炎，死了。”

“死了?”

“是的。杰克逊下士死了，还有麦克里迪中尉，也死了。不过，他们所知道的，我全说出来了。对不起，中校先生，整个过程就是这样。”上士结束了他的精彩叙述。

善克中校似乎还是很不甘心，又追问了一句:“你认为‘北京人’的失踪，会出在哪个环节上?”

“这该死的‘北京人’，我想……是在秦皇岛出的问题，而不是在这之前。”斯耐德尔上士摇晃着浮肿的脑袋说完后，不再肯说一个字。

善克中校点点头，对上士的合作表示谢意，而后搀扶着上士，走出会客室的大门。

当晚，中校一夜难眠。他把斯耐德尔上士的话回味一遍后，认为上士提到的霍尔库姆营地倒是一个新的线索。那么问题会不会出在霍尔库姆营地呢?

第二天，善克中校又找来几个曾驻秦皇岛霍尔库姆营地的海军陆战队队员，希望能从他们嘴里再掏出一些新的情况。但这几个美国士兵对“北京人”丢失的事似乎并无兴趣，他们想的大概只是如何尽快回国和家人团聚。所以当得知中校是为寻找“北京人”而来时，他们当即表现出一副十分扫兴的样子。

“我请你们来，是想请你们谈谈1941年12月8日前后霍尔库姆营地及港内的情况。”中校的话说得很诚恳。

“我们只是从窗子里看到日本兵在港区乱翻乱砸，有关‘北京人’转运的具体情况，我们一点也不清楚。因为我们很快也被俘了，先是关在营区，后又押到天津。至于‘北京人’的骨头，我们从来就没有见过!”

几个士兵对中校的提问漫不经心地敷衍几句后，再也无话可说。中校又问了几个不关痛痒的问题，感到再也问不出什么来了，便草草结束了与士兵们的对话。

善克中校是一个办事执着的人。他随后在关岛美军医院又查询了一个星期，当感到再也找不到什么新的线索后，又毅然决定亲自到北平协和医学院再做调查。于是，在一个秋高气爽的上午，中校率领着他的调查小组，匆匆飞往中国北京。

中国的北平此时已是一副深秋景象。抗战结束后的北平协和医学院从长期蛰伏的睡眠中醒来后，又焕发出了它原有的活力。当年一些被关在集中营里的医务职员们又回到了自己该回的工作岗位，虚弱的身体经过战后的营养补充，很快就开始变得精神焕发起来。整个协和医学院上上下下，几乎全都陶醉在战争胜利后的兴奋和喜悦之中。

中国和日本——战胜国和战败国，毕竟是两种氛围，两种感觉。善克中校一踏进协和医学院的大门，便有一种解脱后的轻松之感。他找到协和医学院的领导人，说明来意，协和方面非常高兴，马上给他做了很好的安排。

善克中校要找的第一个人，是总务长博文。博文在经受了日本人一年多无端的关押和折磨后，现在总算又重新坐在了协和医学院总务长的交椅上，尽管心有余悸，精神也时常出现恍惚，但不久前也照常兴奋地喝起了美酒与咖啡。不过，也许博文对“北京人”后来的情况的确知之甚少，中校和他只谈了一会，便认定博文所讲的问题几乎全是重复的话题和过时的新闻，令人索然无味。

中校又找到了息式白小姐。息小姐与博文一样，曾在日本人手中经历了一番疾风暴雨般的摧残蹂躏，如今随着战争的结束，也宛若寒冬过后的一束玫瑰，在不知不觉中恢复了昔日的芬芳与情致。中校听完息式白小姐对“北京人”“序幕”的叙述，然后开始对一些细节进行询问：“息式白小姐，您说装‘北京人’的箱子里面塞的刨花，而不是脱棉纸，是吗?”

“是的。我听说是这样。”息式白答。

“你所见到的那口木箱到底有多大？是什么形状？你能向我准确地描述一下吗?”

“箱子大概是这样的——”息式白小姐张开手臂，在胸前比画了一下。

“箱内的尺寸是不是 18×20×24?”

“如果我没记错的话，应该是这样。”

“那么箱外的尺寸和箱子的重量又是多少呢？”

“这个我不清楚。”

“箱子上锁的形状、颜色，你还记得吗？”

“好像是……记不清了。”

“您有没有注意到箱子上写有什么记号之类的东西？”

“好像没有？”

“比如，写有哈斯特上校或其他人的名字什么的。”

“这个我不敢肯定，但我想不会有。”

“听说你和日本侦探锭者到天津瑞士装卸公司的仓库走了一趟？”

“是的。”

“那么你认为日本人在天津到底找没找到‘北京人’呢？”

“不知道。也许找到了，也许没找到。反正从那之后，日本人好像就再也没有找过‘北京人’了。”

…………

接下来，善克中校对中国方面的部分人员也进行了查询，而后又像当年日本侦探锭者一样，直赴秦皇岛，再去天津城。该找的人找了，该去的地方去了，该查的疑点查了，中校还是没有找到要找的“北京人”。最后，中校找到裴文中，将上述情况作了说明后，带着万分沮丧和遗憾的心情离开了中国。

善克中校回到美国后，马上着手为盟军总部和美国联邦调查局写了一份寻找“北京人”的备忘录。在这封备忘录中，中校详细地叙述了他搜寻“北京人”的前后经过，以及他对“北京人”失踪这一悬案的分析与思考。其中，他认为有的问题是个盲点；有的问题是个问号；有的问题是个死结；有的问题简直就是说不清道不明，稀里糊涂一团糟！善克中校在这份备忘录中对“北京人”的最后推测是：或者“北京人”根本没有运到秦皇岛便已丢失，后来被日本人找到；或者“北京人”早已在日本人的枪托和皮靴下化为一片碎骨。但第一种可能性最大。

大约是 1946 年底或者 1947 年初，曾任中国代表团团长的朱世明将军接到了由盟军总部转来的关于善克中校调查“北京人”的备忘录副本。

朱将军匆匆阅罢后，立即呈送国民政府，要求由中国政府组织一个专门调查小组，继续对“北京人”进行调查寻找。

然而，此时的蒋介石政府正在筹划全面内战，哪有空闲顾及什么“北京人”“南京人”。尽管朱世明、李济和裴文中等人几乎每天都在盼着上面的音信，但上面还是迟迟没有回音。

而此时，大洋彼岸另一位著名的古人类学大师，正与死神作着艰难的对抗，万分焦急地等待着哪怕任何一点有关“北京人”下落的消息。

二十六、寻找，大师的唯一遗嘱

1948 年 7 月 22 日，美国纽约上空阴云密布，一场暴雨即将来临。

著名的古人类学家、地质学家魏敦瑞大师躺在纽约医学院医院的一张病床上，两眼直直地望着天花板，一动不动，犹如一尊平躺着的人体雕像。尽管魏敦瑞自知病入膏肓，不可救药，依然死不瞑目。

自七年前那个落日的黄昏，当这位犹太大师得知“北京人”失踪的消息后，内心便一直忐忑不安，并一直绞尽脑汁，想尽办法，采用各种方式帮助寻找“北京人”。本来，中国的抗日战争结束后，大师就准备重返中国，亲自到那片曾经生活和工作过的土地上去寻找“北京人”，谁知中国很快又陷入了内战的汪洋大海之中。即便如此，大师也始终心有不甘，直到去年和今年上半年，还连续两次给美国政府有关部门写信，打听“北京人”的详细情况，并希望能派他的助手、著名的古人类学家费尔塞维斯前往日本寻找。可惜没有结果。之后不久，费尔塞维斯在日本帝国博物馆发现梭罗人化石的事迹公布于世，大师为此备受鼓舞，立即拖着病重的身体找到华盛顿当局，请求派他和助手一起去日本寻找“北京人”。遗憾的是，大师的这次请求受到了同样的冷遇。

近日来，大师整日焦虑不安，卧床不起。他深知属于自己的生命已经不多了，唯一还能做的一件事情，就是向政府再次发出寻找“北京人”的最后呼吁！于是，在这个暴风雨即将来临的夜晚，大师招呼身边的医护人员，将他从床上慢慢搀扶到写字台前，然后勉强撑起身体，用颤抖的手握住笔，再用颤抖的笔一字一句地给美国政府写了他生前最后的一份报告，强烈呼吁政府想法继续寻找“北京人”!

多年之后，我查到了这份报告的原文：

内政部：

在科学上有着重要研究价值的珍贵的“北京人”化石，自1941年12月太平洋战争爆发后神秘失踪，至今下落不明。它的丢失是洛克菲勒基金会以及世界古人类研究科学上的重大损失和不幸。凭我的预感，这些化石可能在日本人的掌握之下，并很好地匿藏在某个地方。上月，美国地质调查所费尔塞维斯先生，成功地在日本帝国博物馆发现了太平洋战争中日军从印尼抢掠的梭罗人化石。这个发现再次提醒我们，“北京人”的出现，已为时不晚。

为此，我建议内政部成立一个“北京人”化石调查小组，由富有经验并熟悉情况的费尔塞维斯先生率领重返日本国土，进行不同于任何以往形式的寻找。如“北京人”能重新面世，那么美国政府的行动，无疑将对世界科学做出重大贡献，全世界的古人类研究者都要感谢美国政府在日本人的魔爪下，拯救了人类这伟大的财富。

魏敦瑞

1948年7月22日

大师的这份报告由他的助手费尔塞维斯呈送美国内政部后，同他此前所呈交的所有报告一样，依然泥牛入海无消息。

大师写完这份报告的第二天，便与世长辞了。这位把毕生精力都献给了古人类学的世界级大师，在生命的最后昏迷时刻，念念不忘的仍是中国的“北京人”；他在弥留之际，既没有对财产的留言，也没有对子女的嘱咐，唯一的一条遗嘱，就是请求美国自然历史博物馆古人类部主任夏皮罗博士继续寻找“北京人”!

大师谢世后，全世界古人类学界的同仁们无不为之悲痛不已。大师一生的言行以及在科学事业上所表现出来的尽职精神，使熟悉他的每一位科学工作者都感动得流下了热泪。

而他忠诚的朋友和同事、美国著名的古人类学家夏皮罗博士则恪守他的临终遗言，以一个科学家的良知与责任，从此在全世界范围开始了对“北京人”矢志不渝地寻找……

二十七、“北京人”真的在纽约吗?

夏皮罗时任美国自然历史博物馆人类学部主任、美国人类学会副主席。1941 年太平洋战争爆发前，他曾在北京协和医学院任过三年的解剖学教授，并跟随魏敦瑞博士研究过一段时间“北京人”的生理结构。后来随着日美关系的日趋紧张，夏皮罗博士先于魏敦瑞两个月回到了美国自然历史博物馆。两人在回到美国后的岁月里，彼此肝胆相照，风雨同舟，一直共同坚持研究从北京运回的“北京人”化石模型。因此无论从考古事业上还是私人感情上，夏皮罗博士对寻找“北京人”之事都有着莫大的热情和义不容辞的责任。更何况，能寻找到“北京人”，也是夏皮罗后半生最大的愿望。

1949 年 10 月，中华人民共和国宣告成立。远在大洋彼岸的夏皮罗得知这一喜讯后，非常高兴，他立即加紧动手整理和研究有关“北京人”的各种资料，准备一有机会，马上动身，亲赴中国。然而，正当夏皮罗力图说服美国政府派他亲自前往中国寻找“北京人”线索时，抗美援朝战争爆发了。鸭绿江畔的隆隆炮声和熊熊战火，挡住了夏皮罗走出国门寻找“北京人”的脚步。

更为严重的是，就在这时，1950 年 3 月 21 日的一份香港《大公报》摆在了他的面前，其中一篇文章，看得他目瞪口呆：

“北京人”被劫美国

裴文中根据种种事实判定　美日勾结掠夺我无价之宝

【本报北京通讯】　“北京人”的发现者裴文中博士发表谈话，根据种种迹象，证明美国政府已将中国人民的无价财宝之一的“北京人”从日本运到美国纽约。

这个保存完整的“北京人”头骨，是1929年在河北房山县周口店发掘而得，我们可以骄傲地说，它是中国人民的无价财宝之一。因此，也就自来为帝国主义者所垂涎。“七七”事变后，它被留在北京协和医院，太平洋战争爆发时，辗转流落，不知去处。今天，要追问一下，我们的“北京人”究竟在哪里？

…………

根据以上的情形看来，日本人是在天津真的找到了“北京人”，不愿宣布，运到东京去了。因为自从说在天津找到了“北京入”之后，虽然后来又加否认，但以后永远没有再因“北京人”的事找过裴先生。（1943年裴文中先生被捕受刑，关了五十多天，也与此事无关。）再说，查找“北京人”之时与“北京人”失踪时相距不久，押运“北京人”的美国海军陆战队都被关在丰台集中营里，日本人一定可以查询“北京人”失落的地方（北京至秦皇岛之间），他们那时统治了华北，自然能够从那个地方把“北京人”找到。因此，若干迹象证明，“北京人”已在美国。

日本投降后，路透社和国民党反动派的中央社，曾两次宣布说，“北京人”已在东京发现，并由日本人交给麦克阿瑟总部。但麦克阿瑟总部交给国民党反动派“军事代表团”团长朱世明的，只是一些毫无价值的破模型和照片、账本等。

这个把戏是很容易戳穿的。第一，日本人不会把毫无价值的““北京人”模型和照片送给麦克阿瑟总部（“北京人”的模型曾制作了若干份，分送给世界各国，所以模型并不是极珍贵的）。那个地质学者（笔者注：指美国的怀特·莫尔），前后都给裴先生来了信，中间一段却总无回音，也就说明其中的诡计了。我们相信，日本人找到“北京人”后秘而不宣，后来被麦克阿瑟总部“接收”，就运到美国纽约去了。

…………

这篇文章尽管充满了那个年代强烈的政治色彩，而且不仅在逻辑推理上尚欠严谨，遣字措词上也显粗糙。但它却旗帜鲜明地发布了一个爆炸性的新闻：日、美暗中勾结，已将“北京人”从日本运到了美国纽约！

这对全世界的考古学界，无异于一颗横空炸响的原子弹！它不光让中国人感到吃惊，更让美国人感到震撼。尤其是对夏皮罗来说，简直就是惊恐万分了。但，未等夏皮罗从惊恐中清醒过来，另一篇发表在中国《人民日报》上的文章，又将美国和夏皮罗推到了审判席上。

帝国主义野心毕露

珍贵的“北京人”化石在美国发现

最近，一位共产党员去美国旅行时，在纽约自然历史博物馆发现有古人类头骨化石正在展出。这位共产党人经过向该馆的一位人类学家了解，惊奇地得知展出的头盖骨化石，正是中国1941年丢失的“北京人”头盖骨。

……“北京人”发现后一直保存在协和医学院的地下室内。1941年12月，日美两个帝国主义之间矛盾加剧，狗咬狗的战争即将爆发。为占有珍贵的“北京人”化石，暗藏在北京协和医学院中的美帝国主义分子，偷偷将化石运出北京，然后潜逃到美国，在自然历史博物馆隐藏起来，企图躲避中国和世界人民的查询。

然而，中国和世界人民的眼光是雪亮的，狐狸再狡猾也逃不出好猎手，“北京人”在失踪近十年后，终于被正义的人民群众发现。

“北京人”是中国的国宝，被美国长期霸占达十年之久，充分显示了美帝国主义的狼子野心。对于这样的侵略行为，中国人民一千个不答应，一万个不答应，我们一定要让“北京人”化石物归原主。

夏皮罗看到这篇报道后，先是大吃一惊，然后便是叫苦不迭。作为美国自然历史博物馆古人类学部的主任和人类学会副主席，他感到很冤枉，觉得有责任、有必要站出来“辟谣”，为本馆正名。于是，他立即撰写了一篇反驳文章，发表在 1951 年 3 月 27 日的《纽约时报》上。其主要观点是：

本馆从来没有展出过“北京人”化石，也未隐藏什么所谓的“北京人”头盖骨。关于美国自然历史博物馆占有“北京人”并进行展出一事，实为中共造谣惑众，不置信服和推敲。试想，如果美国自然历史博物馆对它们展览或进行科学研究，无异于向世人展示自己的盗窃行为。如果说归我自己私人占有，那么一个人拥有如此著名的东西能做何用？并且它们并不具备什么艺术价值，以供我独自把玩欣赏。对此我不愿再说什么，只等将来的事实站出来说话。

随后，美国的一些媒体也纷纷站出来为美国辩解。

但一波未平，一波又起。1951 年 10 月 26 日，德国柏林洪德堡大学古生物学家柯耐博士给中国科学院著名考古学家杨钟健寄来的一封信，又在全世界范围内掀起了一阵轩然大波。请看这封信是如何写的：

亲爱的杨博士：

今天春天，在伦敦大学学院动物系教员休息室进午后茶点的时候，英国伦敦大学生物系主任、脊椎古生物专家华特生告诉我们说，周口店的头盖骨现在美国自然历史博物馆里，那是在魏敦瑞死前送去的。华特生上次去纽约时，看见那个标本在魏敦瑞的手里。……这个标本是一个美国兵由日本皇家博物院中抢掠去的。……我不知道你是否早已知道这个消息，我听说的时候却大为吃惊。当时以及以后我都不曾向华特生问过这个问题，只是立刻把它记在笔记本里了。根据华特生的谈话，我可以断言那消息是正确的。

致以最诚挚的问候！

柯耐谨启

1951 年 10 月 16 日

杨钟健、裴文中等人看了这封信后，又惊又喜，又气又恨。惊喜的是失踪了长达十年之久的“北京人”今天终于有了下落；气恨的是美国居然是个道貌岸然、卑鄙无耻的伪君子——明明窃走了中国的“北京人”，还故弄玄虚，装模作样，满世界地帮着中国叫喊，帮着中国寻找。

他们很快将此事向上级有关部门作了报告。

但不巧，时值朝鲜战争爆发，中美军队正在朝鲜半岛真刀真枪地打得死去活来，不可开交。所以，对这封信的真伪无法考证。而按照当时中国人的政治逻辑，美国是帝国主义，帝国主义和修正主义一样，全都是坏蛋！是坏蛋，就不干好事只干坏事，所以宁肯信其真，不可信其假。何况，当时中美双方都在寻找攻击的目标，现在好不容易找到了“美帝国主义”的这个“罪证”，岂能放过批判控诉的机会？于是，杨钟健和裴文中在 1952 年 1 月 1 日的《人民日报》第三版上，发表了控诉“美帝国主义者”的文章。为尊重历史，我将该文引用如下：

控诉美帝国主义者的无耻盗窃行为

杨钟健　裴文中

我们得到确实消息，我国珍贵文物，中国猿人（俗称“北京人”）的标本，已经在纽约的国家自然历史博物馆中发现了！这个消息的发表，再度暴露了美帝国主义的无耻的盗窃行为，再度撕毁了侵略者的虚伪面具。同时教育了我们全中国的人民，更深刻地、更清楚地认识了帝国主义的卑鄙欺骗行为。

从1941年以来，中国猿人的标本，在世界上和学术界，都传说着是“遗失”了。由于这份标本关系了人类发展史的研究，证明了恩格斯的“劳动创造了人”和达尔文的进化学说，所以，全世界和平民主的人民，都同声惋惜。我们中国人民更因失去了这样珍贵的文物而倍加惋惜，痛恨过去国民党反动政府的腐败和忽视文物。

我们从所谓“遗失”之后，就猜疑中国猿人的标本，是日本帝国主义在占领北京的时候由北京劫夺去的。由种种迹象来看，我们更确信1945年日本投降后，这份珍贵标本，必然会被美帝国主义分子所垂涎而加以掠夺。我们曾于1951年3月间在香港大公报发表了我们的谈话，重新说明了“北京人”遗失的经过，和所知道的美帝国主义掠夺的种种迹象，因而断定“北京人”的标本一定在美帝国主义者的手中。

我们的谈话发表之后，美国纽约国家自然历史博物馆的人类学部主任夏皮罗就急忙地否认了“北京人”在美国的论断，并且无可奈何地抵赖说，可能是沉在大海之中，永远再没有机会找见了。

我们从德意志民主共和国的洪德堡大学古生物学家柯耐博士的来信中，证明当夏皮罗在美国纽约否认“北京人”标本在美国时，他可能就是手中拿着这个标本，在昧着良心说谎，企图欺骗全世界人民。从这里，鲜明地看出，正是在资产阶级社会中的所谓“科学家”，他是如何忠诚地为反动派服务！

更卑劣无耻的是前新生代研究室的名誉主任魏敦瑞。他是德国犹太人，为了要入美国国籍，于1941年跑到美国去。他用种种方法，谋得了代表美国资本家的资格，窃取了研究中国猿人的权利。他应当对全世界关心“北京人”的研究的人士负责。他丧尽了天良，追随其他帝国主义分子之后，对于这个中国人民的珍贵标本，图谋劫为私有，真是卑鄙万分。他现在已经死了，但是他死后也要遗臭万年。

柯耐博士的来信中曾说，中国猿人的标本是一个美国兵由日本东京的皇家博物院中抢夺出去，私自带到美国的。这是值得特别注意的一件事。

我们知道，美国兵在东京无恶不作。但是，一个士兵竟能从日本皇家博物院中抢夺一件珍贵物品而去，这样重大的事件，不可能设想是出于一个士兵的个人盗窃行为。只有出于美国占领军当局的授意，或是麦克阿瑟总部所支持，这种掩耳盗铃的做法，充分证明为美国帝国主义服务的“学者”们，处心积虑，自太平洋战争爆发之前起，即阴谋侵占我国这个珍贵的中国猿人标本。因此美国兵从日本皇家博物院中抢掠的举动，也许正是美国帝国主义者通过美军所作的强盗的勾当。我们作此论断是完全有事实根据的。

由这件事实，使我们更加痛恨过去中国的反动政权，不重视中国人民的文化事业，对于发掘“北京人”的工作，不肯给予支持，而接受美帝国主义的“投资”，美帝国主义更用他一贯的“有糖衣的毒药”来欺骗中国人，好达到他侵略中国的目的。由于反动派这样“引狼入室”，于是更促成了美国强盗们偷盗我们中国的文化遗物的罪行。不只“北京人”的标本，还有许多其他宝贵文物，也都被美帝国主义抢夺而去了。

……由这一次的教训，全国人民更应当加强与全世界和平民主的人民的团结共同努力，携手迈进，向摧残人类文化的美国帝国主义作英勇的斗争。

这篇文章在《人民日报》一经发表，立即在全世界引起强烈反响。谁都没想到，失踪了十年的“北京人”突然又从美国自然历史博物馆里冒了出来。一时间里，世界大报纸纷纷转载，各国电讯频频传送。中国中央人民广播电台反复对外播放这条消息；《纽约时报》为此还发表专门评论文章，指责美国当局的盗窃行为；日本报纸更是不择手段，大肆渲染，强烈谴责“美国贼喊捉贼的卑鄙伎俩”。

于是，围绕着“北京人”在不在美国的问题，中美双方唇枪舌剑，你来我往，各持一端，互不相让，由此掀起了一场指控与反指控的舆论大战，使得中外不少著名的科学家、学者和记者都纷纷卷入了这场史学界空前热闹的“世界大战”之中。

1952 年 1 月 5 日，美国一名叫普鲁勃的记者在《纽约时报》上率先发表文章，以一个亲身采访者的身份，对“北京人”的下落另有说法：

> 人类历史上最宝贵的宝藏之一——“北京人”化石是在美国海军上校哈斯特手中失踪的。哈斯特上校当时是保卫美国大使馆的海军陆战队军官，珍珠港事件后，哈斯特上校和他的下属队员全部被日军俘虏，直到战后才遣返回国。当记者向哈斯特上校询问有关“北京人”化石的情况时，哈斯特上校说：这批化石是胡顿亲自交给他的。胡顿当时任北平协和医学院院长，他指示哈斯特上校将“北京人”化石作为密件运往美国。哈斯特上校没有打开箱子，但他知道其中装有“北京人”化石。胡顿将这批东西交给哈斯特上校后，箱子被装上了一列特别列车运往秦皇岛。
>
> 12 月 5 日上午 5 点，列车离开北平。车上有九名陆战队队员押送。他们安全抵达秦皇岛，并在那里等候“哈里逊总统号”轮船。但就在此时，日军袭击了珍珠港。几个小时以后，所有驻扎在中国北方的美国海军陆战队官兵都被日军俘虏，美国大使馆官员和护卫者也全在北平被扣押起来。那艘“哈里逊总统号”轮船被日军征用，随后又被美军的潜艇击沉。“北京人”化石由此而被日军缴获。
>
> 哈斯特上校对记者说，那九名陆战队队员在几天后就被

送回北平，哈斯特上校本人和另外二百五十名美军官员最后被押到了日本的战俘营，直至 1945 年 9 月 12 日被美军解放。

由于哈斯特上校为美国海军陆战队被俘人员的最高指挥官，在日军押送被俘的官兵时，他迟走了几天。当他来到北京前门登车时，看到原装有“北京人”化石的列车也已经被日军征用，并从秦皇岛驶入北平前门车站。日本兵从车上卸下了成批的战药，车上原来装的东西一定是被扔掉了。

哈斯特上校说：或许日本人发现了那批化石，但错把它们认为是食品，而这对他们并无多大用处，于是就干脆扔掉或毁坏了。如果没有科学头脑，“北京人”看起来就不珍贵，比如我就很难理解“北京人”的价值。所以日本兵或许是留下了他们认为所需要的东西，然后将珍贵的“北京人”化石扔掉或毁坏了。

该文发表后，夏皮罗急忙开始寻找哈斯特上校，欲对此事再作深入调查。可他好不容易找到哈斯特上校的寓所时，哈斯特上校却已撒手西去。哈斯特上校之死，有人说是病故，也有人说是他杀。至于这篇报道，中方有人认为，这完全是美国为了转移视线，以“北京人”被毁为由，掩盖和抵赖隐藏“北京人”的罪行。

三个月后，中国科学院院长郭沫若收到了长期专门研究中国科技问题的英国著名学者、中英友好协会会长李约瑟博士的来信。四十七年后，我在北京查到了这封极其珍贵的信件，现公之于众：

亲爱的郭博士：

我很高兴地给你转上我的朋友——英国自然历史博物馆 K. P. 奥克莱博士给著名的古生物学家裴文中博士的一封信。您可以看到这封信所涉及有关周口店“北京人”头骨在何处的问题。

致以最热情的问候！

李约瑟　谨启

1952 年 4 月 10 日

郭沫若很快将奥克莱博士的这封信转交给了裴文中。信是这样写的：

亲爱的裴博士：

我常常想您的工作是怎样地进展着，同时我也很希望在您的新的周口店发掘工作中得到些重要的材料。

我的朋友，李约瑟博士给我看了有一个周口店的头骨在美国自然历史博物馆的报告。华特生教授在 1949 年曾告诉我跟他在 1951 年告诉柯耐博士的相同故事。以后我发现华特生教授以为魏敦瑞教授在美国博物馆给他看过的化石头骨是周口店第十一号是错误的。当我 1950 年在纽约的时候，我把这件事情讲给夏皮罗博士听，他说魏敦瑞给华特生看的头骨不是周口店第十一号，而是梭鲁人第十一号。现在我看到在孔尼华教授的一本著作（《自然历史》第五十六卷第一号）中提到在日本占领爪哇的时候，有一个梭鲁人头骨作为寿礼而献给日本天皇，以后又曾在皇宫里发现。

美国博物馆现在已将梭鲁人第十一号头骨交还了荷兰保管者。

假如你能送我你在 1939 年以后的报告或任何文章，我将非常感谢。

致以诚恳的敬意！

K. P. 奥克莱　谨启

奥克莱博士的这封来信，又为“北京人”到底在不在美国人的手里打上了一个神秘的问号。一时间里，谁也说不清英国华特生博士在美国看到的头盖骨，到底是“北京人”，还是梭鲁人。对此，1952 年 7 月 13

日，美国的一家时报发表了这样一篇文章：

“北京人”骨骼成为国际间争论的问题

纽约讯：最近共产党中国和美国之间的控诉和反控诉进行得很热烈。虽然这种口头上的交战在最近已成了惯例，但这次特别厉害的爆发是为了一个不平常的理由：“北京人”丢失了，“北京人”遗骸的遗失，在将人类远古祖先之一的发现和一个因描写“北京人”而建立起学术上荣誉的大胆的年轻的人类学家两件事之后，又一次地引起了人们的重视……

从1937年7月北平被日本占领后，周口店洞穴没有再进行过发掘。的确，在日本占领期间保藏已有的“北京人”标本，协和医学院关系更密切。不管对学校进行任何的搜寻和对教职员不断的质问，日本人总不能得到贵重的“北京人”骨骼的原标本。

……有人说装有贵重标本的货箱已经装载在驳船上，准备运往开出天津的货船上去，但是驳船翻了，箱子沉掉或冲走了。另外一些人相信在行李车到达天津以前被日本人劫走了。这样，事情一直拖延到战争结束。1946年有关于“北京人”在东京帝国大学发现的“可靠消息”。但是以后有一个盟军总司令部在日本的顾问宣称，那个发现并不是“北京人”的骨骼。

自从共产党统治了中国，在他们共同的思想中，滋长一种“北京人”的真正下落的疑问。甚至“北京人”最重要的发现——一个近乎完整的头盖骨的发现者裴文中博士，也控诉美国从日本帝国主义那里取走并且把它们拐去美国，同时他们断定在纽约的自然历史博物保存着。这个控诉曾被博物馆的人类学部主任所否认。

无论如何，“北京人”的下落仍然是一个未解决的谜，是一件肯定的事实。事情常常是这样，事实很少而说法则很多。可能是自然在五十万年那么长的一段时期内对“北京人”的保管比人类仅仅在二十至二十五年内的保管工作要做得好些。

同年夏天，美国加利福尼亚州圣路易湾历史学会主席马奇博士（笔者注：又译马尔克博士）以寻找“北京人”为由，突然出现在了香港、台湾和日本，口口声声称自己此次一定要在远东寻找到“北京人”标本，并扬言以一千美金作为悬赏。接着，在台湾的战犯张廷孟也出来发表讲话，说他曾亲眼目睹郑洞国将“北京人”的标本带到了沈阳，而且在沈阳“郑公馆”中还看见过装“北京人”的木头箱子，由此断定“北京人”是落在了郑洞国的手上。两年后，这位叫马奇的美国人又给香港英文虎报写去一封信，说“北京猿人”的标本已经保存在了“西方”（笔者注：“西方”即指美国）。1954 年 11 月 22 日，香港英文虎报以《距今只有五万年的“北京人”现在在西方人手中》为题，对此作了报道：

“北京人”（或更适当地说“北京女人”）现在在西方人手中……而且它距今只有五万年。

这个消息是从美国加利福尼亚州圣路易湾历史学会主席马奇博士给香港的一封信中透露的，马奇是主要负责“收集”“北京人”化石的人。

二年以前，马奇博士曾在香港逗留，并连着报道过“北京人”化石在太平洋战争期间被人私自运出中国的事。马奇在信中写道：“所有七十块中国猿人化石在加尔各答已被发现。在这以前，它们曾在澳门收藏了八年之久。”马奇又补充说，“现在一切都安全地在西方人手中。”接着又说，“经化学家们研究了一年多的结果，认为它们没有像步达生估计的四十万年那么长久，只有五万年。

马奇说这个新的年代是由含氟量的试验所决定的，又补充说“我们自己的钙的试验已经消除了所有关于北京人年代的猜测”。

1952 年的夏天，马奇在香港时，他曾否认“北京人”化石还在共产党的手里的消息。

香港《大公报》和《新晚报》很快转载了这个消息，并专门配发了评论。《大公报》的评论文章是：

“北京人”与美国的谎言

美国盗取了中国国宝之一的“北京人”头骨以后，曾一再撒谎抵赖。如今它们终于承认已把“北京人”头骨劫去。

在世界上，已经发现了四种猿人的化石，以“北京人”的材料最丰富最多；而且与“北京人”的生产工具在一起，说明了人类开始用两只手工作的最初的阶段，因此，四种猿人中只有“北京人”不但能够证明达尔文的人类从猿进化而来的学说，更证明了“劳动创造了人”的理论。所以“北京人”化石是我们中国的国宝。

二次大战结束后，1945 年 11 月 19 日，蒋介石的“中央通讯社”的东京专电说，“盟军最高总部称：前为日军窃夺并运至东京的‘北京人’骨骼，现已发现”。路透社也发布内容完全相同的消息。但后来，国民党反动政府从“麦总”拿到的，却是“北京人”石膏模型，以及发掘“北京人”的记录和日用账目等，而并非“北京人”头骨。

美国以后曾经三番五次企图使人暂时忘记“北京人”，或转移注意力。曾经派人到东京、香港“悬赏”作寻找状，这个人就是现在宣布“北京人”已在美国的马奇。纽约时报又说，“北京人”也许在十年前已被磨成药粉，也许仍然在中国大陆。

但是，美国最终仍然必须承认“北京人”在美国之手，以炫耀它们的“重视文化”，炫耀其“文化财富”。正如它们百年以来，把从中国掠夺去的铜器、玉器、整大块的石刻，甚至盗折了整间的木构建筑搬到美国，摆在美国的各大博物馆里。

一手不能遮天，无价之宝若是长年变为“黑货”也是毫无用处。经过几年时间，美国仍然是把“北京人”事件公开了。但是，无论他们怎样兜圈子、编故事，来为自己掩饰，对于这种盗窃行为，中国人民是绝对不能承认的。

《新晚报》除转发了这个消息外，还专门采访了杨钟健和裴文中。下面，是我查找到的当年《新晚报》的记者采访杨钟健和裴文中的谈话实录（“问”代表记者，“答”代表杨钟健和裴文中）：

问：“北京人”化石标本是怎样遗失的？

答：“北京人”化石标本，在抗日战争之前，一直保存在美帝所办的北京协和医学校（作者注：后改称中国协和医学院）内。1941 年 12 月太平洋战争爆发前，由当时美帝在北京协和医学校负责人，将“北京人”化石标本运往当时在北平的美国“大使馆”，准备由美国陆战队将这个中国的珍贵文物携带至纽约自然博物馆。但因十二月八日太平洋战争爆发，美国陆战队投降了日本，“北京人”的下落就从此成了疑问。根据我们所了解的情形及时间推算，“北京人”的化石标本的木箱，既没有由秦皇岛上了船，运出港口，也没有因在天津轮船翻了船而沉到海底，只能仍然保留在北京的美国“大使馆”或秦皇岛的仓库之中，或者二地之间的一个港口。

问：据你们从前的控诉说，“北京人”化石首先由日本帝国主义者抢夺去了，你们有什么证据？

答：第一，因为太平洋战争起来之后，可能保存“北京人”化石标本的美国的地方，均立刻被日本侵略军占领了，不可能落到日本侵略军以外的任何人手中。第二，日本帝国主义的“学者”长谷部言人及高井冬二，曾于 1943 年发动了日寇的“华北驻屯军最高司令部”派了特务锭者负责作大规模的搜寻“北京人”的工作。锭者在日寇侵略军队全力支持之下，多方面查考，经过约两个月后，宣传在天津发现了，并邀请有关人员前往鉴别。但有关人员到了天津之后，日寇忽又拒绝有关人员去看这个标本，且从此而后，日寇官方再不寻找了，也不再谈起此事。我们认为：这件事充分地证明了，日寇确在天津找到“北京人”，很可能是由太平洋战争爆发之时，当时占领美国地方的军队中得来。但他们在天津找到后，又蓄意隐藏起来，所以不愿有关的人员看到这个标本。第三，因为日本于 1945 年投降之后，伪“中央社”及英国的路透社均先后发表了日帝的学者曾将“北京人”的标本交给美帝的代表——麦克阿瑟总部。这个消息后来虽然“麦总”否认过，但我们确信是因为美帝想把“北京人”隐匿起来，不归还中国，所以才加以否认。

问：你们何以知道美帝把“北京人”抢去了？

答：除了我们由伪“中央社”及英国路透社所发布的消息，谓日帝将“北京人”交给美帝而得知外，更有人亲眼看见“北京人”的第十一号头骨在美国纽约自然博物馆之中。这位看见的人是英国伦敦大学生物系主任华特生。他曾看见研究“北京人”的魏敦瑞在美国纽约自然博物馆里，手中拿着“北京人”第十一号头骨。华特生在伦敦大学中说了他看见“北京人”在纽约的话之后，一位德国民主共和国的古生物学家柯耐听到了，后来写信来告诉我们。我们当时曾怕柯耐听错了，后来又由英中友好协会会长李约瑟转来英国大英博物院的奥克莱给我们的信，证明柯耐没有听错。奥克莱来信说华特生也向他说过，华氏在纽约自然博物馆中，曾看到魏敦瑞手中拿着北京人的头骨研究。我们相信，华特生和魏敦瑞都是终身研究化石的人，他们这种专门人才，不会把这个头骨弄错了，也不可能两个人谈话把主题误解了。

问：美帝的马奇为什么又来寻找“北京人”的下落？

答：我们相信，这是美帝将中国的珍贵物品掠夺到手后，隐匿起来，但经我们揭穿之后，他们在人证物证之下，无法抵赖，于是又假作镇定，故作寻找的虚伪宣传。此外，根据伪“中央社”消息称，马奇曾从“几个现在西蜀摩洛哥逃难的俄人口中，获得关于北京人的有价值的情报”。这显然是美帝在无法抵赖之后，又企图偷偷地“嫁祸于人”。

问：战犯张廷孟讲的话是什么意思？

答：我们认为，战犯张廷孟是因为美帝悬赏一千元美金的引诱而发表了他的谈话。我们知道郑洞国确曾于日本投降后，在长春从日本人手中得到过人的头骨化石，但是郑洞国得到的是札赉诺尔发见的化石人，于1946年已交出，现在完好地保存在北京新生代及脊椎古生物研究室中。因为有这样一件事，所以张廷孟影射到郑洞国身上，好虚伪地证明“北京人”仍在“东方”。张廷孟还说，郑洞国由长春逃走时，曾由长春携走了大小木箱，内有“北京人”的标本。郑洞国在飞机上携带大小木箱是可能的，但里边装着何物，张廷孟不可能知道的。且按张廷孟的说法，“北京人”的标本“是由秦皇岛经义县转通辽”，然后在长春从“民间”转到郑的手中。我们知道北京人的标本虽可能在秦皇岛的仓库中，但仓库经日寇多年占领和使用，是不可能不被发现的，发现后，日本人不送到东京去而转送到长春去，是没有道理的事。更不可能隐匿在民间，因为盛“北京人”的木箱很大，不可能被人由日军看管的仓库偷盗出来。总之我们认为：张廷孟在说鬼话，梦想得到美帝的赏金。

问：你们对此事有何感想？

答：我们的感想有两点：第一，我们觉得最可惋惜的是，在帝国主义统治下的“学者”们，都丧心病狂地与帝国主义分子同谋，共同盗窃中国科学上的珍贵物品，他们完全失掉了作为科学家的最起码的态度。由这一点，我们可以完全看出在帝国主义的国度里，所谓“科学家”是如何地堕落到下流无耻的境地了！第二，英国帝国主义者是屈服于美国帝国主义的，美国帝国主义既可派出马奇作虚伪的宣传，当然还可以为掩护他们无法辩论的罪恶，而示意英国帝国主义，让英帝压迫华特生，迫使华特生出来否认他亲眼看见“北京人”在纽约的事实。我们发表这篇谈话之后，感到仍然在帝国主义统治范围内居住的，不昧良心而能说真话的华特生将要面临很困难的境遇，我们对这位有正义感的老学者表示无限的同情！

1954年，英国人路思·摩尔撰写的《人，时间和化石》一书出版。该书对“北京人”失踪一事又有新的透露：

…………

胡顿博士带着点不愿意的神情去请求美国陆战队的哈斯特上校，让他把“北京人”的标本随着在几天内即将离开的海军陆战队运往美国的安全地方。

胡顿博士亲自把骨骼——仅有几把大小，装在玻璃瓶中——交给了哈斯特上校。胡顿并且告诉他要像“秘密”材料一样处理它们。离开时候虽很匆忙，哈斯特上校还是亲自把它们装在他的一只手提箱中，与一些使馆最有价值的文件放在一起。以后发生的事情便被谣言所笼罩，战争所混乱了。只有一个事实是确定了的。就是从那时候起，“北京人”化石全部遗失了。不管三国政府如何努力寻找，但是它们从世界上消失了，完全像当时被埋在龙骨山的土中一样。根据一个解释说，日本人把所有从火车上卸下来的箱子载在驳船上，预备把它们带到正要开往天津的货船上去。据说，驳船翻掉了，“北京人”化石被冲走或沉到海底去了。

另一种说法是掠夺火车的日本人不知道骨片的价值，或者把它们扔掉了，或者把它们当作“龙骨”，卖给了中国商人。假如这样，它们早就被研成了粉末，当作药品了。

从种种情况中，哈斯特上校知道日本人把车上几百万发的弹药都抢走了，一定也抢走了车上所有的东西。“或者他们发现了化石，把它们扔掉了”，上校说，“就不像罐头食品一样。日本人掠夺了我们的食物去，他们对之并不感兴趣，因此，他们把它们从车上扔出去。北京人遗骸看起来并不太多。我简直很难了解它们到底是什么。”

一个被拘留在天津附近集中营中的海军军士说，后来他看见毯子和其他海军军需品在同一车上。这样就说明了行李也是被日本人掳掠去了。……

摩尔在该书的序言中称，美国罗氏基金会中国医学部的秘书皮尔斯先生曾为他的写作提供了许多材料。于是我由此推测，摩尔书中的这段内容很可能就代表了美国罗氏基金会的立场。但问题是，把“北京人”说成是“仅有几把大小，装在了玻璃瓶中”，显然与中国胡承志的说法相悖。此外，值得注意的是，摩尔和前面的美国记者普鲁勃均谈到“北京人”是由胡顿院长亲自交到了美军哈斯特上校的手上，这与以往“北京人”是由博文交给了美国大使馆的说法也不吻合。

1954 年 12 月 12 日，英国《古物》杂志一个叫克若福德的编辑，在该杂志上以《中国猿人头骨的命运》为题，又否认了英国古生物学家华特生博士见到过“北京人”的说法，再次替美国辩解：

中国的记者们近来用这一个“遗失”来达到政治宣传的目的，控诉美国人偷了这些东西。这是因为伦敦大学的华特生教授不幸的错误而引起的……德国的柯耐博士给中国科学院的杨钟健博士写信，没有任何证据地说“这个头骨是一个美国兵从日本皇家收藏中掠夺的”，并推测说美国兵的掠夺行为是在美国占领军的命令之下执行的。这种毫无根据的造谣以后又加以粉饰而传播着。而事实的真相是因为一个忠实的错误而造成的，这一点华特生教授已经承认了，他在 1954 年 8 月 30 日从伦敦大学动物系给我写了一封信，并允许我发表。他在信中说：“我曾经在 1945 年美国自然历史博物馆看到一件‘北京人’的说法是一个错误。我在那里看到的是从爪哇找到的头骨，是梭罗人中的一个，那是在战火的日本找到的。好像是当日本占领爪哇的时期，他们把这个头骨当作寿礼送给了日本天皇。它在以后被发现了，结果美国人把它送给了它们正当的保管人荷兰人。这些事实的一部分孔尼华教授在他的文章中曾经提到过。”

关于“北京人”的失踪问题，华特生教授的说明是很不同的，他在给我的信中说：“魏敦瑞去世前不久告诉我，他是特别小心地把‘北京人’交给中国人保管，‘北京人’是在中国人运到天津的时候不见了的。”从这个叙述中来看，失踪的责任是落在中国人的头上了。华特生教授还在信中说：“你可以在任何说明中指出所有关于‘北京人’头骨的发现和出版是在罗氏基金会巨大的经费下完成的；而没有一个美国科学家曾经参加过任何部分工作。那些人是加拿大人、法国人、奥国人、德国人、瑞典人和中国人。”

我编写的这个说明，是经过华特生教授和英国的奥克莱博士看过校稿并同意发表的。

该文发表后，又在世界上掀起一阵波澜。由于华特生公开承认错误，否认了自己曾经看到过“北京人”的说法，为美国方面提供了“北京人”不在美国的有利证据，因而让美国人着实宽慰了好一阵子。

但 1959 年 11 月 15 日，德国的柯耐博士又再次给中国的杨钟健博士来信，声称他以前所谈的关于华特生在美国看到了“北京人”的事，是真实的。由此一来，中美双方再度陷入了更为复杂的争辩之中。

此期间，曾受美国国务院之命和罗氏基金会委托而专程到日本去寻找“北京人”的美国地质学家怀特莫尔，一直遭到种种责怪，其原因恐怕是他说出来的“北京人”的下落情况总是少于他知道的“北京人”的秘密，故多年来很少发言表态。可近期来他又再次以一个科学家的人格，否认他有任何隐秘，并相信“北京人”早已沉没扬子江底。在一篇有关“北京人”的材料报告书中，他这样声明道：

去日本拿到的大多数材料来自比发现中国猿人地层新得多的山顶洞。有些从十五地点发现而性质上有问题的石器可能属于旧石器时代，然则比山顶洞材料较晚。从发现中国猿人的第一地点中，仅有两块可疑的石器，而无骨骸。这批材料早于1946年已归还北京新生代研究室。至于“北京人”的去向，则渺无所闻。

但1959年8月21日，一个叫毕曼的当年在美国驻华大使馆的美国卫兵，却在美国《科学》杂志四百一十六页上发表文章，不同意“北京人”已经沉没江底的说法：

作为曾经是第二次世界大战时北京美国大使馆的一个卫兵，我不同意关于“北京人”也许已经沉没长江底的说法。

当时“哈里逊总统号”邮船正好在载运第四海军陆战队从上海至菲律宾群岛之后，为了载运仍留在华北的士兵，再返航中国。当战争蔓延到这条船的时候，它在中国海岸离上海不远的地方，船长把它搁浅了。而这地方距离秦皇岛还有数百英里，因此北京人的材料没有被送到“哈里逊总统号”邮船上。我回想到在北京曾看见有几个箱子，上面标明寄往约翰·赫浦金大学，我相信这几个箱子中有“北京人”材料。假如是这样，我完全肯定这些材料已安全到达秦皇岛。

1941年12月11日星期四，当我们准备离开中国时，把自己的枪、弹药和其他物品捆扎好，并运往秦皇岛。“北京人”材料很可能因为海军的人数很少的前哨队的帮助而和我们的东西放在一起。

战争爆发时，驻扎在秦皇岛大约有三十五个人转移至天津，同时我们也由北京转移至天津。也许在抢运我们的供应物资时，“北京人”材料被当作不重要的东西而丢弃，它是与一般的废物一起被丢弃的。如果是这样的话，很可能这些材料仍然在秦皇岛兵营的附近或者已经落在中国人手中，并且像平常一样被当做药品用了。

不过，由这些包裹的性质，会使抢运者知道，这些物品中是具有一些价值的，因此我很怀疑这些材料已被丢弃了。

这时日军需要大量军用物资，又因为我们这些物资都已包装就绪，马上可以运走，因此也许“北京人”材料与我们的物资一起被运到了日军战地的某一个地方。如果是这样，这些材料可能在阿留申至婆罗洲之间的任何一个地方。也许查看驻扎在秦皇岛的日军的军事记录，找到那时在秦皇岛的士兵，这将是一种合乎逻辑的、试图发现这些材料的步骤。或者当时在那里的人们能够说出这件事的真相。但是有一件事是肯定的，那就是：“北京人”材料没有在“哈里逊总统号”邮船上。

毕　曼

俄亥俄州，克利夫兰自然历史博物馆

综上所述，关于“北京人”的下落，我认为有如下四个焦点，或者说疑点：

一、二战结束后，到底在日本有没有发现“北京人”？若是发现了，为什么先报道了后又加以否认？若是没有发现，为什么会出现假报道？后来为什么又无人加以更正？

二、英国的华特生教授当年在美国纽约历史自然博物馆看到的魏敦瑞手上拿着的，究竟是“北京人”还是梭罗人？到底是“北京人”的真品还是“北京人”的模型？值得注意的是，当年胡承志给魏敦瑞寄去的“北京人”的石膏模型，达到了以假乱真的程度。

三、华特生到底是自己看见了“北京人”，还是魏敦瑞告诉他的是“北京人”？如果是他自己亲眼看到的，作为英国著名的生物学专家，为什么如此轻率地就宣布了呢？若是魏敦瑞亲口告诉他的，那就不该有错。

四、华特生先说看到了“北京人”，为什么事隔九年后又说当年看到的是梭罗人？九年之后，魏敦瑞早已仙逝，当事人已不存在，他否认的根据是什么呢？尽管有夏皮罗出来证明，说华特生当年在魏敦瑞手上看到的不是“北京人”，但夏皮罗是当事人吗？根据是什么？还有人说，因为曾在日本发现了梭罗人，所以华特生在美国看到的就是梭罗人而不是“北京人”。这在逻辑上是不成立的，二者无法构成因果关系。

由于存在上述四个疑点，结论便有四种可能：

一是华特生看到的是“北京人”模型而不是“北京人”真品；

二是华特生自己认为看到的是“北京人”，而不是魏敦瑞告诉他的是“北京人”；

三是华特生确实看到的是梭罗人而不是“北京人”；

四是华特生真的看到了“北京人”真品，后来在所谓“美帝国主义”的强大压力下，或出于别的什么原因，又昧着良心作了否认。

总之，中美间从 1950 年到 1959 年断断续续地进行的这场近十年的指控与反指控的舆论大战，尽管对探寻“北京人”的下落起到了一定作用，却对世界古人类学的研究造成了一定的影响；同时对中美科学家之间的感情也是一次不大不小的伤害。最后，“北京人”到底在不在纽约，不在纽约又在哪里，谁也没有给出一个定论。

不过，正因为有了这场“中美大战”，才迫使夏皮罗博士不得不拿出了破釜沉舟的气概，坚定了一定要寻找到“北京人”的决心，以证明他所在的美国自然博物馆的清白和他本人的干净；同时正因为有了这场“中美大战”，才引发出一段有关“北京人”的意外插曲。

二十八、 夏皮罗意外得到新线索

应该说，中美间在五十年代发生的那场指控与反指控的舆论大战，既为夏皮罗寻找“北京人”提供了一些新的线索，又为夏皮罗提供了许多思考。遗憾的是，朝鲜战争结束后，中美两国继续对峙，互不往来，使夏皮罗寻找“北京人”的工作陷入僵局。尽管夏皮罗坚持不断做着有关寻找“北京人”的案头工作，可一些实质性的调查却始终无法开展。

直到历史的脚步跨进了七〇年代，随着中美关系的日渐缓和，夏皮罗寻找“北京人”的工作才开始出现了新的转机；而一些当年被卷进寻找“北京人”行列中的圈内圈外人士，也重新有了兴趣。于是，一个意想不到的情况出现了。

故事发生在1971年。这是四月一个早晨，原魏敦瑞的助手、著名古人类学家费尔塞维斯还未起床，一阵急促的电话声便骤然响起。电话是一位叫戴维斯的人打来的，他告诉费尔塞维斯说，他是受弗利博士的委托来找他的。弗利正在写一部在中国和日本那段时期的回忆录，如果他需要了解有关的情况的话，可以和他们联系。

费尔塞维斯接完电话后很高兴。他知道，弗利博士在1941年曾作为一名海军陆战队军医住在天津兵营，早些时候曾在北平协和医学院工作，珍珠港事件后同驻华美海军陆战队员一起被俘。从戴维斯讲话的口气和提供的信息来看，弗利博士也许知道一些别人不知道的“北京人”的关键情节。如果真是这样的话，这个线索也许能帮助夏皮罗弄清“北京人”的真实下落，从而洗雪罪名，摆脱困境，了却导师魏敦瑞博士的临终遗愿。费尔塞维斯将这一情况很快告诉了夏皮罗。

夏皮罗得到这一信息后，非常高兴，走进办公室的第一件事，就是直拨弗利办公室的电话。双方经过商量，约定当日上午九点会面。

夏皮罗兴冲冲地来到弗利的办公室，一进门，弗利首先伸出了热情的手，以示欢迎这位大名鼎鼎的古人类学家登门驾到。弗利正忙着处理一件事务，便让夏皮罗先听戴维斯谈。戴维斯领着夏皮罗来到一间没有人的办公室，两人坐下后，夏皮罗很有礼貌地问了一句：“我可以用录音机吗?”

“当然可以，夏皮罗先生。”戴维斯很痛快。

夏皮罗打开录音机。戴维斯缓缓讲道：

1941年秋，我在美国海军陆战队当一名司药中士，驻在秦皇岛的霍尔库姆营地。我属下的十七名海军陆战队队员组成的一个医疗单位，归弗利医师指挥。当时弗利是驻在天津的一个海军陆战队的军医。那时，中国的局势已非常紧张，日本的军事扩张随时会扩大范围，我们预定于12月8日搭乘“哈里逊总统号”轮船从秦皇岛出发。11月底，我接到了弗利医师从天津打来的电话，说有几只标着他姓名的军用提箱，正从北平运到霍尔库姆营地。他在电话里一再嘱咐，那是私人行李，先留在营地，等到12月8日再装船运走。在运走之前务必要小心看守才是。

不久，有一列从北平开来的货物列车停在营地里的侧线上，卸下了弗利医师的军用提箱。为了安全起见，我把这些箱子放在了我的房间里，跟别的待运的行李放在一起。

12月8日，纽约时间12月7日清晨，当我一觉醒来的时候，从窗口看到营地已被日本人包围，六七架日本飞机在营地上空盘旋，发出隆隆的震人的声响。我往海港看了一眼，发现日本军舰的炮口已冲向我们的营地。

出事了，一定是日本人和美国干起来了。我的脑海中刚划过这个念头，就听见包围的日军用喇叭喝令我们投降。我立即在房间的箱子上架起一部机枪，准备抵抗，同时迅速打电话到北平的海军陆战队司令部报告情况。司令官哈斯特上校告诉我，北平陆战队兵营也遭到了日军的包围，让我先守住营地，等待指示。由于当时的局势已无法挽回，我们最后还是奉哈斯特上校的指令向日军缴械投降了。随后，日军立刻把营地里的海军陆战队队员逮捕了。在把我们押送到天津去监禁以前，日军准许我们每人把私人的衣物装进一个行李袋随身携走，其余的行李，包括以弗利医师的名字从北平运来的军用提箱在内，都不许带走而只好留在了营区。一两个星期之后，海军陆战队队员的箱子都运到了天津的俘虏营，可箱子内的物品已被翻得乱七八糟。标着弗利医师名字的箱子并没有运到天津的俘虏营交给我或我的同伴，而是直接送给了弗利医师本人。战争结束后，我才听弗利医师说，在他托我保存的箱子里，就藏有珍贵的

"北京人"。

我所知道的就这些，夏皮罗先生，如果需要的话，你可与弗利博士继续交谈。

夏皮罗关掉录音机，脸上露出了满意的笑："非常感谢你，戴维斯先生。您提供的情况很有价值，也是我首次听到的。如果您提供的情况在记忆上没有问题的话，这将意味着'北京人'化石并没有送到秦皇岛港的瑞士仓库。"

"化石从来就没有在瑞士仓库存放过，我敢保证。"戴维斯坚定地说，"至少在日军占领美海军陆战队兵营前是这样。"

大约两分钟后，弗利博士出现了。他一走进小屋，便连连道歉说，"很抱歉，夏皮罗博士，让您久等了。"弗利顺手拖过一把椅子，很靠近地坐在夏皮罗的对面，以征询的眼光望着夏皮罗，"夏皮罗先生，您想让我谈哪一段情况？"

"就从你参与转运'北京人'化石讲起吧。"夏皮罗再次打开了录音机。弗利先是一副沉思状，然后开始说道：

我是接受哈斯特上校的指令负责这几只箱子的。

1941 年深秋，美国驻中国大使馆和协和医学院的官员经过与新生代研究室的中国同事反复商量，决定先把"北京人"化石运到美国保护起来。不知为什么，他们选中了我承担运送任务。后来我想可能因为我曾经在北平协和医学院任过研究员的关系。我那时在中国已完成了三年的服役任务，决定准备随同美国海军陆战队一起到马尼拉，然后再从那儿转道回美国纽约，这可能便成为让我护送珍贵的"北京人"化石最合适的理由。

记不得是哪一天，我接到哈斯特上校的电话，从天津赶到了他的办公室。上校告诉我说，北京协和医学院有一批珍贵的古人类化石要运往美国自然历史博物馆，护送任务由你承担，为避免路上产生麻烦，我已告知他们在那批化石运往秦皇岛装船之前，将装有化石的木箱写上你的名字，这样可名正言顺地通过海关等关口的检查。

我问上校，这化石是不是在周口店发现的“北京人”？他点了点头，说是的，就是那批化石，并一再叮嘱我要用心护送，不要出现任何差错。

从北平回到天津，我就给秦皇岛霍尔库姆兵营的戴维斯打了电话，告诉他要小心保管。12 月 4 日，协和医学院珍藏的“北京人”化石被拉到了北平美国海军陆战队兵营。我于这之前已受哈斯特上校的指令从天津赶到北平的陆战队司令部，目的是让我看一看装有化石的箱子的形状，以做到心中有数，免得出现差错。化石停放在兵营后，我看到箱子大约长为五十英寸、宽二十英寸、高十英寸。有些化石是放在大玻璃罐内，然后装在军用提箱里，四周塞满了棉花、木屑之类的杂物，以避免相互碰撞。后来这些箱子写上了我的名字，其他的箱子也写着不同人的名字，其中写有上校名字的那个军用提箱也装有化石。第二天，化石就在陆战队员的护送下运往秦皇岛，我也随之回到天津家中准备撤离。

后来，战争爆发了。就在 12 月 8 日那一天，我也同其他陆战队员一样，被驻天津的日军松井部队逮捕，送进了海军陆战队兵营关押起来。大约过了一个星期，日军知道我是一名军医并具有外交人员的性质，就准许我回到英租界的家中居住，还可以在城内走动走动，但不许出城。这种情形维持了约一个星期。在这段时间里，我收到了从秦皇岛霍尔库姆营地运来的私人衣箱和装有化石的军用提箱。

表面上看起来这些箱子没有被打开过，但当我打开属于我自己的私人衣箱时，惊异地发现原装在箱子中的几个解剖用的头骨和一尊佛像已经不翼而飞。我本想打开那几只装有“北京人”化石的军用提箱，可考虑到这不属于我检查的范围，就取消了这个念头。我不知道为什么日本人把那些箱子送给我而不送给那些在营地的陆战队队员。这可能是日本人有尊重军界的习惯吧。到底日本人打没打开过这几只箱子，假如打开了他们又做了些什么，我至今也不清楚。

我预感到自己将可能再度被捕，而一旦被捕就别想在短时间内出来。于是，我决定把北平运来的几只军用提箱交给几个人保管。第二天，我便把其中的两只箱子送到了天津的百利洋行和巴斯德研究所，而另两只箱子则交给了我平时最信赖的两个中国人。

事实不出我的预料，不久我就又被捕了，并重新送到陆战队俘虏营关押起来。大约过了半个月，一天上午我们被突然告知要转往上海，并马上起程，于是已成为战俘的陆战队员赶紧收拾行装，被日本人用卡车送到天津西火车站。

记得那天一场罕见的大雪刚过，天时阴时停，并不断地飘落着点滴雪花。尤其是那北风，刀子一样在脸上划过。我们在寒风中聚集在一起，手和脚很快就冻僵了，整个身心都在战栗。想起以后将不知要在残暴的日本人手里度过多长时间的战俘生活，或许这一辈子永远也回不到家乡了，甚至连尸骨也运不回美国就被日本人扔掉，心中便越发感到悲哀和绝望，甚至有好多战士在凄冷的寒风中竟低声抽泣起来。正在这时，从北平驶来的火车鸣着长笛呼呼隆隆地进站了。

我们和从北平来的美国海军陆战队同车被押往上海附近的一个俘虏营。在那里我向一同被关押的哈斯特上校报告了写有我的名字的装有化石军用提箱的情况，他听后没有说什么，但看出他的心情很沮丧。一天，我又见到了哈斯特上校，他告诉我，那写有他的名字的军用提箱已寄到了上海俘虏营，这只箱子里装有“北京人”化石中最重要的部分。我没有见到这只箱子里到底装了化石的那些部分，但可以看得出他对这个箱子格外关心。也许是因为受我们的公使馆或协和医学院院长胡顿先生委托的缘故，每当日军检查我们的行李或其他生活用具时，哈斯特上校都想方设法把那只装有化石的箱子蒙混过去。

后来，包括哈斯特上校在内的美国海军陆战队军官，都被送到上海附近江湾的另一个战俘营。在转移时，哈斯特上校又一次成功地避开了所必须经过的例行检查。后来，我们以及我们的行李又被转移到北京附近的丰台。在那次转移中上校再次保住了那只装有化石的箱子。回想起来，这只军用提箱三度避开了日军的检查好像是一种奇迹，但我认为这并不奇怪，因为上校采取的方法和策略是非常高明的。

可悲的是，这只历经风险而保全下来的箱子，最后还是失踪了。我最后一次见到那只装有化石的箱子是在和哈斯特上校分手的时候。上校被送往日本北部的一处旧铁矿，我被押往日本北海道。北海道的奶酪驰名于世，可那里的恶劣气候也同样举世闻名，我们在那里一直待到被遣返美国为止。

夏皮罗后来撰文说，弗利的这次谈话，对他是一次很大的触动，但有的问题也令他迷惑不解。他想了想后，还是向弗利提出了一个疑问：

“弗利先生，既然你所知道的那几只箱子装有重要的‘北京人’化石，为什么你从日本遣返回美国后，没向美国当局报告这只箱子的前后情况呢?”

弗利对此像是早就想好了一样，很快回答道：“哈斯特上校是我的上级，越级报告是不符合军队规定的。夏皮罗先生，这您应该知道。”

从弗利博士的办公室出来后，夏皮罗快速返回自然历史博物馆。他按捺不住心中的激动与疑团，立即打电话将费尔塞维斯找来，然后关上门窗，打开录音机，请费尔塞维斯和他一起认真听听戴维斯和弗利的谈话。

办公室很静，四周也很静，屋里除了录音机顺着时间之河清晰地“流淌声”，便是两人的呼吸声。整整一个小时过去后，两人才将录音全部听完。费尔塞维斯首先对弗利的证词提出疑问，然后就是二人一番激烈的讨论。最后，两人都认为录音里的谈话确实存在不少疑点，但一时又迷惑不解。

细心的读者可能已经注意到了，“北京人”的线索理到这里，开始出现了迷茫和紊乱。如果我们稍加分析，便不难发现，至少有如下五个问题受到质疑：

第一，按照弗利的说法，他曾看到的有些化石是放在大玻璃罐里，然后再装在军用提箱里。这一方面与夏皮罗之前了解到的“化石先是仔细放在小木箱中，周围填上棉花，然后再放入军用箱内”的说法有很大出入；另一方面与中国亲自装箱的胡承志所讲的“北京人”先是装在小箱子里，然后再装在两个大木箱里的说法完全不符。“北京人”化石到底是怎样包装的，这看起来好像是一件不重要的事情，却是一个不可忽视的前提，如果这个前提不成立，之后的结论就无法确定。假如“北京人”真的如弗利所说，是装在了玻璃罐里，那很可能这玻璃罐里装的根本就不是“北京人”。因为稍有这方面常识的人都知道，玻璃罐既坚硬又易碎，如此贵重的“北京人”化石是不可能装到玻璃罐里的，不但转运途中极为不便，即使是放在陈列馆展出的化石模型，一般也不会装在玻璃罐内。更何况，“北京人”将由中国转运至美国，远涉重洋，历经坎坷。除非是傻瓜，否则绝不可能想出如此下策！

第二，按照弗利的说法，包装“北京人”化石的是军用提箱，而不是两个木箱，而且至少应该是四个军用提箱；另外还有一只标有哈斯特上校名字的军用提箱。对此，夏皮罗和费尔塞维斯在之前曾访问过已回美国定居并成为太太的息式白，息式白肯定地说，包装“北京人”化石只用了两只军用提箱。而中国的胡承志也曾对我亲口说过，包装“北京人”化石用的肯定是两个木箱，而不是什么军用提箱。当然，我们也不否认会存在这样一种可能：胡承志亲手装的两个木箱经博文交到美国公使馆或美国海军陆战队后，美国人为了便于携带和转运，又将木箱换成了军用箱。但从“北京人”化石的性质和数量来看，这一“换”谈何容易！再说，军用箱也很难盛下“北京人”的所有化石。那么为什么会出现弗利所说的那几只军用提箱呢（如果弗利所言是真的话）？莫非弗利所说的几只军用提箱里装的不是“北京人”？因为夏皮罗在美国公使馆查阅原始资料时，看到有“许多珍贵资料一同运往美国”之类的记载；而中国的贾兰坡先生也说，当时除了对“北京人”化石装箱外，别的化石也装了好几十箱！而且，这好几十箱化石也和“北京人”的命运一样，有的被日军捣毁，有的被日军运往了日本，有的则下落不明。

第三，按照弗利的说法，他在天津收到从秦皇岛转来的行李后，打开自己的私人衣箱时发现有两样东西被盗，却并没有打开军用提箱。这一说法显然存在不合理性。因为军用提箱里装的是“北京人”化石他是知道的，其重要性和他自身的职责他也是明白的，那么为什么明明发现自己的箱子已经被盗，却依然无动于衷，不去打开军用提箱检查一下“北京人”化石是否被盗呢？再者，弗利所说的那两位“平时最信赖的中国朋友”又是谁？如果弗利真的是将箱子交给了那两个“最信赖的中国朋友”，箱子就不会丢失。因为凭借两个中国人的智慧和良知，在自己的国家里隐藏两只箱子，躲过日本人的视线，应该不是一件什么困难的事情。

第四，按照弗利的说法，他和哈斯特上校在北京丰台分手后，哈斯特上校还拥有那只军用提箱。而美国记者普鲁勃在 1952 年发表的那篇报道中却说，当装有“北京人”化石的箱子装上开往秦皇岛的火车后，哈斯特上校就再也没有见过任何装有“北京人”化石的箱子了；并且哈斯特上校在去世之前也从未提到过那只箱子的事情。那么这两种截然不同的说法，该信谁的呢？

第五，按照弗利的说法，他回国后之所以没向美国当局报告箱子的事，是因为不能越级报告。弗利的这一解释看起来有些道理，但稍加琢磨，便很难经得起推敲。因为据夏皮罗此前的调查，哈斯特上校从日本遣返回国后，便于 1952 年不幸去世。哈斯特上校在去世之前，未向美国当局报告过箱子之事，至于什么原因，不得而知。按照夏皮罗的理解，“北京人”的整个转运计划和过程是由美国公使馆和协和医学院秘密协商而定的，哈斯特只不过是请去帮助完成这项非军事行动而已，所以转运装有“北京人”化石的箱子的事并非哈斯特上校的本职工作，因而“北京人”失踪后主要责任自然也不在他身上。哈斯特回国后，美国当局并未对他进行过这方面的追查，既然如此，他又何必去引火烧身，自找麻烦呢？因此，我们如果从这个角度来理解，哈斯特上校未向美国当局作报告（或者还没来得及去报告），算在情理之中。然而问题是，哈斯特上校去世后，尤其是中美之间上演的那场到底是谁偷走了“北京人”的指控与反指控的闹剧闹得满世界都知道后，作为这方面情况的唯一的知情者的弗利先生，无疑有责任、也应该向美国当局报告。可弗利先生却一直未向美国当局透露只言片语，直到今天，才将在内心深处已经冻藏了三十年之久的情况说出，这又是为什么呢？

…………

经过一夜的思考，第二天，夏皮罗带着诸多的疑问，又来到了弗利博士的诊所。当他向弗利和戴维斯提出一些疑问并请二位给予解释时，却遭到了弗利婉言的谢绝。弗利明显有些不快地告诉夏皮罗说，他所讲的全部是真实的，要是有差错，那一定是别人而不是他和戴维斯。

夏皮罗只好离开了弗利的办公室。

夏皮罗的这次调查尽管留下了一些遗憾和疑团，但弗利和戴维斯的出现，毕竟使他又得到了一些有关“北京人”丢失前后的第一手背景材料，为下一步寻找“北京人”提供了新的线索，尽管还有待于做进一步的考证。

很显然，如果说“北京人”的故事是一部怪诞的戏剧，那么弗利便是剧中一个关键的人物；这个人物如同一团来无踪去无影的谜，既让人感到历历在目，伸手可触，又让人觉得飘忽不定，神秘莫测。于是，为让更多的人来一起关注探究“北京人”失踪之谜，夏皮罗将这次对弗利的调查情况写成了一篇题为《奇怪的北京猿人化石》的文章，发表在 1971 年 11 月的美国《自然历史》杂志上。文章发表后，马上引起美国各界人士的广泛兴趣。为此，夏皮罗还专门召开了一个新闻记者招待会，对近期所调查到的一些新情况和新线索作了公布，希望大家共同关注“北京人”。

《纽约时报》很快登载了此文的详细摘要和夏皮罗在记者招待会上的讲话。于是短短几个星期中，夏皮罗便收到了许多来信，纷纷向他索要该文的打印本。

此时的夏皮罗当然不会忘了中国的科学家。在他这篇文章发表之前，为了让中国的科学家们能尽快了解到有关“北京人”的最新线索，他曾打印了好几份，通过美国科学院外联部一位随基辛格博士访华的好心官员传送给了中国，希望中国的古生物学家或古人类学家们看到此文后，能给他写信，交换一些看法和意见，或者哪怕提供一点新的线索。

然而，令夏皮罗深感失望和不解的是，曾在五十年代就“北京人”下落问题与美国唇枪舌剑，因而风云一时的中国古人类学界，却始终没有只言片语，一点回音，仿佛一下对“北京人”之事显得漠不关心了？于是，在一天又一天苦苦的等待与盼望中，这位世界著名的人类学家禁不住在心里反复问着自己：

中国究竟怎么了？

中国的科学家们究竟怎么了？

他们难道忘了周口店？忘了自己的老祖宗——“北京人”？

二十九、愚昧，是最可怕的敌人

美国的夏皮罗不可能理解中国，不可能理解中国正在进行的“无产阶级文化大革命”；更无法知道，在那个“政治高于一切”“政治压倒一切”的年代里，数亿中国人包括红卫兵小将日夜寻找并要打倒的是“帝修反”，是“封资修”，是那些“反党反社会主义”的“牛鬼蛇神”。至于全世界都仰慕不已、引以为豪的“北京人”，早被打入“封资修”的冷宫，别说要去寻找，连提都没人提起，也不敢有人提起。

当然了，新中国成立后，有的国家领导人对周口店也是很关心的。比如，北平刚解放不久，有一天，陈列馆看门的老张头找到贾兰坡，说有人要参观陈列馆，叫他去接待一下。贾兰坡过去一看，只见一位身穿蓝布制服的老头儿正等候在门口。贾兰坡陪这老头儿边走边看，当老头儿看到周口店山顶洞发现的许多副脊椎动物的骨架时，说了一句：“周口店你们还应当继续发掘啊！”贾兰坡说：“新中国刚成立，国家正处在百废待兴的时候，恐怕顾不上这项工作。”老头儿说：“这也是我们应该做的事。他们有人不懂，可以跟他们说清楚发掘的必要性，一次不行再说；再说不行，还可以向上边反映嘛!”老头儿的这番话，贾兰坡并没怎么放在心上。等老头儿走后，贾兰坡拿起签名簿一看，吓了一跳，原来这老头儿不是别人，而是共产党的四老之一——徐特立!

徐特立走后一个星期，上面就通知贾兰坡他们做个详细的周口店发掘计划。可发掘计划做好后，上报了几次都通不过。贾兰坡他们一打听，原来是他们把发掘计划的钱写得太少了！他们马上又增加了一些钱，计划一下就通过了。计划批下来后，裴文中和贾兰坡很快组成了一个发掘队，开始发掘。

1953 年，新生代研究室改为古脊椎动物研究室，归属于中国科学院领导，1957 年扩大成中国科学院古脊椎动物与古人类研究所。这一时期不少国家领导人都去过周口店。比如，裴文中接待过刘少奇、朱德、董必武、林伯渠；贾兰坡接待过邓小平、叶剑英、彭真夫妇等。邓小平在参观中详细地询问过贾兰坡有关人类的起源及今后工作的开展问题。叶剑英去周口店时，不光参观了挖掘地点，连生活问题也问到了。而常去周口店的是中国科学院老院长郭沫若，他对周口店的发掘工作非常感兴趣，给学生讲话时，不用讲稿，滔滔不绝，头头是道。有一次，他还在周口店吃了一顿用酱油和醋拌的面条，到了发掘现场，还亲自动手挖掘了几下。

为了宣传“北京人”的意义，重视周口店的发掘工作，中国科学院在五十年代还为“北京人”第一个头盖骨的发现举行过两次纪念活动。第一次是 1954 年 12 月 27 日，由中国科学院院长郭沫若致开幕词，主管中国科学院工作的陈毅元帅还亲临了会场。第二次是 1959 年 12 月 21 日至 24 日，地点是北京友谊宾馆。这次的代表来自全国 16 个省市，共 141 人，其中有人类学、考古学、古生物学、地质学以及其他有关学科的老科学家和中青年科学工作者。

至于寻找“北京人”的事，1949 年后以政府的名义组织寻找，不曾有过，倒是有不少科学家通过各种关系、各种渠道，不时地做过这样那样寻找。但这只是小打小闹而已，并无什么新的线索。这一时期，中国科学家们的主要精力，都用在了对周口店的重新发掘上。

1966年，轰轰烈烈的“无产阶级文化大革命”开始了。周口店的发掘工作被迫停止，与“北京人”有关的几位科学家也遭到批斗，被关进牛棚。于是，科学与愚昧、文明与野蛮、真理与无知，再一次展开了对抗与博弈。

中国地质调查所老所长翁文灏，在“文化大革命”中受到的伤害，恐怕是地质学家中最重的一位了。可以说，没有翁文灏、没有翁文灏当年一系列的明智之举，便没有闻名于世的周口店，没有震惊全球的“北京人”!

翁文灏虽然一生坎坷，却至死保持了一个科学家健全的人格，并为寻找“北京人”尽到了自己最大的努力。

早在日本刚刚投降之际，翁文灏就积极主张有关部门组织人马，对“北京人”进行一次认真地查找。遗憾的是，当时国民党政府忙于应对内战，寻找“北京人”的事无法列入党国议事日程。后来中国地质调查所恢复后，翁文灏曾指示调查所，以研究所的名义起草一个公函，请外交部转中国驻日代表团，向盟军总部交涉，要长谷部言人和高井冬二交出“北京人”的标本。可这份公文旅行了两年多，好不容易得到的回音却是：两个日本人已经找不到了。此后，随着内战的愈演愈烈，在国民党政府中身担要职的翁文灏，对寻找“北京人”之事，也就爱莫能助、无暇顾及了。

1949年，翁文灏正好六十岁。在六十年的风雨人生中，他曾有过无数次的选择，但随着解放炮声的渐渐逼近，他不得不再次作出选择。当时摆在他面前的，有三种选择：一是随蒋介石到台湾；二是到美国，那里的诸多科研机构不断向他发出邀请，愿用高薪聘他，请他居留美国，况且他早就持有外交护照；三是投奔共产党，留在大陆。后者是他正在努力为之的。但此前中共发表时局宣言时，将他列为四十三名国民党甲级战犯中的第十二名，他自然会有顾虑。最后，他作出的选择是：辞去国民党政府中的最后一个职务——中国石油公司董事长，然后悄然离开香港而赴法国，朝着远离台湾的另一个方向走去。至此，翁文灏和蒋介石犹如两股来自不同河床的江水，终于分道扬镳，各奔东西。这看起来他在道义上好像背叛了蒋介石，但在人格的维护上，却保留了他最后的清名。

翁文灏到了法国巴黎后，每天上午去图书馆看书，下午拜访或接待一些老朋友。他和老朋友在一起，既聊蒋介石，也谈毛泽东，还论地质学。用他的话说，“只是研究，不干国事”。在这一年多的时间里，翁文灏阅遍了图书馆内地质学方面的所有最新书籍。他后来说：“看书时，自己虽如采菊东篱的陶渊明，但抬头观望远隔重洋的故国，心中却无法‘悠然’起来。”

在此期间，翁文灏还专程去英国拜访了世界著名学者李约瑟爵士，目睹昔日老友著作等身，学业鼎盛，他不由得黯然神伤，感慨万千！一个科学家，一个传统意义上的“好人”，在国家利益的驱使下，不惜牺牲自己的专业，弃学从政，官至一品。然而最后留在历史上的，竟是一纸辛酸！如此结局，无论如何他都是难以接受的。

美国人当然不会忽视翁文灏这位难得的人才。为了得到翁文灏，美国方面专门给驻法国大使馆下指示：务必请翁文灏早日赴美。而在台湾的蒋介石更不会忘了翁文灏。蒋介石不仅不会忘，而且在台湾知名人士发表的“反共宣言”上，他还自作主张，亲自代翁文灏签署了名字。也许正是蒋介石这一“断其后路”的做法，惹怒了翁文灏，使翁文灏最终下定了返回大陆的决心。他说：“归乡虽不把握，叛国决非亲心，审顾国局，不应逃亡，宁冒艰辛，归向祖国。”

于是，1950 年 12 月，翁文灏从巴黎飞伦敦，打算再从伦敦飞香港，而后回到大陆。不料英国当局为了封锁大陆，停发了他的护照，致使他又折腾了一个多月，才趁着夜幕飞抵广州。接着，广州市委派人将他亲自送到北京。由于翁文灏是新中国成立后第一个从海外归国的国民党高级人士，周恩来不仅亲自过问了他的生活和工作，后来还提议让他当选了第二届全国政协委员；而毛泽东在《论十大关系》中，则肯定地说，他是“有爱国心的国民党军政人员”。

回到了共产党怀抱的翁文灏满怀着一腔的热血，决心为新中国的科学事业鞠躬尽瘁，死而后已。当时，正值美国封锁中国，核工业是新中国的“头等大事”。于是 1951 年夏天，已是六十二岁的翁文灏竟亲率地质队下西藏、闯新疆，探寻作为核原料的铀矿，为后来中国第一颗原子弹的爆炸做出了特殊的贡献。

周口店和“北京人”，自然在翁文灏关注的视野中。有资料表明，他曾几次给毛泽东提起过“北京人”的事，可一介书生的他每次一谈起“北京人”，总是不由自主地要说起民国时期怎样怎样，甚至偶尔还会提到当年蒋中正先生如何如何。于是有人据此推测说，毛泽东听了他的这些话，心里肯定不会很舒服。1949 年后寻找“北京人”的事之所以迟迟没有机会摆到中央的会议桌上，很可能与翁文灏“不会处世”有关。

然而，当翁文灏终于明白如何“处世”才能办成事，并打算再做一个寻找“北京人”的计划时，史无前例的“文化大革命”却以排山倒海之势到来了！

有着复杂历史背景的翁文灏，自然首当其冲。他被勒令写检查，交代“历史罪行”；各种政治迫害和人身攻击，花样翻新，扑面而来。他不但在精神和肉体上受到从未有过的折磨，而且连他穷得只剩下一屋子书的家，也被抄了个底朝天！

据史料记载，翁文灏的家被抄后，周恩来在中山公园接见了他。见面时，周恩来紧紧握住他的手，第一句话便说：“翁老，真对不起，我们没有保护好您！”

也许，这一声“对不起”，对翁文灏已是一种莫大的安慰。然而这一声“对不起”，就能解除他脑子中的疑问吗？就能弥补他心中的遗憾吗？就能消除他一生对愚昧与无知、残暴与野蛮的痛恨吗？何况，与他同时遭受折磨和苦难的，还有他的血脉与亲情！

那是 1968 年冬季的一个夜晚。这个夜晚的北京寒冷如冰，大街小巷却热火朝天，如火如荼，到处是“革命形势一片大好”的口号声。然而就在这个“革命形势一片大好”的夜晚，翁文灏刚进家门，噩耗便从天而降：他最喜爱的长子、油管专家翁心源，在干校被迫害致死了！

年迈体弱的翁文灏，当场便晕倒在地……

苏醒后，孤身一人的他把自己关在屋里。窗外那个热热闹闹、红红火火的世界，与他再也没有任何关系。他的手上紧紧攥着的，是大儿子翁心源的照片。在微弱的灯光下，他的目光和儿子的目光久久对视着，无声，无息，无语，无泪……不知过了多长时间，他又从相册上取出另一张照片。这是他二儿子翁心翰的照片。照片上的小伙，身着国民党空军美式夹克飞行服，年青、英俊、潇洒、威武！然而，这位年青、英俊、潇洒、威武的小伙，也早在抗日战争期间，在广西兴安上空对日空战中，壮烈牺牲了！

二儿子死了，死在战场——死得悲壮，死得气派，死得轰轰烈烈！现在，大儿子又死了，却死在了“五七”干校——死得莫名其妙，死得不明不白，死得窝窝囊囊，死得无声无息！

两个儿子，一个死于战争时期，一个死于和平日子；一个死于日寇的枪下，一个死在同胞的手上！谁能给他一个解释，这究竟是为什么？

翁文灏将两个儿子的照片平放在自己的手上，久久凝视着，思考着，直至凌晨，他那两行浑浊的老泪，才忍不住缓缓挤出眼眶……

从此，翁文灏沉默了。

从此，面对无数戴红袖章的人们，面对一夜间变得陌生的中国，翁文灏闭上了曾经穿透过半个多世纪腥风血雨的眼睛。这位老人内心的所思所想，此后再也无人知晓。人们至多从他那双昏花的老眼偶尔透露出的丝丝信息中，隐隐察觉到一点什么，却又说不清到底是什么。

1971 年 11 月 27 日，翁文灏——这位中国地质学界的“旷世奇才”，走完了他人生的最后旅程，病逝于北京，享年 82 岁。

无疑，翁文灏先生是带着一腔隐痛和遗憾离开这个世界的；而其中的一个隐痛和遗憾，也许便是没有看到重见天日的“北京人”。

被翁文灏引进周口店的裴文中，自然也没躲过“文化大革命”的袭击。大凡科学家都活得本色，活得正直，是一就是一，是二就是二，是黑说白办不到，是圆说方也不行。裴文中就是这样的科学家。他心直口快，敢于直言，遇见不合理的事，不但不会容忍，甚至有时还要骂娘。

国民党时期如此，1959 年后也是如此。所以他的学生张森水先生说："我的老师裴文中，一辈子就坏在他那张嘴上！"

"文化大革命"一开始，裴文中便受到冲击。但他不随波逐流，更不同流合污，面对气势汹汹的"革命群众"，不服气，不买账，甚至不屑一顾。"造反派"批斗他时，问：

"第一个'北京人'的头盖骨是不是你发现的？"

他说："全世界都知道，这还用问？"

"造反派"说："不对，我们听说第一个头盖骨不是你发现的！"

裴文中这下急了："你们说我是叛徒，我承认；你们说我是臭老九，我也承认；你们说我是反动学术权威，我还是承认；但你们说第一个'北京人'的头盖骨不是我发现的，我不承认，打死也不承认！"

"不承认，不承认就让你尝尝不老实的滋味。毛主席教导我们说，革命不是请客吃饭！"说着，造反派就逼着裴文中把另一只腿抬起来，强迫他"金鸡独立"。

就这样，已是六十四岁的裴文中一只脚站在小板凳上，战战兢兢，如履薄冰，没过一会儿，汗水便从额头流了下来，很快便将脚下的板凳和地面浸湿一片。但无论造反派怎样问他、逼他、打他，他什么都可以承认，就是始终不承认自己不是第一个"北京人"头盖骨的发现者。

作为"北京人"头盖骨的第一个发现者，裴文中对"北京人"当然刻骨铭心，无法忘记。抗日战争刚一结束，他便又是托人带信，又是亲自打电报到重庆，请求重庆国民党政府有关当局，立即着手找寻丢失的"北京人"化石标本；并希望能派他亲自到日本，为中国找回"北京人"！但裴文中一直等了很久很久，也没等着回音。直到后来有"接收大员"来到北京，他才知道，重庆当局收到他的信和电报后，国民党官员居然认为他是"小题大做"，在他的电报上批了"着勿庸议"四个大字，便将寻找"北京人"之事束之高阁了。北平解放后，裴文中受到国家的重视。原北京市市委书记刘仁，曾专程到他家中拜访他。而裴文中在人类学方面的卓著成就，也引起世界的瞩目。1957 年，英国皇家人类学会授予他名誉会员称号。1954 年，在一次欢迎缅甸贵宾的宴会上，周恩来还与他亲切干杯，说，“我要代表全国人民感谢你和你的同事们为中国考古事业做出的贡献!”

然而，裴文中怎么也没想到，他这个发现了“中国猿人”的人，如今却成了“叛徒”“特务”，甚至成了一个站在板凳上表演“金鸡独立”“杂技演员”!

后来，裴文中被关进牛棚，直到 1969 年春节前夕才被放出来。

1972 年春节后的一天，裴文中正在家中看书，考古研究所的夏鼐先生捧着一份有关部门转来的材料，兴冲冲来到他家中，说是大洋彼岸传来消息，美国人找到了“北京人”化石，还配有图片，请他鉴别一下。裴文中一听，非常高兴，急忙接过材料，认认真真地看了起来。可他看完后，指着图片肯定地说：“‘北京人’化石中没有图片上这种大腿骨的化石，这不是‘北京人’!”

据裴文中的儿子说，夏鼐先生走后，裴文中走到窗前，望了望大街小巷那铺天盖地的红旗和标语，一声长叹，然后重重地靠在了沙发上，整整一个下午，一句话也不说。当天晚上，他翻来覆去，怎么也睡不着。结果，第二天一早便发起了高烧。

儿子见他卧床不起，便问：“爸，你哪儿难受?”

他答：“找不回来‘北京人’，我哪儿都难受!”

而被裴文中引进周口店的贾兰坡，以及与周口店和“北京人”有着千丝万缕联系的杨钟健，同样没有躲过“文化大革命”这一劫。

“文化大革命”爆发前夕，贾兰坡就被弄到农村参加“社会主义教育运动”。等一年后回到北京，“文化大革命”已经开始了。

大字报的矛头最先对准的是杨钟健。杨钟健时任古脊椎动物所和古人类研究所的所长，开始批他时，他不服气，造反派就把揪到大会场，让他站在板凳上，公开批斗。他年纪大了，耳朵不好使，批斗时，有造反派骂他是“混蛋”，他听不见，就问旁边的人：“他们说的是什么?”旁人便将嘴对着他的耳朵，说：“他骂你是个混蛋!”他听了后，不急，不恼，只点点头，说：“对对对，我是个科学家，做领导工作无能，没把所里工作搞好，是个混蛋，是个混蛋！”可当有人批他的某个学术观点不对时，他仿佛一下变了一个人似的，耳朵一下就灵敏起来，常常未等对方说完话便已气得满脸通红，并马上打断对方的发言，毫不客气地怒斥说：“我的观点没有错！要不，我们把文章拿出去公开发表，让大家来评评，看谁对谁错？”

由于“态度不老实”，杨钟健很快被打成“黑帮分子”，不仅扣发了工资，还被遣送去烧锅炉。于是，他起早贪黑，早出晚归，每天与煤为伴，围着锅炉转，累得晕头转向，半死不活。他前列腺肥大很严重，小便经常失禁，有时一不小心尿了裤子，竟然自己都不知道。

然而即便如此，他还是忘不了“北京人”，只要逮住空闲，就坚持偷偷写些有关周口店和“北京人”的学术文章。有一次，他正躲在锅炉房的墙角边偷偷写文章，被一位好心的“造反派”看到了，就问他：“你怎么到现在这个地步了，还写这个！”他苦笑了笑，说：“你们斗我是‘抓革命’，我写文章也是‘促生产’嘛！”

当然，最令杨钟健痛心的，是他的书。杨钟健自幼酷爱书籍，当了科学家后，他嗜书如命，最大的嗜好就是收藏有科学价值的书。截至“文化大革命”开始时，他家的科学类藏书便多达数万册！很不幸的是，他被遣送去烧锅炉后，家很快被抄了，书房也被造反派霸占了，数万册图书除少数被人掠走外，其余全被堆放在一间储存煤堆的小屋里。小屋坐南朝北，阴冷潮湿，终年不见阳光，数万册图书随便堆积在里面，长时间无人管理，便渐渐开始发霉。为此，杨钟健心急如焚，悔恨交加，在那段难熬的日子里，他几乎把什么都忘了，唯独不忘的，是他那一屋子正在发霉的图书！所以，他每次挨完批斗回来，就提着一只小板凳，坐在锅炉边的煤堆旁，望着那间堆放着他数万册图书的小屋久久发呆。他一边发呆，一边流泪，一边喃喃自语：“这书，我死了后都是要捐献给国家的呀！……这是国家的呀，都是科学方面的书呀，怎么会这样被糟蹋呢？”

杨钟健在“文化大革命”中的种种遭遇，贾兰坡亲眼目睹。刚开始批判杨钟健时，他并没有太大的反应；后来，他见造反派对杨钟健太过分了，就凭着自己根红苗正，写了一张大字报贴出去。这无疑是引火烧身，他立刻遭到造反派的批判，随后又被关进办公室里，勒令写检查；并规定他只许看毛主席的著作，不准看其他业务书，每天还要在研究所东边的一块空地上种萝卜、砸煤块或打扫楼道。总之一切脏活儿、累活儿，都是他的份儿。至于寻找"北京人"的事，由于他既无职又无权，再加上泥菩萨过河——自身难保，所以尽管心急如焚，也只能仰天长叹，空悲切!

1968年，贾兰坡也被关进"牛棚"，而且和杨钟健、裴文中、周明镇、吴汝康等一伙"牛鬼蛇神"关在一间房子。据贾兰坡说，他们几个老头儿先在墙角边铺上稻草垫，再铺上从自家拿去的被褥，而后席地而卧，便过上了与世隔绝的日子。因为大家谁也没做亏心事，所以也就不怕夜半鬼敲门，除了平常谈谈周口店和"北京人"的事之外，有时还相互开开玩笑。只是这期间得不到一点"北京人"的音信，大伙心里像有病似的，堵得慌。

1969年底，杨钟健和贾兰坡终于走出了"牛棚"。杨钟健还补发了工资，一共四千多块呢。可当他拿到这笔钱后，却不知如何是好，逢人便说："这可怎么办呀？"文化大革命"这么多年我什么工作都没干，却给了我这么多的钱！这是人民的血汗钱呀，太不合适了，太不合适了，我得还回去，我得还回去!"可他到处找部门还钱，却无人受理，就是还不回去。于是有人对他说："这钱还回去不好，最好的办法，是交党费!"他一听，连说好好好。可他刚准备拿去交党费时，又突然改变了主意，他说："不好不好，如果这钱真要交了党费，万一以后有人再写大字报，说我是用钱去保党票，我怎么交代呀?"

至于对"文革"中遭遇的事，三位老人后来都不愿多说什么。只有贾兰坡用两句话作了总结："糊里糊涂进去，又糊里糊涂地出来。"

但三位科学家有一点却是非常清醒的，那就是，人类文明的成果任何时候都必须要有人来呵护和继承；寻找"北京人"的事对他们这一辈科学家来说，责无旁贷，义不容辞。

只是，需要条件，需要机会。

第七章
“北京人”魂荡人间

三十、 重金悬赏知情者

1972年2月21日，在中南海一间普通的书房里，毛泽东与尼克松两位巨人的手紧紧地握在了一起。这是一次划时代的握手，它标志着一个旧时代的结束和一个新时代的到来，也意味着冰冻了二十多年的中美关系，从此将翻开新的一页。

当中美建交的消息公布于世后，许多美国人便立即表现出了到中国大陆旅游的热情和兴趣。尽管中国驻加拿大渥太华大使馆在不到两个月中，就收到了四十多万份发自美国的签证请求，但美国芝加哥的克里斯托弗·贾纳斯先生还是首先得到了特别的关照。他申请去中国仅用了两个星期，便顺利收到了他本人及其四位随行者的签证。

贾纳斯先生时年六十四岁，是美国芝加哥的银行家兼商人，同时还是美国芝加哥希腊遗产基金会的主席。希腊遗产基金会是一个非营利的民间组织，该会的宗旨是搜集和保护世界各地具有珍贵价值的古代文物和古建筑，以及其他有文物价值的东西。贾纳斯是个热情奔放、精力过人、乐于交际、善于交际而又偏爱古文物的人。他每年都要把一些对古代文物颇感兴趣而又有一定造诣的商人、学者集合起来，到世界文物集中的地区考察三至四个星期，然后再进行一些探讨和经营活动。贾纳斯凭借着希腊基金会雄厚的资金和社会影响，在短短的几年中就调查了近东、希腊和南美等古文物的集中地，并取得了一些很有影响的成果。

远东中国，自然早就在贾纳斯瞄准的视野之中。中美尚未建交之前，贾纳斯便对神秘的中国充满了向往之情，每当和朋友们谈起中国的故宫、长城、敦煌、周口店，便如同一个三岁的孩子，兴奋得手舞足蹈，难以自抑。他和朋友们早就有了到中国考察古文物的打算和计划，可惜众所周知的原因，贾纳斯的中国之梦迟迟难以实现。中美建交后，贾纳斯立即作出前往中国考察访问的决定。他的打算是，如果他考察中国的计划能够实现，将对美国社会产生极大的吸引力；假如在考察期间能寻找到一些失落的珍贵文物，还可为希腊遗产基金会带来良好的声誉。

为此，贾纳斯开始了他出访中国的频频奔波。

贾纳斯活动的第一站，是华盛顿。他匆匆飞往华盛顿后，首先拜访的是美国政界官员和科学界的专家。他和他们进行了多方面的恳谈，特别是对中国的政治、文化和科技等背景情况，做了认真而细致的了解。最后，他又特意将电话打到白宫，与他的老朋友、美国国务卿基辛格作了交谈。他除了向基辛格简单谈了自己考察中国的计划外，还征求基辛格的意见：到中国后应该注意些什么问题？有没有什么事要他在中国办的？基辛格只告诉他说，考察的事情你自己把握，只有一点需要注意，要试着加强美中友好关系。

1972 年 5 月 13 日，贾纳斯连同四位基金会职员来到北京，以私人的身份开始了他在中国的首次考察。

贾纳斯先试着在北京附近的几家工厂和村子转了一圈，然后向中国有关部门的领导人提出了自己准备考察古代文物和古建筑的设想。当中方向贾纳斯介绍说周口店成立了一个新博物馆时，敏感的贾纳斯马上引起注意，并当即表示说，很愿意去看一下。于是，在中国科学院古脊椎动物研究所有关人员的陪同下，贾纳斯及随行人员很快来到周口店，并兴致勃勃地参观了摆着各种化石的陈列馆。

周口店的发掘工作自 1937 年停工后，到 1949 年新中国成立才得以恢复。为了方便日渐增多的来访者，1953 年春，中国科学院正式拨款一万元，在原来的地点新盖了一个陈列室，将周口店所发掘的化石摆出来陈列。“文化大革命”开始后，周口店的发掘和研究工作陷入瘫痪，陈列室也奉命关闭。到了 1972 年，中国科学院再度拨款，在原来陈列室的背后又盖起了一座比原陈列室大三倍的陈列馆，并对外开放。贾纳斯这次所见到的，正是这个刚刚落成不久的陈列馆。

陈列馆内，放着一个五英尺长的木板，木板上的文字简要地介绍了周口店的发现、发掘概况以及人类历史的发展进程。贾纳斯一边观看，一边认真地听着翻译人员的讲解："这是六十五万年前至五十五万年前人类的发展时期；这是最早使用火种的原始人之一'北京人'；这是生活在山洞中以烤肉为食的、甚至可能穿制兽皮的'北京人'；这是中国乃至亚洲大陆发现的最早的人类头盖骨模型……这些化石被尊为中国的'国宝'。"

在此之前，贾纳斯尽管听说过中国的"北京人"，但对其科学的重大价值和意义却知之不多；而对"北京人"的发现、发掘乃至丢失等一连串的故事，更是知之甚少。通过这次参观，使他大开眼界，大长见识，对中国这个文明故国又有了一个新的认识。

从陈列馆出来后，意犹未尽的贾纳斯借休息之机，又请该博物馆的馆长给他详细讲述了"北京人"失踪的经过。

馆长怀着痛心的心情讲完后，诚恳地对贾纳斯说："贾先生，你回国后还请督促你的政府帮助寻找'北京人'。我确信这批化石还在世间，也许就秘密藏在美国或者别的什么地方。当然，我的意思并非是说'北京人'就肯定藏在美国，但它是在美国人手中丢失的，却是毋庸争辩的事实。"

也许是贾纳斯为"北京人"的故事所感动和吸引，也许是为了加强中美友好的关系，贾纳斯当即向馆长表示，回国后一定想法把中国的这层意思，转告美国有关部门，而他自己本人，也一定尽最大努力，力争找回"北京人"。

贾纳斯返回美国后，便全力投入寻找"北京人"的行动之中。一天，他在搜集资料的过程中突然看到了夏皮罗刚刚发表在《自然历史》杂志上的《奇怪的北京猿人化石》一文，才得知夏皮罗博士是一位著名的古人类学家，并一直在寻找"北京人"的下落，于是冒昧地给夏皮罗打去一个电话，说自己刚从中国回来，得到了一些“北京人”的信息，愿意和他交换一下意见，并约他共进午餐。

夏皮罗尽管与贾纳斯素昧平生，从不相识，但一听说有“北京人”的消息，便爽快答应了。二人很快见面后，在愉快的午餐过程中，贾纳斯将自己这次在中国调查“北京人”的情况向夏皮罗全盘托出，并希望在寻找“北京人”的过程中，能得到夏皮罗的帮助和指点。夏皮罗听后非常高兴，进一步向贾纳斯强调了“北京人”的价值和意义，并鼓励贾纳斯一定要把寻找“北京人”的事坚持做下去！

于是，贾纳斯回国后所做的第一件大事，就是召开新闻发布会。他在会上绘声绘色地讲述了他的这次中国之行，并特意强调了中国人决心找回“北京人”化石的迫切心情。最后，他还以他宏大的嗓音当众宣布了一个惊雷般的新闻：

“如果有人知道中国‘北京人’化石的消息，请尽快通知我，我将以五万美金的酬金作为悬赏！谢谢诸位的合作！”

第二天，美国新闻界便纷纷报道了贾纳斯召开新闻发布会的消息，以及悬赏“北京人”知情者的美金数字。极具声名的美国《时代生活》报，还专门为此设立了一个“‘北京人’信箱”，并发表了贾纳斯的一段内心独白：

> 我不知道为什么会把我选做中间联络人，并且我自己突然决心探求我们这个时代最异乎寻常又最令人困惑的谜底。但我确信，即使没有我的参与，这批伟大的珍贵的文化遗产依然在人们心中永久不灭，并由此产生重新寻回的欲望之火。因为，“北京人”不仅属于中国，它更属于世界，它是全人类的精神和文化财富。
>
> 我感谢每一位了解“北京人”化石情况的人对这历史性的搜寻所做出的努力和表现的热情，哪怕我们的人民对这一搜寻提供点滴的相关和不相关的信息，都是值得感谢的。
>
> 让我们行动起来，重新寻回这一离去了三十年的人类共同

的祖先。"'北京人'信箱"热切地期待着那个将震惊于世的伟大时刻的到来……

很快，"'北京人'信箱"便收到了数百人的信函和电话。这些信函和电话稀奇古怪，形形色色，简直令人眼花缭乱，目不暇接。

一位中学生不知是出于对父母的愤恨，还是出于对寻找"北京人"事件的嘲讽，首先寄来了一封令人捉摸不透的信："你们可以把我的父母拿去，可以白送你们，不要钱。"信的署名是"夏伦·波莱"。

华盛顿一位姓萧的先生在来信中说："我有一位在台北当高级官员的朋友掌握你们要找的'北京人'化石，如果能出十五万美金，我愿意当中间人，从中抽取百分之二十五的酬金。"

一位叫艾力斯的小姐在来信中说："我有充分的证据证明'北京人'化石在菲律宾马尼拉，如果先付给我七万五千美元，我将提供化石所在地。"

加利福尼亚州的艾斯特里拉夫人在来信中说："我近来心神不定，当手握《时代生活》时，就产生一种强烈的特异功能，这种特异功能使我透过时光和空间，看到了"北京人"。'北京人'向我含泪诉说自己在天之灵不能安息，除非把它送回祖国。'北京人'选择我把这个希望代转给"'北京人'信箱"，只要《时代生活》将五万美元的支票寄给"北京人"合法的代理人艾斯特里拉夫人，'北京人'将答应讲出它目前的隐藏地。"

一封来自印第安纳拉法莱特的信，署名是西穆斯·米勒神父。这位神父在信中用极端尖刻的语言指责贾纳斯提出用一笔酬金来寻找"北京人"，是故意在制造骗局，以此愚弄美国公众。西穆斯神父还在信中扬言，要向美国当局控告贾纳斯和《时代生活》。

还有一封来信是红色信封，从上面的邮戳来看，此信来自佛罗里达州的开西米，复信地址是"金三角"，信封下面画着一条张牙舞爪的龙，信上的字用描金写成，其内容是："把我们伟大祖先的遗骸迁移到一个秘密地点是我一手策划的，为的是不让任何一个野蛮的民族和野蛮的人对它进行亵渎和毁坏。我郑重宣布，为避免不必要的麻烦，请立即停止你们的搜寻，否则，将大祸临头，招来举家灭顶之灾。”信的署名是“龙夫人”。

在所有的来信中，最具恐怖色彩的是这一封：“既然你们胆敢搜寻‘北京人’，就要把它搜寻到，否则，你们的人将遭到暗杀，《时代生活》办公大楼将被炸掉。凡参与搜寻‘北京人’的一切机构和人员，将从地球上统统消失。”信的署名是“人间老人”。

当然，并非所有的来信都像以上那样离奇古怪，充满了荒唐和恐怖色彩，其中有相当一部分来信，是用不同程度的强硬语气在谴责《时代生活》。他们认为用五万美元的悬赏来吊读者的胃口，企图寻找毫无实际生活意义的‘北京人’枯骨，是沽名钓誉，故弄玄虚。而当前急需解决的问题是：巴勒斯坦的阿拉伯人受犹太人的迫害；苏联的犹太人受苏联当局迫害；加利福尼亚州的农业季节工人受果园老板的剥削。此外，在底特律、罗切斯特、纽华克等地还有种族隔离学校，在纽约、芝加哥的街道和住宅区还时常有暴力、凶杀、绑架案件发生，等等。

面对这些或轻率或浮浅，或严肃或认真的来信，贾纳斯没有丝毫的震惊和困窘。因为这一切，正是他所希望和渴求达到的社会效果。

据有关资料透露，早在贾纳斯从中国返回美国的飞机上，他就想到了如何巧妙地利用寻找“北京人”事件，提高他以及他所领导的那个“希腊遗产基金会”的知名度。新闻发布会的召开，既让美国政界要人看到了他正用自己的实际行动在为中美友好关系做着努力，同时也让中国方面了解到了他贾纳斯是如何遵守自己诺言的；不管寻找“北京人”的最终结果如何，他贾纳斯展现在世人面前的都是一种为谋求全人类利益的良好形象。

于是，贾纳斯的名声几乎同当初“北京人”化石的发现和遗失一样，很快引起了全世界的注意；“希腊遗产基金会”也由此不断收到一笔笔可观的赞助经费；而贾纳斯作为一项文化专题的发起人，这一时期也在公众场合频频抛头露面，出尽风头。他想，既然帷幕已经拉开，这幕“戏”无论如何也得“演”下去，直到剧目的尽头。至于剧终时如何向热情得近乎疯狂的观众“谢幕”，则是一件现在用不着过多考虑的事情。

三十一、 神秘的黑衣女士

1972 年 6 月 9 日上午 9 时左右，暂时寄居在纽约哈佛俱乐部的贾纳斯刚刚活动完身体，正在兴致勃勃地阅读一份晨报，客厅的电话突然响了。六十二岁的贾纳斯尽管手脚显得有些迟缓，但还是急忙放下手中的报纸，迅速拿起了电话。

近一时期来，贾纳斯的电话骤然剧增，有时一天能接上四五个电话，甚至还多，而这些电话都是关于寻找“北京人”的。但令贾纳斯颇感遗憾的是，到目前为止，还没有一个电话为他提供了他最想得到的线索，所以他希望今天这个电话能给他带来好运。

果然，贾纳斯刚拿起电话，话筒里便传来了一位略略有些沙哑的女人的声音，这声音虽说并不十分的温柔，却显得有些神神秘秘：

“是贾纳斯先生吗?”

“是的，我是。”

“贾纳斯先生，我是……”

对方刚说了一句，便突然停住了。大概过了几十秒钟，对方才继续说道，“贾纳斯先生，我是原美国海军陆战队一位队员的遗孀。我的丈夫于第二次世界大战期间在中国北方服役。我的手上现在有……”

“有什么?”还未等对方说完，贾纳斯便急不可待地问道，“是不是，是不是‘北京人’化石?”

“不错，贾纳斯先生，我可以实话告诉你，我手上拥有当年我丈夫从中国带回来的‘北京人’化石。”

“那太好了，我愿意马上和你见面会谈。”贾纳斯兴奋地说。

“在什么地方?”对方问。

“如果您愿意，我想把会谈的地点选在帝国大厦第一百零二层观光台上。”

“那……好吧!”虽然对方选择的这个地方既奇怪又出乎意料，但贾纳斯还是同意了。

帝国大厦坐落在纽约第五大道的第三十四街口上，这是一处著名的瞭望点，站在上面，几乎可以鸟瞰整个纽约的全貌；倘若天气晴朗，还可以看到远处纵横交错的河流、气派非凡的海港以及近郊的名胜美景。所以，来自世界各国的手持相机的游客每天都络绎不绝。

贾纳斯在观光台上转了一周，却没有发现他急于想见到的那个女人，也没有哪个女人过来主动向他打招呼。他抬腕看了一下手表，约定的时间已超过了五分钟。会不会是一场骗局呢？贾纳斯开始担心起来。又过了五分钟，正当心灰意冷的贾纳斯转身欲走时，一位满头乌发、一身黑衣的女人出现在了他的面前。

黑衣女士大约五十岁年纪，尽管脸上过重的护肤霜仍然难以掩饰岁月馈赠的衰老，但看上去还是姿色未减，风韵犹存。她身穿一件黑色的大衣，手提一只黑色的皮箱，脚蹬一双黑色而光亮的皮鞋，周身上下除了那张涂有白色粉脂的脸，似乎全被笼罩在了黑色之中，给人一种极其神秘之感。两人找了一个僻静的地方坐下，马上切入正题。

黑衣女人娓娓说道："第二次世界大战结束后，我已故的丈夫带着一只箱子从中国回到了美国。我丈夫带回的这只箱子，里面装着'北京人'化石，他把这只箱子称为'战利品'。我丈夫在世的时候，曾多次叮嘱我说，这是些非常危险但又十分值钱的东西，千万不要随便把此事向外传，否则会招惹事端。"大概是为了证明自己所说的话是实情，黑衣女士还从箱子里拿出一张 3×5 英寸的照片递给贾纳斯，说："这就是'北京人'遗骨的照片。"

贾纳斯接过照片看了一看，无法肯定这位黑衣女士所提供的照片就一定是"北京人"化石的照片。不过，他还是问了一句："你有什么条件？"

"我想得到五十万元美金。"黑衣女士毫不客气地说。

贾纳斯没有急于表态。他决定进一步询问详细情况，以便尽可能做出一个比较真实的判断。可就在贾纳斯刚刚准备与黑衣女士继续交谈时，黑衣女士突然从贾纳斯手中一把夺过照片，然后便惊恐地向着电梯口跑去。贾纳斯被黑衣女士这突如其来的行动搞得不知所措。他愣了一下，立即尾随黑衣女人跑进了电梯。

“你为什么要突然跑掉?”电梯里，贾纳斯抓住黑衣女士的胳膊，不解地问。

“怎么?难道你没有看见那些带照相机的人正在给我拍照吗?”黑衣女士怨气冲天地说。

贾纳斯这才明白过来，急忙解释说:“我尊敬的女士，你放心吧，没有人盯梢你。那些拿照相机的人，不过是一些普通的游人而已，他们拿照相机是为了拍摄自然风景，绝不是在给你拍照。这一点我刚才看得很清楚。”

黑衣女士听了后，情绪似乎稍稍好了一些。可她还是有些惊恐地看着贾纳斯，死死抱住提箱一言不发。电梯很快开了，黑衣女人头也不回，疾步走出电梯，而后向着楼梯口快步跑了起来。贾纳斯知道继续会谈已无指望了，便扯着嗓子大声喊道:“喂，我们什么时候再见面?”

“过几天我会给你打电话的。”黑衣女士回头说了一句，随即消失在了人流之中。

然而，几个星期过去了，黑衣女士既没有给贾纳斯打电话，也没有抛头露面。贾纳斯决定先寻找她的住址。1972 年 8 月 4 日，贾纳斯在《纽约时报》刊登了一则广告，两天后，黑衣女士打来了电话。但她拒绝与贾纳斯再次约会。“那你能不能把那张照片先寄给我?”贾纳斯几乎是在央求对方了。

几天后，黑衣女士把照片寄给了贾纳斯。贾纳斯收到照片后，翻来覆去看了好几遍，还是难以断定化石的真伪。贾纳斯决定，去找自然历史博物馆的古人类学专家夏皮罗先生。

夏皮罗寻找“北京人”的计划，此时仍在进行之中。尤其是随着尼克松与毛泽东的握手，随着中美两国关系的日渐正常化，他的寻找计划在新的时代背景下，又获得了一些新的线索。只是，突破性的进展仍然没有，这是夏皮罗近期来感到最不安的一件事情。对于贾纳斯近一时期寻找“北京人”的一系列举措，除黑衣女人一事之外，夏皮罗早已有所耳闻，并为贾纳斯的这些做法感到担忧。尤其是贾纳斯悬赏“北京人”

线索知情者一事，夏皮罗更是坚决反对。

这天，贾纳斯来到自然历史博物馆夏皮罗的办公室，向夏皮罗详细讲述了黑衣女士的情况，夏皮罗说："这事看起来像真的一样，但我认为缺乏依据，经不起推敲。"

"为什么？"

"根据弗利先生的说法，这批化石不可能被认出并秘密带出中国。你想想，如果有人要伪造一个装有散乱骨头的箱子的照片的话，是一件并不困难的事情。所以，我希望你暂时不要将此事披露出去为好，特别是那位黑衣女士索要五十万美元的事，千万别讲。"

"又为什么？"

"因为如果披露出去，就很可能会促使一批亡命之徒为了获得重赏而对其他有价值的化石采取不法行动。"

"那下一步怎么办？"

"如果可能的话，"夏皮罗说，"我倒想去中国一趟。如果能在中国科学家的协助下，到天津的瑞士总库和巴斯德研究所的旧址去做一番认真的调查，很可能在那里找到弗利当年存放的军用提箱。虽说位于天津的霍尔库姆营地旧址是一个没有多大希望的地方，但也不可忽视，两处都值得去认真寻找和发掘。"

贾纳斯说："夏皮罗博士，我在北京期间就已经和中国方面作了联系，准备将在 10 月安排一个三十多人的调查小组访问中国。我希望到时您能加入这个小组，一起调查一下弗利提供的线索。"

夏皮罗激动起来："我当然渴望有这样的机会，哪怕是能再发现'北京人'化石的一小块碎片，也将是我们的一大贡献；倘若再能让'北京人'重新回到中国人的手上，则是我一生中最大的快乐，相信魏敦瑞博士的在天之灵也可以得到安息了。"

贾纳斯进一步说道："在我近期所有的来信、来电中，有三条线索最值得深究：第一条是前美国海军陆战队的一位军官；第二条是侨居美国的一位中国商人；第三条就是我刚才向你讲到的那位神秘的黑衣女人。前两位都声称他们知道'北京人'的下落，而黑衣女人则说'北京人'

化石就在她的手上。”贾纳斯说着，从手提包里拿出那张黑衣女人为他提供的化石照片的复印件。

夏皮罗看了看照片的复印件，有些疑虑不定。贾纳斯说：“夏皮罗博士，我看你最好亲自鉴定一下。”

“好的，你稍等一下。”夏皮罗说着，拿起照片走进了自己的工作室。

据有关资料透露，夏皮罗将照片放在显微镜下，经过反复查看，发现这张照片虽然不完全是他所预想的那样，但他确实在照片上看到了一只像是黑颜色的被打开了盖子的箱子。箱子的底部，散乱地放着一堆骨头。夏皮罗一看，便断定这堆骨头不是“北京人”化石，并且其中有几块骨头在周口店就根本没有发现过。但是，放在这堆骨头中间的一块头盖骨却引起了夏皮罗的注意。夏皮罗后来撰文说：“从照片上可以清晰地看到这件头盖骨的顶部，虽然要进行我所希望的实验还有许多地方要靠猜测，但头骨的大体形状已经能够保证进行仔细研究了。在显微镜下，我看到了典型的北京猿人式眉骨，高高地突出于双眼的上部，这是识别北京猿人的重要特征；此外，一根枕骨也同样具有北京猿人的特点，看上去是扁平的。”通过进一步的观察，夏皮罗认为这块头盖骨虽然不是“北京人”，但也不可能是“真人”（作者注：“真人”即指现代人）。他本想再进一步做出准确的结论，但在只有一张效果欠佳的照片的条件下，显然是很困难的，或者说是不可能的。所以最后他只作出了“很像‘北京人’”的结论。

夏皮罗将这一结论告诉贾纳斯后，两人都十分兴奋。夏皮罗鼓励贾纳斯说：“你要继续同那位神秘的黑衣女人保持联系。因为在这个女人出示的人骨中，起码有一件人骨值得追踪！当然，还需要做更仔细的调查。”

贾纳斯听后大喜。第三天，他就在纽约召开了新闻发布会。会上，贾纳斯大张旗鼓地宣扬了他与那位神秘的黑衣女人接触的经过，因而使这个本来就具有神秘色彩的故事显得愈加的神秘起来，让人听了后既感到难以置信又不得不信。特别是贾纳斯把夏皮罗“很像‘北京人’的结论当众公布后，在夏皮罗的同行中，没有一个人提出异议；但在美国公众中，却很快引起轩然大波。

一年之后，国际人类学会在芝加哥召开。出席此次会议的，大都是一些对“北京人”十分了解的著名学者。就在这次会上，贾纳斯报告了他寻找“北京人”的一些线索，并当众出示了那张由黑衣女人提供的照片。所以，尽管夏皮罗由于某种客观原因未能出席这次会议，但与会代表听了贾纳斯有关寻找“北京人”的报告，特别是亲眼看到了那张照片后，兴趣很快转移到了寻找“北京人”的问题上，使此次会议无形中改变了中心议题。

会议结束后，贾纳斯专门给夏皮罗送去了一份会议报告，并详细地介绍了此次会议的反响情况；而夏皮罗的老朋友、哈佛大学的豪威尔教授，则给夏皮罗写来一封长信，告诉他看过那张照片后的感觉，他在信中这样说道：“当我刚一看到那些骨头时，就对那位女士产生了怀疑，但注意到那只头骨后，才产生了兴趣。现在，我相信它就是‘北京人’，并且我确认它就是魏敦瑞博士所定的第六号头骨。”

芝加哥国际人类学会议结束后，使寻找“北京人“事件再起波澜，新闻界针对黑衣女士突然销声匿迹和夏皮罗为照片上的骨头作鉴定的问题，大做文章，各地报纸电台也掀起了寻找黑衣女士的热潮，甚至有的报纸还公然宣称：“找到了黑衣女士，就等于找到了五十万美金!”

与此同时，贾纳斯又获得了另一条线索：一位住在华尔街的姓张的中国商人，打电话要与他会谈。张某在电话里说，他在台湾的一个朋友拥有“北京人”化石，索价是一百万美金!

贾纳斯迅速将此消息告诉了夏皮罗，建议由他和张某会谈，这样可以直接把问题搞清楚。夏皮罗同意了这一建议。

两天后的一个傍晚，按照事先的约定，夏皮罗和张某会面了。然而出乎意料的是，当夏皮罗向张某提起“北京人”之事时，张某却矢口否认他知道台湾的朋友拥有“北京人”化石这件事情。听张某说话的口气，夏皮罗明显感到他是害怕引火烧身，想尽量逃避这一事件。所以尽管夏皮罗一再追问，张某仍坚持说：“我的关系很不可靠。我只知道有人晓得所谓的化石拥有者，但我本人却不知道具体情况……”

夏皮罗感到自己受到了愚弄，愤然指责这位中国商人出尔反尔、不讲信誉。但张某并不觉得自己有什么过错，反而十分诚恳而又激动地说："夏皮罗博士，你太书呆子气了，你根本不知道其中的危险!"

"你说什么，危险?"

"我可以实话告诉您，任何拥有'北京人'化石的人，或者知道'北京人'下落的人，统统都有生命的危险！您可千万要注意!"

夏皮罗听了后，的确吃惊不小，却仍不死心。他对张某真诚的提醒表示感谢之后，希望张某讲一讲他对贾纳斯的谈话内容，但还是遭到了张某的断然拒绝。显然，这位中国商人是受到了什么人的恐吓，才如此小心谨慎，出尔反尔的。无奈之下，夏皮罗只好礼貌地结束了这次会谈。

在经历了一场场令人眼花缭乱的闹剧、喜剧、丑剧之后，夏皮罗感到自己应该坐下来，静下心来，认认真真地思考一下几个月来所发生的一连串事情了。他觉得目前包括贾纳斯在内最急需要做的，是首先弄清那位神秘的黑衣女士究竟是谁，而不是守株待兔，慢慢等待她自己送上门来。于是他找到贾纳斯，说："如果以后你有机会和那位黑衣女士联系上的话，可建议她去请一位律师。这样，可以打消她的顾虑，保证她手中的化石受到法律的保护。"

贾纳斯在征求了国家有关部门的看法并取得同意之后，在《纽约时报》又刊登了一则寻找黑衣女士的重要启示。不久，贾纳斯就接到了纽约律师事务所打来的电话。对方说，黑衣女士曾找过该事务所一名律师，但双方尚未谈出结果，黑衣女士突然又不辞而别了。

黑衣女士的忽隐忽现，越发激起了夏皮罗设法搞清她的真实身份的决心。根据黑衣女士的行踪，夏皮罗首先肯定她就是纽约人。他认为，如果黑衣女士确实是从她已故的丈夫那儿得到了装有"北京人"化石的箱子，那么她的丈夫就应该是霍尔库姆兵营的一名海军陆战队员。因为据弗利大夫所说，他收到的日本人归还的军用提箱并没有打开过，而他装有私人衣物的箱子却被打开搜查过了，而且还丢失了东西。因此，在"北京人"失踪的许多可能性中，有一种想法始终在夏皮罗的脑海里不断出现，这就是：很可能从北平运往天津霍尔库姆营地的军用提箱被日本兵打开过。但检查箱子的日本兵根本不认识“北京人”化石，对其价值和意义更是一无所知，所以打开箱子后一看是一堆死人骨头，就把“北京人”化石扔掉了，或将其中的一部分扔掉了；而在这个时候恰巧被一位美国海军陆战队的队员看见了，并认出或者说猜到了这些骨头就是珍贵的“北京人”化石，于是便将它们重新收藏起来，然后设法带回了美国，继而落在了这位黑衣女士的手上。

这个推论看起来带有很强的主观色彩，但据夏皮罗的调查，当年美国陆战队中确有一位队员见过这批化石。这位陆战队员当初认识一位在实验室工作的姑娘。有一次，他例外地被姑娘领进了实验室，有幸参观了这批文物。

那么我们由此可以推测：当这位陆战队员在参观过程中或者参观之后，这位姑娘有可能会告诉他这批化石就是珍贵无比的“北京人”化石。由于这是一件非同寻常的事，这位队员回到营地后，也就有可能向他的队员们吹嘘一番看到“北京人”化石的传奇经历。这样，有关“北京人”的故事及其重大价值，就有可能在霍尔库姆营地一部分陆战队员中流传开来，后来有陆战队员辨认出“北京人”化石并私自带回美国长期隐藏，也就是一件顺理成章理所当然的事情了。

夏皮罗的结论在肯定与否定之间徘徊不定。但他坚信那个神秘的黑衣女士的丈夫在中国得到一件或一部分“北京人”化石，并设法带回了美国，是有可能的。至于这位陆战队员在什么时候，用什么方法把化石巧妙地运往了美国，他却无法搞清。

带着诸多的疑问，夏皮罗决定再找戴维斯聊聊，因为戴维斯当年曾是霍尔库姆兵营的外科医生，凭着这一特殊身份，他几乎认识兵营中的每一个人。据悉，战后霍尔库姆兵营的海军陆战队队员还成立了一个联谊会，戴维斯作为其中颇受尊敬的一员，每年都要参加一次聚会，并和当年不少的陆战队队员保持着长久而密切的联系。

但戴维斯认为上述的推论难以成立。因为美国海军陆战队被俘后立即进行了看押并很快送往俘虏营，日本军队是在他们走后才进行检查的。即便再假设美军陆战队离开营地时，他们当中有人将“北京人”化石藏在了被允许随身携带的一只用于装日用品的箱子里，但也很难设想，一个小小的旅行箱怎可能盛得下如此众多的化石?!不过，戴维斯告诉夏皮罗说：“家住在纽约的前美国海军陆战队队员是有两个，但这两人都还健在。倒是住在纽约附近新泽西州的一位陆战队员已经故去，听说还留下了一个寡妇，但我却不知道她的确切地址。”

那么这位寡妇会不会就是那位神秘的黑衣女士呢?

通过戴维斯的介绍，夏皮罗马上给有关部门写信进行打听。接着，又给政府写信，汇报了这一情况，并希望他们帮助查清那位神秘的黑衣女士以及几位陆战队员的情况。几个月后，政府人员通知夏皮罗说，新泽西州确实有一位陆战队员的寡妇，但这位寡妇不是他要找的那位黑衣女士。此外，他们还通过各种渠道调查了许多前驻华美海军陆战队队员，但最终还是没有令人满意的成果。

在无数次碰壁之后，夏皮罗只得把寻找“北京人”的希望寄托在中国。而就在这时，即 1973 年 9 月 25 日，贾纳斯从芝加哥给他打来一个电话，希望他能够在 10 月 20 日左右随希腊遗产基金会组织的访问团到中国，亲自对“北京人”进行一次认真的寻找。可当夏皮罗将所需的一切材料全部准备就绪时，可芝加哥方面却说，他的护照出了问题!

于是，夏皮罗二十多年前就想去中国寻找“北京人”的梦想，不得不再一次化为泡影。他不明白的是，作为他这样一个在世界上很有影响的古人类学家，出入世界各地考察从来都是一件轻而易举的事情，为什么偏偏在通往东方中国的路上，却是如此的困难重重?!

三十二、“北京人”会不会在台湾?

夏皮罗在美国的寻找陷于绝境，到中国的计划又被搁浅，遂决定暂时放弃对“北京人”的寻找，先专心于学术的研究，好好过几天平静的日子。

可这平静的日子还没过上几天，一阵“旋风”又骤然而起。

一日，夏皮罗正在研读一份资料，贾纳斯从芝加哥突然给他打来电话，说他收到了一封现住俄亥俄州的一个叫“比满”的前霍尔库姆兵营陆战队队员的来信，信中提供了“北京人”化石有可能在台湾的信息，希望夏皮罗对此能够给予帮助。夏皮罗听了后很高兴，让贾纳斯尽快将比满的信寄给他，以便研究处理。

几天后，夏皮罗收到了贾纳斯寄来的信的复印件。夏皮罗当即关起门来，认真阅读了此信：

贾纳斯先生：您好！

如果我刚接到的消息准确的话，您将在台湾的博物馆内找到“北京人”化石和其他一些珍宝。它们是国民党人逃离大陆时带去的。化石很可能还原封未动。

这个消息是我在日本官员举办的一次鸡尾酒会上听到的。这位官员曾在中国的一个空军基地担任了三年联络官。我想通过他了解一下当时侵占霍尔库姆兵营的日本兵的情况。

在赴宴的客人中，有一位在同一基地工作过的国民党官员魏上校。他曾在国民党空军干了三十年。在交谈中，我告诉他我对“北京人”很感兴趣，并问他是否听说过“北京人”？他说他知道，并且说他还曾看到过一则消息，说一名国民党将军把一箱未经开启的骨头从大陆带到了台湾，这批东西很可能就藏在国家博物馆。

这件事情在我看来可能性很大，因为日本人肯定知道，处理这批掠夺物的最好办法是经过中国人。当然，能买得起的人只有那些有钱人，最有可能买的是那些国民党要员。而且，从军队到军队的可能性更大。当国民党退踞台湾后，一直不肯展览这批从大陆运来的文物，或许他们怕失盗，但这种小心的做法很可能说明“北京人”的神秘性。我认为它们很可能完好无损地放在国家博物馆里。如果是这样的话，我们就可以呼吁，造成国际压力，以使“北京人”化石能供科学界进行研究……

前霍尔库姆兵营陆战队队员　比满

1973年10月2日

比满这封信带给夏皮罗的，有惊奇，有思考，也有疑问。他不得不承认，比满的这一说法为寻找“北京人”又提供了一个新的视角，但对其真实性一时又很难确定。说“北京人”在台湾，目前还缺乏依据；说“北京人”肯定不在台湾，又未免有点绝对。1949 年前夕，国民党人把一批珍贵的文物从大陆装箱运往台湾，此乃众所周知；但将“北京人”化石也一同带走了，夏皮罗还是首次听说。凭他所了解的情况和掌握的可靠资料来看，国民党撤离大陆时，虽然是把许多文物带往台湾，但那是 1947 年的事，离“北京人”的丢失已经过去了整整 6 年。如果国民党在撤离大陆时就已经找到了“北京人”，那么，当时在北平的与此事有密切关系的人一定会知此事，例如翁文灏、裴文中等。而且，这个消息也肯定会通过新闻媒体马上传遍世界。可到目前为止，没有别的任何材料证明确有其事。此外，大概是几年前，台湾的馆长包先生曾给他写过信，希望能给他们一个保存在美国自然历史博物馆的“北京人”化石模型，以作展览之用。他满足了包先生的要求，事后包先生还给他寄来了一份热情洋溢的感谢信。试想一下，如果台湾方面有真正的“北京人”化石，又何必写信向他求援呢？不过，“北京人”被有的中国人暗中带到了台湾，也不是没有可能。

而比满的这封信带给贾纳斯的，却是难以抑制的兴奋和火一般的激情。贾纳斯决定亲赴台湾，对“北京人”查个水落石出。当然，他在向夏皮罗大讲去台湾的必要性的同时，并没有忘记请夏皮罗博士为他写上一封去台湾的推荐信。

两天后，贾纳斯带着夏皮罗的推荐信和几位随从，匆匆飞往台湾。

由于“北京人”本是台湾和大陆的同一祖宗，台湾科技界对“北京人”的丢失同样深感婉谢和痛心。所以贾纳斯到达台湾后，凭借着手中夏皮罗为他写的推荐信，再加上近一时期来他在美国寻找“北京人”的一些影响，所到之处，受到热情欢迎。台湾当局对他在台湾寻找“北京人”的活动也极为重视，科学界还专门派出有关人员，陪同他到所有存放化石和可能存有化石的地方进行了周密调查，并在寻找“北京人”的资金方面也给予了大力支持。

遗憾的是，正如夏皮罗所料，贾纳斯通过几天的寻找，在台湾历史博物馆没有发现真正的“北京人”化石，在其他一些地方也未找到“北京人”新的线索。但贾纳斯并非一个什么事情都可以轻易罢休的人，他认为既然自己已经来到了台湾，就不能悄然无声地回到美国，而必须继续调查下去，直至搞个水落石出。

于是，贾纳斯马上在台北召开了一个新闻发布会。会上，他绘声绘色地向听众介绍了他的中国大陆之行和在美国寻找、追踪“北京人”化石的传奇经历，以及他下一步寻找“北京人”的宏大计划。最后，他还向台湾各界人士发出强烈呼吁，希望大家赶快行动起来，“共同拯救这伟大的国宝!”

贾纳斯极富吸引力的演讲，倾倒了在场的听众。台湾的各种新闻媒介，当即以最快的速度作出了反应。当时的《“中国”新闻报》《“中国”邮政报》率先推出了这样一则报道：

> 美国芝加哥银行家、希腊遗产基金会主席贾纳斯先生，为寻找失踪的“北京人”下落，已决定把酬金提高到十五万美元。据悉，贾纳斯先生在众多的线索中已选择出了最重要的一条：一位名叫阿拉克斯的俄裔美国人，1938 年至 1945 年曾在上海教授生物，他告诉贾纳斯说，“北京人”化石被一艘俄国船运往克里米亚的雅尔塔去了。这对贾纳斯来说，无疑是一条极其重要的新线索，贾纳斯已指派希腊遗产基金会的一名会员到雅尔塔调查此事。

与此同时，台湾别的许多家报纸也都相继报道了许许多多千奇百怪的消息。有一家报纸还宣称：“贾纳斯先生在台湾已会见了四百多人，发现了三百九十五条线索。”

寻找“北京人”的消息，立即引起了台湾大众的关注，许多关于“北京人”化石的线索，源源不断地传递到了贾纳斯的手中。而贾纳斯也乘机借助这些新的线索和消息，不断扩大事态，使寻找“北京人”的活动在台湾逐步升级。小小孤岛台湾，很快刮起一股寻找“北京人”的旋风。

然而，热闹是热闹，旋风过后，依然没有什么结果。据贾纳斯自己说，此次台湾之行，线索虽然很多，但几乎“没有一条线索取得了成效”。

最后，贾纳斯把自己的名声留在了台湾，带走的则是一大批热心寻找者捐助的资金。

三十三、 息式白登门拜访夏皮罗

正当贾纳斯在台湾大出风头，各界人士为此喧哗不已时，当年魏敦瑞的秘书小姐，现在的息式白太太，在一个阳光明媚的上午，终于走出自己几乎与世隔绝了二十多年的寓所，来到美国自然历史博物馆，登门拜访夏皮罗先生。

息式白是专为“北京人”而来的。

我从有关资料获悉，息式白于 1947 年离开北京协和医学院回美国纽约定居后，先是在一家公司担任经理秘书兼翻译，不久即和美国驻中国大使馆一职员结婚，随后辞掉工作，自己办起了一个咖啡馆，自任经理，却不主管经营。从此，由小姐变成了太太的息式白深居简出，不问政事，除了偶尔照管一下生意上的事情外，大多数时间都用来撰写自己在中国的回忆录。

对夏皮罗和贾纳斯寻找“北京人”一事，息式白太太一开始便注意到了，并一直关注着。这不仅仅因为她是这个事件中的一个角色，并为此吃够了苦头，还因为她正在撰写一部关于“北京人”失踪一案的纪实小说（这部纪实小说后来出版后，被中国的胡承志看到了，胡承志说，“尽是胡说八道”）。所以哪怕是有关“北京人”事件的点滴消息，都会引起她极大的兴趣。当息式白从夏皮罗那里得知那个和贾纳斯会面的黑衣女士忽隐忽现时，也在思索这个黑衣女士的真实身份和可能居住的街道，并为此几乎动用了自己所有记忆的仓库和想象的才能。但由于她所掌握的线索毕竟少得可怜，最终还是没有获得满意的结果。

然而，就在昨天晚上，当她偶然翻阅从中国带回的书信时，一封早已发黄的短短的信笺却一下触动了她敏感的神经。她一连将此信阅读了三遍，又经过一番回忆与推理，而后决定去拜访夏皮罗先生。

息式白和夏皮罗简单寒暄几句之后，便从包里取出那封书信，送到夏皮罗的手上。这是一封纸页发黄并且多有皱折的信，字迹虽然有些模糊，但夏皮罗还是能够看得清楚。

息式白小姐：

不知道你是否还在北京协和医学院，如果你还在并能收到这封信，对于我来说则是最幸福的事了。你知道我是多么想念你和我们在一起的那段生活，我做梦都想回到北京和你及乔治蒂·赫本他们团聚。但是，战争使我们远隔万里而不能相见，这是多么令人痛苦的事情。好在现在战争已经结束，我们相会的日子也不会太远了。我和其他的队员一样，现在在关岛医院休养，待休养之后将回到美国本土。这里当然比战俘营好多了，食品丰富，有热水淋浴，逍遥自在。在中国生活了这么多年后，看到这里净是白种人，街上没有黄包车，对我来说实在是太新奇了，也太不习惯了。在这样的生活环境里，我们将很快恢复健康，重返家园。

息式白小姐，你能告诉我乔治蒂·赫本小姐的住址吗？我给她写了无数次信，但都没能见到她的回音。我现在迫切地需要和她联系，因为在她那里还有我的一份东西，一份极为珍贵的东西，我要让她还给我。如果你知道她的住址并能转告于我，将十分感谢。希望不久将收到你和她的来信。

祝好！

你的朋友　斯耐德尔

1946年2月17日

夏皮罗看完后，不解地望着息式白，问："这能说明什么呢？"

“是的，仅凭这封信，是不能看出什么的，但是如果当你了解了斯耐德尔和乔治蒂·赫本的情况后，也许您会兴趣大增。”息式白解释说。

“那就请你先谈谈吧!”夏皮罗说。

“赫本和斯耐德尔都是我在中国时结交的美国朋友。”息式白缓缓说道，“赫本在一家商行工作，主要充当中美双方生意上的中间联络人。斯耐德尔是驻北平的美国海军陆战队队员，也就是1941年12月4日开着卡车到协和医学院拉装有‘北京人’化石箱子的那个海军上士。据我当时所知道的情况，赫本与美国驻北平公使馆的一名职员和斯耐德尔都同居过，而斯耐德尔与北京协和医学院一名姓张的中国女职员关系也十分密切。在这名中国女职员任讲解员期间，曾经带斯耐德尔到实验室看过‘北京人’化石。这就是说，美国驻北平公使馆的职员以及赫本、斯耐德尔、中国女职员这四个人，均有单线联系或者彼此都有认识的可能。由此可以推论，他们四人都可能知道‘北京人’化石和转运的时间以及这批化石的价值。当然，这些情况还不能令我们怀疑他们参与了‘北京人’事件，只是当我重新发现这封信并为此思考时，才又让我想起了三十多年前我没有放在心里的一些事情。”

“什么事情？能讲讲吗？”夏皮罗说。

“当然可以。”息式白说，“1941年12月4日那天，当斯耐德尔驾驶卡车来到协和医学院的装货台时，他按响了汽车喇叭。当时我正在靠装货台一幢楼房的二层房间里做事，听到喇叭响声后我向下看去，斯耐德尔正从汽车驾驶室跳了下来。当我走出房间欲回实验室时，看到货物包括装‘北京人’化石的箱子都装上了汽车，并且盛化石的木箱放在了汽车的最后头。因为我对这两个箱子比较熟悉，一看就知道是装‘北京人’化石的那两个。同时我还看到那位姓张的中国女职员正站在汽车旁和斯耐德尔说着什么。因为他们是亲密的朋友，我当时没有想得更多，只是急着处理自己的事务去了。那天，我记不清从实验室出来要上街办一件什么急事了，只记得当我乘坐一辆黄包车路过南河沿十四号时，看到斯耐德尔的卡车停在了路旁，而卡车不远处是赫本的私人住宅。当时我没有看到斯耐德尔，也未见到赫本，尽管黄包车载着我一闪而过，但我的记忆告诉我，那辆卡车就是斯耐德尔刚从协和医学院开出来的。”

说到这里，息式白停止了叙述。

“后来呢?”夏皮罗追问道。

“后来？后来‘北京人’就失踪了。”息式白略带幽默地说。

沉思片刻，夏皮罗又问道：“你接到斯耐德尔的信后，告诉他赫本的地址了吗?”

“告诉了。但我当时只知道赫本已离开北平去上海了，具体地址和她干什么工作都不太清楚，我向斯耐德尔提供的这唯一的一点线索，是通过美国驻上海领事馆转交的。后来斯耐德尔再也没有给我来信，估计已经回美国了。当然，我也一直未能得到赫本的消息。至于斯耐德尔后来是否与赫本联系上了，‘以及那份珍贵的东西’赫本是不是还给了斯耐德尔，我也同样一概不知。你知道，中国内战不久，美国人又开始大批地回国了。”

“你的意思是说，是斯耐德尔中途劫持了‘北京人’化石，或者说是使用了调包之计?”夏皮罗有些惊奇地问道。

“难道你认为没有这种可能吗?”息式白自信地说，“我总在这样琢磨，为什么海军陆战队正好派了对‘北京人’化石有所了解的斯耐德尔到协和医学院去装运化石？那位姓张的中国女职员在斯耐德尔装车过程中出现，是在谈情说爱还是有别的企图？斯耐德尔中途违反纪律私自将车停在赫本的家门口，又意味着什么？还有，那份令斯耐德尔惦念不忘，并四处打听赫本的下落，大有非要追回不可的‘珍贵的东西’，如果不是‘北京人‘化石，又是什么？这一连串的疑问，难道不值得我们深思吗?”

此刻的夏皮罗已经难以控制自己的情绪了，他站起来，一边在办公室来回走动着，一边无限感叹地说道：“息太太，历史真是太奇妙太奇妙了！现在，我们似乎可以作如下的推理：在转运‘北京人’化石之前，斯耐德尔和赫本很可能通过协和医学院姓张的中国职员和美国大使馆的职员知道了‘北京人’即将转运美国的消息，于是，他们两个便秘密制定了一个劫持‘北京人’化石的阴谋，这个阴谋或许那两个有意或无意提供情报的人并不知道。当海军陆战队要派人去协和医学院装运‘北京人’化石时，斯耐德尔首先踊跃报名把这个差使揽了过来，因为据当时一些在中国服役的美国海军陆战队队员们讲，像这样的公差大多都是靠自觉报名参加的，除非在没有人愿意去干的情况下，才由上司指派。

“斯耐德尔的报名被批准后，便驾车来到了协和医学院，再用汽车的喇叭声将那位姓张的中国女职员呼了出来，而后斯耐德尔采用闲聊的方式，从姓张的嘴里知道了是哪个箱子装有‘北京人’化石，并在装车时故意将它放在了车厢的最后。当然，那位姓张的中国女职员并不知道斯耐德尔的阴谋，如果知道的话，我想她是不会透露的。

“斯耐德尔把装有‘北京人’化石的木箱装好后，便将车开出协和医学院而后直奔南河沿赫本的家门，紧接着按照事先和赫本商定好的计划，将装有‘北京人’化石的箱子抬进里屋，用早已准备好的螺丝刀或别的什么锐器，将箱子后边的铁活页撬开，然后取出了朝思暮想的‘北京人’化石。接下去，他们再将事先准备好的一些玻璃瓶之类的医疗仪器或者别的什么东西，装进原来的空箱里，再按原样封好，然后重新装上停在门口的卡车。这个过程如果事先准备得很充分的话，我想只需十五分钟。”

息式白插话说：“问题是，夏皮罗先生，当时和斯耐德尔一起去协和医学院拉装有‘北京人’化石箱子的，还有陆战队的一位下士。这该如何解释呢?”

夏皮罗想了想，继续说道：“至于如何对待那位下士，我想斯耐德尔肯定早就想好对策的，或利诱，或威胁，或暂时将他引向一边。总之，斯耐德尔想法迫使他在以后的岁月中无法讲出这个事实。当然这仅仅是我的一种臆想和推测。”

“那么往后的事情又是何以发展的呢?”息式白再次插话道。

“也许由于斯耐德尔曾去协和医学院拉过‘北京人’化石，所以前往秦皇岛押送‘北京人’化石的重任也落在了他的肩上。当然，也许他是通过什么办法主动争取到的。后来，由于意外地爆发了战争，使斯耐德尔还未来得及处理那批劫持的‘北京人’化石就被俘了，接着又匆匆押往日本。正是因为战争的突然爆发，使斯耐德尔与赫本失去了联系，但他并没有忘记那批掌握在赫本手上的‘北京人’！于是，战争结束后，他便迫不及待地向你写信打听赫本的地址。息式白太太，你看是不是这样?”

息式白笑了笑，说：“我在中国时学了一句话，叫‘英雄所见略同’。看来我们很有共同之处。”

“不过，这个推理虽然有些道理，但毕竟是一种推理。我更愿意把它看作是一篇侦破小说。”夏皮罗严肃地说。

“不论像什么，我想这总是一条不可舍弃的线索，何况不少侦破小说就是根据实际案情写成的。”息式白太太同样严肃地说。

“只是我们尚不知斯耐德尔和赫本后来联系的情况，也不知这两个人现在居住何处。”夏皮罗说。

“看来要想找到赫本是有些困难，但我想斯耐德尔还是可以通过各种渠道找到的，比如说通过海军总部，或者原在中国的海军陆战队队员。不管他和赫本联系的情况怎样，只要能找到他本人，这件事就有可能出现意想不到的结果。”息式白依然颇为自信。

“但是，如果斯耐德尔真的参与了劫持‘北京人’化石一案，事情恐怕就没有这么简单了。”夏皮罗说，“所以我建议，还是请美国联邦调查局来插手这件事为好。”

“如果美国联邦调查局能插手，当然是再好不过了。”

“这样吧，息式白太太，你回去后尽快将我们刚才的谈话内容打印一份备忘录给我，然后由我出面督促联邦调查局派人调查此案。”

“好的。再见。”息式白起身走出房门。

三十四、 联邦调查局雪夜追踪新线索

五天后，夏皮罗将息式白太太打印好的备忘录连同斯耐德尔那封已经发黄的私人信件，一同交给了美国联邦调查局驻纽约机构。

一周后，夏皮罗得到答复，美国联邦调查局决定立案侦查此事。

美国联邦调查局只用了三四天时间，便将供职于纽约对外贸易总公

司的斯耐德尔的情况尽握手中。他们将斯耐德尔“请”到了联邦调查局的办公室，而后由调查此案的侦探巴利哈顿对斯耐德尔进行首次审讯。

二十多年后，我从有关资料中查到了这次审讯记录：

巴利哈顿：“斯耐德尔，你和乔治蒂·赫本是什么时候分手的?”

斯耐德尔：“1941 年 11 月 7 日珍珠港事件的前几天，具体日期已记不起来了。”

巴利哈顿：“你是否有东西放在她那里保管?”

斯耐德尔：“有的。”

巴利哈顿：“是什么东西? 在你离开中国之前她还给你了吗?”

斯耐德尔：“其实没什么值钱的东西，不过是几件军服和几套普通的中国茶具而已。因为我很快被俘，没来得及拿回和带走这些东西。我想她也许早就扔掉了，你知道那时的北平已变成了日本人的天下。”

巴利哈顿：“现在你知道赫本居住在哪里吗?”

斯耐德尔：“不知道。自从 1941 年 12 月我在中国被俘后，就再也没有得到她的音信。”

巴利哈顿：“你在关岛疗养的时候，给息式白女士写过信吗?”

斯耐德尔：“已经过去这么多年了，实在记不清了，可能写过，也可能没写过。那时我想的是尽快养好身体返回本土。”

从斯耐德尔的眼神中，巴利哈顿已经隐约感觉到了这位前海军陆战队队员的一丝惊慌，这种惊惶说明有两种可能：一种是斯耐德尔的确参与了劫持“北京人”化石的事件；另一种是没有参与但又害怕把事情弄到自己头上，因为他毕竟是参与装运“北京人”化石全过程的唯一健在者。巴利哈顿认为，如果是第一种可能的话，那么在调查局开始注意他之后，他一定会有一些反常的举动，或设法销毁罪证，或为掌握“北京人”化石的人通风报信，或转移化石的匿藏地点。而要及时掌握他的这些行动，就只有用秘密监视的方法予以对付。于是，巴利哈顿决定暗查。

关于巴利哈顿的这次暗查，据息式白后来撰文说，1974 年 10 月 31 日早晨，斯耐德尔和往常一样离开了自己的公寓，驱车驶向大街。躲在附近一家咖啡馆的巴利哈顿侦探亲眼目睹斯耐德尔消失于人流半小时后，便将电话打到了斯耐德尔的办公室。当斯耐德尔刚拿起电话时，巴利哈顿说了声“对不起先生，拨错电话了。”又很快将电话扣死。之后，他驾车来到纽约对外贸易公司外一家高层酒店，独自登上十三层客厅，然后开始暗中向外窥视。这间客厅的窗子正好和斯耐德尔办公室的窗子相对，这是巴利哈顿早在五天前就选好的地方。

大约 9 点，纽约的天空开始下起了淅淅沥沥的小雨，后来雨越下越大并伴有阵阵寒风。当天的气象预报说，下午和夜间将有大雨，并伴有小雪，气温将继续下降。暗中监视了一天的巴利哈顿好不容易熬到下班时间，当看到斯耐德尔在收拾提包和办公桌时，他瞥了一眼手表，正是下午 6 点半。于是，他快步走出酒楼，闪身钻进自己那辆“费尔兰”牌小汽车，然后随时准备跟踪斯耐德尔的“查韦”牌小汽车。不一会儿，斯耐德尔钻进了自己的车里，巴利哈顿紧随其后，眼望着斯耐德尔进了自己的公寓，巴利哈顿才把车停在不远处，而后到前面的一个小吃部吃了一顿汉堡包，才又来到车里坐定，看斯耐德尔夜间到底有什么活动。

大约 8 点 30 分，斯耐德尔身穿一件皮毛领子的翻皮外套从公寓走了出来。他把一堆东西放入车内，又站直身子一边搓手一边望望四周，然后迅速钻进汽车，随着一声轻微的引擎声，“查韦”牌汽车启动了。巴利哈顿并没看清斯耐德尔往车上放的到底是什么东西，见斯耐德尔的车启动后，也让自己的车跟了上去。斯耐德尔穿过几条街道后，便向奎恩斯高速公路驶去，巴利哈顿尾随其后。这时，雨和雪不住地下着，车前的玻璃不时被掩盖，斯耐德尔和巴利哈顿都感到行车的困难。

斯耐德尔的小车驶过西一百二十五号街后，猛地向左转弯，然后驶进了阿姆斯特丹大街，再进入一百二十六号大街，便在一座公寓门口停了下来。巴利哈顿把车慢慢开过去，在不远的一块空地上停下。这时，他看到斯耐德尔从汽车座位上拿出一件软软的东西——像一条毯子，又像一个大口袋，然后快步走进了公寓。

巴利哈顿随后向公寓走去，在迷蒙暗淡的灯光下，他看到一楼窗户上挂着一幅出租房间的招贴，并有“如要了解有关详情，可到一百零九房间询问”的字样。巴利哈顿伸手按响了一零九房间的门铃，一条门缝渐渐裂开，接着，一张像在冬天存放过的苹果一样的老太婆的脸露了出来。巴利哈顿刚要问话，老太婆却抢先用不太连贯的英语说道：“如果你不走，我就叫警察了。”说完砰地一声关上了门。

巴利哈顿回到车里，继续悄悄守候。此刻已近晚上十点，风吹得旁边的垃圾桶叮当作响，街道上已寂静无人。像这样的天气，美国人都躲在家中或者咖啡馆里谈论不断变化的社会生活，即使有人在街上行走，也想尽快摆脱风雪的侵袭。巴利哈顿坐在汽车里被冻得全身发抖，他不敢开动发动机，也不敢把暖气和汽车挡风玻璃上的刮水器打开，他担心这样做会被突然出现的斯耐德尔听到而有所警觉。雪花落在挡风玻璃上，很快和流动的雨水合二为一，再凝结成冰块，而后便恰到好处地遮住了面前的视线。巴利哈顿只好将通风玻璃降下一截，虽然这样加剧了寒冷，却可以看清公寓门口的动静。

又过去了二十多分钟，斯耐德尔还没有出来，巴利哈顿只好将挡风玻璃摇下，钻出汽车，在地上活动了一下将被冻僵的身体，然后再次走进公寓。走廊上依然空无一人，只有阵阵收音机声、电视机声以及断断续续的说笑声从屋内传出。巴利哈顿将走廊上所有的厕所和洗手间搜查了一遍，也未发现斯耐德尔的身影。他沿着楼梯轻轻向下走去，走到门口时，只见从漫天飞舞的雪花中雪花般地飘出一个孤零零的妇人，还未等他看清面孔，妇人已快步走进了公寓的大门。

大约 10 点 45 分，斯耐德尔终于从公寓走了出来。巴利哈顿看见，他提着一个大袋子慌慌张张地走近他的汽车旁，接着打开车门，把袋子放进后座的位置后，再关死车门。当做完这一切后，斯耐德尔又环顾了一下四周，四周依然一片风雪，一片宁静。他将发动机打开，再次回到了公寓。

躲在汽车中的巴利哈顿见斯耐德尔已经离开，便想下车去搜查一下那个可能装有“北京人”化石的口袋，正当他犹豫不决时，斯耐德尔又扛着一个口袋走出了公寓。巴利哈顿倒吸了口凉气，这些口袋里到底装的是什么呢？就在他满脑子问号不断的时候，斯耐德尔已将口袋放进了后车厢，然后“查韦”牌小车后面的指示灯转为红色，倏然间便消失在夜色之中。

巴利哈顿迅速启动了自己的“费尔兰”牌小车，随后加大油门，紧紧跟了上去。但在结冰的马路上开车却极为困难，车轮左右打滑，难以控制。当他快要追上斯耐德尔的汽车时，又碰到红灯。巴利哈顿只好急速刹车。等路灯变为绿色后，巴利哈顿驾车抄近路开进了一百二十五号大街。他根据斯耐德尔的车的指示灯判断，斯耐德尔可能是要开往特里保拉桥方向。

两辆车在纽约市几条主要街道上疾驶，距离越来越近。当巴利哈顿的车距斯耐德尔的车只有半条街的距离时，巴利哈顿看见斯耐德尔在收费站前停下来付通行费。当巴利哈顿赶上来付完他的通行费后，斯耐德尔的车已消失在拉·加地区飞机场附近的繁华街道上了。

此时，巴利哈顿在风雪交加中已很难分辨出在他面前行驶的汽车，到底哪一辆是斯耐德尔的“查韦”牌小车。他把车开进右面的一条小巷中，减慢速度，开始考虑他所处的形势。他不知道为什么斯耐德尔要在这样一个风雪交加的夜晚绕这么大一个弯子，他更不清楚为什么斯耐德尔会在这样一个风雪交加的夜晚做出如此奇特的行动。

巴利哈顿决定再回到布鲁克林区斯耐德尔的寓所等待。他沿着小巷驶入长岛快速公路，四十五分钟之后便回到了刚才出发的地方。巴利哈顿看见，斯耐德尔寓所前面的停车场上，原来存放“查韦”牌汽车的地方依然空着，斯耐德尔显然还没有回来。他围着停车场转了一圈，在确认确实没有发现“查韦”牌小车后，这才在旅店一个靠窗户的椅子上坐了下来，然后叫来一杯咖啡，一边细细品味，一边耐心地等着斯耐德尔的归来。

大约凌晨5时，巴利哈顿感到头昏眼花，全身酸疼，他索性走出旅店，到外面活动一下筋骨。这时，风已停歇，漫天的雪花却还在按照自己的个性一个劲地飘来飘去，而斯耐德尔的“查韦”牌小车依然不见踪影。也许他今晚不会回来了？巴利哈顿望了望天，重新回到旅店，随便找了个床位便倒了下去。

巴利哈顿醒来时，已是早晨 7 点左右。他推开窗子，只见外面铺了一层厚厚的雪，对面的停车处没有车胎压过的一点痕迹，这说明斯耐德尔的汽车昨晚既没有开回来也没有开出去。看来，斯耐德尔是真的一夜没有回家了。巴利哈顿走出旅店大门，按照多年养成的习惯，他掏出随身携带的小收音机，一边在雪地上散步，一边收听新闻。

巴利哈顿结束十五分钟的散步后，回到旅店，匆匆洗罢脸，用过餐，又重新坐到了昨晚坐过的位置上。然后叫来一杯咖啡，要来一份当天《纽约时报》，随便看了起来。可一篇关于交通事故的报道他刚看了一半，便惊呆了！这篇报道说，昨夜风雪突然袭击，造成多起交通事故，数人死亡。其中一位叫威廉·斯耐德尔的先生，当驾车向布鲁克林区行驶时，在结冰的马林大街桥上滑到桥旁，撞在桥座上，当场死亡。斯耐德尔先生在纽约对外贸易公司工作。事出后，当局已通知他的公司及其亲属。

巴利哈顿这才恍然醒悟，斯耐德尔为何一夜未归。

震惊之余，巴利哈顿马上想起了斯耐德尔小车后厢中那两个口袋。他当即打电话到报社，报社回告他没有任何消息；他又向马林大街交通事故分局打去询问电话，得到的答复是：“在整个汽车里，除当场毙命的驾驶者外，什么也没有发现，更没见到什么布袋。”

巴利哈顿相信交通事故分局的话是真实的。但问题是，斯耐德尔昨晚为什么要冒着漫天风雪将车开到偏僻的马林大街？他那两个鼓鼓囊囊的布袋里到底装的都是什么玩意儿？他出事前又与哪些人有过接触？以及到底都干了些什么？此外，斯耐德尔究竟是死于车祸，还是他杀？

此后，尽管联邦调查局又作过一些调查，但随着斯耐德尔的死去，最终还是没有查出一个令人满意的结果。于是，斯耐德尔车祸事件，又成为“北京人”失踪之谜中又一个不解之谜。

不久，美国《纽约时报》用大幅标题登载了这样一条消息：

金融家贾纳斯寻找“北京人”被指控有欺诈行为

芝加哥路透社2月25日电：芝加哥金融家克里斯托弗·贾纳斯为寻找遗失的“北京人”遗骨，今日被联邦检察官起诉有欺诈六十四万美元之嫌。

联邦大陪审员指出，贾纳斯先生现年六十九岁，根据法律第三十七条款控诉他为寻找“北京人”化石活动而筹集的款项大部分被他据为己有。

起诉书说，退休的银行家贾纳斯先生从银行借款中得到五十二万美元。另外从投资者手中得到为了寻找和摄制“北京人”影片的美金十二万元。

目前，此案正在审理之中。

后来有消息说，这一指控，并未将贾纳斯送进监狱。

多年来一直忙于寻找“北京人”的贾纳斯到底是个什么人物，我无从查实，因而在此难作结论。我只知道后来的情况是，随着斯耐德尔事件的不了了之，随着银行家贾纳斯的被起诉，在美国上世纪七十年代掀起的这场寻找“北京人”热潮，在经历了几番大起大落、大喜大悲之后，最终还是不得不落下了帷幕。

而再后来的一天，又是一个阳光明媚的上午，息式白太太又一次来到夏皮罗先生的寓所。当两人谈起联邦调查局的调查以及贾纳斯的案情时，彼此显得都很无奈。夏皮罗说：“我看这是一篇没有结尾的侦破小说。”

“是的，看来我不得不用纪实小说的形式来完成‘北京人’的故事了。”息式白说。

“不过，我还是抱有希望的。”夏皮罗说，“如果将来有一天我有机会到中国去的话，我一定要到中国的北京、天津等好好找一找!”

上帝能给这位老人一个机会吗?

第八章
假如历史不开玩笑

三十五、 天津市公安局立案侦查

在上纪纪七十年代，当美国寻找“北京人”的文化热潮一浪高过一浪之时，中国史无前例的“无产阶级文化大革命”也正搞得轰轰烈烈，如火如荼。

然而在民间，寻找“北京人”的传闻也依然时有发生。而且，居然还发生了“无产阶级的专政机关”——公安局对“北京人”进行立案侦查的故事。这个对“北京人”进行立案侦查的公安局，就是天津市公安局。据我了解，动用公安局对“北京人”专门进行立案侦查，在共和国的历史上，尚属首次！

事情的起因，源于一份大参考。

1971 年初的一个傍晚，时任天津市市委第一书记的解学恭刚吃过晚饭，便按照多年来养成的惯例，悠闲地拿起了一份当时只有特权阶层才有资格“享受”的、由北京新华总社下发的“内部参考”。他刚看了一会儿，便被其中的一则转载于美国《纽约时报》的消息吸引住了。这则消息说：

二战前驻中国的原美国海军陆战队军医弗利博士，已向中国方面提出申请，准备亲赴中国的北京、天津等地，寻找二战期间失踪的“北京人”化石。太平洋战争爆发前，弗利受上司的指令，专门负责“北京人”化石的转移事宜，但化石尚未迈出中国境内，太平洋战争爆发，美国驻北京、天津等地的海军陆战队全体官兵被日军俘虏。

弗利被押送到日本战俘营前，他避开日本人的监视，巧妙地将装有“北京人”化石的几个军用提箱分别寄存于瑞士人在中国开办的百利洋行天津分行，以及法国人设在天津的巴斯特研究所和两个居住在天津的中国友人家中……

弗利博士本人表示，无论此次去中国的计划是否实现，不管失踪已久的人类文化巨宝“北京人”化石是否还能找到，他都将自己参与寻找“北京人”的有关事实和线索，以回忆录的形式写出来，公布于天下。

解学恭看完这篇报道后，最让他揪心的一点，是这位美国的弗利提到的当年隐藏“北京人”的三个地点，全在他管辖的天津市区内。富有政治头脑和文化意识的他马上意识到，这是一件大事情，也是一件很有“意思”的事情；他作为天津市现任第一把手，对此应负有不可推卸的义务和责任。

解学恭再经查询，很快又搞清了这则消息的大致背景。原来，随着中美关系的松动，不少美国人开始纷纷涌向中国。不久前，弗利博士也不失时机地向中国驻加拿大渥太华大使馆提出了前往中国的签证请求。为了加重这个请求的分量，早日促成踏上中国国土的梦想，弗利在请求中特意提出，他此次去中国的目的，是帮助中国人找回失踪已久的人类文化巨宝——“北京人”！为了证实这个请求的真实性，聪明的弗利双管齐下——就在他向中国方面提出书面申请的第二天，他又在美国颇具影响的《纽约时报》上刊发了一则类似广告性质的消息，声称他将如何前往中国北京、天津等地寻找“北京人”云云。弗利这一讨巧的做法，果然引起了中国驻加拿大大使馆以及中国驻加拿大新闻工作者的注意。新华社驻加拿大记者以最快的速度将弗利本人的情况以及他在《纽约时报》所发表的消息传往国内。接着，北京新华总社又以内部参考的形式转发了这一消息。

于是，解学恭在这份“内部参考”上当即作了如下批示：

市公安局：

美国人提供的当年“北京人”失踪的三条主要线索，都发生在我们天津，请你们组织人员查一查是否属实。若确有其事，尽快组成专案小组，立案查处。此事关系甚大，注意保密。

天津市公安局接到解学恭的批示后，立即秘密组成了一个侦查“北京人”下落的专案小组，并由办案能力极强的王重光同志任组长。

首先，他们以天津市公安局的名义给中国科学院发去一封公函，对为什么要查找“北京人”的背景情况作了说明，并希望中国科学院派人在北京协助查寻有关线索。

接函后的中国科学院领导人当即指示由古脊椎动物与古人类研究所派出两名精干人员，协助查寻有关线索。古脊椎动物与古人类研究所领导经过讨论研究，决定委派刚从“五七干校”劳动改造回所不久的张森水和吴茂霖两个年轻的科学家协办此事。

张森水和吴茂霖均是裴文中的学生和助手，对“北京人”的感情自然要比一般人更为深重，哪怕仅有点滴线索，也愿意积极参与寻找；加之正值“文化大革命”期间，从干校回京后整日闲着无聊，无所事事，所以能领到协助寻找“北京人”这份差事，既是一件幸事，也是一件乐事。

张、吴二人很快和天津公安局“北京人”化石专案组取得了联系。根据对方的要求，二人需要首先查实的是，弗利这个人到底有没有在协和医学院工作过。因为弗利在《纽约时报》上发表的文章中，自称曾在北平协和医学院和天津美海军陆战队兵营服役过。如果查后确有其人，天津方面再按弗利提供的三条线索一路查找下去；若是弗利这个人压根儿就没在协和医学院工作过，那弗利所言，则是一个天大的骗局。

张森水、吴茂霖怀着激动、亢奋的心情，很快来到了北京协和医学院，找到了太平洋战争爆发前曾在北平协和医学院工作过的林巧稚、张孝骞、钟慧澜等著名医学专家，并一一进行了询问。然而，令他们失望的是，这些大专家们回忆来回忆去，就是怎么也想不起来当年的协和医学院有个叫弗利的美国医生，甚至有的干脆一口否定，说从来就没听说过弗利这个人。

面对此情，张森水、吴茂霖认为可能是天津方面搞错了，便坐上火车，连夜赶赴天津，找到市公安局专案组人员，将在北京查询的情况作了说明。并提出能不能看一看天津方面所掌握的有关档案材料，以验证是否搞错了人名?

但天津市公安局专案组人员很热情地给他们倒上茶水后，有些为难，说："真对不起，这是首长交办的绝密案件，非专案组正式人员，是不能查看的。"

张、吴二人听罢，也就不好再说什么，只表示愿意继续协助专案组人员做些力所能及的工作，便返回了北京。

此后，天津市公安局专案组经过研究，决定将专案人员分成两个小组，一个小组继续负责天津方面有关线索的侦查，另一个小组则到北京，对弗利是否曾在协和医学院一事再作进一步核实；同时，对当年由瑞士人在中国开办的百利洋行北平总行与"北京人"是否有染一事，也将作一番认真地查询。

天津专案组人员来到北京后，住进了公安人员常住的崇文门宾馆。他们经过一周的艰苦查访，终于从别的渠道查明，太平洋战争爆发前，弗利确实曾在北平协和医学院工作过一段时间，只因他工作的时间较短，加之他当年只是一个很不起眼的上尉军医，故没有引起——也不可能引起像林巧稚、张孝骞、钟惠澜等那样的大专家们的注意。同时，他们经过查证，弗利其人确实是当年美国海军陆战队驻天津兵营的军医；1941年珍珠港事件后被日军俘虏一事，也属事实。

但天津专案组在对瑞士百利洋行北平总行的调查中，由于属于异地办案，而瑞士百利洋行北平总行又是涉外机构，所以他们无法看到档案，致使查证工作遇到难以克服的困难。鉴于此，天津专案组只好又找到张森水，希望由他向中国科学院古脊椎动物与古人类研究所提出建议，由中国科学院出面协调，让北京市公安局介入此案。因为瑞士百利洋行北平总行属于北京管辖范围，若是北京市公安局肯出面办案，那许多疑难问题解决起来就会顺利得多。

张森水认为这个意见有道理，也很有意义。他想，在中国办事情，只要有了某个领导的批示，事情就会好办得多，其成功率也会高得多，而且领导的权力越大，办起事情来就越容易得多。失踪几十年的“北京人”之所以能在今天提到国家政府部门的议事日程上来，并设专案组立案侦查，就是因为天津市委书记作了专门批示。如果北京方面也有那么一个领导对此作个专门批示，北京市公安局肯定也会积极投入到这个案件中来。

问题是，找哪一位领导出面合适?

张森水首先想到一连串北京市委领导人的名字。但作为一个青年科学家，他长期只顾埋头搞科学，对领导阶层既不熟悉，也从无来往。再说了，即使他知道某个领导，领导也不认识他。所以他想来想去，也没想出一个可以找上门去说情的领导来。

最后，他还是想到了一个人。

谁？大名鼎鼎的郭沫若！

张森水是裴文中的学生，在过去的日子里，裴先生曾多次带他到郭老家中，谈些学术方面的事情，故与郭老曾有过几次交往。郭老平易近人、坦诚开朗的性格，令他钦佩不已；而他的精干与聪明，也给郭老留下了不错的印象。由于他是裴文中的学生，那么郭老自然也就是他的老师了，因此他想，如果自己以学生的身份去拜望拜望郭老，然后随便再谈谈此事，凭郭老的为人和对中国考古事业的执着与热爱，肯定是会得到支持的；一旦郭老出面说说话，找有关方面协调协调，那么北京市公安局介入此次“北京人”的查找，也就是自然而然的事情了，结果肯定大不一样。

于是，一心想尽快找到“北京人”的张森水，很快将天津专案组北京小组的请求向古脊椎与古人类研究所一位“革委会”负责人作了汇报，并谈了自己打算通过找郭沫若老先生出面帮忙的设想。

这位“革委会”负责人听罢张森水的意见后，连连摇头道：“不可，不可。郭老可不是谁都可以去打扰的!”

张森水见“革委会”负责人如此胆小谨慎，便强调说：“裴先生曾多次带我去过他家，我以学生的身份去看看他，是完全可以的，我相信郭老也是会答应的。”

这位负责人沉默了一阵，最后还是摇了摇头说：“不行，你的想法不可取。此事关系重大，你还是先写个报告交到所里，再由所里向科学院报告，最后看院里如何处理吧。”

没办法，张森水只好回到办公室，认认真真写了一份报告，当即交到研究所，再由研究所呈送给了中国科学院。

遗憾的是，在那个混乱无序的年代里，中国科学院的领导大都泥菩萨过河——自身难保，根本不可能来落实此事；而那些“革委会”的头头们，工人阶级的“领导们”，整天“抓革命”都抓不过来，更不会过问此类“闲事”。所以张森水写的报告虽然是送上去了，结果却是肉包子打狗——有去无回!

北京方面的查找，就这样到此中断了。

而天津方面的调查，进展还算顺利。

弗利提供的第一条线索，是说他将一个军用提箱寄存在了瑞士百利洋行天津分行。经专案组调查得知，百利洋行天津分行在太平洋战争爆发前后，确实做过一些倒卖文物的生意，如果说染指过“北京人”之事，也是完全可能的。但天津专案人员在对瑞士百利洋行天津分行的调查中，与之相关的人员却一口否认他们曾经收到过弗利送去的军用提箱，更没有见到过什么“北京人”化石。甚至有人还说，我们压根儿就不知道有弗利这个所谓的美国医生。

弗利提供的第二条线索，是说他将一只军用提箱放于法国人开办的巴斯特研究所了。经专案组对原巴斯特研究所部分有关人员进行调查，也未找到可靠的线索和依据。正当一筹莫展时，意外的情况出现了：有人提供了一个中国女人的线索，说这个中国女人当年曾是原巴斯特研究所所长最宠爱的情人，与所长关系甚密，很可能她知道有关箱子的情况。于是，专案人员顺藤摸瓜，找到了原巴斯特研究所所长当年的这个中国情人，而后软硬兼施，通过多次追问，她终于吐露了真情：她当年和巴斯特研究所所长确实曾经相爱，并且也认识弗利这个美国军医。就在1941年12月6日这天，她和巴斯特研究所所长以及弗利三人，还在北平的北海公园游玩过一次，直至深夜才赶回天津。但第二天一大早，美国海军驻天津兵营就突然被日军包围，接着弗利被俘，之后便再也没见弗利和巴斯特研究所所长有过接触，更没见过所谓送来的军用提箱。

这位所长的情人的意思很清楚，由于珍珠港事件爆发前一天，他们和弗利都在北平北海公园玩，而装有“北京人”的箱子这时要么还在秦皇岛，要么还在秦皇岛至天津途中，弗利手中是不可能有箱子的；珍珠港事件爆发后，弗利当即被俘，而被俘后的弗利不可能有人身自由，同样也就不可能拥有箱子。所以她在珍珠港事件爆发前后，都没见到过弗利送来的箱子，自在情理之中。但她没见到弗利送过箱子，并不等于弗利没有送过箱子。因为据弗利后来所说，他被俘后一个星期后又被放了出来，他是在被放出来之后将箱子转存到巴斯特研究所的。可专案组又经过一段时间的查找，还是没有在原巴斯特研究所找到弗利所说的箱子；而弗利当年是否就一定把箱子存放在了原巴斯特研究所，也缺乏可靠的证据。

弗利提供的第三条线索，是说他将另两个箱子交给了他平常最信赖的两个中国朋友。专案组人员通过四处调研，八方查找，费尽九牛二虎之力，终于找到了弗利说的那两个他“最信赖的中国友人”。这两个中国友人本是一对恩爱夫妻，当专案组人员找到他们时，这对夫妻早已离婚多年，原因是解放后有人揭发，说他俩当年里通外国，与美帝国主义有勾结，故被打成了反革命。于是，一家人从此家破人亡，妻离子散，女的离异后回到上海老家定居，男的则被押到了四川某劳改农场服刑，多年来彼此已没有任何来往。专案组人员分别赴上海和四川某劳改农场调查，从双方的言词中得到证实，珍珠港事件爆发前，这对夫妇和弗利确实曾是好友。而珍珠港事件爆发后不久的一天，弗利也确实曾将两个箱子送到他俩家中，拜托他俩一定好好代管，等将来战争结束后再归还于他。

但是，这对夫妇却一口否认箱子里装有什么“北京人”化石，而说是这两个箱子一个装的是医疗器械，另一个装的是弗利的衣服和一些中国古董瓷器，此外还有五百元美金。二战结束后，弗利回到了美国，不久便来信谈及两个箱子之事。后来取得弗利本人的同意，箱子里的古董瓷器和五百元美金，由天津领事馆拿走了，其余衣物之类的东西，则由他俩给变卖了。

专案组人员对这对夫妇采取的是背靠背的办案形式，结果是，两人的说法基本一致。也就是说，他俩虽然确实曾为弗利真诚而精心地代管过两个箱子，但箱子里装的东西，却不是“北京人”。这对男女离婚后相处异地，且多年没有来往，似乎也不可能存在相互串供的问题。

专案组人员再度陷入困境。

之后不久，随着反击“右倾翻案风”的兴起，天津市公安局立案侦查“北京人”下落一案，宣告流产。

现在的问题是，弗利当年留在中国友人家中的这两个箱子早已时过境迁，物是人非，如果里面装的不是“北京人”，而是像他的“两位中国好友”所说，仅仅是医疗器械、中国古董瓷器和他自己的一些衣服的话，他为什还要费尽心思、想方设法前来中国寻找呢?

弗利执意要来中国寻找的，究竟是什么呢？莫非其中真有与“北京人”有关的秘密?

三十六、 谁来解开弗利之谜?

上世纪七十年代的弗利终究没有踏上中国的国土。

但弗利要来中国寻找“北京人”的梦想，却一直没有泯灭。所以到了八十年代，又再次引出弗利要来华寻找“北京人”的故事。

故事出自一个酒会。

1980 年 3 月 4 日的一个晚上，贾兰坡和研究所的黄慰文、毕初珍、盖培应邀到瑞士驻华大使馆参加一个酒会。酒会是瑞士驻华大使席望南先生为欢迎瑞士著名考古学家、伯尔尼大学邦迪教授率领的一个旅行团而举行的。邦迪教授于 1977 年 9 月首次访华时，曾到过古人类脊椎动物研究所参观，和贾兰坡已经是朋友了。而席望南大使是一位了不起的考古学爱好者，他对中国的考古，特别是对贾兰坡他们在周口店发掘"北京人"的情况，更是既熟悉又很有兴趣。所以在酒会上，席望南大使特地和贾兰坡坐在一起。

酒过三巡，席望南大使和贾兰坡便有了一种"酒逢知己千杯少"的感觉。两人谈了很长时间，也谈了很多内容，当然都是考古学方面的事情——从西亚考古一直谈到中国最近的发现，而后从周口店的最初发掘又渐渐谈到关于"北京人"遗骨的丢失。最后，席望南大使还主动向贾兰坡谈起了当年美国海军陆战队的军医威廉·弗利的一些近况。

对弗利这个人，贾兰坡过去就听说过，但从未有过任何联系。贾兰坡只听说在珍珠港事件之前，弗利曾在北平协和医学院任过研究员，后来被征入伍，成了驻天津美国海军陆战队的医官。1941 年 11 月间，当中美双方决定将"北京人"化石秘密转移出国时，据说护送化石的任务就落在了弗利的头上。但弗利还来不及将化石带走，就成了日本人的俘虏。于是弗利便成了最后接触、掌握"北京人"化石下落的关键人物。

席望南大使对贾兰坡说："弗利今年已经六十八岁了，是我的一位好朋友。他现在在纽约行医，是一位很著名的心脏专家。据我所知，他掌握着有关'北京人'下落的关键线索。而且，弗利是一位可信赖的人，希望你们一定要重视这个线索。"

贾兰坡听到这个情况后，十分高兴。他知道，多年来不少人为了寻找到"北京人"化石，曾想方设法，绞尽脑汁，试图从弗利嘴里套出"口供"。但弗利对一些关键性的细节，却始终守口如瓶，使得"北京人"的下落显得愈加扑朔迷离。而现在，眼前的席望南大使对弗利却有如此的私交，这对寻找"北京人"显然是一个重要的突破口。于是，贾兰坡对大使说："大使先生，希望你和弗利继续保持密切的联系，我们很希望能从他那里得到一些有关'北京人'的最新情况。以后欢迎你随时和我们联系。”

大使说：“贾先生，你放心，我一定为寻找‘北京人’的事尽到我最大的努力。”

果然，酒会结束半个月后，即3月20日，席望南大使便给贾兰坡写来一封长信。大使在信里介绍了他在纽约时弗利曾经和他谈过“北京人”化石失落的情况后，这样写道：

> 弗利在天津行医，要乘船返回美国（必然是1941年），他的朋友和邻居德日进因为害怕日本人的到来，曾把装有著名化石的箱子藏在他家。然而，弗利博士未及把这些箱子同他自己的东西运到船上，就丢下了屋子里的所有东西急忙逃跑，房子随即被日军占据。据弗利说，日本人是最后见到装有化石的贵重箱子的人。他猜想，当房子后来被日本人完全腾空时，这些箱子可能运到了日本。他还进一步推测已经到了日本——倘若不是沉没海底的话——并且他也希望它们仍然保存在一些军队仓库里，最后尚能找到。
>
> 我想您听到这个叙述会感兴趣。作为一个具有良好关系的朋友，我没有理由来怀疑弗利博士的话的真实性……

收到大使的这封信时，贾兰坡和黄慰文正打算写一本关于周口店发掘的书，自然对“北京人”遗骨的任何线索都感兴趣。于是贾兰坡立即给席望南大使写了一封信，询问他信中的那段文字能否引用？

1980年5月5日，席望南大使给贾兰坡回信道：

> 我很感激您的善意的来信。自然，对您要引用我后一信中所说的一段话，我没有不同意见。不过，我和弗利博士的交谈已经是三年前的事了。所以，我已通知他和您通信，并已建议他来华和您接触。我正好得到他的回信，我高兴地获悉他已接受了我的邀请，大约于明年秋天来华。

弗利在给我的回信中还这样写道：恳切地请你告诉贾兰坡教授，我对长时期失去的“北京人”标本仍然抱有重新找着的希望。请他和我直接通信。

于是，贾兰坡根据席望南大使为他开出的通信地址，给弗利先生写去了一封信。

1980年6月10日，贾兰坡收到了弗利从纽约的回信：

尊敬的贾兰坡先生

我收到了您那封令人激动的来信。通过我们共同的朋友——瑞士大使席望南的介绍，最后处置“北京人”标本的科学家和一位曾经被委托运送“北京人”标本的官员相识了。多年来我一直希望有这么一天。我的心愿之一就是要在我有生之年，看到“北京人”化石标本安全回归北京协和医学院。

您为了保证“北京人”标本安全所给予的细心和谨慎的妥善包装（笔者注：包装者实际上是胡承志和吉延卿，并非贾兰坡），使我确信它们没有被遗弃，而是被安全地和细心地保存着以待适当的时候重见天日。

由于您一定明白的原因，我对给我从前的同事写信或联系感到踌躇。您温暖而友好的来信使我安了心。两周前，来自北京的以沈其震为首的医学教育考察组（笔者注：应为医学情报图书考察组）到我们医学院（笔者注：即康奈尔大学医学院）参观，该组两名成员范琪和李思翘于次日到舍下访问。他们的友情令我感动。我请他们回到北京后替我向您致意。同他们会见使我体会到，北京协和医学院的气氛已恢复到我离开时的样子了。

几年前我写过一篇文章，是谈我们在接触那些“北京人”标本中所扮演的角色。现随信寄上。它扼要地介绍了许多事件……

你会另外收到我们司库的信，讨论帮助你重新寻找“北京人”标本的某些可能性。

弗利

1980 年 5 月 29 日

能和弗利取得直接的联系，贾兰坡很高兴。他看完信后，又把弗利随信寄给他的文章认真看了一遍。弗利的这篇文章发表在《冬季 71/72 康奈尔大学医学院校友季刊》上。弗利在文中说，他在中国时，1938～1945 年既是美国海军陆战队的医师，同时又在香港和北京的医学院里进行研究工作。他能说很流利的中国话，因而和中国的以及欧洲的同行们有广泛的接触。他还说，日美战争结束后，古老的“北京人”的骨骼并不多，大约只装在一大玻璃瓶子里。

贾兰坡看完弗利的这篇文章后，觉得弗利的一些说法不太可信。根据他的经验，“北京人”是很容易破碎的化石，不可能装在玻璃瓶内，何况还要远渡重洋转运到美国！因此弗利所说的装在玻璃瓶子里的那些东西，很可能不是“北京人”化石，而是其他什么东西。而且，弗利所谈的“北京人”化石是装在一只箱子里，这和胡承志亲自用木头箱子包装的情况完全不符。再说，“北京人”的全部化石也绝不是一只衣箱就能容纳得下的。根据席望南大使的介绍，弗利是一个值得信赖的人，应该说他不会编造，也没有必要编造，那么，弗利讲的情况为什么又会是这样呢？

在收到弗利来信的同一天，贾兰坡又收到了弗利他们司库一位叫贾内拉先生 5 月 29 日从纽约发出的信，信中还附有一份席望南大使给弗利的请帖复印件。贾内拉先生在这封信里主要谈了如下几点意思：

您最近给弗利博士的来信，为他帮助寻找丢失的“北京人”标本提供了可能。

弗利已请求于 9 月份来中国……

我们已和纽约的中华人民共和国办事处进行接触，弗利博士的入境护照已签讫，号码是 668530 号，有效期至 1982

年……

这次访问的费用没有列入我们的预算。若是你们机构或你们政府能帮助解决所需的差旅费将是值得感激的。席望南大使已提出在北京由他招待，但是到天津、丰台和上海江湾的旅行，对于寻找工作也许是必要的。

弗利方面在短时间内便做出了如此快速的安排，本是一件令贾兰坡感到欣慰的事情，但很不凑巧的是，贾兰坡收到信的时候已经是 6 月 10 日了，而他已经定在 7 月作为中国科学院代表团成员访问日本，接下来在 11 月又要到日本明治大学讲学。而在此之前有许多工作，都必须要做；若是弗利 9 月份来华，显然多有不便。因此，贾兰坡给贾内拉写了一封回信，将上述情况作了说明，希望更改弗利的来华日期。

没想到，这一改，便改出了意想不到的麻烦。

1980 年 10 月底，弗利的另一位好友——美国运通银行总行高级副总裁邱正爵先生访问北京，其间特别邀请贾兰坡等人见面，说他带来弗利的口信。贾兰坡与邱正爵先生见面后，邱正爵先生介绍说，弗利接到贾兰坡的复信之后，曾和他一起研究复信的口气和内容，他们当时认为中国方面对于弗利的访华一定遇到了不便明言的麻烦（作者注：所谓“麻烦”，主要指政治方面的问题）。邱正爵先生还强调说，其实，弗利自己支付他和夫人的旅费是没有什么困难的，因为他是纽约的一位名医，收入相当可观。他主要是希望得到中国政府的邀请。

在华期间，邱正爵先生对寻找“北京人”化石一事，表现出了非常的热心，他不但力促弗利访华，而且还特意跑到了天津。在天津，他在一些朋友的帮助下，居然找到了弗利当年在天津居住的那间房子。邱正爵先生仔细观察了那间房子内部的情形后，还敲了敲房子的墙壁，听见了“空空”的声响。本来，他很想提议把墙打开看看，可由于房子已经住上了百姓人家，只好作罢。

邱正爵先生从天津回来后，对贾兰坡说，他在天津发现的那间房子，与弗利向他描述的情况一样，至今并无多大的变化。

邱正爵先生回到美国后，又专门去纽约找到弗利，把他在中国天津看到的当年弗利曾经居住过的那间房子的保存情况作了详细的交谈。弗利听了后，十分兴奋。但是，当邱正爵先生追问弗利“北京人”化石是不是藏在那幢房子里时，弗利则不置可否。因此，弗利的葫芦里到底卖的是什么药，谁也不清楚。

之后不久，贾兰坡又收到了弗利的一封来信，信中除了表示很希望来中国寻找“北京人”化石的愿望之外，还特意向贾兰坡正式提出了一个要求：他到中国来，希望能得到中国总理的邀请。

弗利来华为什么提出要中国总理向他发出邀请，至今是个谜。是因为西方人的思维方式不同？还是想借此抬高自己的身价？是认为他手中的线索确实非常重大？还是出于对中国政治背景的某种考虑？显然，今天的我已无从考证。我只从后来的采访中得知，贾兰坡接到弗利的这封信后，很是不快，心想，既然是一种学术之间的交流，干吗非要惊动总理？于是便给弗利回信说，总理没见过我，我也没见过总理，你的要求我难以满足，也无法满足。

此事就我个人观点而言，我认为弗利的要求算不了什么，相反我倒觉得贾兰坡老先生在这个问题上观念有些陈旧。因为弗利长期生活在西方自由世界，提出见总理没有什么大不了的；另一方面，他也许认为“北京人”一事实在重要，只有总理一级的人物才与他对等；再或许，他有什么条件或重要事情必须与总理当面交涉？

就这样，历史仿佛故意开了一个小小的玩笑；而就因为这个小小的玩笑，本来正常发展的历史又被一句简单的话轻而易举地改变了。

从此，弗利和贾兰坡不再有任何联系。

从此，弗利永远失去了来中国寻找“北京人”的机会，而贾兰坡则失去了寻找“北京人”的一个关键的线索。寻找“北京人”的历史，此后又无可奈何地朝着另一条道上走去。

多年后，一位记者为寻找“北京人”的足迹专程赶到美国纽约采访弗利。当这位记者好不容易跨进弗利的家门时，弗利已经不在人世了。这位记者只见到了弗利的照片和弗利的女儿。弗利的女儿举着父亲的照片，含着眼泪对记者说，去中国寻找“北京人”，是我父亲一生的愿望！直至卧床不起，父亲每天还躺在床上翻阅有关“北京人”的各种材料。很可惜的是，父亲到死也未能实现这一愿望。

又是多年之后，即1999年10月16日上午11时30分，我终于找到了现任美国纽约历史博物馆人类学部主任的伊安先生。伊安先生告诉我说：“关于‘北京人’化石箱子一事，他曾亲自询问过弗利究竟是怎么回事？弗利说，他确实负责过装有‘北京人’化石的箱子，但箱子交到他手里后，他并没有打开过。至于更详细的内容，弗利没有说，也许他不愿说。”

看来，弗利把他所知道的有关“北京人”的秘密带进了坟墓，没有任何人知道他到底真正知道些什么。不过我们不妨设想一下，假如历史不开玩笑；假如弗利当年选择来华的时间与贾兰坡没有冲突；假如弗利对中国的政治背景没有过多的忧虑；假如弗利来华寻找“北京人”没有那么高的要求；假如中美两国之间在历史上没有那么多的恩恩怨怨；假如贾兰坡当年对弗利出手相助而中国的总理周恩来又答应了弗利的要求，那么寻找“北京人”的故事，会不会又是另一种结局呢？甚至干脆说，“北京人”会不会就在弗利的手上？或者通过弗利提供的线索就找到了“北京人”？

但是，历史从来拒绝假如。

三十七、 夏皮罗天津之行

美国的大夫弗利终生未能了却到中国寻找“北京人”的心愿，美国的人类学家夏皮罗却终于实现了来中国寻找“北京人”的梦想。

1980年9月16日，经历了几十年的折腾和渴盼之后，年近七十岁的夏皮罗在女儿的陪同下，从纽约机场登上了飞往中国的航班。

夏皮罗父女搭乘的客机在北京机场平稳降落后，前来机场迎接他的，是中国科学院古脊椎与古人类研究所年轻的人类学家董兴仁。

汽车在宽阔的机场路向市中心驰去。秋日的北京，一片晴空万里，色彩纷呈。北京，是夏皮罗多年来心中神圣的殿堂，四十年后再次踏进这座城市，所有的一切对他来说，仍是那样的新鲜，那样的神奇。想当年他在北平协和医学院工作时，才三十岁，而今一晃四十年过去了，真是岁月不饶人啊！在过去的岁月里，他记不住自己曾给中国的有关部门和科学家们发出过多少请求信，也记不得自己在焦急和渴盼的等待中熬过了多少个日日夜夜。今天，他终于踏上了中国这片仰慕已久的国土，使他多年来要到中国寻找“北京人”的梦想变成了现实。望着窗外不断闪过的人影和楼群，他禁不住伸手摇下车窗，尽情地呼吸着初秋时节北京那清爽的气息。

三个月前的一天，夏皮罗得到一条重要信息，一个当年曾在天津驻守的美国海军陆战队队员告诉他，装有“北京人”化石的箱子曾辗转于天津美海军陆战队兵营大院。珍珠港事件爆发后，这个箱子被埋藏在了天津美海军陆战队兵营大院六号楼地下室的木板下面。如果没有意外情况发生，“北京人”至今应该依旧安然无恙地躺在那里等着知情者去营救。这位美海军老陆战队员在向他提供这个信息的同时，还交给了他一叠 1939 年拍摄于天津美海军陆战队兵营六号楼建筑物的照片复印件。

这一情况的出现，使夏皮罗寻找“北京人”的欲望之火再度燃烧起来，平静不久的心又一次掀起了阵阵波澜。他觉得不管此情是真是假，再也不能这样长久而被动地等待下去了，自己在有生之年一定要亲自去中国寻找一次“北京人”，否则，愧对祖宗，愧对历史，也愧对自己。

在这样一种心境的撩拨下，夏皮罗很快向中国科学院古脊椎与古人类研究所吴新智主任发去一封请求信，信中除透露了部分他新得到的线索外，再三希望吴新智先生能设法促成他的中国之行；同时还强调说，他此次来中国寻找“北京人”，不管结果如何，所有费用全由他自己掏腰包，无需中方承担分文。

吴新智接到夏皮罗言辞恳切的求助信后，觉得夏皮罗先生作为一位在国际上很有影响的古人类学家，虽已年逾古稀，却不辞辛劳、不远万里，主动要求到中国来寻找“北京人”，而且，还甘愿拿出自己多年的积蓄做这件事；不管他掌握的线索是真是假，也不管寻找的结果是有是无，仅是这种对科学对事业锲而不舍的追寻精神，就足以令人感动万分。相比之下，某些中国人在这一点上是问心有愧的。所以，吴新智先对一些相关的环节做了工作后，便将此情况向所里和科学院作了报告。最后，以中国科学院的名义为夏皮罗发去一封邀请函。

接着，吴新智又开始物色陪同夏皮罗的人选。北京方面他很快安排了本所的青年人类学家董兴仁，天津方面他首先想到了古人类学家黄为龙。因为就其天津自然博物馆现有人员的情况而言，黄为龙对“北京人”的发掘、丢失等情况比一般人更为熟悉，若是请他出面陪同夏皮罗先生寻找“北京人”，效果会更好一些。所以，吴新智亲自给天津市自然博物馆黑延易馆长打去电话，除了请黑延易馆长注意做好夏皮罗的接待工作外，建议最好由黄为龙作陪。

这样，中国方面不仅终于促成了夏皮罗的中国之行，还为夏皮罗的到来做好了周密的安排。

夏皮罗下榻北京饭店的当天，便与中方的吴新智等人会了面。会面后，夏皮罗除了对中方有关人员表示真诚的感谢外，还将自己这次中国之行的主要目的以及所掌握的有关“北京人”下落的线索和盘托出，并希望尽快安排他的寻找计划。经过短暂协商，双方当即确定了简单的寻找线路：先天津，后北京，再其他地方。

第二天，夏皮罗向中方提出了一个小小的要求，希望能拜访一下他仰慕多年却始终无缘相见的中国著名古人类学家贾兰坡先生，想就有关“北京人”诸多问题交换一些意见。中方爽快答应。可当董兴仁前去贾兰坡先生家联系时，才得知贾兰坡先生不久前已离开北京，到外地考察去了。

于是，1980 年 9 月 18 日下午，夏皮罗只得怀着遗憾的心情，与女儿一起，在中国青年古人类学家董兴仁的陪同下，踏上了由北京开往天津的列车。

无巧不成书。他们刚一跨进软席包厢，便惊奇地发现，天津自然博物馆的古人类学家黄为龙就坐在里面，身边还有一位黄头发、蓝眼睛的外国人。这是怎么回事呢？董兴仁既感到惊喜，又觉得奇怪。一打听，原来黄为龙受黑延易馆长的委派，陪同德国犀牛化石研究专家海希希去太原考察，今天刚从太原返回北京，然后再转这趟列车前往天津。没想到本该在天津相见的人，竟提前在同一列车同一车厢相遇了。

这一意外的相遇，让夏皮罗非常高兴，尤其是得知眼前的黄为龙就是天津自然博物馆的古人类学家时，马上便激动地和黄为龙交谈起来。

夏皮罗到达天津后，下榻于天津市第一饭店（现在的利顺德饭店），受到天津自然博物馆热情的款待。当晚，黑延易馆长和黄为龙等人还去饭店看望了他，并向他表示一定尽量协助他做好这次“北京人”的寻找工作。夏皮罗听后很高兴，和大家有说有笑，谈论有关“北京人”的各种线索问题，心情非常愉快。

但这个晚上的黄为龙回到家里后，却睡不着觉了。夏皮罗的到来，一些令人伤感的往事又被勾引出来，使他心情无法平静。

黄为龙个子不高，脑袋却绝顶聪明，在天津享有“奇才”之称。他上世纪五十年代从山东大学地质系毕业后，分在了北京中国科学院古脊椎与古人类研究所，从那时起，便把自己的全部精力投入到了对古人类学的研究之中；同时对丢失的“北京人”始终怀着一种深深的眷恋之情。六十年代初，随着大批知识分子从北京纷纷下放各地，他也被下放到了天津自然博物馆。几年后，他成了天津古人类学界的“权威”。可是，随着“无产阶级文化大革命”的突然爆发，1966 年 6 月 1 日这天，天津自然博物馆贴出了第一张大字报，把他这个“牛鬼蛇神”和“反动权威”揪了出来，接着便对他没完没了地批斗，然后再将他下放农村劳动改造。直到 1970 年底才被放回天津，给他“重新做人”的机会。

1972 年，美国总统尼克松访华，上海联合公报发表。不日，《天津日报》登载了一则小消息，说是又要寻找“北京人”了。黄为龙看到这则消息后，又惊又喜。之后，他又听人说起，尼克松访华时，曾和周恩来谈到，要派美国人来天津帮助寻找“北京人”。于是，学术界不久便传出一个消息：中国又要开始寻找“北京人”了！听到这些消息，黄为龙兴奋不已，一有空闲，便找人议论此事；同时还在心里偷偷想着如何在天津寻找“北京人”。但由于他当时“只许老老实实，不许乱说乱动”，所以寻找“北京人”的事，他也就只能在被窝里做做梦而已。

1975 年夏，随着中美关系的日渐正常化，以美国著名人类学家豪威尔和美国哈佛大学人类学教授等十一人组成的美国古人类学大型代表团即将前来中国访问，同时也要到天津自然博物馆参观，并与同行进行学术交流。馆长和黄为龙接到通知后，既高兴又紧张。高兴的是，多年封闭的天津终于有了与外国人类学界交流的机会；紧张的是，这时的天津自然博物馆早已名存实亡，根本无力接待如此高规格的外国代表团。其根本原因是，“文化大革命”中出于红色政治的需要，由天津自然博物馆、历史博物馆和艺术博物馆共同组成了一个新馆——“红太阳博物馆”，馆址就设在历史博物馆内。“红太阳博物馆”成立后，不少本属于自然博物馆和艺术博物馆的展品，统统搬进了“红太阳博物馆”。于是，祖先的遗骨和当代革命教材在“红太阳博物馆”同台展出；而讲解员每天向“革命群众”和孩子们反复重点讲解的，却是中国共产党的党史。这样一来，给人的感觉好像是在告诉“革命群众”和那些尚未长大的孩子：人类的历史，是从“最红最红的红太阳”——毛泽东开始的。

因此，接到通知后的黑延易馆长和黄为龙赶紧对自然博物馆重新进行布置。他们先将一些展品做了调整，然后又到“红太阳博物馆”借来几张简易沙发和桌子，几经折腾，这才好不容易在自然博物馆里布置出一个简易的接待室，以此勉强支撑一下中国人的“面子”。

美国古人类学代表团到来那天，黄为龙以天津古人类学代表的身份出现在了会议上。只是，他的身边多了一位监视他谈话的“领导人”。双方简单交流了一下相关的几个问题后，美国哈佛大学一位人类学教授首先就提出了寻找“北京人”的问题。接着，美国代表团首席代表豪威尔先生也表示，美国方面掌握了不少有关“北京人”下落的线索，他们很愿意到天津来寻找“北京人”；若是中国方面也有兴趣的话，双方可以携起手来，共同寻找“北京人”！

黄为龙听后，心里非常高兴，嘴上却不敢答应。因为上面安排他出席今天这个会议时，事先把他谈话的内容和调子都定好了。也就是说，他可以和美国人说什么，不可以和美国人说什么，已有明确规定，他是不能越过这条红线的。而有关寻找“北京人”的问题，恰恰不在规定的谈话之列。于是他只得把眼光投向身边监视他的那位“领导人”。而这位“领导人”由于事先也没想到美国人会提出寻找“北京人”的问题，同样不敢表态，便急忙偷偷给黄为龙使了个眼色。于是，黄为龙只好向豪威尔和张光直两位先生哼哼哈哈了几句，寻找“北京人”的事也就像打太极拳一样给对付过去了。

美国方面当然不知黄为龙的尴尬和身后的政治背景，感到中方似无兴趣，也就不好再说什么，只是提出想去参观一下历史博物馆。没想到这一要求提出后，又让中方人员好一阵惊慌。因为美国人并不知道，历史博物馆早已变成了“红太阳博物馆”，那里除了“革命”，早无什么“历史”可言了；而更糟糕的是，现在美国人屁股下坐的凳子和沙发正是从历史博物馆里搬过来的，如果现在美国人要去历史博物馆的话，那里连一张放屁股的沙发都没有！这可怎么办？还是聪明的黄为龙想出了一个好点子：由他带着美国代表团在去历史博物馆的路上绕圈子。在他绕圈子的时候，其余中方人员从另一条近道上再将沙发凳子搬回历史博物馆。

黄为龙乘美国人撤离会场时将这一主意悄悄告诉了馆长，馆长如释重负。然后，黄为龙便带着美国代表团在通往历史博物馆的途中，慢慢饶圈子，绕了一圈又一圈，绕了二十多分钟，他估计那边的沙发凳子已经搬过去并且摆好了，这才带着美国代表团装模作样地来到历史博物馆，即“红太阳博物馆”。可美方代表们一看“红太阳博物馆”里除了“红太阳”，还是“红太阳”，只扫了几眼，而后嘀咕了几句，就抬手“拜拜”了……

这个晚上的黄为龙想起这些时，既感到有几分可笑，又有几分悲凉。不过他想，好在那个荒唐的年代总算过去了，美国的夏皮罗终于又来了；今天的他不仅可以堂堂正正地以一个中国古人类学家的身份出现在美国人面前，而且还可以随心所欲地与之谈话，并和他一起寻找“北京人”。所以，他的心里有一种说不出的兴奋与激动。

第二天一早，在黑延易馆长以及黄为龙的协助下，夏皮罗开始了自己的寻找计划。几经查访，他们首先找到了原美海军陆战队驻天津的兵营旧址。来到兵营旧址后，夏皮罗第一件事就是从包里掏出那张原天津美海军陆战队兵营六号楼的照片，然后，他一边拿着照片查看，一边与实地对照。经过反复核实，夏皮罗最后确认，这个地点与照片上的地点完全吻合。

但非常可惜的是，这座当年曾经热闹非凡、不可一世的美国海军陆战队兵营，现已改为了天津医科大学卫生学校；昔日美国军人持枪荷弹、耀武扬威的踪影不见了，如今留下的尽是校园内中国少男少女们的纯真与欢笑。而且，更为糟糕的是，尽管原来美海军陆战队兵营的建筑物大多保存了下来，但从夏皮罗手中所掌握的资料来看，曾经存放过"北京人"化石的第六号楼，偏偏不见了踪影。

他们找到了天津医科大学卫生学校的有关负责人，那位负责人告诉夏皮罗说："第六号楼已于 1976 年唐山大地震中倒塌，废墟已被清除并改成了现在的操场。"

夏皮罗急忙问道："地震前你们是否见到过六号楼地下室铺设的地板?"因为那位老陆战队员告诉他说，箱子是埋藏在地下室的木板下面，所以只有先肯定有无木板，才可能找到箱子。

那位负责人说："地震前，他们没有发现过六号楼地下室铺有木板；地震后清理废墟时，也同样没有发现地下室有异常现象，更没有见到过所谓的军用木箱。"

这一回答使夏皮罗几乎陷入绝境。但性格倔强的他在原地看了看，接着又用脚蹭了蹭身边的地皮，然后指着操场的一角说："能否在这儿挖个坑看一看?"

"可以。"对方回答说。

很快，卫生学校有关人士找来几把铁锹，又叫来一些学生，不一会儿便挖出一个坑来。夏皮罗看了看，然后自己亲自跳进坑里，用手在坑的底部和四壁反复抠了又抠，直到实在没有发现什么异常的痕迹，这才叹息一声，从坑里艰难地爬了出来。

之后，在黑延易馆长和黄为龙的引导下，夏皮罗又访问了卫生学校的另一人士，这位人士想了想告诉他说，其实在卫生学校搬进这个大院前，就有好几个单位先后占用过该院和六号楼了。因此，在卫生学校进驻该院之前，这六号楼地下室到底是个什么样子，有没有地板，地板下到底是否埋藏有木箱，他们并不知道。

夏皮罗听了这一情况后，绝望的脸上又露出了喜色。于是怀揣着一线希望，他们又找到了几家先于卫生学校占住该院或该楼的单位，经过几番询问，得到的回答同样是：第六号楼地下室没见过铺有木板，也没有发现过什么箱子。

但颇有经验的夏皮罗并不肯就此中止寻找的脚步，他指着旁边的第七号楼说："这七号楼的建筑规模和形式与六号楼完全相同，我们不妨去看看七号楼的情况，说不定从七号楼里我们能看出一点什么。"

馆长和黄为龙觉得夏皮罗言之有理，便又领着夏皮罗来到了七号楼。进了地下室后，他们便分头对各处进行仔细辨别观察。按理说，如果七号楼地下室曾经铺设过木板，那么六号楼地下室也就理所当然地铺设过同样规模和形式的木板。可惜的是，他们经过反复查看，并没发现一块小小的木板。

但一个极为细小的细节却引起了夏皮罗的注意，即：地下室的水泥地面要比门框略为低一点点。于是夏皮罗再次蹲下身去，又用手在哪儿摸索了半天，但最终还是没有找到确凿的证据。

十九年后的同一个日子，即 1999 年 9 月 19 日，我们来到天津，在黄为龙先生的引导下，走进了七号楼的地下室，只见一个个赤身裸背的民工们正躺在那儿酣然大睡。经仔细查看，我发现地下室的水泥地与门框交接处，确实略略低了一点。那么这儿原来是否确实曾经有过地板，后来被人拆除后又改成水泥地了呢？

从七号楼地下室出来的夏皮罗依然没有死心，他拿出一些相关的资料看了看后，指了指对面一栋楼房问道："过去那儿是不是美国海军陆战队员时常出没的一个妓院？"经过就近一番询问，确实如此，这个妓院被当地人称为"美国大院"。夏皮罗便提议说，再到那儿找找看。于是他们又到对面的楼群里转了一圈，还是没有发现任何蛛丝马迹。

有些垂头丧气的夏皮罗只好重新回到原美军天津兵营大院的旧址上。

那个秋日的下午，这位年过七旬的美国老人站在那儿，反复地看着手中的照片，留恋地望着四周，似有颇多感慨，却又无从说起。很久很久，他才转过身来，以沉痛而又遗憾的心情对黄为龙等陪同说道：“‘北京人’化石没在这里找到，看来美国提供的地下室有木地板这一线索并不准确，我本人为此甚感遗憾。但是，我还是有些不死心，也许‘北京人’化石就深埋在这个操场下面的某个角落里而一直未被发现。如果还有机会的话，我一定争取再来一次天津，到时我想法把美国最先进的探测仪器带来，和中国的朋友们一道对这个操场的地下作一全面探查，彻底弄个水落石出，也许我会重新找到新的线索!”

说罢，夏皮罗转过身去。就在他转身的一瞬间，女儿发现，父亲的眼里满含着泪水。

夏皮罗离开天津回到北京后，又对相关的人士和相关的地方作了一番寻访，依然没有结果。最后，他特意去了一趟周口店。那天，他站在周口店当年裴文中发掘第一个头盖骨的地方，深有感慨地对中国同行们说道：“人类的历史真是有趣极了，半个多世纪前‘北京人’好不容易在这儿被寻找到了，没想到一场罪恶的战争又给搞得下落不明。也许，人类的历史就是一部没完没了的寻找史。等着吧，只要有机会，我一定还会来中国寻找的!”

可惜的是，带着一腔遗憾回到美国的夏皮罗，直至 1989 年离开这个世界，再也没有机会踏上中国的土地。

夏皮罗去世十年后一个秋日的下午，我经过多年的努力，终于找到了夏皮罗的学生杰福雷·施沃茨先生。施沃茨先生面色红润，一头白发，一举一动透射出美国人特有的潇洒。施沃茨先生说：“当年我的老师夏皮罗来中国天津寻找‘北京人’之事，我是知道的，也为他那高尚的行为深深感动。但老师从中国回到美国后，似乎被一种忧郁的情绪始终笼罩着，压迫着，此后几乎再也不给我们提起‘北京人’。但是，直到临终前，我感觉他都好像在思考着什么。”

这位古人类学家临终前思考的，究竟是什么呢?

三十八、 裴文中死不瞑目

饮憾而去的，不单单是美国的夏皮罗，还有中国的史前考古大师、“北京人”头盖骨的第一个发现者——裴文中。

1982 年 9 月 18 日，裴文中静静地躺在北京海军医院的一张病床上。

这是大师生命的最后时刻。

在这生命的最后时刻里，大师似乎什么也不牵挂，唯一牵挂的，便是“北京人”。

“文化大革命”中，由于裴文中已是年过花甲之人了，生活上的突变，精神上的折磨，再加上肉体上的迫害，使得一位本来身体强壮的老人变得极度虚弱。可在 1970 年，尚未得到解放的他竟然拖着病躯，跋山涉水，赴鄂西考察巨猿。

粉碎“四人帮”后，裴文中刚一获得解放，他便将“文化大革命”中的一切忧愁烦恼、恩怨是非统统忘于脑后，而抓紧生命中最后不多的时间，积极投身于对古人类文明的寻找与探索之中。1978 年，他与青年人一起，前往河北省阳原县的泥河湾参加挖掘工作。在那里，他说了一句非常著名的话：要把七十五岁当做五十七岁来过。这话，后来成了好多老科学家的座右铭。

1979 年，裴文中出任北京自然博物馆馆长。这时的他虽然已不再年轻，却仍不改年轻时的习惯，每个星期天都要去馆里转悠转悠，或替观众“排忧解难”，或与有关人员一起制定博物馆的发展规划，帮助解决具体疑难问题。这一年，适逢“北京人”第一个头盖骨发现五十周年。从 12 月 7 日至 12 日，中国科学院举行了为期一周的学术讨论会，隆重纪念他五十年前这一震惊中外的伟大发现！中国科学院副院长钱三强、中国科学院地学部主任尹赞勋分别在这次会议的开幕和闭幕式上致词。国务院副总理、中国科学院院长方毅还亲临会场并讲了话。而已是老态龙钟、白发苍苍的他，也在开幕式上讲了话，并发表了他和学生张森水一起刚刚完成的《关于“北京人”石器再研究》的重要论文。

由于裴文中是中国古人类学的主要创始人，并开创和推动了中国旧石器时代考古学和第四纪哺乳动物学，因而赢得了国内外学术界的尊敬和推崇。1979 年，联合国教科文组织所属的史前学和原史学协会推选他为荣誉常务理事。之后，他又当选为国际第四纪联合会荣誉委员。这是他继 1957 年被授予英国皇家人类学会荣誉会员后，为自己和自己的祖国赢得的又一崇高的荣誉。

然而，随着年岁的增大和工作的繁忙，裴文中的身体日渐衰弱。

1980 年 2 月，他因脚趾头突然疼痛，住进了阜外医院。经医生检查，他患了下肢血栓。这是一种较危险的病，可他并不在意，中药治疗了两个月，便出院了。

出院不久，他由学生陪着，又去了内蒙古考察。

1980 年 9 月，即刚从内蒙古回来不久，他又东渡日本讲学。在日本，他以《从古文化及古生物上看中日的古交通》为题发表演讲，并当众指出，日本旧石器文化的渊源在中国，从而引起国内外学术界的强烈反响。

就在这次日本讲学期间，百忙之中的他还对“北京人”的下落进行寻访，最后还打听到了一点有关“北京人”的线索。于是从日本回国后，他便给美国洛克菲勒基金会写了一封信，请他们资助他寻找“北京人”化石。这封信的大意是：1980 年 9 月我在日本听日本人讲，在美国的一个海军陆战队的仓库里，发现有两个木头箱子，很像是中国的胡承志装的那两个箱子，希望你们能资助我去看一看。我今年已经七十七岁了，在世的时间不会太长了，希望在我有生之年，能够找到“北京人”化石，归还我的国家。

裴文中的这封信发出不久，便收到了美国洛克菲勒基金会的复信，同意资助他去寻找“北京人”。裴文中看完信后非常高兴，马上就做好了出发的准备。但研究所的领导和家人考虑到他已是一位年近八十岁的老人了，加上身体又不好，万一有个闪失，谁也担当不起，所以都不同意他去。

当他的夫人把大家的这个意见告诉他后，他却生气地说：“那也不一定是我去呀！国家起码应该重视这件事情！”

此后，裴文中的身体每况愈下，精神更是大不如从前。尽管寻找“北京人”的事他在嘴上不再提起，但据他儿子裴申说，此事却成了他父亲的一块心病。

1981 年 2 月 21 日，一个大雪纷飞的下午，裴文中正聚精会神地坐在桌前看《中国猿人石器研究》的英文摘略稿，看着看着，他的嘴突然向右歪斜……

裴文中当即被送进医院，经检查，他患了脑血栓，且病况相当严重！可当他妻子舒令漪在病床边问他哪儿难受时，他说：“我哪儿都不难受，就是不让我上班难受！”他还让妻子把主治大夫请来，然后跟主治大夫商量说：“安徽和县发现了猿人头骨，我要去安徽，你早点放我出院好吗？”大夫望着他动都动不了的样子，什么话也说不出来，只是一个劲地摇头。

他在北京医院住了半年，才勉强出院。

1982 年 8 月 26 日，裴文中突然发起了高烧。在家人的再三劝导下，他不得不再次住进了海军医院。

1982 年 9 月 18 日 12 时 15 分，裴文中突然病情恶化。在弥留之际，他紧紧抓住儿子的手，用极其微弱而颤抖的声音，几乎是喊出了他七十九岁生命中最后一句话：“死不瞑目啊！”

根据裴文中的临终遗愿，他的骨灰被葬在了周口店的龙骨山下，并将他的祭日改为 12 月 2 日——这是裴文中 1929 年发现第一个“北京人”头盖骨的日子。他的坟墓的两边，一边是杨钟健先生的墓地；另一边，则是为贾兰坡先生预备好的一块空地。

三十九、一个日本老兵的“秘密”

第一位发现“北京人”头盖骨的裴文中带着深深的遗憾离开了这个世界，然而人们对“北京人”的寻找，却并未因此中断。

1996 年初的一个夜晚，在日本东京的某医院里，一位日本老兵气息奄奄地躺在病榻上。老兵自感自己将要离开人世，便急召亲人密友前来身边，对有关后事一一作了安排。而后，他示意身边人员全部避去，只留下了专程赶来看望他的日本剧作家久三枝先生。

当晚，这位日本老兵与久三枝先生进行了一夜密谈。就在这次密谈中，老兵向久三枝透露了一个隐藏在心里几十年的重大秘密：

1941 年，随着太平洋战争的爆发，日军占领了中国北平，他作为日军 731 部队的一名上尉军医，奉命来到北平协和医学院解剖室进行有关细菌的秘密研究工作。他来北平不久，日军情报部门查获了已落入美国驻北平海军陆战队兵营中的“北京人”头盖骨化石，并再度押送到协和医学院秘密保存并研究。于是，他作为 731 部队的一名上尉军医，被指定为保管、研究“北京人”的具体负责人。

1945 年日本战败后的一天，他接到了上司让其迅速转移“北京人”的命令。由于事发突然，时局紧张，“北京人”已很难安全运送出境。鉴于日军大势已去，并面临行将变成战俘的危险，焦急、恐惧而又万般无奈的他，趁外部一片混乱之机，在一个月黑风高的夜晚，将匿藏于协和医学院地下室的“北京人”头盖骨化石以及孙中山的内脏等珍贵标本，匆匆装箱后偷运出去，并在夜幕的掩护下，将这些东西辗转运到距协和医学院东约两公里的一个有很多古树的地方，然后挖坑埋藏了。当这些化石、标本埋藏完毕后，为了便于日后查寻，他还特意用军用砍刀在距埋藏地点不远处的一棵粗壮的松树上，砍掉了一块长约一米、宽约二十公分的树皮做标记，以便来日辨认。当这一切在悄无声息中完成之后，他又摸黑回到了协和医院。

之后不久，他被俘了。

再之后不久，他被遣送回了日本本土。

…………

在后来的岁月里，这位经历了人世沧桑、九死一生、罪恶的双手沾满了中国人民鲜血的原 731 部队的日本上尉军医，始终将这个秘密埋藏于心底而从不肯向任何人提起。直至他这次生命行将结束之际，才终于向他生前的好友、剧作家久三枝吐露了此事。而且，当他讲完这个秘密后，还为久三枝留下了他最后的遗嘱：请久三枝一定要将这个秘密告知中国政府，以便让珍贵的“北京人”化石及其他贵重标本早日回到中国的怀抱。

这个日本老兵为何要吐露这个隐藏了几十年的重大秘密？剧作家久三枝解释说，他的朋友作为日本军队的一员，在侵华战争期间给中国人民带来了巨大的灾难，在即将撒手归天之际，他反思自己一生的所作所为，感到悔愧万分，很对不起中国人民；尤其是他偷藏了既属于中国也属于全人类的文化巨宝“北京人”，更感到“有一种罪恶缠身不得解脱的冰冷”。为解脱这种罪恶感，使自己进入天国后能轻松地得以再生，所以他愿将隐藏在心中半个多世纪的秘密公之于世！

这个日本老兵说出这个秘密并留下遗嘱后，便很快撒手人寰了。而剧作家久三枝却感到了事情的严重。在尚未弄清事情真相的情况下，久三枝未敢公开对外宣扬，只是根据老朋友的生前遗愿，将此事悄悄告诉了自己另一位经常在中国工作的朋友嘉滕刚清。

嘉腾刚清闻讯后大为惊讶，然后怀着忐忑不安的心情，又将此事告诉了他的老朋友仰木道之。

仰木道之时年六十五岁，十五岁时曾受日本共产党的派遣，随日本少年开拓团来到中国，在中国国际广播电台供职，担任对日播音员，直到七十年代才回到日本。回国后的仰木道之先生长期致力于中日文化交流工作，并一度出任过日本旭日观光株式会社社长。再后来，仰木道之又出任中日合作北京共同保安服务有限公司常驻董事、顾问。当得知上述辗转传来的消息后，他既震惊又兴奋，凭借自己多年从事文化交流工作的敏锐嗅觉，立即意识到这将是一件震撼世界的大事情。于是为了证实那位原日本 731 部队上尉军医临终遗言的可信性，仰木道之没有向外界透露半点信息，而是凭着自己对北京市地理环境的了解和认识，按照嘉腾刚清告知他的线索，首先在协和医院以东一带悄悄进行了一番查寻。

几经折腾，仰木道之终于在协和医院东南侧两公里左右的日坛公园神道的北侧，找到了一棵树干上被砍掉树皮的古松。经初步观察，此树干被剥落的树皮时间较长，形状也和那位原日本上尉军医说的基本相似。因此，仰木道之根据这棵古松的位置和特征推断，如果不是偶然的巧合，那么这棵古松的下边就应该埋藏着本世纪最大的隐秘——“北京人”头盖骨化石。

惊喜之中的仰木道之很快通过有关渠道将听到的线索和自己查寻的情况，向中国科学院作了反映。

中国科学院获知这一情况后，大感意外与惊喜，并很快引起重视。因为这毕竟是“北京人”头盖骨失踪半个多世纪以来，又一条很有特点而又比较可信的线索。

于是，1996 年 3 月 24 日，中科院委派本院古脊椎动物与古人类研究所分管业务的副所长叶捷研究员和裴文中的学生张森水教授，前往北京共同保安服务有限公司所在的北京市崇文区光明西路甲 3 号，与该公司董事、顾问仰木道之先生会面，以了解线索的来源和可信程度。

由于线索的来源已先后经过了几个人的传输，到了仰木道之这里可能多少已被打了折扣。不过，仰木道之还是极尽可能地将听到的情况向叶、张二人作了详细的说明。叶捷和张森水听罢后，对若干个细节问题提出了质疑，但因仰木道之并非这一秘密线索的原始者，故无法一一作答。在这种情况下，叶捷和张森水只好抱着宁信其有、不信其无的态度，同仰木道之一同前往日坛公园作实地勘察。

日坛公园位于北京朝阳门外日坛路一侧，又名朝日坛，始建于明嘉靖九年（公元 1530 年)，是明清两个朝代皇帝每年“春分”节祭祀大明之神（太阳）的地方。其中日坛的坛，是指一个正方形的石砌台子，称“拜神台”。此台每边长五丈，台面原为红色琉璃砖铺砌，象征太阳。到了清代，则改用方砖铺砌，台四面均有台阶，分为九级。在方台外围环以红砖墙，东、西、南、北皆有石棂星门。棂星门外又有石砌的“神道”延伸，“神道”四周是成片的苍松古柏；挂映在苍松古柏中的，是“具服殿”“神库”“神厨”“宰牲亭”等古建筑。新中国成立后，日坛四周被辟成公园，面积扩大到二十多公顷，成为游人休闲、观光的一个风景点。

在仰木道之的引领下，叶捷、张森水二人在公园东神道的北侧，很快见到了一棵树干上有明显砍剥痕迹的古松。二位专家经过现场勘察，再结合仰木道之提供的情况，认为此处埋藏北京猿人头盖骨的可能性不大。其主要理由是：一、那位原日本731部队的上尉军医对转移、隐藏“北京人”的具体时间含糊不清；二、孙中山先生的内脏在手术后一直保存在协和医院，后来日本人占领协和医学院后，将内脏送给了汪精卫，汪精卫借机搞了一个“国父灵脏奉安仪式”，将灵脏放于一个玻璃瓶里，并安葬于南京中山陵，这是众所周知的事实，根本不存在和“北京人”一起转移的可能；三、有砍剥痕迹的那棵古松，其位置在公园神道附近，如果在此树下挖坑，势必破坏神道。因为当时日军占领中国后，日本方面一直在喊“日满亲善”，故破坏神道与当时的大背景不符。再者，神道一旦遭到破坏，势必引起众人注意，这对保密也极为不利。

尽管叶捷和张森水在理性上有着比较清醒的认识，然而出于对中华民族文化遗产“北京人”的感情与尊重，他们还是认为仰木道之先生所提供的线索毕竟还是一条有价值的线索，且事关重大，在尚未被事实所证实之前，谁也不好轻率地予以否定。何况，张森水是裴文中的学生，若真能找回“北京人”，对先生的在天之灵也是一次莫大的告慰；何况，不怕一万，就怕万一，找，总是一件好事情，找，总比不找好。因此，叶捷和张森水还是将此情况如实向中国科学院副院长陈宜瑜和中国科学院自然与社会协调发展局作了书面报告。

陈宜瑜副院长接到报告后，出于和叶捷、张森水同样的心情与考虑，迅即作了两点指示：一、中国科学院古脊椎动物与古人类研究所对此事要保守秘密；二、由中国科学院协调发展局张金东处长起草协调调查的具体方案。

1996年5月3日，在张金东的安排下，叶捷和中国科学院地球物理研究所所长徐文耀研究员等有关专家经过商议，很快制定了一个对北京日坛公园“埋藏”地点进行“地表探测”的方案。

5月8日，中国科学院地球物理研究所的电震探测组来到日坛公园现场，对事先圈定好的“埋藏”区域进行了探测，认为在11线9点附近下方存在电法、地震局部异常体，异常体深度约1.5米到2.5米，厚度、宽度均匀1米，长度方向占6个测点，约3米。

于是，根据中国科学院地球物理研究所提出的探测报告，中国科学院协调发展局正式向路甬祥常务副院长和陈宜瑜副院长呈送了《有关发掘工作的设想报告》。路、陈两位副院长当即明确指示："抓紧时间，严密组织，保证安全，快速解决问题！"

叶捷副所长受领指示后，迅速赶赴日坛公园和该园负责人商谈发掘一事。没想到，日坛公园的负责人却拒绝发掘。其理由是，一旦发掘，将破坏神道和古松。而日坛公园里的神道和古松是万万破坏不得的。面对此情，叶捷只好再三说明发掘、寻找"北京人"的重大价值和意义。后又几经协商，公园负责人终于同意借助给古树复壮的机会搞点小规模的发掘。

于是双方协议总算达成，并定于 1996 年 6 月 3 日上午正式发掘。为了发掘工作的顺利进行，中国科学院古脊椎动物与古人类研究所还与北京共同保安服务有限公司日方顾问和仰木道之先生签订了一个《关于发掘失落的北京人化石可疑埋藏地点的协议书》。

该协议书主要就发掘物的归属、录像、照片等版权事宜作了较明确的规定：一、如果发现的确是"北京人"头盖骨以及相关的古人类化石，归中科院古脊椎动物与古人类研究所所有；二、如果发现的是金银、瓷等物，则献给国家文物部门；三、电视录像、照片等版权归双方所有，双方共享发表权。

6 月 3 日上午 8 时正，发掘的序幕徐徐拉开了，原拟定参加发掘的各路人马聚集在古脊椎动物与古人类研究所一楼标本室的会议室里，其中有中国科学院古脊动物与古人类研究所的负责人、古人类专家、高级技师、技工、摄影师、司机等 18 人；中国科学院地球物理研究所所长徐文耀和两位地球物理探测专家以及科学出版社的一名摄影师；同时，还有仰木道之、嘉滕刚清和北京共同保安服务有限公司副总经理畈木进三位日本朋友，以及该公司的魏建平。出发前，古脊椎动物与古人类研究所所长亚占祥还主持召开了一个简短的动员大会，并由中国科学院协调发展局局长秦大河作了动员讲话：

"北京人"化石自 1941 年神秘失踪到现在已经是五十五个

年头了，自从这珍贵的化石失踪之后，中国政府以及国际友人曾为寻找一事做了大量的工作，中科院也为此尽了最大努力，但一直没有可靠的线索。这次根据日本朋友仰木道之先生提供的最新线索，前几天我们对埋藏地点作了物理探查，发现情况确有异常。也许，失踪了半个多世纪的‘北京人’，真的要回来了，而最早迎接他的就是我们。可见，就我们而言，这是一件非常幸运的事情！当然，我们在迎接这位历史老人时，要注意保守秘密，不要节外生枝，让他再次溜走了……

秦大河说完，由中科院科技安全局副局长张青吉介绍了发掘点的保安措施和应注意的事项，随后大家以极其亢奋的心情走出会议室，随即登车向日坛公园奔去。

此前，中国科学院保卫处长领着三名警卫人员率先进驻了日坛公园，并将发掘区域用彩色编织带围了起来，同时三令五申，一律禁止外人接近。当这一切安排妥当之后，1996 年 6 月 3 日上午 10 时，发掘工作便正式开始了。

来自中国科学院地球物理研究所的研究员王妙岳界首先用铁锹在一棵古柏正南近 1.5 米的地方，画出一个长 2.5 米、宽 1.5 米的矩形，物探的 11 线 9 点便位于这个矩形的中心点上；随后，秦大河和丘占祥挥锹破土；接着 4 名北京日坛公园的工人在专家们的指导下，开始全面发掘。

发掘工作按实施计划进行到接近 1.5 米时，掘进的速度明显放慢了。当挖到 2.2 米时，仍未发现有任何埋藏物。这时，所见四壁出露地层剖面为：0—1.3 米为棕黑色表土，其间偶夹瓦砾等；1.5—1.9 米为含灰白色钙质结核粉砂质泥岩；1.9—2.2 米为灰绿色细砂岩；1.3 米开始为原始地层，未见任何曾动土现象。鉴于此，专家们经过商议，临时决定，在坑之东南角再向下掘进 59 厘米。遗憾的是，掘出的全是细黄砂岩，仍不见一件埋藏物。而事前探测的所谓“异常体”，经检测，不过是一堆由特殊分子结构而成的碎石而已。于是，下掘工作只好停止。

但众人于心不甘，又向北壁掘进了 60 厘米，依然未发现异常痕迹。

最后，几位现场领导和有关专家经过研究决定，停止发掘寻找工作。此时，叶捷副所长看了看手表，指针正指着 12 时 58 分。

两小时五十八分的发掘寻找，就这样无可奈何、莫名其妙地结束了。喧腾一时的日坛公园，很快又恢复了往日惯有的平静。

历史，再一次开了一个小小的玩笑。

喜剧？闹剧？还是恶作剧？这个隐藏了半个多世纪的“重大秘密”，这个举世无双、空前绝后的临终遗嘱，究竟是发自心底的善意忠告，还是病榻上的神经质幻觉？到底是死亡前的梦境呓语，还是歇斯底里的欺世谎言？抑或干脆就是对中国人一次故意的调戏与嘲弄？

除了那个死去的日本老兵，还有谁知道？

当然，这位日本老兵临终前留下的“秘密”到底是确凿的事实，还是骗人的谎言，仍有待于历史和科技的进一步验证——也许我们探测的仪器还不够先进；也许探测的范围出现了偏差；也许发掘的地点不相吻合……总之，此次对“北京人”的发掘寻找，虽以无结果而暂时画了句号，却是一次必要而有益的寻找，它不仅引起了更多局外人对“北京人”的热情和关注，同时也诱发了无数有识之士对“北京人”失踪之谜的更深层的思考。

第九章

寻找，以政府的名义

四十、 贾兰坡的最后心愿

当历史的脚步跨进 90 年代后，随着科技大潮席卷全球，随着人类对自身历史探讨的愈加深远，同时也随着世纪末一天天的到来，人们对“北京人”的渴念与寻找，似乎比以往更加强烈，更加执着，同时也更加迫切。曾在十一天之内发现了三个“北京人”头盖骨的贾兰坡先生，自然也不例外。

贾老进入九十高龄后，生命意识里似乎便有了一种非同往常的紧迫感。他虽已离开岗位，归隐书林，每天却依然很忙很忙。然而很忙很忙的贾老，始终念念不忘的，唯有周口店和“北京人”!

多年来，我对贾老不知有过多少次拜访，不知有过多少次交谈。每次交谈中，贾老除了流露出对周口店与“北京人”深深的关切和难以割舍的眷恋之外，更多的是一种难以言说的隐忧。

众所周知，周口店发现的是一万年前到五十万年前的古人类生存环境，人类几十万年前的所有信息都被浓缩在那里，它以丰富的出土物成为世界唯一保存完整的古人类遗址。这对中国和世界来说无疑是一笔永恒的财富。而且，据权威人士介绍，周口店遗址埋藏的古生物化石还有三分之二没有发掘。

然而多年来，世人瞩目的周口店现状却令人担忧。1986 年，香港《文汇报》的一名记者去周口店参观北京猿人遗址，对那里乌烟瘴气的环境感到触目惊心。这位记者亲眼看见，龙骨山已让乡办村办的水泥石灰厂包围，不仅每天浓烟滚滚，炸石放炮声还震耳欲聋。这位记者将此情况作了报道后，北京市政府、国家文物局以及北京猿人遗址的主管单位中国科学院给予了高度重视，并且立刻采取行动，对直接威胁遗址保护的两个石灰厂、一个水泥厂实行了强制搬迁。北京市政府和中国科学院还分别拿出了一千四百万和三百万元经费用于治理；同时，中国科学院还划出了 0.26 平方千米的管辖区和两平方千米的保护区。到 1987 年，北京猿人遗址保护区内的环境才得到了基本的控制。但在遗址附近，仍有多家水泥厂污染着那里的天空，若是站在龙骨山上，便能清晰地看到水泥厂的厂房和烟囱，以及从烟囱里冒出的滚滚浓烟。吹西南风时，山上便会烟气腾腾。不过，与八年前相比，环境污染已不再是主要矛盾，而最紧迫的问题是对遗址进行修复。因为再不修复，有些遗址便有坍塌的危险（在管辖区内的八个遗址地点，至少有四个地点亟待修复）；而遗址一旦发生坍塌，毁坏的将是我们祖先最宝贵的家园，其损失是后人根本无法弥补的。所以，保护好遗址的原貌比治理外部污染就显得更为重要！

1989 年，联合国教科文督察组官员来到中国，曾对周口店进行过一番实地考察。1991 年，联合国教科文组织正式颁发证书，将周口店“北京人”遗址列为世界文化遗产。就在这次颁发证书的会上，美国科学院美中学术交流委员会驻京办事处主任约翰·澳尔森还强调指出：“国际学术界认为，由于周口店能比亚洲、欧洲和非洲其他地点在有关更新史前人类生活方式和环境方面提供更准确的图式，所以，它无疑是世界最重要的古遗址之一。”1993 年，周口店得到联合国教科文组织资助费四万五千美元，对其遗址的寄生植被进行了彻底清除。但时隔两年，所有植被又卷土重来，再度复生。因此，水泥厂的污染、杂草的滋生、洞体的风化，依然侵蚀着周口店遗址。

1994 年 4 月，联合国教科文督察组官员继 1989 年之后，再次来中国视察了五个世界级文化遗产，即故宫、长城、兵马俑、敦煌、周口店。在视察后的报告会上，他们首先提出的问题就是周口店的保护和利用问题，并对周口店遗址的危险情况越来越严重而深表遗憾和忧虑。

然而，要使周口店这座即将被风化掉的人类信息宝库得到很好的保护和利用，最大的问题是两个字：缺钱！

每年拨给周口店遗址的经费是九万元，但这九万元不过是杯水车薪，根本谈不上对周口店遗址进行深护，所以周口店的管理者每年只能靠近二十万元的门票收入，来支付水电杂费及十几名员工的薪水，以勉强维持着所谓“开放”的现状。当然，中国科学院和联合国教科文组织一直在为周口店的钱的问题，做着艰苦的努力。联合国教科文组织曾拨四万五千美元，对周口店展览馆内部设施和展览内容进行了改造与更换。1994 年 7 月，法国一些公司也曾在人民大会堂向联合国教科文组织捐赠一百万人民币，以用于周口店的维护。早些年，联合国教科文组织也曾向日本政府要过资金，数额是一亿美金，日本驻华使馆的一个文化参赞当时还表示，“这一要求有可能实现”。之后联合国教科文组织还请日方做了个关于保护周口店的计划方案，但后来日本发生了地震，经济随之滑坡，已经做好的计划连同一亿美金也就化为了泡影。1995 年 3 月，中国科学院、联合国教科文组织和法国人种学基金会三方还达成一个协议，将由法国人种学基金会出面，在法国大企业中筹集资金二百五十万美元，分五年投入，为周口店遗址加盖一个防酸雨的顶。

然而四年过去了，至今也只是纸上谈兵。原因当然很多，如，认识问题，观念问题，体制问题，管理问题，等等。但除了法国方面的原因外，还有一个原因就是中国本身缺钱！比如，要完成这项工程，得先做一个整体规划和设计方案，要做这个整体规划和设计方案，仅测绘一张当地的工程地质图就需资金七十万元，而周口店的主管部门连这笔钱都拿不出来，你说工作怎么开展?

由于缺钱，中国的科学家们便陷入想办事没有钱、没有钱又想办事的尴尬境地之中，致使周口店这座珍贵的世界文化遗址、举世无双的人类信息宝库就那么随着岁月的流逝而一天又一天、一年又一年地在日晒雨淋中荒废着，风化着，衰老着，而始终没有像长城、故宫、兵马俑那样气势辉煌而又魅力无比地展示于世界面前。据统计，在 1955 年和 1956

年，每年有近二十万人次参观周口店（即使“文化大革命”期间，参观的人流也未中断）。但从 80 年代起，到周口店参观的人次与日俱减：1986 年只有近十三万多人次；1990 年下降为九万多人次，1994 年再下降为七万多人次。特别是近几年来，随着人们挣钱的日子愈加忙碌，老祖宗的圣地就更是少有人去真心朝拜了……

周口店门可罗雀，名不符实；“北京人”至今又下落不明，音信渺茫。作为发现“北京人”头盖骨并把一生都交给了周口店的贾老，心里自然着急。于是，如何设法保护好周口店现有遗址，尽快找回丢失的“北京人”，便成了贾老生前最后一桩心愿。

为此，贾老八方呼吁，四处游说，希望引起有关部门和海内外有识之士对周口店的重视。1993 年 8 月 26 日，第七届全国运动会开幕之际，八十五岁的他还前往周口店，在当年裴文中和他发现“北京人”的地方，亲手点燃了“文明之火”的火种，然后又将这熊熊燃烧的火种传递给了第十三届国际数学奥林匹克大赛金牌得主周宏，再由周宏将这火种一站一站地传递下去，直至传到天安门广场，传到江泽民的手中！

1998 年夏季，已是九十高龄的贾兰坡与十四位中国科学院院士联名写了一封寻找“北京人”的公开倡议信，以呼吁大家行动起来，共同携手寻找“北京人”！

该信全文如下：

斗转星移，记载着无数光荣和苦难的二十世纪马上就要过去了。此时此刻，全世界的人们都在思考着这样一个问题：我们究竟应该做些什么来迎接新的世纪？

本世纪二十年代初，中国和世界的几位杰出的科学家，根据一些当地可信的线索，在中国北京附近的周口店龙骨山上日复一日地苦苦寻找了多年，终于导致一个伟大发现——“周口店北京猿人遗址”的诞生，而这一发现使人类对自身的认识发生了翻天覆地的变化。“人是从猿变化而来的”这一在今天看来十分简单的事实，在“周口店北京猿人遗址”发现之前还是一种似是而非的理论。达尔文的进化论、爪哇猿人的发现都曾经被斥为奇谈怪论。但是，当“周口店北京猿人遗址以其丰富而完备的原始人生活遗迹展现于世人面前的时候，一切就都变得清晰而无可辩驳了。或许可以这么说，从1929年12月2日第一具北京猿人头盖骨出土的那一刻起，人类就真正开始重新认识自己的过去了。

然而令人心痛的是，这一伟大发现中最珍贵的部分——北京猿人头盖骨化石和在中国发现的其他重要灵长类化石都在第二次世界大战的战乱中下落不明了。

数十年来，不知有多少人为此痛心疾首，也不知有多少人为寻找化石丢失的线索尽了心力。随着世纪末的临近，随着多数当事人和知情人的辞世或年逾古稀，寻找丢失的北京猿人头盖骨化石的希望，愈来愈急切。我们在想：这样一件发现于本世纪的人类科学珍宝，在世纪中叶日本发动的侵华战争中遗失，而今天人类将告别这个世纪的时候，它们仍然不能重见天日。即使它们已经损毁于战火，我们也应该努力找到一个确切的下落。否则，我们又将如何面对后人？

当年北京猿人化石的失踪涉及战乱中多个国家的当事人，随着时间的流逝，许多重要的线索可能流失于民间。现在，中国和世界上许多关心此事的人士一直在查访有关的线索。但是他们的力量毕竟是有限的，要我们大家各尽所能，提供自己所知的线索和其他一切有用的支持，一起来帮助寻找。因此，我们想在这里向全世界所有热爱科学、进步的人们呼吁：在本世纪前，大家携起手来，做一次全人类共同的寻找。

也许这次寻找仍然没有结局，但无论如何，它都会为后人留下线索和资料。并且它还会是一次我们人类进行自我教育、自我觉悟的过程，因为寻找的不仅仅是这些化石本身，更重要的是要寻找人类的良知，寻找我们对科学、进步和全人类和平的信念。

让我们行动起来，为继续寻找“北京人”，为即将到来的新世纪做出自己的贡献。

这封倡议信公开发表后，在海内外引起强烈反响。有人说，这代表的不仅是以贾老为首的十四个中国科学院院士的心愿，也是全中国人民和全人类的心愿!

于是，不少中外人士或打电话，或写信件，提供线索，发表意见，纷纷加入寻找“北京人”的行列，从而使90年代的中国，继40年代、50年、70年代、80年代之后，又掀起了一股寻找“北京人”的热潮。

四十一、网友神侃“北京人”

五十万年前的老祖宗“北京人”绝对想不到，五十万年后的今天，自己居然还上了互联网!

贾兰坡等十四名中国科学院院士的倡议信发出后，一些网站设立了专门的寻找“北京人”的“网上论坛”。于是，网上谈论“北京人”，网上寻找“北京人”，成为区别于以往寻找“北京人”一个最大的特点。一些活跃在高科技海洋中的网友们，激情四溢，热血沸腾，纷纷在网上撰写文章，发表意见，为当今的人类生活营造了一个奇特的文化景观。

网友们的这些观点，有的很有见地，而有的则明显带着狭隘的民族情绪和强烈的个人色彩，有失偏颇，很难苟同。现将部分网友的观点摘录于后，仅供关注和寻找“北京人”的读者朋友们参考。

对寻找“北京人”一事，网友们有如下一些认识和看法。

一位署名为“风月”的网友说：

寻找祖先，是我们每一个中国人的义务。从小就学历史，从小就知道北京猿人是我们的祖先，也从小就知道现在他们的遗骨已经失踪。这是不是一个千古之谜呢？我想，我们每一个中国人都有义务去寻找自己的祖先，寻找自己的根。

一位署名为“anonymous”的网友说：

世纪末了，大家心里都沉甸甸、浮躁躁的，其实大可不必。世纪只不过是时间的一种衡量工具罢了，时间依然是一分一秒地流过，没什么稀奇的。人类给这个世界赋予了时间和概念，就以为世界尽在掌握中了，不可能。我们从哪里来？到哪里去？一直就没搞清楚。但执着的人们依然在努力。“北京人”找得到与否并不重要，重要的在于人们别再自高自大地统治这个世界，毁坏这个世界，人们还是先把自己的真实找回来吧。

一位署名为“不想说”的网友说：

我想说，但不知道说什么，一个有五千年文明的民族，为什么在近几百年变得跟白痴一样？不尊重科学，不尊重知识，结果被人鱼肉，连祖宗的遗物都丢了，我们可以不停地责怪日本鬼子、美国人，但有没有想过，我们为什么保不住祖宗？

一位署名为“lockway”的网友说：

让我们一起来寻找，寻找人类精神家园中曾经拥有的良知和高贵的情感，寻找在这光怪陆离的物质世界中早已丢失的温情与包容。在这个因疯狂而失控的世纪末年，但愿我们能找回彼此间的理智和信任，莫要因贪欲而自焚！

一位署名为“cheng. xy”的网友说：

华夏文明，悠悠几千年。无数瑰宝，显现于这块东方的沃土。无论是“北京人”，兵马俑，还是莫高窟……祖先对整个人类的贡献真是不少。

“北京人”头盖骨的发现，可谓是祖先对整个人类贡献的最无私的表现了。回首这个世纪，中华民族刚刚从苦难中艰难地站起来。看看我们吧，我们还有什么？华夏文明的精髓，祖先的遗物就在我们的手中一件件丢失。“怪日本人……”“怪美国人……”除了怪还是怪，难道我们就无事可做了？

行动起来吧！去关注和保护那些只被学术论文理睬的国宝吧。它们是古老祖先留下的一份无价的财富。不要漠不关心，那只是平凡的生活淡漠了你我这颗曾经热血沸腾的心。

行动起来吧！但愿这曾经创造了无数奇迹的土地，不要再出现第二个、第三个“北京人”啦。

若我们再无所交代，还有何颜面对祖先，面对子孙！

一位署名为“考古生”的网友说：

“北京人”的丢失无疑是民族的耻辱与不幸，寻找的愿望很让人感动，但想想那些太多仍流失在国外的珍贵文物，我不得不心存一丝疑虑。当然找到更好，但最重要的是“北京人”的研究（根据现有资料）能取得已有的最优秀的成果并能够珍惜现存的遗存。这不仅是考古学家的事，也是国家和全社会的事，我们不希望看到新近的发现出现在国外市场上或博物馆里，或莫名其妙地消逝，那才是最让人痛心疾首的。珍惜过去，把握现在。

一位署名为“忧思”的网友说：

事关重大，为何政府不牵头？

事涉文、史、哲；人类起源，历史唯物论，华夏文明史……万一已毁于战火，我们何以向子孙后代交代？当年周恩来总理明确指示：现在条件不成熟不要开掘十三陵，秦王陵……留给子孙后代去做。这是多么有远见卓识的举措！联想到当前甚嚣尘上的偷盗古墓与文物走私风，也该狠狠杀一杀了！

一位署名为“李向阳”的网友说：

应该向日本政府索赔，若不是它们侵我中华，何至于将国宝丢失？打倒日本鬼子！

一位署名为“JET”的网友说：

1. 建立搜索基金，悬赏寻找；

2. 标出五十四年来日坛公园从未改变的明显地貌及标识，因为日本人当年也想如何再找到它。

对寻找“北京人”之事，网友们也有不同的见解。

一位署名为“过路人”的网友说：

即使找到又如何？即使证明我族人类是地球的始祖又如何？那还不是沉浸在一种阿Q的情感之中。

一位署名为“老K”的网友说：

就算这次非常非常万幸地找回来了，我们还会丢的，因为我们仍然愚昧。非常敬佩贾教授他们，别人做错的事，他们毫无埋怨地去想办法纠正。

一位署名为“123”的网友说：

你们太好奇了，你们不敬。

故去的应当“托体同山阿”，唯独我要受到你们的纷扰。

在原始的丛林中，我安详地度过艰难的一生。无法想象百万年后因为他临终前的偶然竟然要招致如此多的麻烦。

头盖骨，你为什么不早点化去，化作尘土化作灰。

我是北京猿人，我愤怒！

我好烦恼，停止吧，让我安息。

一位署名为“蓝”的网友说：

为什么要找呢？找出来又要怎样呢？又可以说中国有五千年悠悠文明史吗？这又有什么用？中国就能强大了？就能不被美国人轰炸了？科学院院士还世纪末寻找呢。劝各位还是安心搞几个发明吧！我的建议：解散考古队，让国宝在大地的怀里岂不更好？

一位署名为“宇宙人”的网友说：

读本网站科普天地关于人类进化的材料，方知人类迄今已有七百万岁了。在这七百万年历史中，经历了南方古猿、能人、直立人、智人等诸阶段。真是经历千辛万苦。而今天世上居然有自己那么一个人，真是把握住了亿亿分之一的机会啊。

今天，当我们苦苦寻找遗落的五十万年前的几块遗骨时，我们是否意识到，我们或许正在经历人类进化的一个新阶段？这个新阶段的标志是：人类已进入宇宙。因此人类下一个阶段可称为“宇宙人”阶段。这个名称可以与人类七百万年来一直是地球人相区别。

世纪之末，回顾本世纪人类所取得的突破性的进展，除宏观上摆脱了地心引力以外，微观上有原子秘密的揭露，电子技术的发展……过去说上帝造人，克隆技术好像要向上帝的专利挑战了。如果说人类造人还有一大段路要走，人类的能力要毁灭人类确是绰绰有余了。这恐怕不需要证明了。

用地球人的思想方式指导宇宙人的行动，厄运将是不可避免的。因此全人类的最急迫的课题是：学会宇宙人的思想方式。北京人的头骨如果能给人类这样的启示，真应该给我们祖先膜拜了。

而对“北京人”的下落，网友们还进行了各种推测。

一位署名为“沉思者”的网友说：

根据种种线索，由最合常理的方法推断，“北京人”的头骨此时最有可能躺在日本国库的某个秘密角落里。

日本人的文化与中国有着很深的渊源，他们中间通汉学者亦多，从侵华期间日本高级官员对中国学者的百般笼络与收买即可看出，“北京人”头骨的意义，他们不可能不知道。

日寇攻陷天津后，很可能有专门的文化特务随军劫掠。让我们设想一下头骨的命运：一队日本兵在原美国海军队营地发现了两个箱子，向上级报告，文化特务随之赶来，对之加以鉴定。随后层层上报，最后，在某日清晨，由一队荷枪实弹的宪兵将之装车运走，到塘沽港后运上军舰，直驶日本。因那时盟军在渤海无任何海上力量，日本人的运载过程是十分平安的。到日本后，头骨被运到国库，成为天皇的秘藏品。

日本人是一个非常自大与贪婪的民族。尽管它战败了，它已经掠夺到手的文物资源等，绝不会归还。盟军在日本亦无充分权限去清查日本国库。从此，“北京人”头骨在几十万年的埋湮之后经十几年的短暂重生，又沉沦到敌人的兽爪中去了。

我不知道几十年后真相会不会大白。但就现在来看，日本政府对于当年对中国人民犯下的罪行，是不想提起更不想忏悔的。我深深理解贾兰坡先生的心情，他的“孩子”被敌人掠走，存亡不明，任谁也要为之挂怀；我也深深希望，总有一天，这个“孩子”会重新回到中国人的手中。

一切为希望而活着，是为美丽人生。

一位署名为“jet”的网友说：

把寻找的范围扩大到原苏联人身上，也许会有所突破。但我认为化石尚在世间某人的掌握中可能性不大。因为无论什么人或组织得到这份宝物，都无非有两种目的：一、学术研究；二、求得高价牟利。无论持有者是哪种目的，都不可能在五十多年间不让化石现世。所以我判断化石应藏于某地，但因经手者死亡或其他意外而使得化石不见天日。至于藏于何处，我认为日坛仍是最大可能性。另外，能否查一下日坛医院的历史，及其在日占时期的角色。

一位署名为“想说了”的网友说：

肯定在日本。理由是：

1. 日本人从来没有廉耻观，欺骗、隐瞒是他们民族的优良传统。

2. 美国人虽然霸道，至少还会承认错误，如果在美国，应该不会五十年不说。

3. 日本亡我中华之心至今不死，而且其民族相当迷信，如殖民朝鲜时故意压断朝鲜民族传说中的龙脉，想让朝鲜民族永不翻身。又如，在我中华象征的长城上唱他们的国歌。可以想象，猿人头骨可能被其压在天皇的宝座下，想由此长期统治中华民族。迷信、野蛮的大和劣等民族肯定会这么做的，而且肯定不会说。

4. 如果不在天皇的宝座下，也肯定在靖国神社，打到东京的那天，就是国宝重见天日的那天。

一位署名为“jchen”的网友说：

我认为国宝尚在中国，而且是被日本人在战败之际隐藏在某处。可能性最大的地点不外乎天津，北京或中国东北，且后两者的可能性最大。理由如下：

当时驻天津的日本特务机关及宪兵队实际上是隶属于驻北京的日本特务机关的。像发现“北京人”头盖骨这样大的事情不可能不报上级。而且“北京人”肯定会被送到北京的。驻京日本特务机关的档案中应有这方面的材料。

日本在1945年战败之前不大可能把“北京人”埋藏起来。至于是否埋在日坛，还需进一步核实。不过为何要在“四坛”中独选“日”，可能是与日本人认为他们来自“日出之国”有关吧。

731部队的总部在东北，其北京支部在战败之际肯定会撤回东北的。但地点不一定在哈尔滨，可能是在日本关东军撤回本土前的集散地沈阳（好像是这儿吧?）。他们当时已无法把这样贵重的物品运回本土，很可能就地埋藏。

还有一点值得注意的是：日本投降后，中国东北全部由苏军占领。日俘的遣送及关押是由苏联人一手负责的，因此不能排除“北京人”落在了苏军手中。

一位署名为“忧国”的网友说：

如果在日本官方，应该保存在国会图书馆，这里有很多由于种种原因流失到日的文物（包括《永乐大典》及兵马俑等），但没有查到或者听说有“北京人”化石。我个人认为不太可能在这里。那么多东西日本既然不准备还，也就无所谓公不公开了。

日本国立国会图书馆地址：100－8924　东京都千代田区永田町1－10－1。电话：0047－3－3581－2331

凡此种种，举不胜举。

网友们的加入，为寻找“北京人”推波助澜。各种信息通过网站迅速传遍全球；再加上其他新闻媒体的介入，寻找“北京人”的热潮，由此开始向中国和世界蔓延开来。

然而，网友们无论侃得有多么精彩，也是一家之言；不管侃得再热闹，也是纸上谈兵。而要搞清“北京人”的真正下落，必须拿出确凿的证据。

四十二、北大教授破译“头盖骨”

寻找“北京人”之事，打破了一位多年埋头于书斋的“老学究”的宁静。这位“老学究”，就是北京大学地理系的副教授何振明。

何振明教授五十四岁，陕西西安市人，已在北大执教近二十年。何教授除完成自己担任的地理课程外，平时还研究中国历史以及学识深奥难懂的《易经》《道藏》等历史典籍。他对“北京人”的寻找和探究，可以追溯到数十年前；尤其是对“北京人”下落问题的探究，有着非常奇特的方式与独到的见解。

1963年，何教授还是西北大学地理系的一名学生时，就亲自到过杨钟健和裴文中发掘蓝田人的现场，对“北京人”进行过探寻。1979年，他在北大读研究生时，一次路过陕西武功县的一个窑洞前，发现一块非常奇特而又很硬的石头，热爱考古的他，居然将这块沉沉的石头经过一路折腾，带回了北京。后经北大考古系的一位专家鉴定，这是一块相当古老的石头，上面还有猿人留下的痕迹（此石至今仍存放在何教授家中）。此后，何教授对猿人及猿人遗址更是厚爱有加。

1998年7月7日，何教授看到贾兰坡等十四位院士为寻找“北京人”而发表的倡议信后，一夜难眠。作为搞学问的他，深知“北京人”对人类远古历史之研究的重要，便想法找到了贾兰坡的通讯地址，给贾兰坡先生写去一封亲笔信，首次披露了自己多年来对“北京人”下落问题研究的秘密，并提供了一些新的线索。

几天后的一个上午，当我再次拜访贾兰坡先生时，深知我多年来一直在为寻找“北京人”之事而苦苦奔波的贾老，慷慨地将此信转交到了我的手上。现将此信公布于后，让我们一起来看看何教授是如何推断“北京人”下落的：

贾兰坡先生：您好！

北京猿人头盖骨的失踪，已有五六十年的时间了，但“丢失在美国人手里”似成定论。而原燕京大学校长司徒雷登及当时任教于燕大的“林迈可（译音）”先生似曾染指此事，配合某“行动”的似有原协和医院任职的大夫及杨××，及当时的校友白××等人。其地点：①北大未名湖畔数处均有可能；②慕田峪长城段；③红螺寺；④李莲英“鸡蛋坟”（“文革”中被破坏）；……因时燕园（今北大校园）乃光绪皇帝父之私宅之一，史载为蔚秀园一带，园中埋有许多无法展示于世的“古物”；其中有“石榴园”的古人类遗物（地点在正建的“理学楼”），是戊戌政变后清室“军机处”成员埋建的，时有“燕山猿人遗骨”和元代宗宝离京时掩埋的波斯古物及历代陶器（均已毁，部分残片在我处），一部分被夏鼐之子夏正楷先生和考古系某教师分别收藏，原物被基建人员毁，已散乱，实在可惜。因笔者解读有关文献和碑文，恰在基建挖出之后（晚十二天）未能及时保护。上述部分人员，尚有清王室后裔。对“燕山猿人”（最早为努尔哈赤时代发现，传至康、乾，先后被供奉在乾清宫“正大光明”殿和圆明园基地，后经两次遭八国联军等毁坏，才被移至燕园暂理。未及整理，天下大乱，清王室便倒台……）及祖传“十二盘龟甲”（也是努尔哈赤从其父手中接下来的……）和非洲“祖母手臂骨”一起曾几经周转（防止日伪人员，俄、德、英法等情报人员劫掠），分别安置在雍和宫、国子监、西黄寺、燕园等地。直到“北京猿人”经协和美国人之手“丢失”前，清王室后裔早已认定与“燕山猿人”同属其祖先，故多次买通有关人员，在燕园等地分别“掉包”给藏匿了起来。因当时日本特务（日伪人员中有相当一部分是清王室后裔）等一致认为上述“猿人遗物”也是他们的“祖先”，故染指了“北京猿人”……

总之，上述“北京人”遗骨可能有以下几个去向：

①一名日本军人“井村”（音“松村”）亲自押运（从天津港至日本某“湾”），偷偷“供奉”在某地秘密神社。

②一艘英国邮轮运抵马来半岛，后受“伯希和”委托，曾运抵越南河内（法属）东方文化学院图书馆，又乘法军空军港地参谋长专机运抵欧洲某帝国书馆（作为“伯氏”的“手稿”专运）。时因欧战，未及交“伯氏”，1945 年伯氏去世，其亲人遵其遗嘱，被当作手稿随葬或藏于其墓或其他密室。

③一艘美军“舰船”载“知情人”押运一批“古物”（“骨物”）其中一部分战后转运抵法国某地——此事似与钱钟书（知情者之一）有关，可争取钱先生回忆，及陈衍先生、陈寅恪先生等等，或为证（钱先生本人未必知其物为“骨”）；而另一部分被运抵美国费城博物馆（连同慈禧的油画像一起转运）。可查证此事。

④由清王室某后裔携带一部分去了承德。……因沈阳已被日本人占领。

何振明

1998 年 7 月 7 日夜

对何教授在这封信中的种种说法和新提供的线索，圈内人士有各种议论：有人说是一家之言，值得注意；也有人说是奇谈怪论，不足为信……而我认为，是对是错，可信不可信，有待专家、学者和历史去作验证，在此只作探讨，不作定论。虽然我对他的某些观点，同样不敢苟同，但我感兴趣的是，何教授对寻找和探究“北京人”的执着精神和痴迷态度。因此，看了何教授的信后，我在兴奋与迷惑的驱使下，曾先后两次前往北京大学校园，拜访了何振明教授，并就他在信中所提出的观点和线索，作了进一步的调查和探讨。

何教授对“北京人”头盖骨可能埋藏于北大未名湖畔数处以及其他几个地点推断的主要依据，是北京大学校园内的多种碑文。北大校园现有碑文数十块，大多刻建于满清和民国时期。这些碑文看上去都说了一件或几件众所周知的事情，其语句也简单明了，似乎没有什么秘密可供研究、破译。但何教授却解释说，这些看上去极其简单明了的碑文，其中却含有丰厚的隐秘，这些隐秘现在看来既让人惊心动魄，又有些不可思议。当初立碑时，古人故意以秘写的手法，将一个个惊心动魄的事件隐含于外表看来极其简单明了的语句之中。现代人要真正读懂这些碑文，就必须了解古人的秘写方法，只有了解了古人的秘写方法，才可能真正理解碑文的确切含义。何教授还说，他为了破译北大校园内的碑文，用了十几年的时间，总算取得了一些可喜的成果，这些成果就包括了“北京人”头盖骨下落的线索。经过他的一些实际调查，这些被发现出来的线索有极高的可信度。

为搞清何教授所谓的破译的依据，了解一些真实的情况，我希望何教授能让我实际感受一番。何教授欣然同意，领着我来到北大未名湖畔，观看了翻尾石鱼碑和乾隆诗碑等。于是，在 1998 年那个奇热的夏日的傍晚，在火球般落日的映照下，我从一块乾隆诗碑的碑文上，读到了这样一段尘土斑斑的文字：

> 诗作于乾隆五十二年，记乾隆十三、十四年事。十三年九月，“诣畅春园恭请皇太后圣安，即视事于观澜榭，引见于大西门”，“爰亲御孤矢”，“连发二十矢，中一十有九”。十四年，“陈马技以娱慈颜，亲发十矢，复中九，且破共的三焉。”此碑当为畅春园之遗物。

当我问及此段文字作何解读时，何振明教授有些神秘地说，我的解读方法须请众多专家、学者认真鉴定后，方能公布。所以，我无法知道何教授到底是用怎样的一种方法破译碑文的。他只说按他的破译方法，类似以上的碑文都隐隐约约地暗合有“北京人”头盖骨的下落之说。写说明的人就是他在致贾兰坡信中所提到的杨××之子等人。所以，何先生推断“北京人”的下落与杨××等人有染。

当我问及信中所提到的白××时，何先生的解释是，白××之子原为北大校医，退休后在北大考古博物馆守护。白××本人原为燕京大学校工，是专看大门的。某日清晨，白××尚未起床，突然听到汽车喇叭的鸣叫声，他急忙披衣走出传达室，借着朦胧的灯光一看，只见任教于本校（燕京大学）的外国人林迈克先生坐在一辆小型卡车的驾驶室里，正起劲地按着喇叭，样子很是着急。林迈克在中国是颇有些名气的，抗日战争期间，他曾受宋庆龄委托，购买了一批药材和仪器送往晋察冀边区，后被誉为“国际友人”。当年的著名记者斯诺，正是通过林迈克夫妇的帮助才到达延安的。斯诺曾在燕大当过讲师，和林迈克夫妇相识并结下了友谊。由于白××和林迈克平时熟悉，所以一见之后，便借开门之机顺便问了一句：“林先生这么早就要出去?”林迈克只是略微地点了下头，便急踩油门，驾车急速冲了出去。

“林迈克汽车里到底装的是什么呢?”我问。

何教授说，他曾经专门询问过白××的儿子。白××之子告诉他说，其父没有看清，只猜想是一些贵重的东西，要不然，林迈克是不会亲自驾车并那样紧张和不安的。

“那么事情过去几十年后，你为什么会想到找白××之子了解林迈克的情况呢?”我又问。

何教授说，因为我一直根据自己的解读法在对《红楼梦》进行解读，在一次解读《红楼梦》的过程中，我偶然在北大的一块碑文上发现秘写着这一段历史的秘密：北京猿人头盖骨曾藏于北大未名湖畔某处，林迈克接到转移的命令后，要将这些东西转移出去。但同时美国人在承德避暑山庄还秘藏着一批货，要同北京猿人头盖骨一同运走。当从北大开出的车走到古北口时被日本势力所挡，于是载着“北京人”头盖骨的汽车又折道驶入慕田裕长城附近。

汽车到慕田峪长城附近后，又驶往了何处？何教授说，碑文的秘写语句中断，并告知要看下一块碑文才知后事如何。于是他找到下一块碑文，经过解读，只破译出放了一个什么木头箱子。但木头箱子的形状却未说出。他同时还破译出，林迈克的汽车在慕田峪长城下停了一夜，以及林迈克的心情十分焦急等内容。但碑文至此再度中断。他只好再去解读其他碑文，这才发现，林迈克在慕田峪长城下停了一夜后，于第二天驾车回返，并在红螺寺停留。碑文至此再度中断。后来，他又从北大未名湖畔一块上书“自动化污水井”的碑文中解读出，林迈克驾车返回后，将部分东西埋藏在了现在的斯诺墓地和花神庙附近。至此，关于记载此事的碑文全部终结。

按照何教授的推理，现在的北大，也就是原燕京大学，其校长是美国著名人士司徒雷登。校内有不少美国人任教，整个局势完全被美国人所控制，同时燕京大学位于北京城外，除环境幽静外，外界干扰相对城内也少得多。或许美国驻北平公使馆的负责人，在接收了北京猿人之后，鉴于太平洋战争的爆发，以及北平各城被日本人控制的事实，才想起了燕京大学这个相对僻静之所，于是将“北京人”头盖骨化石以及其他的贵重物品，匆匆转移到燕大校园内某处暂时匿藏起来。之后，随着战争的日趋紧张，中国国内局势的越发混乱以及日本人的步步紧逼，美国驻北平公使馆以及司徒雷登等人，才决定由林迈克转移包括“北京人”在内的大批珍宝，于是便有了北大看门的退休老人白××在那个凄冷的冬日的清晨，看到林迈克慌忙驾车冲出校门的一幕。

何教授由此推断道，当林迈克从慕田峪长城以及红螺寺返回后，将北京猿人头盖骨以及其他珍宝藏于北大校园另一个可能的地点，就是校东边的石榴园故址（在今北大理科中心楼群下）。这个故址原属圆明园的一部分，里边有一口古井，这口古井名字称井，其实是个秘密洞穴，元至清朝、民国期间，里边藏有很多贵重珍品。在这个地洞的不远处，是著名的方楼（现遥感中心楼北），日伪期间，日本741部队曾在这座楼旁的烟炉多次焚尸（此烟炉1998年初已被拆除），故又称焚尸楼。其中所焚烧的有死于中国的日本军队情报人员，也有被谋杀和暗害的中国人。

焚尸之后，中国人的骨灰倒入燕大校园内的红湖。按照何教授调查了解的情况，日本侵华军队中，共有七支秘密部队，番号从 711 一直排到 771。何教授说，现在人们对 731 这支细菌部队有所了解和认识了，但对其余的六支秘密部队却不甚了解。而驻于北大东门及西黄寺内的这支番号为 741 的秘密部队，主要任务是搜集中国各个方面的情报，同时搜集清皇室的文献秘籍和文物。当时中国情报以及清皇室大量的情报和珍贵文献落于日本人之手，与这支秘密部队有着直接的关系。在 90 年代中期，位于焚尸楼不远的北大理科楼决定扩建整修，就在这次扩修中，民工们在石榴园挖地基时发现了许多珍贵文物，不但有金、银、铜、铁、瓷等器具，还有破碎的人头骨、骨骼、鹿角、镀金玉佛等物。其中一个民工见到这些挖出的宝物后，私藏一颗用波斯文镌刻的金印偷跑回河南老家，企图转手倒卖给文物贩子，后来这颗金印被北大保卫部门追回，现藏于北大考古系。至于挖出的头骨等已被民工们砸烂捣碎，无从寻找。按何先生的推断，这些砸碎的头骨，不可排除有内含“北京人”的可能。

讲罢这些，何教授还向我透露了一个石破天惊的秘密：他在解读《红楼梦》的过程中，有一天从一块暗示《清史稿》的碑文中，解读出活跃于清末民初的著名学者陈衍，就是历史上真正的同治皇帝。何教授说，传说中的同治皇帝二十几岁死于“天花”，是假的，真正的同治没有死，而是在慈禧及“幕僚”（府）们的阴谋重压下隐居起来了。后来他著书立说，参与写成了传之于世的著名的《石头记》——《红楼梦》。也就是说，《红楼梦》的真正作者是“一群人”，而不是“曹雪芹”一个人，是这“一群人”借“曹”之姓和“雪芹”名改《石头记》为《红楼梦》的。“雪芹”即“雪耻”之意。陈衍此人与现当代著名学者钱钟书关系非常密切，曾助出版《石语》，钱氏著名的小说《围城》就是陈衍为之作的序言。所以，我认为钱钟书先生在知道陈衍个人隐秘的同时，也应知道“北京人”移到燕大之后的一些情况。遗憾的是钱先生已经仙逝，无法当面求教了。

何教授还说，谈到陈衍的个人隐私，我还可以告诉一个秘密，那就是在《清史稿》等书以及北大校园碑刻中，秘写有清末戊戌变法时被清政府抓获并在北京菜市口砍头的“六君子”之一的谭嗣同假死的事情。即是说，谭嗣同其实没有死，死的只是他的一个替身。整个“六君子”被处死的只有两个人，分别是杨旭和杨深秀。其他（包括谭嗣同在内的）四个人都是由别的犯人冒名顶替的。在顶替的人当中，其中之一便是在颐和园光绪皇帝被囚禁时，为其垒墙以堵塞通道的工匠。为杀人灭口，便由他来顶替掉头。这个狸猫换太子的调包之计，被当时在菜市口围观的一个书馆的校对识破，他当时禁不住喊了一句：“假的，谭嗣同是假的!”由于他的这一声叫喊，他的人头不久也落了地。在刑场上，杨深秀看到其他的四人均是冒名顶替，便在惊愕之中欲大喊冤枉（因事先割舌），监斩官刚毅走上来对他说了句在当时看来有些莫名其妙的话：“你想喊什么，你冤，我比你还冤。”后来刚毅的话被解开，不久也被逃在西安的慈禧下令杀掉灭口了。

至于何教授在信中涉及的关于“北京人”头盖骨被埋藏于清末太监李莲英墓中的推断，何先生的解释是，这李莲英的墓中掩葬的压根就不是李莲英本人，而是一种故意制造的假象……李莲英属正常病亡，并未有其他枝节横生。但1966年，却发生了一件令人震惊的事情：这一年的7月，许多中国人特别是知识分子，都被当做“牛鬼蛇神”揪出批斗，而北京海淀区恩济庄六一小学的校长和教师也毫无例外地被揪了出来，遭受造反小将的批斗。小将们把校长、老师们批斗了几天后，觉得没有什么意思，便乘“破四旧”之风突发奇想，让“牛鬼蛇神”们去刨掘李莲英的坟墓。想不到要刨掘这座墓也非易事，那坟墓异常之坚固，用糯米汤掺沙土、白灰和黄土筑成的宝顶，更是固若金汤，“牛鬼蛇神”们费了几天的工夫才掘开了墓穴。当棺椁被启开后，李莲英衣冠楚楚地躺在里面，袍衣袍褂完整无缺，再一细摸衣褂内，全填满了珍珠玛瑙、金银财宝。当把他的衣褂揭开后，大家惊奇地发现，下面是一副填满了财宝的空架子，没有身躯，只有一个残缺的人头骨和一根脚骨。那么身子到哪里去了？若是被盗，为什么不盗金银财宝？由于当时正处于社会的大混乱之中，李莲英墓中的那个头骨没有得到妥善保存，不久便下落不明。

于是，何教授由这一奇异现象以及墓前的碑文推断，李莲英墓中那个头骨，也是“北京人”头盖骨化石下落的可能之一。至于这个“北京人”头盖骨到底是由谁转入此处的，一时尚难定论。只能说，可能与清朝遗老有关，应该追查修建“鸡蛋坟”的知情者才是。

…………

为对上述有关问题进行核实，我拨通了何教授家的电话。何教授解答完问题后，又兴奋地说：“最近我又再次做了推测，“北京人”并没有离开中国，还在北京大学校园附近。而且，我又有了一个新发现!”

“什么新发现？能告诉我吗?”我有些好奇地问。

“当然可以。”何教授说，“我刚刚从一秘文中解读到，魏敦瑞的那个女秘书（指息式白），可能是个特务；她在通知胡承志装箱前，美国人其实已经使用调包计将真正的‘北京人’事先隐藏起来了。也就是说，胡承志装进箱子里的‘北京人’头盖骨，是假的模型，而不是真品。”

听罢何教授这个有些耸人听闻的观点，我大吃一惊，马上强调说：“胡承志是这方面的专家，他对‘北京人’头盖骨最熟悉不过了，相信他装箱时不会把模型当真品。”

何教授道：“正因为胡承志先生对‘北京人’最熟悉，所以从心理学的角度说，最熟悉的东西往往最容易引起疏忽。你们可以进一步考证一下，最好是亲自去问问胡承志先生，当年那位女秘书通知他装箱时，是不是有脸红这一细节?”

真没想到，“北京人”不仅上了网，出了国，进了北大校园，而且漂泊流浪了半个多世纪后，现在居然又绕到了当年最后为它装箱的胡承志的身上。

那么，“模型大师”胡承志，又会是怎样一个说法呢?

四十三、 日本宪兵搜索图

再次来到胡承志先生的家中，是一个秋日的下午，

之所以再次拜访胡老先生，当然不仅仅是为了证实北大何教授提出的“北京人”在装箱前是否已被调包的问题，而还有一个很重要的目的，

就是希望从胡老先生手中看到一张图——一张与“北京人”有关的极其重要的秘密搜寻图！

十年前一个很偶然的机会，我便听说这张秘密图是一个美国人从日本宪兵队队长手上搞到的，它已在世上隐藏了近半个世纪；后来又听说，这张图就在胡承志先生的手上。所以，十年来我一直很想亲眼看到这张图。可由于胡老先生几十年来谢绝中外一切人士对“北京人”的采访，故这张被他视如珍宝的秘密草图，从不对人谈起，更不向外泄露。

有幸的是，后来胡老先生不仅接受了我的采访，而且通过几次交谈，友情和信任与日俱增。至于那张图的事儿，尽管我也婉转地向胡老提起过，但胡老似乎没有拿出来的意思。为了掌握事实根据，搞清历史的疑点，我很希望这次能在胡老先生家中亲眼见到这张图。

走进胡老先生的家门，胡老已经沏好了一壶上等的花茶。胡老八十六岁了，依然红光满面，精气神十足；尤其是记忆力，好得惊人，连半个多世纪前的每一件细小事情，都能如数家珍。几句寒暄之后，我们的谈话切入正题。

我问：“胡老，有人怀疑息式白可能是个女特务，是为了盗窃‘北京人’来协和医学院卧底的，您对此有何看法?”

胡老说：“我不知道。我对此不作评说。我只知道息式白当时来新生代研究室大约只有几个月时间。息式白来新生代研究室，并不是凭什么真本事，而是走的后门。她是犹太人，魏敦瑞也是犹太人，她的父亲在南京行医，和魏敦瑞熟悉，就通过魏敦瑞的关系把她弄来了。珍珠港事件爆发后，听说她被日本宪兵队给抓起来过。后来，通过大科学家德日进的介绍，她在中国和一个美国人结了婚。1947 年 4 月，我在东单还偶然碰见了她，她问我日本宪兵队是如何对待我的？我说我逃掉了。她还告诉我说，她被日本宪兵队押着去天津花旗银行的仓库和其他仓库找了几天，没有找到‘北京人’，就给放了。后来，她到了美国，听说在一个小学还是中学教书。70 年代，还写了一本关于‘北京人’的书，我看了，尽是胡扯，里面居然还说当初是我帮着她装的“北京人”的箱子，简直是胡说八道！前不久，我听说她还给贾兰坡来了一封信，要有关

‘北京人’的材料，大概又要写什么了。”

我问：“有人说，您当年装箱之前，‘北京人’头盖骨有可能被美国人调了包，也就是说您装的是模型，而不是真品。您认为有这种可能吗?”

胡老断然否认道：“不可能!‘北京人’头盖骨是我一个个亲手装的，当时我还叫了解剖科的吉延卿帮我把箱子从楼上抬下去，然后帮我一起装。而且，之前我已经装过一次了，怎么可能是假模型呢?!”

“那么珍珠港事件之前，新生代研究室除了长谷部言人和高井冬二来过外，还有别的日本人来过吗?”我问。

“有一个。”胡老说。

“真的?”听到这个消息，我很是惊喜，因为在我的采访和查到的所有文字记载中，从来没有这条线索。

胡老说：“这个日本人的日本名字我记不得了，只记得他的英文名叫Akabora。他大约是1940年底或1941年初被日本的一个科研机构派来中国的，在解剖科B楼待了六个星期。我当时是很警惕的，但没有发现这人有什么活动，他每天埋头看书，不怎么说话，也不多问什么问题，看样子挺老实本分的。但珍珠港事件爆发后不久，有位朋友在‘东方文化事业委员会’那儿看见过这个日本人，所以这位朋友劝我躲一躲，说万一被这个日本人认出来，就麻烦了!”

“东方文化事业委员会”是当年日本人设在北平的一个专门从事文化活动的机构，中国的不少珍宝，就是通过这个机构弄到日本去的。那么这个英文名叫Akabora的日本人，后来为什么会出没于“东方文化事业委员会”这种地方？此人有没有可能也是个文化特务？他当初之所以到新生代研究室呆了六个星期，会不会也是为了“北京人”?

于是我进一步问：“‘北京人’的失踪，有没有可能与这个日本人有关?”

“你问的问题总是很怪。我不知道。”胡老对此类问题总是非常谨慎，从不作主观推测，更不轻易下结论。

但我还是又问了一个问题：“胡老，据您所知，当时存放‘北京人’

的保险柜的钥匙，到底掌握在谁的手上？”

“保险柜没有钥匙，使用的是密码。”胡老纠正道，“协和医学院始终控制在美国人的手里，装有‘北京人’的保险柜，也一直控制在美国人的手里。魏敦瑞离开中国前，一直由他自己掌握着保险柜的密码，没有一个中国人能打开保险柜。1941 年 4 月，魏敦瑞去美国后，保险柜的密码便掌握在了他的秘书息式白的手上。不过，魏敦瑞走时对息式白有交代，只要我需要打开保险柜，就得打开，因为我要给魏敦瑞赶做‘北京人’的模型，每天都要从保险柜里取出‘北京人’头盖骨。所以，每天上班时，息式白便给我打开保险柜，下班前，我再把头盖骨放回去，然后锁好保险柜。”

由此看来，问题不可能出在胡承志装箱之前，而肯定出在胡承志将“北京人”交到美国人博文手上之后。那么，“北京人”到了博文手上后，他和胡顿院长到底是将“北京人”首先送到了美国公使馆，还是直接交给了美国海军陆战队，半个多世纪来，一直是个未知数。中方所有当事者和西方部分人一致的说法是：博文将装有“北京人”的箱子首先送到了美国公使馆，而后再交给了美国海军陆战队。但是，持这种说法的人几乎都是“听说”——贾兰坡听胡承志说，胡承志听裴文中说，裴文中又听王锡炽说，王锡炽又听博文说，就是偏偏缺少一个支撑这种说法的根据！而我也听说，胡老手中的那张图与日本宪兵队搜索“北京人”有关，所以多年来一直在想，若能亲眼见到胡老手中的那张图，也许能从中破解和领悟到一点什么。

于是我再次试探性地问：“胡老，听说您手中有一张图……”

“不错，我是有一张图，已保存了快二十年了吧。”胡老说，“这张图我除了给贾兰坡看过外，还从来没给人看过。”

“胡老，能不能……能不能请您把这张图给我们看一看？”见胡老兴致不错，我很谨慎地提出了请求。

“可以。”没想到，胡老竟然慷慨应允。

片刻，胡老便从里屋拿出一个大纸袋。那纸袋鼓鼓囊囊，我一看，估计里面装的都是与“北京人”有关的重要信件或者重要资料。胡老将纸袋放在茶几上，一边解着袋子，一边说：

“这里还有一封信呢！”

“信，谁写的信？”

“皮特森。一个美国人。你想看的这张图，就是他寄给我的。”

“是吗？那太好了。”我说。

胡老接着说：“皮特森是美国一位很有名的记者。美国当年在日本办了一份报，叫《太平洋星条报》，皮特森就是这家报纸最有名的记者。皮特森对‘北京人’失踪一事很有兴趣，二战结束后，他一直在调查、寻找‘北京人’，跑了很多地方，像设在美国华盛顿的联合国总部、美海军陆战队总部、洛克菲勒基金会总部等地，他都去调查寻找过，不仅和当年盟军的许多调查官员熟悉，而且手上还掌握了大量有关‘北京人’的资料和线索。1971 年，皮特森在日本寻找‘北京人’时，还找见了那个曾到中国来寻找过‘北京人’的日本著名侦探锭者。据皮特森说，锭者的确没死，还活着，只是日子过得不太理想。但锭者对‘北京人’之事仍念念不忘，一直在寻找。锭者还对皮特森说，他很想到中国来找我，可又不知道我是否还在，地址也不清楚。因为当初他把所有与‘北京人’有关的中国人都找到了，就是没找到我。但我没有理睬这件事情。”

胡老说完，从纸袋里取出一封信纸已经发黄的信。

信是用英文写的，我看不懂，只有听胡老说。胡老视力极差，英文却极好，他拿起一个微型放大镜，将脸匍匐在信纸上，看了一会儿，然后说道：

“对了，这封信是皮特森 1982 年 12 月 13 日写给我的。”

“皮特森怎么会和您联系上了呢？”我问。

胡老说：“皮特森找‘北京人’找不着，就跑到德国去找曾经发现了爪哇人的大科学家孔尼华。他向孔尼华谈起他寻找‘北京人’的事，孔尼华就把我的通讯地址给了他，让他跟我联系。”

“孔尼华又怎么知道您的通讯地址的呢？”

“孔尼华 1938 年就来中国了。后来他又多次到过中国。大概是 70 年代末还是 80 年代初，他写信给贾兰坡，想找曾经和我一起装过箱的吉延卿，他以为我不在了。贾兰坡就把信转给了我，让我给他回信。后来我和孔尼华相互就有了通讯联系。皮特森从孔尼华那儿得到我的通讯地址后，先给我来了一封信，接着就给我寄来了这张图。”

胡老说着，便将那张我期盼了十年之久的所谓“秘密图”，缓缓展示在了我的面前。

我捧起这张草图，手指有些颤抖。这是一张看似很普通很普通的草图：一张十六开的纸上，画了十余处圆圈，圆圈之间，均有箭头所指；每个圆圈旁边，都标有英文字；图的左边，依次用英文写着十一个人的名字，有的英文名后面，还注有中文名字。尽管这张图已在世上流传了半个多世纪，但看得出，由于保管者的慎重与精细，图纸依然还算清晰，只有个别字迹很难辨认。凭直觉，我感到这的确是一张非同寻常、大有文章的秘密草图。

果然，胡老一边用放大镜看着图纸，一边解说道：“皮特森来信告诉我说，这张图是 1945 年 8 月日本投降不久，美国海军陆战队的一个调查官在北京查寻‘北京人‘时（笔者注：这位美国的调查官很有可能就是前文中写到过的美军善克中校。因为从我们的调查中，没有发现其他美国军官前来中国插手过‘北京人’之事），找到了当时日本宪兵队的队长后，从这个日本宪兵队队长那里得到了这张图。后来，这位美国的调查官将此图带回了美国。再后来，皮特森好不容易从这位美国调查官手上得到了这张图。”

“皮特森为什么要将这张来之不易的图寄给您呢?”

“皮特森之所以要将这张图寄给我，主要是希望我能根据此图为他提供一些新的情况，因为皮特森在信中说，尽管他对‘北京人’的寻找已有十年之久，且手中的材料也有二英尺厚，但有价值的线索却不多。另外，这张图上有两个地方都标有我的名字，而且在我名字的下面还画有两道红杠！您看——”

我随着胡老所指的地方看去，在图的左下方和右上角两处，果然标有“胡承志”三个字——既有英文，又有中文。而且，在两处写有“胡承志”三个字的下面，确实都重重地画了一道杠！

胡老指着图上的那些圆圈、标记和英文，作了一番耐心的解释和分析之后，我才基本明白了这张图的大致意思。简单说来，就是当年日本宪兵队在北京搜查“北京人”时，经过研究分析之后，画出的一张“北京人”的去向示意图。图的左边，首先列出了重点怀疑对象的名单，其排列顺序是：第一是×××（作者注：这个人的名字字迹不清。据胡承志反复辨认，可能是协和医学院的某个人）；第二是息式白；第三是德日进；第四是裴文中；第五是蓝玉田（管协和医学院地下室库房的人）；第六是何博礼（协和医学院的教授，瑞士人，驻华领事）；第七是博文；第八是胡顿；第九是×××（作者注：这个人的名字同样字迹不清，据胡承志辨认，可能为一外国医学博士）；第十是马文昭；第十一是松桥。

此外，图的左下方还列出了三个怀疑对象：第一个是美国陆战队的哈斯特上校；第二个是中国的胡承志（下面画有一道红杠）；第三个是日本东京帝国大学教授长谷部人。而图的右边，则是由各种圆圈和箭头标出的“北京人”装箱后可能流向的各个去处的路线图。据我反复分析，这个图所表示的意思是：装有“北京人”的两个箱子首先送到地下室保险库，接着送到美军陆战队兵营，然后“北京人”的去处可能有六处（从右至左）：或某兵器所，或丰台，或秦皇岛火车站，或先某仓库再天津巴斯特研究所，或直接到天津巴斯特研究所，或赫利孔山（作者注：由于字迹模糊，此处无法确认。不知是个什么地方）。

无疑，当年的日本宪兵队，就是根据这张原始的秘密路线图，在北京和天津等地搜查“北京人”的。

看完这张草图后，我脑子里当即蹦出两个疑点：第一，五十八年来所有涉足“北京人”的中外人士都说博文先将“北京人”送到了美国公使馆，可这张图却表示得非常明确，装有“北京人”的箱子是从协和医学院地下室直接送到美军陆战队兵营的，根本就没到过什么美国公使馆。这是为什么？第二，这张秘密草图到底是谁画的？图上那些颇见功底的中英文字迹又是谁写的？从理论上说，图和图上的字应该是出自一人之手，但问题是，一个日本宪兵队的队长或者队员能将中文和英文同时写得如此优秀，可能吗？在这张草图上写下如此漂亮中英文的人，是谁？

会不会是中国人？如果是，这个中国人又是谁？

我先向胡老请教第一个问题，胡老说："我也是听裴文中说的。1947年，我出差来北平后，听裴文中及其他教授说，博文遇到人，只要一提到新生代和'北京人"，他就心有余悸，像犯神经质似的一惊。"

当我向胡老请教第二个问题时，胡老重新拿起放大镜，把图上的字迹又反复看了看后说："我也觉得奇怪，这图上的英文和中文看起来都不像是日本人写的。"

"那您看像哪个国家的人写的呢？"

"我看有点像中国人写的。"

"中国人？"我很是吃惊，"您的理由和根据是什么？"

胡老说："没有根据。我只是感到这字不像日本人写的，因为日本人写的字笔画很硬，而这上面的中文字写得很潇洒，很漂亮，英文字也写得很帅！一般的日本人是写不出这么好的英文的。从英文的笔体来看，有点像搞财经之类的人写的。"

显然，如果在这张图上写字的不是日本人而是中国人，那么这个中国人绝非等闲之辈！此人当年若是没有参与日本宪兵队对"北京人"的搜查，是不可能画出这张草图的，更不可能准确地写出每一个中国人和外国人的姓名。那么，画出这张秘密草图的中国人——如果真是一个中国人的话，究竟是谁呢？他或她当年在搜查"北京人"的过程中，扮演的又是一个什么角色呢？当然，不排除还有一种可能，那就是，这张秘密搜查图出自日本著名侦探锭者之手。虽然我并不知道锭者的中文写得如何，但他的英文十分了得，却是早被事实证明了的。

看来，不认真研究一番这张草图是不行了。于是我试着问了一句："胡老，我给这张图拍一张照片，行吗？"

胡老想了想，说："不用拍了，拍的不清楚。这样吧，既然对寻找'北京人'有用，我就给一份复印件好了。"说完，胡老将草图的一份复印件递到了我的手上。

苦苦寻找了十年的这张秘密草图，就这样终于到了我的手中。除了感激胡老对的信任和理解，我无话可说。

谢别胡老出来，已是日暮时分。我来到北京舞蹈学院对面的一家餐馆，展开那张来之不易的秘密草图，在现代都市的一片嘈杂声中，开始反复分析。最后，我认定：胡承志将“北京人”交到博文手上后，博文并没有送到美国公使馆，而是直接送到了美海军陆战队兵营。其根据和理由是：一、图上只有从协和医学院地下室到美军陆战队兵营的路线图，没有地下室到美国公使馆的路线图；二、日本宪兵队列出的十四个追查人员名单中，没有一个是美国公使馆的人；如果博文确实将“北京人”送到了美国公使馆的话，公使馆肯定会有具体的接收人，那么这位接收人肯定就会出现在这张草图上。因此，半个多世纪来关于博文先将“北京人”送到了美国公使馆的说法，我认为是个误传。

为了能再找到别的旁证，我又打电话告知胡老，希望他就此事能再查阅一下有关信件。两天后，胡老来电话告诉我说，这两天他又仔细查阅了皮特森给他的所有通信，皮特森在一封信中告诉他说，据那位美国调查官员讲，博文没有先将“北京人”送到美国公使馆，而是从协和医学院地下室直接送到了美军陆战队兵营。

至此，半个多世纪的谬传终于得以澄清，我为此长长出了一口气——为了找到这张图，我竟然一等便等了整整十年！

然而问题是，谁来证明，博文是如何向日本宪兵队交代的？博文若是真的说了他把“北京人”送到美国公使馆这话，他为什么要撒谎？撒谎目的又是什么？这一谬传为什么竟然能够流传半个多世纪？还有，博文释放出来后，中国方面究竟有没有人追问过博文，到底把“北京人”弄到哪儿去了？若追问了，结果是什么？若没追问，为什么？

不错，这张封冻了半个多世纪的秘密草图的确为“北京人”的去向问题提供了有力的证据，并解开了关键的一环。可遗憾的是，仍不能仅此推断出“北京人”的真正下落，而只有一点可以肯定，那就是日本宪兵队当年在北京搜查“北京人”时，的确下了一番苦功夫，因而找到“北京人”的可能性也就最大。

但，凭什么说，“北京人”就一定在日本人手中？

四十四、日本老特工与真假“北京人”

岛国日本，确有情况。

1998年10月28日，在日本东京的一座公寓里，已是八十高龄的中田光男正在书房撰写自己的回忆录，家人将几份刚收到的报纸送了进来。中田光男顺手拿起一份《朝日新闻》，当他刚翻到国际新闻版时，一则消息立刻引起了他的注意。

这则消息是《朝日新闻》驻华记者从北京发回的电传稿，标题是：《揭开世纪之谜，寻找‘北京人’化石》。文中说：中国科学院九十一岁的贾兰坡院士仍没放弃在有生之年找回遗失的“北京人”的愿望。日前他联合十四位中国院士在新闻媒体呼吁全社会都要关注“北京人”的下落，积极提供有效线索，力争让“北京人”早日回到现代人类的怀抱……

据中田先生后来说，他看罢这则消息后，不知什么原因，心里一下受到很大的刺激，周身的血液仿佛都快沸腾起来了，压抑已久的思绪不由自主地便回到了五十二年前那段往事之中，再也无法安心写作了。

我后来得知，这段往事对中田先生这样一个曾被无数中国同胞和苏联人民恨得咬牙切齿的“日本特工”来说，的确是太奇特了，也太沉重了。1941年12月，太平洋战争刚刚爆发，时年仅有二十三岁的中田光男从日本东京外国语大学俄语系刚一毕业，便被派往日本关东军司令部参谋本部情报部，专门从事搜集研究苏联红军情报的间谍工作。在华期间，由于中田光男为日本关东军提供了不少具有重大价值的情报，故受到过日本关东军参谋本部的嘉奖。

1945年8月，随着“蘑菇云”在日本广岛、长崎的升起和苏联红军出兵中国东北，日本军队开始全面崩溃。日本关东军除大部分被苏军俘虏外，剩余的军政要人和官兵则只有仓皇逃命。侥幸未被苏军俘虏的中田光男，也因此而与溃败的队伍一起，踏上了狼狈而又艰辛的逃亡之旅。

在这次逃亡中，与中田光男紧紧相随的，是他的一个部下山口本秀。

途中，二人几经商议，决定先去长春山口本秀的岳父家暂避一些时日，是为上策。于是，经过几个昼夜胆战心惊的颠沛流离，中田光男和山口本秀终于辗转逃到了长春，在山口本秀的岳父远腾博士家中暂时隐居下来。远腾博士早年毕业于东京帝国大学，后留学美国，是日本著名的考古、地质和古人类学家。日本侵占中国东北后，他被派往中国担任伪满洲自然博物馆自然科学部部长，专门从事地质、考古、古人类学研究。此次中田光男和女婿的突然到来，既为他带来了一份惊扰，也为他平添了一份乡情。而正是这位古人类学家和两位间谍的意外相逢，才演绎出了后来的一连串故事。

且说中田光男和山口本秀在远腾家中躲藏了三天三夜之后，感到这样下去毕竟不是最佳办法，因为远腾家中以及远腾本人也同样陷于了危险的旋涡，整个东北乃至中国已不可能再是日本人的长居之地。鉴于如此局势，中田光男和山口本秀经过一番密谋之后，决定化装成商人先离开长春，而后再由大连乘船逃亡日本。这个计划得到了远腾的赞同。

但就在临行前的晚上，故事发生了。那是一个不寒而栗的夜晚，远腾与中田光男、山口本秀二人交谈至深夜，主要话题自然是关于那场战争、日本的战败局势以及各自今后的命运与归宿等。据中田光男后来回忆，这个晚上他们三人的脸上都刻满了惊恐与悲壮，对今后各自的命运谁也没有把握，每个人的心里仿佛都压着一块石头，沉重得让人难以喘息。可就在谈话快要结束时，远腾突然对他二人说："我拿一件稀罕的东西给你们看看。"

远腾说完，起身走进他的书房。不一会儿，他便搬出来一个半米见方的木箱子。未等中田光男二人问话，远腾已麻利地打开了箱子，并从里头取出一个三十公分见方的用白布包裹着的盒子。借着幽暗的灯光，那包裹着的盒子在远腾的手中被层层揭开，当最后一层白布揭掉时，蓦然出现在二人面前的，竟是一个茶色的骷髅！

中田光男和山口本秀由于事先没有心理准备，被眼前的骷髅惊得目瞪口呆，许久说不出话来。远腾望着二人惊恐的样子，微微笑了笑道："别怕，这可不是你们关东军司令官的头，他的头没有这么宝贵。告诉你们，这就是世界上著名的五十万年前的‘北京猿人’头盖骨化石。”

“真的?!”中田光男顿时惊愣不已。此前，对中国的“北京人”他虽早已久仰大名，但这“北京人”头盖骨到底是什么模样、什么颜色，却一概不知。后来由于他所学的专业和特殊工作性质的关系，“北京人”的事儿也就几乎从脑海中消失了。没想到自己在这生死未卜之际，竟有机会一睹“北京人”头盖骨的尊容，真是三生有幸!

“如果有可能的话，我想把它带回日本。”远腾继续说道，“在这之前，这件东西我是从来不让外人看的，今天晚上你们看到了它，这是你们的福气。不过你俩要发誓，今后不管日本政局和你们本人的命运发生了什么不测，都不许告诉其他任何人。”说完，远腾脸上的笑容很快被另一中复杂的神情所替代。

面对远腾那既信任又警觉的目光，中田光男不知道该如何好，怔愣了好一阵子，才缓缓说道:“远腾先生，请您放心，我们会按您说的去做的。”接着，站在身旁的山口本秀也跟着咕噜了一句。

这时，只见远腾捧起头骨，轻轻贴在自己的脸颊旁，对着下鄂部亲吻了数下，然后取来白布，重新小心翼翼将头盖骨层层包裹起来。当一切都恢复原状后，远腾这才将头盖骨重新放入木箱之中。这时，站在一旁的中田光男清楚地看到，大概是为了保护好头盖骨，箱子的四周塞满了脱脂棉等物……

随后，远腾博士又邀请中田光男出门散步。是时，长春市内的治安很坏，日本人一般都不敢在夜间行走，但由于中田光男懂俄语，可以与苏军沟通，所以二人并不感到可怕。当二人走了大约三十分钟后，来到一个地方，只见一位年轻女子伫立路旁，远腾向中田光男介绍说:“这是我的秘书。”随后，又补充了一句，“请不要告诉我的妻子。”凭直觉，中田光男当时就意识到，此女子与“北京猿人”似乎有一种很神秘的关系。

长春之夜在远腾家的这一幕虽说突兀而又短暂，却给中田光男留下了永生难忘的印象，以至于半个多世纪来他始终记忆犹新。第二天一大早，中田光男和山口本秀便离开长春，向大连方向逃去。之后，二人又经过一番惊心动魄的逃亡历程，终于才在 1946 年初回到日本。

中田光男回国不久，便进入内阁调查室，仍从事对苏联情报的搜集和研究工作。1956 年，日苏两国开始恢复正常谈判，就在这次谈判中，由于日本政府对苏联提出的条件作了较大的妥协与让步，从而换取了这次日苏外交谈判的成功。作为研究苏联问题专家的中田光男对日本政府的这次让步与妥协表现出极大的不满，遂发表了一篇著名的批判性文章。该文发表后，引起了日本政府当权派的不满。不久，中田光男被迫退出内阁调查室，而后创办了苏联问题研究所，并自任所长，继续从事苏联问题的研究，直至 1988 年退休。

退休后的中田先生转行从事幼儿智力开发研究工作，在日本颇有一些影响，1997 年还被中国教育学会脑映像开发研究会聘任为理事长。1998 年，已是八十高龄、满头白发的中田先生，除继续从事幼儿智力开发的研究工作外，开始撰写自己的回忆录。就在撰写回忆录的过程中，不知什么原因，五十年前的长春之夜在远腾家看到的那一幕，反而随着年岁的增大、时间的久远，越来越清晰地在他脑海中活跃起来，致使他常常因此而从梦中突然惊醒……

所以，当《朝日新闻》登载的这则中国科学家寻找“北京人”的消息突然出现在中田先生的视野时，他禁不住站起身来，情绪激动地在书房里踱开了步子。片刻，当他走向阳台，望着阳光照耀下的东京楼群时，脑子突发奇想，蓦地闪出一个从未有过的念头：自己何不立即行动起来，响应中国科学家的号召，去帮着找回那失踪了半个多世纪的人类至宝“北京人”?“北京人”是 1941 年失踪的，自己是 1946 年看见的，应该是“北京人”失踪后的第一见证人！也许，那个在自己心中隐藏了五十三年的秘密应该到了公布于世的时候了，“北京人”这一全世界关注的谜案说不定就在自己的手中得以解开。何况，明年既是本世纪结束之际，又是新中国成立五十周年纪念日，假如上苍有眼，历史老人能网开一面，让自己在这千年晚钟敲响的前夜找回“北京人”，那就可以在中国庆祝五十周年华诞那天，怀抱着失踪了半个多世纪的“北京人”信步登上高高的天安门，然后亲自将“北京人”这一人类瑰宝奉送到中国主席江泽民先生的手上。到那时，全世界或许都会为之震颤不已……

想法一旦有了，八十高龄的中田先生便秘密地开始了行动。

中田先生做的第一件事，就是尽可能地回忆出五十三年前他在长春远腾家看到和听到的有关“北京人”头骨的每一个细节。遗憾的是，由于远腾和山口本秀均已谢世，所以无人帮他印证回忆中可能出现的偏差与失误，更没人给他任何启发和提示，他的回忆只能断断续续地在痛苦与欢愉中交替进行。当他把能够回忆的每一幅历史画面全都回忆出来后，他又用文字作了详细的记录，以作日后寻找的根据。

在如此日复一日的回忆和记录中，中田先想起自己与远腾的第二次会面。那是 1948 年 6 月，远腾先生从中国返回日本后，曾在东京三鹰小学的一处住宅里作过短暂的停留。中田光男闻讯后，专程前去拜望了远腾先生。二人见面后，除了叙说离别之情与各自在返回日本途中所经历的磨难与惊险外，自然也谈到了“北京人”头骨的问题。中田光男清楚地记得，那天当他问远腾先生“北京人”头骨是否已带回日本时，远腾连连点头说：“带回来了，带回来了!”说着，便起身带着中田光男走到一堆行李前，指着一件被军用毛毯紧紧包裹着的东西说，“它就躺在这个包里，我正考虑如何处理它呢。”

几天后，远腾离开了三鹰小学，去了位于东京北边的埼浴大学。在之后的若干年里，远腾一直在这所大学任教，并先后出任过考古系主任、大学校长等职，直到 70 年代末去世。

中田先生和远腾先生的这次相会，是二人的最后一见，所涉及的“北京人”问题，也是极其有限而肤浅的。至于远腾后来对“北京人”化石到底作了怎样的“处理”，他更是不得而知。因此，面对自己近期来回忆出来的历史，他感到既有合理的东西，又有不少困惑之处。他不明白当年那个长春之夜远腾先生为什么会突然拿出“北京人”头骨给他们看?是为了缓和当时压抑、惊恐的气氛，还是另有原因？远腾是怎样得到的“北京人”头骨的？最后到底又作了怎样的处理……面对诸如此类的问题，中田光男一时难以找到答案。于是，他决定先到崎浴大学作一些调查。

中田先生来到埼浴大学后，由于远腾已去世多年，许多线索已不可寻觅。埼浴大学考古系几位健在的老先生只告诉中田光男，他们从未听说、更没见过远腾带回了“北京人”头骨，只知道远腾退休后，有一位员工曾为他清扫过办公室。中田光男又找到了这位员工，可这位员工告诉他说，他当年清理远腾先生的办公室时，没有发现什么木箱，更没有发现什么“北京人”头骨，远腾本人的大部分遗物都是由他的外孙阿部(笔者注：因真名不宜公开，阿部为化名）清理和保存的。而阿部并不在埼浴大学，一直在日本东北大学任教。

为搞清历史线索，中田先生又赶往日本东北大学。

无巧不成书。中田先生要找的阿部教授，不是别人，正是当年和他一起从中国的东北逃亡长春的部下山口本秀的儿子。山口本秀早已作故，而他的儿子此时也年过半百。望着阿部教授这位华发已生的晚辈，中田光男想起五十三年前和他父亲逃亡的惨景，不禁黯然神伤，嗟叹不已。他深有感叹地对阿部说：“时间真是流逝得太快了！每个个体生命的存在与消失，似乎只是瞬间的事情。”

中田先生后来说，他与阿部的第一次交谈，刚开始是亲切、美好而又融洽的，但当话题扯到远腾从中国带回的那个木箱以及木箱里装的“北京人”头骨时，气氛似乎就变得有些尴尬和复杂起来。他尽管曾是搜集、研究情报和谈判的高手，但在与阿部教授的交谈中，却没有取到事先设想的效果。阿部教授明确告诉中田光男说，关于从中国带回“北京人”头骨的事，他外公远腾和父亲山口本秀健在时，他本人既没听外公远腾说过半点信息，也未得到父亲山口本秀关于此事的任何一句遗嘱。他虽然确实对外公远腾先生的遗物负责进行过清理，却没有发现所谓的木箱和“北京人”头骨。

至此，线索似乎中断了。

但中田先生寻找的希望并未因此而破灭。他回到东京家中后，对此次调查的情况作了冷静的思考与分析。他认为，无论从哪个角度讲，远腾当年从中国带回“北京人”头骨这件事，阿部教授应该是知道的。何况，他从阿部与他会面的言谈举止中，隐隐感到阿部的内心深处似乎隐含着一种难以言表的东西。那么这个东西会是什么呢？难道阿部在有意隐藏什么秘密？

中田知道，远腾先生一生仅有一女一男两个孩子，女孩为大，男孩为小。女孩嫁给了自己的部下山口本秀，男孩则在十二岁那年暴病突发，不幸夭折。大女儿以及女儿的儿子阿部自然便成了远腾一生中唯一最亲近的人。而事实也是如此，远腾去世后，阿部是远腾先生财产的唯一继承人。既然有了如此一种血缘关系作基础，远腾带回“北京人”头骨的事，阿部怎么会不知道呢？即使远腾生前守口如瓶，临终前也应吐露真情，莫非远腾真的将“北京人”的信息带进了坟墓不成？

中田毕竟是日本关东军搞情报的老特工，他决定对一些资料进行认真的分析，先从外围打开缺口，然后再逐步向事实逼近。于是，他很快找来一本又一本的书籍和资料。通过一段时间的查看和分析，他感到起码有两个问题是疑点：其一，他在长春看到的远腾手中的那个“北京人”是个完整的头骨，而据书籍和资料记载，中国人在周口店发现的“北京人”只是一块头盖骨，不是完整的头骨，二者为什么出现了差异？其二，几乎所有的记载都说，“北京人”是在北平从美国人手中丢失的，若是真的落入了日本人之手，也该落到驻华北的日军帐下才对，怎么会插翅跑到了长春伪满自然博物馆远腾的手中？

不过，当中田先生查看日本考古学家松崎撰写的《北京猿人》一书时，却发现了一条新的线索，即松崎在书中提到了一个叫挪野的日本关东军中将。该书说：在太平洋战争爆发前一周左右，日本挪野中将曾带领一个日本大尉和其他几位军官前往协和医学院地下室，取走了“北京人”头盖骨。这块头盖骨先是保存在关东军司令部，后来就不知转移到什么地方什么人的手中了。该书还说，挪野中将到协和医学院取头盖骨时，中国的科学家裴文中也在现场。而随同挪野中将去取“北京人”头盖骨的那个大尉，后来受到了关东军的处分，原因不明。

松崎在他书中的这段记载，此前没有任何人涉足，可谓“独家新闻”。但，松崎说挪野中将拿走“北京人”时中国的裴文中也在场，显然缺乏根据。倒是中田光男从一位研究日本关东军问题的学者那里得知，挪野中将确有其人，并且是一位古生物化石的爱好者。因此，如果松崎对挪野中将的记载是个错误，则不必考虑这条线索；反之记载假若属实，那么挪野中将与远腾之间就有可能构成一种关系。尽管松崎在书中没有提到挪野中将与远腾是否相识，但就一般推论而言，作为古生物爱好者的挪野中将和著名古人类学家远腾相识或是好友，并不是一件什么奇怪的事情。假定挪野中将此前与远腾交往甚密切，故当关东军危机四伏之际，遂将“北京人”转交给了远腾保管，也是可能的。

问题是，远腾 1948 年回到日本后，至离开这个世界前，对手中的“北京人”会作怎样的“处理”呢？

就当时日本的情况来看，盟军早已占领并控制了日本的一切。日本在战争期间从别的国家抢夺回去的各方面物品，都已受到了盟军的追查，并被一一清退。据说，与“北京人”失踪事件有关的长谷部言人、高井冬二、铃木尚等著名教授，不仅被盟军清查了办公室，甚至连家也给抄了。这些情况想必远腾是知道的。那么当他得知这些险情后，必然要为自己手中好不容易才从中国带回的“北京人”的命运而担心，于是便会出现两种“处理”方法：一是将其毁掉，查无对证，使自己完全摆脱险境；二是找一个秘密之地将其隐藏起来，等将来时局有所变化，再作打算。很显然，远腾作为一位著名的古人类学家，无论从哪个角度来看，都会选择后者。

那么，远腾会将“北京人”隐藏在什么地方呢？

当年长春之夜给中田光男留下最深印象的，是远腾亲吻“北京人”头骨这一奇特的细节，于是中田光男正是通过对这一细节的苦思冥想和反复分析，终于做出如下推测：按正常的思维方式和当时的处境，远腾若将“北京人”藏于家中或者埼浴大学某处，是不合适也是不可能的；最大的可能是将“北京人”头骨埋藏在他那十二岁即夭折的独子的墓穴之中。因为远腾最疼爱的独子夭折于十二岁那年，“北京猿人”也恰恰谢世于十二岁左右，而远腾当年在长春之夜又有亲吻“北京猿人”头骨的亲昵举动。故此，亲生儿子和“北京猿人”在远腾的心里已是难解难分——远腾已把“北京猿人”当做自己的亲生儿子了。

根据这一推测，中田先生认为首先急需要做的工作，就是掘开远腾之子的墓穴，唯其如此，方能将真相大白于天下。于是，他多次直接或间接地找到东北大学的阿部教授以及与远腾有血缘关系的一些亲属，向他们讲明自己的意图，希望在日本有关部门的监督下，秘密掘开远腾之子的墓穴，以对历史作一个公正的了断。

然而，他的这一要求遭到了对方的拒绝。

无奈之下，中田先生又找到了日本众议院议员平沼纠夫，希望通过日本政府官员的影响力，去劝服阿部教授及远腾的其他亲族，支持发掘墓穴之计划。

平沼纠夫对中田先生的想法表示理解，但也深感为难。因为在日本要掘一座坟墓不是一件简单的事情，它既牵涉到法律，同时还必须考虑到社会影响以及死者亲属的感情等问题，一旦真要实施起来，是相当棘手的。所以，平沼纠夫向中田光男授意，让他找机会到中国去一次，将自己所掌握的线索奉献于中国科学界。如果中国科学界认为有价值，遂请中国政府通过外交途径正式向日本政府提出掘墓的请求。到那时，日本再以政府的名义和阿部等人商谈，这样，此事或许有望得到解决。

中田先生听从了平沼纠夫的劝说。此后，他通过一系列的筹划与努力，终于同中华日本学会取得了联系。于是，1999年9月17日，中田光男从东京踏上了飞往中国北京的航班。

中田先生来到中国后，下榻于北京凯莱大酒店。前来迎接他的，是中华日本学会常务理事、中科院研究员周季华教授。当晚，中田光男便将自己隐藏了五十三年的有关“北京人”秘密线索和现在的寻找计划与周季华教授作了交谈，并恳切地希望周季华教授能与中国有关部门取得联系，尽可能促成此事。

多年来致力于中日文化交流事业的周季华教授听了中田先生的计划后，异常激动。他知道，尽管“北京人”是全人类的财富，但它首先属于中国，与中国古代人类和现代人类一脉相承，不可分割，中国才是“北京人”之根、之源、之家。作为一个中国学者，帮着找回“北京人”，自然责无旁贷。于是，他很快和中国科学院古脊椎动物与古人类研究所业务副所长叶捷先生取得了联系。

叶捷听后极为重视。翌日晚，便同本所的古人类学家董兴仁先生一起前往凯莱大酒店，与中田光男先生进行了深入的会谈。中田先生除了将自己隐藏了半个多世纪的秘密线索全盘托出后，还希望中国政府通过外交途径与日本政府交涉，从而促成发掘远腾儿子墓穴的计划。而后，叶捷和董兴仁就“北京人”的一些具体问题又作了进一步的交谈。当叶捷问及中田光男当年看到的“北京人”具体是什么形状时，中田光男从行李包中取出了日本考古学家松崎所著的《北京猿人》一书，然后指着印制在此书封面上的一张完整的古人类头骨图片说，他当年从远腾手中看到的“北京人”化石，与这张图片极为相似。

《北京猿人》一书封面上的图片是一个完整的古人类头骨，而叶捷、董兴仁两位专家知道，中国当年失踪的“北京人”是一块头盖骨，而不是一个完整的头骨，二者不可混为一谈。中田光男则推测说，远腾先生得到“北京人”头盖骨后，有可能别出心裁地给它作了修复，从而使之成为一个完整的头骨。但叶捷和董兴仁仍认为这种推测只是一种建立在理论上的合理想象，缺乏充足的理由和证据。最后，双方商定，明日共赴周口店遗址博物馆，让中田先生的记忆与实物来一番对照，以进一步印证其线索的真伪。

于是，9 月 19 日，中田先生在周季华教授的陪同下，同叶捷、董兴仁等专家一起驱车来到周口店。在这座举世闻名的博物馆里，中田光男仔仔细细地看着每一件陈列的化石标本，同时也小心翼翼地梳理着自己的记忆。当六个静卧于玻璃柜中的“北京人”和“山顶洞人”的头盖骨和中田先生的目光相遇时，中田先生没有任何反应；当来到一个头盖骨、下额骨和牙齿等都较完整的头骨面前时，中田光男禁不住停下脚步，眼睛蓦然一亮，伸手指着那件头骨说：“对，就是它，我当年在远腾手上看到的那个头骨和这个头骨差不多。”

身边的叶捷问：“中田先生，您认为您的记忆可靠吗？”

中田光男肯定道：“我相信我的记忆没错。”

叶捷点了点头，将中田先生重新领回刚才已经看过的六个“北京人”和“山顶洞人”的玻璃柜前，然后指了指说：“很遗憾，中田先生，我们当年丢失的‘北京人’，就是类似橱窗里躺着的这些头盖骨，而不是完整的头骨!”

这就是说，中田先生当年从远腾手上看到的“北京人”，有可能是假的“北京人”。

中田先生点点头，饱经风霜的脸上掠过一丝淡淡的悲凉：“叶先生，我相信您说的是真的，可我当年看到的的确是一个完整的头骨。对这个差异，我想除了远腾先生后来作了修复外，很难再有别的解释。”

叶捷急忙安慰道：“没关系，中田先生，不管您提供的这条线索最终结果如何，我们都十分感谢您，因为您毕竟又为我们提供了一条新的线索。当然，事情的真相或许比我们想象的要复杂得多，还有待于作进一步的调查和考证。”

中田先生专程来中国帮助寻找“北京人”的心愿尽管是好的，但中国科学界对他所提供的这一线索仍觉得存在不少疑点；对是否请求中国政府用外交手段和日本政府交涉的问题，也表示应持谨慎态度。因为一旦通过外交途径交涉，很可能会使问题变得复杂化，反而不如民间渠道更为有利，正所谓“外交无小事”是也。而对是否发掘远腾儿子墓穴之事，也认为此事非同小可，切勿轻举妄动。因为墓地不管是在中国还是日本，政府都有相应的法律保护，即使中国通过外交途径与日本政府交涉，也未必如愿。再说，假定交涉成功了，远腾的亲族也同意了，但墓穴一旦打开，里边万一没有“北京人”或别的什么人，怎么办?

所以，鉴于上述诸多复杂原因，中国有关人士认为，此事应继续调查、考证，切忌贸然行事，等真有把握了，再作打算也为时不晚。当然，如果中田光男自己能说服日本政府和远腾家族，尽快掘开远腾儿子的墓穴，也不失为一件好事情。

作为积极倡导寻找“北京人”的贾兰坡先生，对中田光男先生提供的这一线索和中田光男的中国之行，有自己的看法。当我为此专门采访他时，他对我说，中田光男提到的那位远腾先生，确有其人，而且他还见过。日本侵华期间，远腾作为伪满自然博物馆的科研人员，曾在中国的土地上主持和参与发掘过一大批古生物与古人类化石，其中最具影响的当数在中苏边界的内蒙古发掘的那几个扎赉诺尔头盖骨化石。后经鉴定，扎赉诺尔人跟周口店山顶洞人的年代基本相同。这些发掘出来的扎赉诺尔头骨化石，除裴文中从远腾手中要回一个放在新生代研究室研究以外（作者注：胡承志说，1947 年他在新生代研究室看到的是两个扎赉诺尔头骨），其他的一直由远腾保管在长春伪满自然博物馆。二战结束后，这批扎赉诺尔头骨下落不明。贾兰坡还说，在 1941 年前，远腾曾多次从长春来北京协和医学院新生代研究室研究周口店发现的古人类化石。“北京人”化石失踪前后也曾来过，此后便销声匿迹了。

根据贾兰坡的说法，既然裴文中能从远腾手中要回一个（或者两个）扎赉诺尔头骨，可见远腾与裴文中或者其他中国科学家是相识的，甚至关系非同一般，否则就无法解释裴文中能要回扎赉诺尔头骨和远腾经常到协和医学院来作课题研究这一事实。当然，远腾先生和挪野中将，彼此也可能相识。如果这个事实成立，那么日本考古学家松崎在《北京猿人》一书中关于挪野中将前来协和医学院取走了所谓“北京人”头盖骨一事的记载，并非子虚乌有，只不过挪野中将拿走的很可能是扎赉诺尔头骨，而不是“北京人”头盖骨。而远腾发现的扎赉诺尔头骨除送给了裴文中一个以外，剩余部分仍保留在长春伪满自然博物馆里。因此，中田先生当年从远腾手中看到的，很可能是经过远腾修复之后的扎赉诺尔人头骨，而不是“北京人”头盖骨？

但问题是，远腾先生作为一位颇有名望的古人类学家，自己明明只有扎赉诺尔人头骨，为什么非要在中田先生面前炫耀自己手中握有“北京人”头盖骨呢？其目的和意义是什么？有这个必要吗？此外，还有一个值得注意的事实是，据贾兰坡说，远腾本人在“北京人”丢失前夕曾来过协和医学院搞研究，那么他在这段时间里到底都“研究”了些什么？是否也染指过“北京人”呢？

因此，在事实尚未完全搞清之前，也很难否认远腾手中确实握有“北京人”头盖骨的可能。何况，贾兰坡和胡承志至少也承认，中田先生当年在远腾家中看到的装有头骨的箱子内塞满了脱脂棉这一细节，与事实吻合；“北京人”化石被业内人士收藏，可能性也是很大的。

作为一名日本的老特工，中田先生对中方的种种反应，似乎早在预料之中。所以从周口店返回北京后，他并未就此放弃自己的计划，而是又在北京走访了几家相关的单位和个人，一方面就掌握的线索再作探讨，另一方面则是寻求支持他寻找计划的合作伙伴。同时，他还委托周季华教授与贾兰坡和胡承志二位先生联系，希望能找一个合适的机会，就一些具体的细节和问题进行交谈。

遗憾的是，由于贾兰坡院士当时身体欠佳，面谈没有成功。

尽管如此，八十一岁的中田光男先生的到来，还是在北京各界引起了震动。中田先生离开中国前表示，回国后他还要为此而不断努力，尽量说服日本有关部门和远腾的家族打开墓穴；一旦时机成熟，他将再来中国，与贾兰坡和胡承志等专家会面，直到解开远腾儿子的墓穴之谜为止。

墓穴之谜，真能解开吗？

四十五、 中外专家探讨 “北京人”

历史的脚步转眼走到了本世纪的尽头。

就在 20 世纪的晚钟即将敲响之际，一股探讨、寻找“北京人”的旋风，又从北京悄然刮起。

1999 年 12 月 12 日，“北京人”第一个头盖骨发现七十周年纪念大会在北京人民大会堂隆重举行。出席这次大会的，除中国科学院院长路甬祥、国家文物局局长张文彬、著名科学家贾兰坡、中国科学院院士刘东生等中国方面的数百名专家、学者外，还有来自法国、日本、美国、德国、英国、印度、巴西、韩国、瑞士、波兰、比利时、西班牙、奥地利、加拿大、以色列、印度尼西亚、斯洛文尼亚等二十多个国家的近七十位著名专家和知名学者。会议期间，与会者们围绕周口店和“北京人”有关的各种学术问题展开了开诚布公的研讨，也满怀崇敬的心情对北京猿人第一个头盖骨的发现者裴文中先生，以及为周口店的发掘和“北京人”的研究做出不朽贡献的中外先驱们如安特生、步达生、师丹斯基、魏敦瑞、德日进、丁文江、翁文灏、杨钟健等作了纪念性的发言，同时还亲临周口店，对周口店博物馆和“北京人”文化遗址一一作了参观。

无论在会议期间，还是饭后茶余，或者旅游途中，大家讨论的一个很热门的话题，就是“北京人”的下落问题。由于这次来的都是研究古人类学方面的中外专家，难得有这样一次聚集交流的机会，所以各种有关“北京人”下落的线索和种种传闻纷至沓来。谈论、交流、分析、推测“北京人”失踪之谜，成了人们的一大快事，继而在不知不觉中，又拉开了新世纪寻找“北京人”的序幕。

受中国“保护周口店委员会”的邀请，日本中田光男先生也出现在了此次大会的开幕式上。上次中田先生来华时，就受到了中国科学界和新闻媒体的关注，同时还引起了企业家的重视，但遗憾的是，他与贾兰坡和胡承志二位先生未能会面。所以中田先生此次来华，除了要在中国继续做有关寻找“北京人”的工作外，就是很希望能与贾兰坡和胡承志二位先生会面，就他所提供的“北京人”线索问题，作一次认真地探讨。

在保护周口店委员会的精心策划和安排下，中田的这一愿望终于得以实现，只是双方的这次会面有点奇特——既不是在温馨的家里，也不是在严肃的会场，而是在宽松自由的新浪网网站！

1999 年 10 月 14 日上午，九十一岁的贾老在儿子的搀扶下，首先来到新浪网网站聊天室，随后，八十一岁的中田先生和八十六岁的胡承志先生也很快赶到了现场。三位老翁——当年的“冤家对头”，今日的“中日好友”见面后，相互握手，彼此问好。而后，在主持人的主持下，围绕着中田先生所提出的“北京人”的新线索问题，面对网友，展开交谈。

贾兰坡先生首先发言。他说，“北京人”头盖骨丢失了几十年，大家一直在寻找。中田先生本来是与此无关的，但他一直为此在奔波。他这次已经是第二次来中国了，这种精神是可贵的。希望今天在此，大家一起来讨论这个问题。

接着，中田先生发言。他说：“我是从日本来的中田。我当年是做苏联情报工作的，在参谋部工作。我是在 1946 年 1 月 4 日在现在的长春看到“北京人”头盖骨的……”

再接着，胡承志就“北京人”有关装箱等问题，作了介绍和说明，对中田先生提供的线索，也谈了自己的不同看法。

然后，中日双方就中田先生看到的到底是真“北京人”还是假“北京人”的问题展开了讨论甚至争论。中田坚持认为，他当年在远腾手中看到的应该是“北京人”，甚至他还推测，挪野中将当年到协和医学院拿到“北京人”后，就带到长春，委托当时伪满洲中央博物馆保管，所以就到了远腾手中。而贾兰坡和胡承志则对中田的线索基本给予了否认，认为中田先生提供的《北京猿人》这本书上的图片可能是个模型，绝不是真正的“北京人”，中国发现的“北京人”只有头骨的一部分，没有面骨，也没有那么整齐的牙齿……

不过贾兰坡最后也表示，虽然对中田先生所提供的线索还有待进一步考证，对寻找还抱怀疑，但我们还是很感谢他，毕竟每一条线索都是一个希望。当年与“北京人”一同丢失的尚有一大批古人类化石，而每一件丢失的化石，作为研究不同年代古人类文明发展的佐证，都是无价之宝。因此，无论远腾手中掌握的是扎赉诺尔人头骨，还是“北京人”头盖骨，寻找都是很有意义的，应当努力去找。

贾兰坡、胡承志和中田光男三位老翁的网上会面，给本来就热热闹闹的会议又增添了一段有趣的插曲。大家针对真假“北京人”和“北京人”到底下落何处的问题，众说纷纭，各执一词，使寻找“北京人”的热潮在深秋的北京越来越热。

为了搞清“北京人”的一些线索，了解外国科学家及学者们对寻找“北京人”的态度和看法；同时再对一些相关的问题作深入地探讨，我抓住此次纪念大会的机会，带着翻译，游走在会议的各个场所，利用会议的间歇，对几位重要的外国科学家及学者进行了跟踪采访——

1999 年 10 月 16 日晚，我首先与中田先生相约在北京王府井一家餐厅会面，并请了北京大学两位研究日本问题的教授——周季华、贾蕙萱夫妇担任翻译。中田先生西装革履，温文尔雅，不卑不亢，出语谨慎，一举一动，都显示出一位“老特工”的精明与沉稳。当然，看得出，中田先生作为一个曾经参与过侵华战争的日本老兵，对当年日军在中国犯下的种种滔天暴行，也是满怀歉疚之情的。好在历史总算翻过了这一页，日本前辈和中国后生今天终于面对面地坐在了一起。

席间，中田先生首先向我们谈了他到中国的感想。他说，他自 1946 年逃回日本后，再踏上中国的领地已是 80 年代中期的事情了，最大的感受就是中国这头睡狮已经醒来并开始突奔。尤其是近几年，他在中国各处看到的都是笑脸，物资也丰富起来，价格也很便宜。前些年许多国际人士包括他在内，都感到中国人口过多，粮食很难自给自足，现在看来这不是问题。尽管中国的改革还有这样那样的矛盾和问题，但无论是物质文明还是精神文明，中国人都走到了一定的高度。三年前他来中国时，有口号说“21 世纪是中国人的世纪”，当时感到这话说得有点大。但这次来看到中国又发生了巨大变化，发展速度相当惊人，所以 21 世纪是中国人的世纪，有可能成为现实。

接着，中田先生详细地介绍了他发现“北京人”线索的具体过程，并对我的疑问一一作了解释。之后，他说：“如果我的记忆准确，最终寻找的结果不管是‘北京人’还是‘扎赉诺尔人’，都算是我为中国政府做了点贡献。据我到中国后的了解，中国方面非常关心‘北京人’失踪的每一个线索。既然中国能够实现四个现代化那么伟大的发展目标，为什么就不能实现找回‘北京人’这一愿望呢？中日两国的思维方式、生活习惯是有差异的，但在共同寻找‘北京人’这件事情上，应尽量统一一下。只要大家共同努力，北京人是一定能够找到的，至少我对此满怀希望。所以我很希望中国政府通过外交途径，和日本政府谈判，进行一次寻找‘北京人’的大行动。上次我回到日本后，把在中国的活动情况又和众议院议员平沼纠夫先生作了汇报，他仍认为中国政府通过外交途径和日本方面交涉是最理想的方式，如中国方面有什么要求，尽量提出来，比如向外交部、文部省都是可以的。就我本人的心愿而言，是希望中日组成一个寻找‘北京人’的调查组，在日本展开工作。如果认为我的推测还有合理性，就尽量促成对远腾儿子墓穴的发掘，以搞个水落石出。如果中国方面愿意派人到日本去，我可以协助发邀请函，并作经济担保和提供相应资金。我期待中方尽快行动，将‘北京人’这一人类至宝重新找回。我回去后也还要努力，决不轻易放弃。”

最后，中田先生坦言，寻找“北京人”只是他计划中的一个小步骤，他的宏大计划是帮助中国发展教育事业，他说他一直在研究教育、从事幼儿智力开发研究工作。寻找“北京人”并非他的最终目的，他只是想通过寻找“北京人”去实现他的宏大计划。如果“北京人”能找到的话，他将向日本政府申请一百亿日元，和中国专家一起，搞幼儿智力和英才教育开发……

对中田先生提供的“北京人”下落线索一事，日本国内本身也有不同意见。前来参加这次会议的日本横滨大学人类学教授长谷川善和先生便是其中一位。长谷川善和先生当年在东京大学读书时，是高井冬二教授的博士生。他说：就我的分析推断，“北京人”在日本的可能性不存在的。理由是：太平洋战争爆发后，日本军队或学者不会马上就到协和医学院去抢“北京人”化石。从中国官方公开的材料看，当日本人到协和医学院去拿“北京人”化石时，已经没有了。再从日本的国民性来看，它的特点是把经济放在第一位，其余则放在后头，对古代的人类化石并不感兴趣，即使拿走了，也会还回去，这一点跟西欧一些国家不同。西欧国家占领别的国家后，喜欢把抢夺而来的东西作为艺术品收藏，但日本就不一定。他还补充说，太平洋战争爆发前，有许多“北京人”头盖骨模型流传于世界各地，远腾手中那件东西很可能就是“北京人”模型，而要为一个模型而去掘开远腾儿子的墓穴，是没有多大价值和意义的。当然，“北京人”如果真的还存在的话，应该努力去找！因为古人类化石毕竟很少，用模型研究和用真品研究，效果完全不同。

美国人对此又有什么看法呢？

美国自然博物馆古人类学部主任伊安先生身高两米出头，不知是否因为自己个子很高，或是来自美利坚合众国的缘故，此公给人的感觉有点傲慢。我几次相约，他几次临时变卦，不过后来还是愉快地接受了我的采访。他说：“十几年前我曾与原美国海军陆战队军医弗利就‘北京人’失踪之事专门作过交谈。弗利很肯定地对我说，‘北京人’化石在向美国转运的过程中是由他保管和负责的，后来那装载化石的箱子转移到了天津。至于后来是不是被日军查获，再转移到了长春的伪满自然博物馆远腾手中，我认为还有待进一步考证。”

相比之下，同为美国人的美国著名人类学家夏皮罗的学生杰福雷·施沃茨教授则显得热情而又温和。他对我说：“弗利手中的‘北京人’化石被日本查获的可能性没有证据。我的老师夏皮罗先生直到1989年去世时还坚持认为‘北京人’化石在中国，特别是在天津。不过，我认为‘北京人’肯定是在战争中被摧毁了，早已从这个世界消失了。中田光男在长春看到的只是一个‘北京人’化石模型。但模型毕竟跟真的有很大差别，为了一个模型而去发掘远腾教授儿子的墓穴，是荒唐而可笑的。”

而美国华盛顿大学人类学系教授约瑟夫则是一位性格开朗、为人真诚的女士。1997年夏天，她曾率领美国六所大学的十几名人类学系的应届毕业生来到周口店，专门进行实地考察，她对周口店和“北京人”的感情和兴趣，似乎大大超过了许多中国人。我们在周口店与她相会的那个夜晚，正赶上周口店停电，古人类研究中心负责人徐钦琦教授亲自为我们点燃一支蜡烛，于是在极富诗意的烛光下，约瑟夫女士侃侃而谈。她说：“周口店是古人类研究最神圣的地方，其得天独厚的条件是其他任何一个国家所不具备的。人类延续的时间太长了，现代人类都想知道，我们从哪里来，要到何处去，哪里是我们的起源地，哪里是我们由猿转变成人的关键点？比如，我们正在研究‘北京人’吃什么，现在的美国人都爱吃糖，不知道我们的老祖宗过去吃什么，难道周口店的祖先们也喜欢吃糖或有糖成分的甜食吗？现在人类一般要18—20岁才能成熟，之后才能结婚、生儿育女，难道周口店的祖先们也是这样的吗？他们结婚也举行仪式吗？每个人的寿命又是多长呢？这些问题对现代人类来说不仅有吸引力，也有重大而深远的意义。”

约瑟夫女士还说，“十年前，美国自然博物馆搞了一个古人类化石展览，全世界所有的人类头盖骨化石差不多都在那里展出了，可非常遗憾的是，唯独没有裴文中先生发现的‘北京人’化石。虽说我们现在仍然保存了这件化石的仿造件，却不可能当真的来研究，所以说‘北京人’

的丢失是整个人类文化的重大损失和不幸，也是20世纪人类科学史上最大的谜团。不过，我总有一种预感，‘北京人’仍存在于这个世界的某一个角落，它或许在美国，或许在日本，或许在中国，或许被什么国家的人秘密藏了起来，这个谜团肯定有人知道。这个人也许还活着，但这个人现在在哪里，什么时候能够把这件珍宝送还给我们，还要等待时机，我们完全有理由以乐观的态度和足够的耐心去等待这个时机。据我所知，‘北京人’头盖骨化石是很厚的，转移时又作了很好的包装，不管它落入何处，要全被毁掉是不可能的。想想看，我们的老祖宗在这个世界上存在了五十万年都没有毁灭，‘北京人’才失踪了五十多年怎么就毁灭了呢？如果我们这一代人找不到，我的学生和学生的下一代也应继续寻找，直到有个最终结果。”

与日本人和美国人相比，以浪漫而著称的法国人的确要浪漫得多。就在学者们围绕“北京人”问题议论纷纷时，联合国教科文组织顾问、法兰西科学院院士、国际著名古人类学家、考古学家、地质学家易夫·科蓬思先生语出惊人，对“北京人”失踪之谜又有了新的注解。

我与科蓬思先生的会谈，是在北京木樨园一家叫做“兰花花”的美食村进行的。这个号称美食村的饭店，是由厚道的陕西人开办的。由于这家饭店在装饰上有意渲染出了黄河中上游那古老而浓郁的民间文化，所以把采访地点选在这个“浪漫”之处，目的是让浪漫的法国大师在中国古老的风土人情中肆意神游，好为我尽情讲述有关“北京人”的种种故事。

也许是终生从事古生物化石的田野发掘与研究的缘故，六十五岁的科蓬思先生尽管须发皆白，但高大的身躯看上去依旧跟年轻人一样硬实健壮，富有生气，难怪四年前他的夫人还为他生下了一个活泼可爱的小儿子。迄今为止，科蓬思先生已在世界各地发现了四个很有影响的古人类头盖骨化石，于是他把自己那宝贝小儿子叫作“老五”，意思是儿子和化石都是他一生中最珍爱的孩子。

据法国科学研究中心学者安娜·丹比科女士介绍，科蓬思先生作为法国科学界的泰斗，过去向来以严谨、刻板著称，一般人是很难接近他的。可自从他四年前得了个宝贝儿子后，性格突然发生了大转变，变得和蔼可亲并随意多了，和他相处，总能看到他满脸的笑容和随着这笑容从嘴里迸出的极富幽默意味的连珠妙语。或许，是他儿子的魅力改变了他的性格。难怪科蓬思先生刚与我们见面，便从怀里掏出年轻美丽的妻子和活泼可爱的儿子的照片让我们观赏，并美滋滋地说："今天我刚和我儿子通了电话，我儿子让我给他带回去一个中国妹妹，我不知道该怎么办呢!"

当我的话题转到"北京人"身上时，科蓬思先生一边小心地收起手中的照片，一边说："我是个很严肃的人，但也喜欢开玩笑。前些时候我跟几位国际同行谈论到'北京人'失踪之事说过，如果'北京人'当时已经运到了船上，而这艘船后来又被击沉了，那么若干年后，当我们的后人找到这艘沉船并把它打捞上来时，便会惊讶地发现，这艘船上既有男性的'北京人'，又有女性的美国海员，那该是一个多么有趣的情爱故事哟!"

科蓬思先生的幽默与浪漫把在场的人都逗笑了。片刻，科蓬思端起酒杯喝了一口，而后手扶着酒杯认真而又严肃地说："无论从哪个方面来看，'北京人'的丢失都是人类宝贵财产的损失和遗憾，我们有责任和义务要把它弄个水落石出，不能就这样糊里糊涂地了结了。否则，我们将很难面对后人，所以我们必须要为这件事作最大的努力。"

科蓬思先生说到这里，有些激动，他呷了口啤酒，接着说道，"关于'北京人'丢失这件事，我思考几十年了，并为寻找它做过实实在在的努力。我认为，'北京人'的命运无非有三种可能：

"第一种可能是，'北京人'已被彻底摧毁了，或在火车上，或在轮船上，或在世界的某个地方。理由是，'北京人'化石在转移时，整个中国乃至世界都笼罩在战争的烟雾之中，其混乱的状态可想而知。在这种混乱局势中，有许多珍贵的东西都被毁掉了，'北京人'也就有可能成为牺牲品。需要强调的是，这种毁掉是置于'混乱'这个大背景和前提下的。

"第二种可能是，'北京人'已被发现，或被利用，或存放于某处，但‘北京人’的拥有者却毫无意识。也就是说，拥有者并不知道自己所拥有的东西是珍贵的‘北京人’。我举两个例子来说明这个问题。我认识的一个南非同行名叫达尔特，他现在已经去世了。1976 年，他在南非发掘出一块古猿头盖骨，然后到英国伦敦去作鉴定分析。他在伦敦机场下了飞机后，乘上了一辆出租车。也许因为太紧张，或者太劳累，当他走进要去作鉴定的这家大楼时，才蓦然发现装有古猿头盖骨的小包丢在了出租车上。心急如焚的达尔特当即通过伦敦的工作人员向警方作了报告。警方听后感到事关重大，立即着手追查此事。很快，那辆出租车查到了，警方赶到车主家中时，只见装有头盖骨的小包被扔置在车主客厅门后的墙角里，与它相伴的，还有一双破皮鞋。车主说，他压根就没把这块烂骨头当什么宝贝，如果再晚来几个小时，他就会将这块烂骨头像平常扔西瓜皮一样扔掉了，因为让一块死人骨头老待在家里是很不吉利的事情。还有一个例子是 1997 年夏天，我率领几名法国科学界的研究人员到非洲西南部的纳米比亚考察，有一天我们到一位矿物工程师家中吃晚饭。说是家，其实就是临时搭起的简易木板房。我们去的时候太阳已经落山了，大家围着桌子喝了几口咖啡，天便渐渐黑了。因为工程师家中没有电灯，蜡烛便是最好的照明物。当那位工程师拿着刚刚点燃的蜡烛从里屋慢慢走出时，我隐约见他手上捧着的是一个弧圆形蜡烛底座。由于蜡烛的光亮不是很强，当时大家都没有在意他捧着的是个什么东西。当蜡烛放到桌子上时，可能由于职业的原因，大家仔细一看，这才发现，那蜡烛的底座正是一件古人类的头盖骨化石。我们赶紧将蜡烛取下来，将那件化石小心地捧在手里反复观察，仿佛突然间遇到了神明。当我们以十分惊奇的口气问这位工程师为什么将这么宝贵的古人类化石当作蜡烛底座随意搬来搬去时，这位先生却极其平静地回答说，我并不认为这样的化石有什么价值，只是感到有点好玩，就拿回家作蜡烛的底座罢了。根据工程师为我们提供的线索，我们及时将这一非同寻常的情况通知了纳米比亚的科研部门。纳米比亚政府不久就组织人员在那儿发掘到了许多古生物化石。我返回法国时，经纳米比亚政府同意，我特地将那件已做成蜡烛底座的头盖骨带回了巴黎。经鉴定，这是一件距今 10 万—15 万年前古人类的头盖骨，在古人类学上称为智人阶段。后来，中国科学院古脊椎与古人类研究所的古人类学家吴新智先生访问巴黎时，还看过这件头盖骨，并产生了浓厚的研究兴趣。试想，一个专门研究矿物的工程师都不把这件头盖骨当回事，那么一个普通工作者或从事其他领域研究的人又怎么可能有意识地将它视为珍品呢？假如‘北京人’化石真的有幸没有被毁而落入了一般人手中的话，那很可能也会像那位工程师一样，把它当成蜡烛底座或别的什么器具了。

“这样的事例不只反映在普通人当中，即使是法国的有些博物馆也有类似的情况发生。我早些年去法国南部参观一个艺术博物馆时，发现这个馆的墙角里横七竖八地堆放着许多已经不同程度受到了损坏的古生物化石。那里的工作人员告诉我说，原来这个馆的馆长是位古生物学家，所以他按照自己的爱好弄了许多古生物化石到馆里展览。后来这位馆长退休了，新上任的馆长又有自己的爱好，便弄了自己喜欢的东西在馆内展览，而原来的那些古生物化石便随便扔置在了馆内的墙角里，长期无人问津，任其损坏。这个个案同样说明，有的东西在你的眼里珍贵无比，在他的手里就可能一文不值；尽管同属博物馆馆长，但对事物价值的判断却大相径庭，甚至完全相反。设想一下，假如‘北京人’化石也落到了上述那样一位馆长的手中，想必也和那些扔在墙角的古生物化石的命运一样，遭到同样不幸的下场。”

科蓬思先生端起酒杯，喝了一大口，抹了抹嘴，继续说道，“第三种可能是，‘北京人’已经被发现，并被人有意识、有目的地收藏了起来。也就是说，拥有者知道他手中的那件东西就是全世界都在找的‘北京人’化石，只是处于这样那样的原因或目的，并不急于公布于众。为了说明这个推断，我还是讲一个故事。大约在二十年前，法国中部勒雷鼓都附近一个农民在自家的地中掘出一个古老的墓穴，发现这个墓穴里有一个完整的人体骨架化石。这个人体骨架化石相当于尼安德特人时代，非常珍贵。可等这个消息辗转到我当时所在的国家自然博物馆时，已是几天以后的事情了。当我们风尘仆仆地赶到现场时，只见到了人体骨架的身子，而那极为重要的头骨却不翼而飞。在当地警方的配合下，我们查了几天也没有查出头骨的下落，最后只好带着无尽的遗憾将那人体骨架的身子运回了巴黎。不久，我受法国电视台邀请，对这次发现作演讲，我面对电视观众几次提到那个不翼而飞的头骨，并说不管这个头骨被谁拿走了，请你一定以公开或隐秘的方式告诉我们，我们一定给予重赏！但一直没人回应。后来我们推测，很可能是当地农民偷走了这个头骨并出卖给了专门收藏古生物化石的收藏家或文物贩子，而这些收藏家或文物贩子都是在社会上很隐蔽的人物，他们一旦得到头骨，便会锁进自己的保险柜，让世人从此难知其中秘密。假若北京人的命运也是如此的话，该是一件多么悲哀的事情！

"当然，我是一个很乐观的人，在以上三种设想中，我更倾向于后者。我有一种预感，'北京人'仍在这个世上，只是不知道被谁囚禁了起来。只要我们有信心，就有希望找回它，只是这个过程可能很漫长，也许一年、十年，也许一百年或者更远。所以，今天和今后的人类要有信心，也更要有耐心。"

科蓬思先生一口气说到这里，双手紧紧攥住玻璃杯，两眼直直地望着头顶的灯泡，被酒精熏得微红的脸上显得有些疲惫，同时也透出了几分痛苦与不安。

我插话道："科蓬思先生，有人怀疑'北京人'是被美国人弄去了，您对此有什么看法?"

科蓬思先生摇摇头："我也听到过这种说法，但是我认为，至少美国的人类学界没有干这件事情。前几年，印度尼西亚发现了一个古人类头骨化石，被文物贩子倒卖到美国一个收藏家手中，美国政府知道后，主动收购并将这件头骨还给了印度尼西亚。所以我认为美国人不可能。相反，我倒怀疑过我们法国人。"

"法国人?!"我听后大吃一惊。此前，我曾怀疑法国大科学家德日进与"北京人"有染，但那只是一种假想，一个闪念而已。没想到科蓬思先生作为法国的一位大科学家，也怀疑起了自己的同胞！这在中国，恐怕无论如何也是不可想象、不可思议的事情！于是我试探性地问道："科蓬思先生，您指的这位法国人，是不是被称为'法国达尔文'的德日进?”

“是的，正是德日进!”科蓬思先生爽朗一笑，一脸轻松。

“真的?!”我简直有些惊呆了!

科蓬思先生见我极度惊讶的样子，连忙微微点头道：“是的，德日进你们是知道的，他是法国科学界的老前辈，是全世界敬仰的大科学家，他在中国工作了近二十年，对周口店的发掘和‘北京人’的研究起到了极其重要的作用。1955年，德日进病逝。就在他病逝的第二年，我进了法国自然博物馆。德日进生前的办公室一直空置在法国自然博物馆，很久没有新人来利用。有一天，我路过德日进生前办公室的门口，对这位伟大的科学家的崇敬和怀念之情不禁油然而生；但也就在这一刻，我脑海里竟忽然闪出一个念头：德日进会不会插手了‘北京人’事件？会不会就是他自己将‘北京人’收藏了起来？我进而还作了这样的推测：珍珠港事件爆发前夕，德日进将‘北京人’包装好后准备运往法国保存起来，但战争突然爆发了，他无法将‘北京人’运出中国，于是只好以神父的身份将‘北京人’匆匆隐藏在了北京或天津的某个教堂里。不过，我很快又从另一个角度否定了这个念头，那就是如果德日进真的隐藏了‘北京人’，为什么在战后十几年中他一直保持沉默？这对于一个享有国际声誉的科学家来说是不可思议的。当然，德日进有自己的思维方式和生活准则，沉默十几年也不是没有可能的。现在国际上有一种说法，说臭名昭著的英国辟尔唐人就是德日进搞的鬼，真正的始作俑者就是德日进。目前这种说法还在争论之中，没有最后结论。我想，如果德日进真的是辟尔唐人事件的幕后策划者的话，他在这件事情上的沉默就长达数十年之久。德日进对‘北京人’是有着深厚感情的，他的性格和信仰中有两面性，作为科学家，他相信人类是按一定组织和逻辑不断进化的；而作为神父，他又是信奉上帝的。在这种双重性格的驱使下，他将‘北京人’隐藏起来等待死后一同去见上帝，也不是没有可能的。因此，我很难说我的推测是对还是错。但我必须强调一点的是，即使德日进真的是‘北京人’的隐藏者，那他也完全是出于一个科学家对‘北京人’的真心袒护才这么干的，而绝不是为了想日后贩卖个高价以满足自己的私欲。”

“科蓬思先生，”我继续问道，“您的推测固然大胆、浪漫而又精彩，但作为一个科学家，您比我们更知道证据两个字的重要。”

“是的，”科蓬思先生严肃地说道，“正是为了取得证据，我曾和我的同事在德日进的办公室以及他经常活动的地方作过多次搜查，特别是对他的遗物进行了比较全面的检索，希望从他的笔记、书信或未发表的文章中找到破译‘北京人’下落的密码。可惜没有结果。我最近的一次努力是去年秋天的这个时候，德日进的几封通信在法国一个神甫的家中发现，这位神甫早已死去，是他的后人在清理遗物时得到的。我察看了这几封信件，还是没有找到破译‘北京人’下落的密码。不过，为了解开‘北京人’下落之谜，我今后是不会放弃对德日进所留遗物哪怕是半点蛛丝马迹的追索和探寻的。”

最后，我问科蓬思先生：“您认为寻找‘北京人’有意义吗？”

科蓬思先生以一种很遗憾的口气说道：“当然很有意义。因为古人类化石之所以珍贵，是因为它的发现是一件很不容易的事情，目前全世界发现的这类化石并不多，而‘北京人’又是对人类的起源与发展有着关键作用的珍贵化石。如果‘北京人’仍健在，我们可以用先进的科研手段如电子扫描仪等去获取它更多更隐秘的信息。所以我希望全世界各个学科的科学家以及有识之士，积极投身到寻找‘北京人’的行列中去。”

结束了对科蓬思先生的采访，一个悬念却在我心中挥之不去，这就是，德日进是否真的卷入了“北京人”失踪事件？为了搞清这个有点耸人听闻、惊世骇俗的“新闻”，第二天我又专门找到了法国自然博物馆馆长亨利·德伦雷夫妇。尽管德伦雷的年龄和科蓬思相近，但由于没有太显眼的胡须以及并不浓密的白发，所以看上去要年轻一些；而就其性格和举止来说，德伦雷则显得更稳重，更谨慎。

我一开始便直截了当，问德日进是否参与转移或藏匿了“北京人”？德伦雷先生对我的问题似乎并不像我想象中的那么吃惊，他很平静地说：“德日进虽在中国工作了二十年，但他本人却一直属于法国自然博物馆的科学家。尽管我不太相信作为德日进这样一位享有国际声誉的科学家会干出隐藏‘北京人’的事来，但1981年我被任命为法国自然博物馆馆长时，还是组织全馆人员对馆内包括德日进原办公室在内的每一个角落，都进行了一次清理和检查，希望能通过德日进遗留下来的哪怕一张纸条、一本书、一个信封或一块布片，找到与‘北京人’下落有关的点滴信息。令人遗憾的是，我三天的努力除了清查的范围比科蓬思先生更广更彻底之外，结果还是一无所获。”

“当然，德日进的遗物有两个地方保存，”德伦雷接着说道，“一个是设在法国自然博物馆的德日进学术研究基金会，另一个就是中国现在的古脊椎与古人类研究所。1971年2月我来中国访问时，还看过德日进的几封信件，后来就没有了。据贾兰坡先生说，70年代法国共产党曾和中国政府交涉过，具体怎么交涉的我不知道。中国政府只让骨脊椎动物与古人类研究所搜集整理德日进的信件，并让杨钟健负责。这样德日进当年给中国同行的信就交给了法国共产党。但就我这些年对‘北京人’失踪事件的研究来看，我仍坚持认为这件东西还在中国。因为装运‘北京人’的火车压根就没到秦皇岛码头，前来接应的轮船也没靠岸，而已做了日军俘虏的美军陆战队也不可能以其他方式将‘北京人’偷运出去。所以我认为‘北京人’没有离开中国，要寻找就要沿着火车运行的沿线去找，这个方向的可能性最大。这个观点这次我向热衷于寻找‘北京人’的同行们表述过。”

采访完法国自然博物馆馆长德伦雷先生后，我又找到了德日进研究基金会秘书长安娜·丹比科女士。丹比科女士漂亮而又热情，一笑一颦，都透射着法国女郎的浪漫与纯情。但她对德日进是否与“北京人”有染的问题，却避而不谈；对科蓬思先生的看法也不置可否。她只是说：

“法国科学界对‘北京人’失踪问题一直非常关注，并积极投入了寻找活动。我作为德日进学术研究室基金会的秘书长，正在为周口店古生物、古人类化石的研究做努力。要尽快找回‘北京人’，还要请大家一起向联合国教科文组织呼吁并寻求支援；如果有人发现了可能的线索，德日进学术研究基金会也是愿意提供人力和财力的。‘北京人’的丢失是一件很可悲的事情，幸亏当时留下了复制品，否则就没法研究了。我希望有一天把‘北京人’找回来，这一点我同许多人一样，只要有一点希望，就该继续寻找‘北京人’!”

可见，寻找“北京人”，不仅是中国人的希望，也是全人类的希望。

四十六、 寻找， 以政府的名义

历史进入21世纪后，周口店遗址如何以新的面貌展现于世，以及失落多年的“北京人”最终能否物归原主、重返人间，再次成为世人瞩目的焦点。

2002年8月16日，北京市人民政府和中国科学院经过友好协商，正式签署了“市院共建”的协议。即是说，周口店从此一改过去的管理体制，将由北京市人民政府和中国科学院一起携手共建。北京市人民政府负责周口店保护范围及建设控制地带的保护、建设、管理和科普教育工作；中国科学院负责周口店的科学研究工作，并依法对周口店遗址进行发掘、研究并保管标本；双方共同组建周口店北京猿人遗址管理协调委员会，委员会主任由北京市主管副市长和中国科学院主管副院长担任。

此后，周口店进入了一个新的历史时期。

2003年7月7日，中国科学院和北京市政府联合召开新闻发布会，向世界正式宣布：在周口店龙骨山山脉的西南方向黄山店地区一个名叫田园洞的山洞里，发现了距今2.5万年的山顶洞人时期的晚期“智人化石”!

这是周口店自1967年后，空白了三十六年之久的又一考古发现！也是继20年代、30年代发现“北京猿人”和“山顶洞人”之后，周口店的又一重大发现!

田园洞“智人化石”的发现者，叫田秀梅。

田秀梅是继裴文中、贾兰坡之后，从周口店登上历史舞台的又一位人物！田秀梅与裴文中、贾兰坡一样，同为河北人。河北这地方是否天生就出考古学家，有待后来的考古学家们去考证；但裴文中和贾兰坡，加上现在的田秀梅，都是河北人，则是用不着考证的事实。

不同的是，田秀梅是位女性！

田秀梅出生于河北定兴县，从小家境贫寒，兄弟姐妹九人。十岁那年，她不甘于孤独与贫寒，在一个漆黑的夜晚只身走出家门，投奔远在黑龙江齐齐哈尔的伯父家中，后在一家锅炉厂当了一名工人。八年后，与本厂一名工人结婚。1986 年，她离了婚，带着幼子闯入京城，开饭店，卖服装，母子相依为命，过着极其艰辛的生活。1993 年，她与海淀区环卫局一位老干部结婚，这才开始过上了安稳的日子。不久的一天，嫁到北京房山区周口店的妹妹突然来电话说，离她不远的黄山店有一个总面积三千亩的田园林场，可以承包三十年，租金二十万，是否愿意过来投标？结果，2000 年 3 月 5 日这天，她签下合同，承包了这个园林场，总投资达一百五十万元！由于她外借资金一百二十万元，承包后压力极大。为了节省资金，寻找水源，从春至夏，由秋到冬，田秀梅跋山涉水，翻山越岭，寻找、查看了林场四周无数个大大小小的山洞。最后，她苦苦的寻找，终于敲开了幸运的大门！

2001 年 6 月 15 日这天，田秀梅来到林场南山坡寻找水源。就在她放眼寻找的一瞬间，她发现半山腰有一个仅容一人出没的小洞。这个小洞的四周，既没长草，也没生土，而只有被风化过的石头。她心里咯噔一下，走过去，把手伸进洞口一摸，感觉十分湿润。她想，这个洞里可能有泉眼。于是她让人回去拿来几把手电，然后借着光亮，爬进洞内，开始挖掘。没想到，这一挖，奇迹发生了——一群古人类化石，在哪儿等了她足足 2.5 万年！

田秀梅是林场的老板，而不是考古学家，但或许是天意，或许是她身上有一种与生俱来的、不可思议的对祖先的特种感应，总之，她凭女人的直接，感到眼前的化石非同一般。于是她找来 60 年代毕业于清华大学的林场的法律顾问董同源先生，一起分析地理情况；同时与周口店北京猿人遗址和世界文化遗产负责人联系，向中国科学院古脊椎动物与古人类研究所报告。而且在等待发掘批文的两年时间里，为保护好现场，防止文物贩子盗掘，她还派出专人，对山洞日夜严加看守，直至 2003 年 6 月 16 日一位叫同号文的博士受中国科学院古脊椎动物与古人类研究所的派遣，带着课题组前来开始发掘后，她才把心思转到看管自己的林场上。

自上世纪 20 年代以来，周口店遗址发现有学术价值的化石地点共有二十六处，田秀梅发现田园洞“智人化石”后，周口店有学术价值的化石地点则增至二十七处。这一发现提醒和告诉人们的是：周口店的价值和意义并没消失；周口店也不是当今旅游点的代名词，她蕴藏着丰富的科学资源和拥有继续发掘的巨大潜力！

于是，田园洞“智人化石”的发现，让人们不禁再次想起上世纪 20 年代发现的、40 年代丢失的“北京人”！尽管多年来人们从未中断过对“北京人”的探究与寻找，但六十四年过去了，所有的寻找始终仍在路上，大师们的遗愿依然还是遗愿！

幸而，周口店没有沉睡。

2005 年 7 月 2 日，北京市房山区为保护和宣传文化遗产，了却老一辈科学家们的夙愿，唤起全社会对“北京人”的寻找，为研究古人类提供充足的科学依据，决定以政府的名义，发起寻找“北京人”的活动。为确保寻找工作的顺利开展，专门成立了寻找“北京人”头盖骨工作委员会，以及寻找“北京人”工作队，由周口店北京人遗址管理处、中国科学院古脊椎动物与古人类研究所周口店古人类学研究中心具体负责，并由中央电视台新闻中心社会新闻部和《北京日报》全程跟踪报道。其口号是：“生命不息，寻找不止！”“有百分之一的希望，就尽百分之百的努力！”充分显示了此次寻找誓不罢休的决心和勇气。

寻找活动开展后，周口店每日电话频频，访者不断，来自四面八方的信息线索，络绎不绝。在不到一个月时间里，便获得各种线索二十余条！于是国内外关注的目光，再次投向“北京人”，投向周口店！

此次寻找，也许如愿以偿，也许和从前一样，没有结果。但找不找是一回事，能不能找到又是一回事。或许寻找本身，就是意义所在，就是价值所在；或许每一次寻找，都是一次逼近，每一条线索，都是一丝希望。

当然，仅仅仰仗北京市房山区和周口店的力量，是远远不够的。“北京人”连着久远的过去和宽广的世界，牵扯着一系列盘根错节的历史事件，涉及好几个国家以及这些国家的众多科学家和当事人。更何况，已经丢失了整整六十四年！寻找必然是一项跨国界、超民族的极其不易的全球性活动。如果没有国家力量的支持，没有海内外华人的帮助，没有全世界相关专家学者的响应，甚至没有联合国的介入，要想找到“北京人”，几乎是一件不太可能的事情。

因此，“北京人”的寻找，需要全社会的支持，需要全世界的帮助！

但愿这次寻找，是真正的开始。

尾　声

“北京人”到底在哪里？

1991年12月7日清晨，一个庄严的纪念仪式在珍珠港举行。

美国总统布什来到建在“亚利桑那号”驱逐舰残骸上的白色纪念堂，向在珍珠港事件中牺牲的死难者默哀。这位1944年9月1日曾被日本人的防空炮从天上打到地下的前美国空军飞行员，为死难者默哀时情感难抑，热泪滚滚。

接着，布什向数千名珍珠港事件中的幸存者们致词：

> 请你们闭目静思，你们会看到当年的战士已经为国捐躯，当年的儿童已经长大成人。再看看珍珠港的水，清澈肃静，似乎也在恳请我们总结过去，放眼未来。
>
> …………

最后，布什夫妇在身着白色礼服水兵们吹奏的哀乐声中，在当年“亚利桑那号”驱逐舰沉没的地方，向水中徐徐抛撒花环，缅怀在珍珠港事件中死难的海军将士。“亚利桑那号”驱逐舰曾是美国太平洋舰队的骄傲之一，被日军击中后仅九分钟便与一千一百七十七名官兵一起葬入海底。时至今日，仍有九百四十五具尸骨偃卧舱底。六十四年来，有人作过计算，每十五秒钟就有一滴油从这艘军舰的油舱渗出，带着气泡噌噌直往上蹿。

五色花环随水而逝，布什总统却久久不忍离去。他凝视着滔滔江水，仿佛要从那稍纵即逝的水流中寻找到一点什么。很久很久，他才喃喃自语道：

> 花环漂走了，但珍珠港的水却永远荡不走我们记忆中那些为国捐躯的亲人们……

是的，美国人无法忘记珍珠港事件和在珍珠港事件中失去的亲人们。中国人呢？中国人难道会忘记珍珠港事件和在珍珠港事件中丢失的“北京人”吗？

当然不会。

若从本世纪瑞典科学家安特生来中国之日算起，寻找“北京人”的历史几乎贯穿了近一个世纪；若从珍珠港事件爆发之日算起，“北京人”丢失的时间已经过去了整整六十四年！六十四年来，“北京人”不但没有从中国人的心里消失，也没有从外国人的记忆中抹去，反而随着岁月的流逝，愈加地令人思之长久，刻骨铭心，并始终在全世界的探究与寻找之中。这种对“北京人”命运如此长久的痴情与关注，恐怕在世界任何一门科学领域里，都是绝无仅有的。

问题是，寻找一次一次地开始，又一次一次地结束；希望一个一个地升起，又一个一个地失落。六十四年过去了，寻找依然是寻找，希望依然是希望，老祖宗至今依然还是没有找到！

那么，半个世纪前“北京人”的突然失踪，到底是被毁，还是被盗？到底是被抛入了滔滔江河，还是又埋进了深深黄土？到底是葬送在了日本人的枪炮之下，还是落入了美国人的手掌之中？到底是隐藏在了地球的某个角落，还是锁定在了外星人的绝密暗室？到底是至今安然无恙完美无损，还是早已化作历史的尘烟永不复返？

这是一个谜——一个隐藏着文明与野蛮、创造与毁灭、生机与杀气、希望与阴谋的跨世纪之谜！这个谜一直困扰着各国的人类学家们，甚至说困扰着整个人类。六十四年来，众说纷纭，莫衷一是，始终没有定论。

几年前，国内有报纸报道说，“北京人”可能已和“阿波丸号”轮船一起葬身海底。如果说这仅是一种推测，是可以的；但说这是一条“新发现的线索”，在逻辑上恐怕难以成立。因为该说法的唯一“根据”是“一份来自美国的情报资料显示”，“北京人”可能被装上了“阿波丸号”轮船。首先，这份所谓美国的“情报资料”，本身是真是假，就有待鉴定；其次，这份“情报资料”本身说的就只是“可能”而不是事实。那么用“可能”当依据作推测，只能是推测，

此外，近年又有“北京人”可能在二战沉船上的传闻。该传闻说，浙江某市将成立“里斯本丸号”沉船事件的历史研究会，并已经向上级提出打捞申请。“里斯本丸号”是上世纪40年代在舟山东极海域沉没的一艘轮船。据健在的英国战俘回忆，该船载有大批被日军掠夺的黄金财宝和文物，还可能有失踪多年的“北京人”！这一传闻多有想当然的成分，更是不着边际。

至于其他说法，还有很多版本。中国版，美国版，日本版，法国版，层出不穷，不断衍生。其中想象最丰富者，当属美国版。这些说法或信口雌黄，或捕风捉影，或一知半解，或随意编造，或想象胜于事实，或推测大于根据，甚至有的胡说八道，荒谬至极。但不管说法有多少，版本有多种，概括起来，不外乎只有两类：一类是“被毁”说，即“北京人”已经不在这个世上了；还有一类是“存在”说，即“北京人”还在人间。

我个人的观点是：不否认“北京人”被毁的可能性，但相信“北京人”还在世上。主要理由是：

其一，“北京人”不可能自毁。“北京人”的转运工作有着严密的计划性。“北京人”运往美国的计划，是中美双方事先协商、策划好了的，在珍珠港事件爆发前就作了安排，并装了箱，一旦交到美国人手上后，美国方面就得按规矩办事，按计划执行，不可能随心所欲，草率行事。而从美国人的民族性格来看，美国人做事一向以尽职、严谨著称。更何况，“北京人”的重大价值以及出现问题后将造成的国际影响，美方是非常清楚的。因此，即使在运送途中珍珠港事件突然爆发了，无论出现何种情况，遇到什么麻烦，美国人不会随便扔弃“北京人”，更不可能有意

毁之！

其二，“北京人”被毁也不太可能。珍珠港事件爆发后，装有“北京人”的两个箱子在转运途中无非出现四种情况：1. 箱子被日本人截获。若是这种情况，由于“北京人”的包装相当精细，相当严谨，相当奇特，与别的包装不可相提并论，因此即使是最愚蠢的日本兵见了，也不可能随便将它毁掉。再说，谁都明白这样一个简单的道理：美国从中国带走的东西，肯定贵重无疑。2. 美国人将“北京人”及时作了转移。若是这种情况，美国人不可能将它毁掉。3. 美国人或日本人就地埋藏了“北京人”。若是这种情况，无论是已被发现还是未被发现，“北京人”也应该存在。因为箱子会烂，头盖骨化石却不会。4. 转运途中美国人自顾不暇，将箱子失落。若是这种情况，由于装“北京人”的箱子包装奇特，谁见了都会想：这箱子里装的是什么？为什么会包装得如此精细？即便对“北京人”无知，也会先保存起来，或请教上司，或询问他人，或找人收购，或上交政府，干吗非要将它毁掉？当然，还有一种巧合也不排除，即，“北京人”在转运途中，正好飞来一颗炮弹，这颗炮弹正好落在了两个箱子上，而落在箱子上的这颗炮弹又正好将“北京人”炸了个粉身碎骨！问题是，六十四年来，有无数中外当事者的回忆，却没一个人说自己目睹过上述这一幕。

那么，“北京人”到底在哪里呢？

我无法给出答案，只能说存在的可能性。可能性最大的是日本，其次是美国，再其次是中国，再再其次是法国。

说可能在日本的主要理由是：“北京人”失踪之前，紧紧盯住“北京人”的，是日本人；“北京人”失踪后，在第一时间追查“北京人”的，也是日本人。而且，日本人对失踪的“北京人”不是一般性地追查，而是通过天皇下令，专门组织日本宪兵队和著名侦探进行追查。

追查中，日本人抓捕、关押、拷问了所有与“北京人”有关的美国人。因此，只要一动刑，美国人自然会将“北京人”的转移路线、隐藏线索、流动去向，统统吐露无遗——这是由美国人的民族性所决定了的。否则，残暴的日本人是不会放过美国人的，而美国人也是不可能闯过日本人这一关的。那么日本人从美国人口中获得线索后，再按图索骥，顺藤摸瓜，在失踪后的第一时间里找到“北京人”，就是一件顺理成章的事情。何况，当时就传出日本人在天津找到了“北京人”的消息。二战结束后，美联社又在东京向世界公开发布消息说，日本当局通知盟军总部，“北京人”等化石已在东京帝国大学找到。此外，1994 年 4 月 25 日，陕西省考古研究所所长韩伟在法国巴黎拜访 40 年代比利时驻中国公使纪佑穆之子菲利普先生时，非常酷爱中国文化的菲利普先生亲口对韩伟所长说：“我一直想告诉中国人北京猿人头骨的下落，却一直没有合适的机会。法国牧师卡尔丹夫妇曾经参加过北京猿人的发掘。为了保护这份世界财宝，卡尔丹夫妇将北京猿人头骨等包装入箱准备运出时，却被日本人掳去了。这是我的父亲亲眼看见并不断给我们讲述过的一件事情。所以，北京猿人头骨应该到日本去找!”韩伟所长为了证实这一说法是否可靠，当即向菲利普先生问道：“此话可否公开发表?”菲利普先生斩钉截铁地表示：“当然可以!”

说可能在美国的主要理由是：中国人将“北京人”交给美国人后，美国人是“北京人”唯一的看护者。珍珠港事件爆发后，美国人是最有条件转运“北京人”的人，也是唯一具有转运“北京人”资格的人。美国海军陆战队从中国撤离时，运走了无数各种物品，既然能运走无数各种物品，顺便捎走两个装有“北京人”的小箱子，难在何处？另外，战争结束后，美国作为盟军的代表，从日本人手上收缴了不少掠夺物资，“北京人”就在其中的可能性极大。由于当时中美关系复杂，美国人顺手牵羊，先拿回去再说，是完全可能的。因为按此前中美双方的协定，美国人是有权保管“北京人”的。当然，即便在美国，我想也不会在美国博物馆或者科学家的手里。因为就美国人的性格而言，若真有，早向全世界公开了。可怕的是，几经折腾，最后不知落在了谁的手上，或遗失在了哪个角落。

说可能在中国的主要理由是：“北京人”失踪的发生地在中国，从离开协和医学院地下室保险柜那一刻起，途中任何一个环节一旦出差，都有被搁在中国的可能。其流失情况大致有如下三种：一是美国人在转运途中遗失在了中国的某个地方；二是美国人寄放在了中国的某个单位，或转交给了中国的某个人（美国军医弗利就曾将自己的箱子交给天津一对中国夫妇保藏过）；三是日本人找到后没有运走，埋藏在了中国的某个角落。

说可能在法国的主要理由是：有“法国达尔文”之称的大科学家德日进当年是中国新生代研究室的顾问，先后在中国生活工作了二十二年，一直参与周口店的发掘和“北京人”的研究工作，在中外科学家中有很高的威信，对“北京人”拥有一定的控制权（胡承志做的“北京人”模型，就在他手中控制了一段时间）。他不仅深知“北京人”的重大价值，而且在“北京人”丢失前后，有接触“北京人”的机会。所以，珍珠港事件爆发后，当美国海军陆战队全被日军俘虏，再也无力承担护送“北京人”至美国的重任时，德日进有可能挺身而出，想法将“北京人”转移到了法国。如前面所说，40 年代比利时驻中国公使纪佑穆就曾经亲眼看见法国牧师卡尔丹夫妇转运过装有“北京人”的箱子。也许卡尔丹夫妇的这一行为，正是德日进的安排。1999 年我采访法国一位科学家时，这位科学家说法国方面后来也对德日进产生过怀疑，德日进去世后，还对他的办公室做过清查。

或许有人会问，既然“北京人”还在这个世上，为什么六十四年过去了，就是迟迟不见露面呢？原因很多，也很复杂。但如果我们稍稍回顾一下中国近六十四年的历史，也许就不难理解了。1941 年，“北京人”丢失时，全国正忙于抗战；抗战结束后，又忙着打内战；内战打完后，又忙于组建新中国；新中国组建后，政治运动又争先恐后，接连不断——先是“反右斗争”，后是“大跃进”，再往后就是长达十年之久的“文化大革命”。等一个“左”的年代结束后，全国又忙着改革开放，忙着搞活经济，忙着解决温饱问题。所以，尽管六十四年过去了，中国却从来没有以政府的名义组织过哪怕一次寻找“北京人”的活动。反之，如果寻找“北京人”的活动不仅仅局限于民间，局限于一个国家，局限于某一个或几个科学家，而是以政府的名义，借联合国的力量，进行跨国式的联合寻找，其结果还会和从前一样吗？

总之，“北京人”到底在哪里，至今仍然是个谜。只有一个事实是可以肯定的，这就是：“北京人”自从被中国的裴文中与贾兰坡在周口店发现后，便交由美国人控制的北京协和医学院负责保管；珍珠港事件爆发前，中国的胡承志将包装好的“北京人”化石交到了美国人的手上；而正当美国海军陆战队准备搭船运至美国时，日本人却突然偷袭了珍珠港，致使“北京人”丢失，从此下落不明。

由此可见，正因为是日本人发动的那场侵华战争，才迫使“北京人”不得不转运美国保存；而又正因为美国人在转运途中保管不当，导致了“北京人”的丢失。正如郭沫若先生所说：“‘北京人’化石是在美国人手上搞得下落不明的，只有美国人才能说清什么时候丢的，怎么丢的，丢在了什么地方。”所以，要说清“北京人”的真正下落，只有美国人和日本人。

然而遗憾的是，六十四年过去了，没有一个美国人或日本人说清楚了这件事情，也没有一个美国人或日本人愿意站出来说清楚这件事情。两个不同的国家，只作了一个相同的选择：沉默！

时至今日，中国人已经等了半个多世纪，那么不管美国人也好，日本人也罢，是不是到了该向中国人有个说法的时候了呢？

1999 年深秋一稿于北京平安里

2005 年盛夏补写于北京花园路

后　记

为什么要寻找"北京人"

周口店和"北京人"的故事，我最早是从小学课本里读到的。那时，周口店和"北京人"在我的心里，如同天边遥远的神话。

1990 年，也许是听到了祖先的召唤，我第一次走进周口店。那是冬季寒风呼啸的一个傍晚，我站在龙骨山上，抬眼望去，只见多家乡办的水泥厂已将周口店重重包围，滚滚的黑烟正从那一排排水泥厂的烟囱里哧哧地往外冒，山上山下，一片烟气腾腾，耳边还不时隐隐传来隆隆的炸石放炮声；若是稍稍静下心来，似乎还能听到掩隐在绿树青草中的龙骨山发出的一声声哀鸣与叹息。由于常年日晒雨淋，风吹霜打，"北京人"遗址的四周，铺满了厚厚一层现代浮土以及从现代人手上随意抛弃的各种废品垃圾；而老祖宗当年烧火留下的灰烬遗迹，则早已荡然无存。要不是眼前还保留着一块"周口店遗址"的说明牌，我实在无法相信，周口店会是五十万年前老祖宗的繁衍生息之地！

更令我不可思议的是，当年从这儿横空出世、震惊世界的"北京人"，已经丢失了半个多世纪，却至今下落不明，无人问津。于是，面对五十万年前老祖宗的生活家园，面对一座世界上最丰富的古文明信息宝库，想起孤儿般有家未归的"北京人"，我羞愧无言，感慨万千：人类创造了文明，为何又毁坏了文明？人类寻找到了祖先，为何又抛弃了祖先？创造、毁灭，毁灭、创造；寻找、丢失，丢失、寻找，这一无休无止的轮回游戏，这一难以摆脱的神秘怪圈，难道就是人类注定不变的宿命？

莫非就是人类无法逃脱的劫难?

就在这一刻，我突然闪出一个念头：何不撰写一部关于寻找“北京人”的书，将近百年来中外科学家们寻找“北京人”的历史告诉世人，留给未来；同时借此呼唤炎黄子孙乃至天下华人，一起寻找我们的老祖宗——“北京人”!

此后，带着对祖先的崇敬与期盼，我踏上了艰辛而漫长的寻找之旅。十五年来，我查阅、研究了国内外大量资料，不仅采访了数十名中国的科学家、学者、教授和普通工人，还采访了数十位美国、日本、韩国、法国、加拿大、瑞士、以色列等众多的科学家、教授、记者、老兵、特工以及部分当事人和知情者。从远古到当代，从国内到国外，从活着的到死去的，从公开的到隐秘的，几乎都在我的调查寻访之中。其中，许多惊险离奇的故事，令我惊心动魄；无数荒唐怪诞的问题，让我驻足沉思。

1999 年，应日本中国文化交流协会的邀请，我随中国作家代表团访问日本，借机在东京、松山、京都、奈良、大阪等地寻找和考证了有关“北京人”的线索和资料，与日本部分教授、学者、作家等文化人士进行了探讨和交流。日方对“北京人”头盖骨的价值和意义给予了充分肯定，对寻找“北京人”一事也兴趣甚浓，一部分日本人士还为此深感歉意。如，日中文化交流协会常任理事横川健先生就向我明确表示：“中国‘北京人’的丢失，日本负有不可推卸的责任，应该好好反省。”而日本女作家入江曜子也对我说：“‘北京人’是人类的瑰宝，在二战中不幸丢失，是一件非常遗憾的事情！我作为一位日本作家，深感内疚，对中国人民深怀歉意!”

但是，不少日本人对“北京人”丢失的内幕并不清楚，也不在乎，好像“北京人”的丢失与日本无关。有一天，在日本东洋大学的一次文学讲座上，我讲话结束时，顺便问了台下的日本朋友们一句：“大家知道中国的‘北京猿人’吗?”有人说，知道；有人说，了解一些；而多数人则表示，一点不清楚。最后，我半认真半开玩笑地说：“如果你们当中有谁能帮助中国找回‘北京人’，我个人将拿出我的稿费，悬赏一千万!”

有人马上问道：“您说的一千万，是美元还是人民币?”我笑而答道：“日元!”台下立即发出一片笑声，笑后便是无奈的沉默。不过，还是有人当场向我表示：愿意在日本无偿为我提供寻找“北京人”的线索和资料；一旦发现新的情况，一定及时告之。

此次东瀛之行，尽管我仍未寻找到“北京人”的确切下落，却查到了一些意外的线索，引发了我的一些新的思考；同时也吸引了不少日本文化人士对寻找“北京人”一事的关注。

2002 年，我去韩国参加一个国际学术会议。其间我抽出有限的时间跑了一些地方，考证了一些资料，并与韩国学术界、出版界、期刊界部分人士进行了交流。遗憾的是，也许是“北京人”的丢失与韩国无关，此次南韩之行，我几乎没有找到像样的线索和资料。韩国人对寻找“北京人”的兴趣较之日本，似乎要小得多。

应该说，十五年来的寻找，有希望，有沮丧，有欣慰，有酸涩，但更多的还是无奈。每当寻找无望，或者告一段落，我就会去周口店，在三位大师的墓前静静地坐上一会儿，在枯叶飘零或蝉鸣鸟啼中，看一看四周的荒草，闻一闻身边的气息，再天上人间远古未来随心所欲胡思乱想一通，一颗无奈至极的心，也就慢慢平静下来。

也许有人会问，作为一个多年关注中国当代现实的作家，为何对五十万年前的事情发生兴趣？为什么要坚持寻找“北京人”?

关于这个问题，我主要基于如下五点考虑：

第一，“北京人”在学术上价值连城，妙不可言。在我看来，人类自己的历史，常常是自己的新闻。不管地球如何转动，人类都不该忘了自己的祖宗；无论世事怎样变化，人类也不该忘了自己的过去。人类在漫长而曲折的演变进程中，每一个发展阶段所隐含的信息赋予我们今天人类的意义，都是极其巨大的，也是魅力无穷的。我们只有真正认识了过去，才能更好地把握未来，犹如昨日的星辰总是映照着今天的辉煌一样；而要把握未来，人类就不能只认识和探索世界，还要认识和探索自己。“北京人”是我们人类的祖先之一，尤其与中国人有着深厚的血脉联系，如果能找回来并深入研究之，就有可能将古人类历史中最隐秘的内涵，清晰地凸现在后人的面前，为解开“人类到底从哪里来”之谜，提供重要的信息和依据。因为整个生物界，只有人类才知道并能够对自己的历史进行追踪与研究。人类对自身历史的不断探索，是人类文明和历史进化的一种体现，如同西非塞内加尔人所言：“一个正在行走人，当他突然觉得不知道该怎样走下去的时候，应该回过头去看看，然后再决定往前行走的方向。”一个人尚且如此，一个民族又何尝不该如此呢！

第二，“北京人”是中国古文化和古文明的象征。中国作为一个文明古国、文明大国，有“北京人”和没有“北京人”，感觉是大不一样的。当今世界，中华民族可以与世界比肩抗衡的，不是芯片，不是电子管，不是丝绸布，也不是绣花鞋，而只有一样东西，这就是中华民族五千年的历史文化，以及远古先祖们留下的文化遗产——比如说五十万年前的“北京人”！有了它，便立住了民族的根，举起了民族的旗，守住了民族的魂！

第三，中国到了应该寻找的时候了。在近百年的历史上，中国一直受着西方列强的欺辱，缺乏与西方抗衡的力量，甚至在亚洲，也受着日本人的肆意践踏和疯狂侵略。当年，我们没有财力发掘周口店，只有在美国人的资助下发掘周口店；我们没有能力研究“北京人”，只有在外国科学家的掌控下研究“北京人”；而当日本打进中国时，我们又没有能力保护“北京人”。于是只好请有枪有炮、有钱有势的大老板美国人替我们看管“北京人”。然而没想到，一失足成千古恨！而且，列强们从中国拿走、偷走、抢走、盗走的，还不仅仅只有“北京人”。以故宫为例，1900年八国联军入侵北京，仅从故宫乾清宫一处，就掠走玉器、书画等三百四十件；二战期间，日本从太庙抢走孤本书籍三千余册，并将其焚毁。战争结束前，又将故宫内铁缸、铜等亭、古炮等一百余件熔化后制成炮弹。由于国穷民弱，中国的一件件国宝，只能眼睁睁地看着外国人拿走；不仅被拿走的东西不敢要，就是被弄丢了的东西也没能力去找，更没有胆量去讨回一个公道。但今天，中国已不再是昨天的中国，我们已经具备了找回“北京人”的条件与能力，那么还有什么理由不去找呢？别人的东西我们不能拿、不能要、不能偷、不能抢，但属于我们自己的东西，为什么又迟迟不去找呢？要知道，老祖宗留给我们的东西，就剩那一点一点了；更何况，“北京人”是我们的老祖宗啊！

第四，寻找“北京人”的过程，也是一个民族反省的过程。“北京人”的丢失，固然与日本的侵略有关，与美国的保管不慎有关；但如果我们稍稍反省一下，与我们中国有没有关呢？倘若当年的中国是一个强大的中国——强大得至少能看管好“北京人”，那么还用得着担心“北京人”被抢、被毁吗？还用得着费那么大的劲漂洋过海把“北京人”运到美国去吗？如果当年与“北京人”有关的每一位中国科学家和协和医院的每一个工作人员，看守“北京人”都像看守自家的祖传宝贝一样，捍卫“北京人”的勇气和决心足以用胸膛去抵挡日本鬼子的刺刀，“北京人”还会丢失吗？即便丢失了，至于丢失得不明不白、莫名其妙吗？

第五，通过寻找“北京人”，可以引起世人对周口店的再次瞩目，重塑中华文明古国的形象。“北京人”无疑属于世界，属于人类，但它首先应该属于中国。周口店发现的是一万年前到五十万年前的古人类的生存环境，这对中国和世界来说都是一笔巨大的财富。方毅副总理曾经说过：“周口店的发掘，是中国近代科学研究中，中国科学家拿到的第一块世界金牌!”周口店古人类研究中心负责人徐钦琦教授说：“人类认识自己祖先的过程，是一个极其漫长的研究过程。周口店以它丰富的出土文物成为世界唯一保存完整的古人类遗址。它的宝贵还在于拥有一座几十米厚的堆积层，可以上溯到几十万年前的所有信息都被浓缩在那里。这座巨大的信息库是留给后人的。”而加拿大的一位专家则说：“单单是周口店这个名字，它在旅游上的意义就价值一亿美元!”而且，据权威人士介绍，周口店遗址埋藏的古生物化石还有三分之二没有被发掘。

遗憾的是，据我多年的考察，周口店遗址的四周，自明、清以来，因开山、取石、修路以及农耕和建筑等原因，其原始的风貌早就遭到了极大的破坏；1949 年后，由于各种政治运动的干扰破坏，特别是近二十年来个体小农经济的“蓬勃发展”，当地各种大大小小的自办水泥厂如雨后春笋般“茁壮成长”起来，将周口店层层包围；而排污引来的酸雨，每天都在加速着龙骨山山体的风化和水土的流失，致使世人瞩目的周口店的损伤程度，已到了惨不忍睹的地步。采访中，那儿的管理人员曾深有感慨地说："这些寄生植被像电脑病毒一样在大口大口地吞吃掉千万年留存下来的远古信息。没有人能想象得出那些被损失的信息到底有多少，并意味着什么。"是的，尽管周口店遗址自 1918 年被西方地质科学家发现并进行试掘以来，已经走过了八十七年的风雨历程，然而在遗址的核心区域，目前基本尚处于 1937 年夏天大规模开掘停止时的自然状态。即使近几年有所改观，但国人对周口店的了解和关注程度，依然远远不尽如人意，或者干脆说令人失望！因此，我们通过寻找"北京人"，就可以让更多的海内外华人了解"北京人"，了解周口店，了解中华民族曾经撼动世界的历史文化和伟大文明，从而提高一个民族的文明自觉和保护历史文化遗产的意识。因为只有懂得呵护历史文化遗产的民族，才是一个成熟的民族；也只有具备了高度文明意识的民族，才可能是一个有希望的民族！同时，通过寻找"北京人"，还可以再次吸引全世界对周口店和"北京人"的瞩目与重视，为周口店下一步的开掘奠定基础，赢得国际支持。

总之，我衷心希望海内外一切热爱"北京人"的炎黄子孙，以及全世界所有热爱"北京人"的人们，积极投入到寻找"北京人"的行列。只要我们坚持下去，相信"北京人"总有一天会返老还童，重见天日！

1999 年 11 月 18 日于北京

2002 年 6 月 16 日补记于北京

附　录

寻找，人类永恒的主题

李鸣生

2005年7月8日，是贾兰坡先生逝世四周年的日子。这天，我特意前往周口店，祭拜这位享有“中国活化石”之称的世界著名的古人类学家和考古学家。

许是贾老的灵魂感动了上苍，我乘坐北京出版集团的车刚一驶进周口店，连日酷热难熬的北京便突然下起了小雨。雨水飘飘洒洒，淅淅沥沥，燥热的空气一下变得清新凉爽起来。

贾老的墓地掩隐于周口店“北京猿人”遗址的后山。这是一方清静、安谧而又圣洁的台地，四周松柏环绕，绿草如茵，每一寸土地和每一方空气，仿佛都散发着某种神秘的气韵和古文明的信息。面对贾老那玉石般的墓碑，我躬身献上一束鲜花，在心里默默说了一句：“贾老，鸣生看您来了。”

五年前，贾老病重住进医院，我去看他。已经昏迷不醒好几天的贾老由于没有资格住单间，只有躺在过道边一张临时的病床上。我轻轻走近贾老床前，他儿子贾彧章附在贾老耳边小声说了一句：“爸，鸣生看您来了！”没想到，奇迹出现了——贾老的眼睫毛居然微微动了两下！贾彧章惊喜地说：“瞧，我爸知道你来了，有反应呢！”那一刻，我感动了，感动人与人的默契，感动心与心的沟通。想起近十年来我每次拜望贾老时，贾老总是一人静静地坐于书房，或一边拿着放大镜一边写作，或望着窗外默默地想着什么，以至于我常常走到了他的身边他也浑然不觉，只有他儿子说上一句“爸，鸣生看您来了!”他才如梦初醒，缓缓抬起头来。我不知道贾老整日孤守书房，冥思苦想的是不是“北京人”；但我却知道，贾老把自己的心血与生命早就融进了周口店，献给了“北京人”。

贾老墓地的左侧，还有两个墓地，一个是“杨钟健之墓”，另一个是“裴文中之墓”。杨钟健是中国第一位古脊椎动物学家、中国古脊椎动物学的奠基人和拓荒者、最早主持周口店遗址发掘与研究的中国学者，同时也是闻名世界的地质学家和古生物学家。1921 年，在长沙的毛泽东有事相求，还以“弟：泽东”的名义恭恭敬敬地给杨老写过一封亲笔信。但“文革”开始后，杨老还是在劫难逃。先是挨批挨斗，后被送去烧锅炉。每次挨了批斗回来，杨老总是提着一只小板凳，坐在锅炉边的煤堆旁，一边认真守护着锅炉边上一间堆放着他数万册图书和无数资料的小屋，一边伤心地抹着眼泪。因为那数万册图书和无数资料，或多或少都与周口店和“北京人”有关。后来，杨老又被关进了牛棚，他每晚睡在用稻草铺垫的地上，心中时刻惦记的仍是周口店，仍是“北京人”。他说：“周口店不让开掘，‘北京人’又不让找，心里像得了病似的，堵得慌!”1979 年 1 月 15 日，杨老在北京病故，享年八十二岁。

裴文中是第一个“北京人”头盖骨的发现者，是中国古人类学的重要创始人。裴老经历了“北京人”从发现到丢失、从丢失到寻找的全过程，所以对“北京人”的牵挂，更是刻骨铭心。抗战一结束，裴老又是托人带信，又是打电报，请求重庆国民政府有关当局尽快着手找寻“北京人”，并希望派他亲自去日本寻找“北京人”。但最终未能获准。1980 年 9 月，裴老东渡日本讲学，百忙中仍不忘寻找“北京人”，终于有幸获得一点美国方面的线索。回国后，他立即给美国洛克菲勒基金会写信，请他们资助他寻找“北京人”。此信发出不久，便收到了美国洛克菲勒基金会的复信，同意资助他去美国寻找“北京人”。但研究所和家里考虑到他已是一位年近八十、身体有病的老人了，没有同意他去。他很生气，说：“我老了，不一定是我去，但别的同志也可以去呀！关键是国家起码应该重视这件事情!”之后不久，他又给胡耀邦写信，希望胡耀邦指示政府有关部门，协助促成到美国寻找“北京人”。但后因某种原因，这封信最终还是被他压在了自己的枕头底下，直至陪他熬过生命的最后一程。1982年9月18日，裴老因病在北京逝世，享年七十九岁。弥留之际，他握住儿子的手，用微弱颤抖的声音说了最后一句话：“死不瞑目啊！”

贾兰坡是三位大师中年纪最小、活得最长的一位。但活得最长，牵挂也就越多，痛苦也就越深。杨钟健、裴文中两位大师先他而去后，寻找“北京人”的重任便落在了贾老的肩上。如何保护发掘周口店，是他晚年的心头之忧；怎样找回丢失的“北京人”，则是他晚年的生命之痛！贾老生前曾不止一次地对我说过：“要是能找到‘北京人’，多好啊！”可当我问他，几十年了，为什么就没人管这事呢？贾老却双目紧闭，沉默不语，一脸无奈的样子。然而尽管如此，多年来贾老仍为此四处奔波，八方呼吁，一次又一次地做着自己该做的事情。从70年代末起，他便和美国、日本等国的一些专家、学者、记者有过多次联系，试图找到“北京人”的一些线索。甚至到了1998年，已是九十高龄的贾老还与十四位中国科学院院士联名写了一封公开倡议信，呼吁大家行动起来，共同携手寻找“北京人”！他曾亲口对我说：“即使‘北京人’已经毁于战火，我们也应该找到一个确切的下落。否则，我们如何面对后人？”

三位大师共眠于此，是他们生前共同的约定。三位大师相处了一辈子，把自己的一生献给了周口店，献给了“北京人”，而且生前都有一个共同的心愿——找回丢失已久的“北京人”！三位大师之所以如此执着地要寻找“北京人”，除了“北京人”在科学上价值连城、妙不可言外，还有一个不便说出口的原因，那就是，“北京人”是从他们手中丢失的！尽管他们不该承担这个责任，却一直心怀愧疚，以致三位大师的后半生都是在世界舆论和内心煎熬的双重压迫下度过的。他们深感愧对国家，愧对民族，愧对历史，愧对子孙，内心深处始终怀有一种深深的不被外界所知、不被外界理解的负疚感。这种负疚感不仅影响了他们晚年的正常生活，甚至影响到了他们的家人和后代。所以每当有人提起“北京人”，三位大师便神色黯然，苦不堪言。于是寻找“北京人”，成了三位大师后半生尤其是晚年一块沉痛的心病。

然而遗憾的是，三位大师直至离开这个世界，也未能如愿。

此刻，站在三位大师的墓前，面对祖宗的遗址，面对先辈的家园，面对天上的白云，面对眼前的群山，我内心有一种非常复杂的情感：羞愧、隐痛、惋惜、尴尬，以及难言的无奈与淡淡的伤感。想起中外无数大师们近百年来的痴痴寻找，想起我十五年来的艰辛寻访，我真想对着周口店大喊一声，以解心头之怨；尤其是想起三位早已作古的外国大师，我心里更有一种说不出来的痛——

一位是葛利普，美国著名古生物学和地质学大师。葛利普先生1920年应聘来华后，一生追寻古人类的足迹，探究“北京人”化石的奥秘，最终成为中国古生物学的奠基人之一。葛利普先生在华二十五年，为中国培养了大批地质学和古生物学人才，像裴文中、贾兰坡等中国很多院士，都是他的学生。为了周口店和“北京人”，他最后竟累死在自己的办公室里；而更令人感动的是，根据他生前的遗愿，他的遗体永远留在了中国，留在了北京大学未名湖畔。

另一位是魏敦瑞，德国著名的解剖学和古人类学大师。魏敦瑞先生自1935年应聘来华后，终身致力于“北京人”化石的研究。魏敦瑞先生在生命垂危之际，还向美国政府递交了最后一份报告，强烈呼吁政府出面寻找“北京人”。可惜的是，魏敦瑞先生写完报告的第二天，便与世长辞。尤其令人感动的是，大师在他生命弥留之际，既没有对财产的交代，也没有对子女的留言，唯一的一条遗嘱，就是请求美国自然历史博物馆古人类部主任、他忠诚的朋友夏皮罗先生，继续寻找“北京人”；

还有一位是夏皮罗，美国著名古人类学大师。夏皮罗先生一直坚持研究“北京人”化石。三十年代末，夏先生就在北京协和医学院解剖、研究过三年的“北京人”的生理结构。此后数十年时间里，夏先生恪守大师的临终遗言，以一个科学家的良知与责任，坚持在全世界范围寻找“北京人”！1949年10月，当得知中华人民共和国成立后，夏先生非常高兴，立即准备亲赴中国。可惜后因政治原因，未能成行。直至1980年9月16日，历经三十余年的渴盼，已年迈七十岁的夏先生才终于来到梦寐以求的中国。而后夏先生拄着拐杖，迈着老腿，在女儿的搀扶下，先北京，再天津，开始苦苦寻找“北京人”……

是的，生命的过程其实就是一个寻找的过程，人类的历史其实就是一部寻找的历史。人类自诞生之日起，便踏上了漫漫的寻找之旅：寻找野果，寻找树皮，寻找财富，寻找权利；寻找爱的归宿，寻找钱的富足，寻找肉体的痛快，寻找精神的欢愉，寻找生前的幸福，寻找死后的永恒；寻找高山上的云彩，寻找大海上的风帆，寻找绝壁上的灵芝，寻找荒漠中的甘泉，寻找天上的奥秘，寻找人间的真情；寻找黑夜中的光亮，寻找绝望中的希望，寻找无存在的存在，寻找不可能的可能。人间的一切希望，仿佛尽在寻找之中。即便是在人类进化到了可以征服宇宙的今天，远古祖先跋涉的身影和寻找的足迹，依然是昭示后代子孙前行的纪念碑群。而在人类文明历史的羊肠小道上，正是因了上述大师们的苦苦追寻，才铸就了一座座文明的丰碑，丰富了现代人类的思想宝库，唤醒了已被滚滚红尘淹没的万千有识之士和芸芸众生对历史文化的温情与爱恋，以及那秦砖汉瓦般难能可贵的理性精神。于是每当我站在大师们的墓前，仿佛总能听见西方著名学者西拉姆从历史的回音壁穿越而来的真实的声音：

> **一个优秀考古学家的任务，是让干涸的泉源恢复喷涌，让被人遗忘的东西重新被人忆起，让死去的转世还魂，让历史的长河重新流淌。因为这长河沐浴着所有的人，不管他们居住在世界的哪一个角落。**

是的，为了却中外大师们百年来苦苦寻找的夙愿，今天的我们应该继续寻找！诚如西方学者西拉姆所言：“了解过去五千年，是为了掌握未来一百年。”我们今天寻找“北京人”，正是为了寻找人类的源头、祖宗的血脉、民族的根基。人类只有找到自己的源头，才能辨清明日的方向；只有找到自己的血脉，才能拓展子孙的智慧；只有找到自己的根基，才能把握民族乃至整个地球的命运！更何况，我们今天寻找的，不仅是“北京人”头盖骨本身，还有失落的尊严，失落的自信，失落的良知，失落的人性；还有被战争破坏的文化，被愚昧埋葬的文明，被野蛮摧残的希望，被无知遮挡的光明，以及五十万年前先祖们克服千难万险、开拓人类文明历史的一种真实的生命状态和百折不挠的追寻精神！因此，从这个意义上说，我们今天寻找“北京人”，如同当年发现“北京人”一样，具有同等重要的意义。

于是，站在三位大师的墓前，我忽然有了一个强烈的愿望：我希望国家有关部门能真正而具体地重视寻找“北京人”；我希望每一位中国公民和海内外炎黄子孙能积极参与寻找“北京人”；而同时我也希望日本和美国政府以及所有关心爱护古文明历史遗产的地球同类能无私援助寻找“北京人”！让寻找“北京人”成为中国公民的一次公益活动，让寻找“北京人”成为全人类的一次文化壮举！也许，明天万分之一的希望，就在我们今天寻找的一瞬间。到头来，哪怕我们今天的寻找，只为明天提供了一点资料，只为历史留下了一条线索，只为子孙凿开了一条缝隙，我想也是一件该做而又很有意义的事情。

2005年7月8日深夜2点

李鸣生：十五年寻找老祖宗

胡殷红

自 1941 年“北京人”化石神秘失踪以来，至今已过去了六十四个春秋。六十四年来，无数政治家、科学家、社会活动家、外交家、侦探、特工、军事情报人员以及中国公安部门、美国联邦调查局、法国科学研究中心等，为寻找“北京人”而四处奔波，八方努力，倾注了极大的人力和财力，但“北京人”却迟迟未能回到人类的怀抱，始终笼罩在厚重的历史迷雾之中。于是“北京人”失踪事件，被誉为 20 世纪科学史上最大的悬案。

正是出于对这一神秘事件的困惑不解以及对人类祖先的敬仰之情，1990 年冬，著名报告文学作家李鸣生凭着高度的民族责任感毅然踏上了调查、采访、研究、寻找“北京人”的路程。但要把如此漫长、曲折、复杂的历史和悬案大白于天下谈何容易，其困难之多可想而知。李鸣生从小喜欢历史，曾就读于四川某大学历史系，这对他写作此书打下了坚实的基础。不过要写好此书，还需具备考古学、古人类学以及社会学等多方面的知识，李鸣生对这些并无研究，对“北京人”的历史内幕更是知之甚少。但熟悉历史学的他深知找寻“北京人”的意义，而多年的军旅生活造就了他坚韧的性格，这些化作一股力量，支撑着他不管有多难都不放弃。

李鸣生首先从搜集资料做起。他查阅了大量中外古人类学和考古学方面的书籍，同时搜集了上百万字的历史资料，并将每个历史阶段的线索逐一进行梳理，而后再顺藤摸瓜，沿着被岁月埋藏的历史羊肠小道，向着周口店和“北京人”步步逼近。李鸣生说：“有的资料由于只有国外才有，就只有通过书信或打国际长途电话的形式，向国外有关人士索取；有的资料虽然就在国内，但为查到一份有价值的第一手资料，也常常要辗转四方，竭尽全力。比如，为了找到当年日本宪兵队搜索‘北京人’的一张秘密图，我就苦苦寻求、等待了十年！”

更多的难题出在对国内国外当事人、知情人的采访上。要搞清历史的真实面貌，寻找到可靠的线索，光凭资料是远远不够的，必须对当事人和知情者进行深入采访。但“北京人”的故事不仅涉及中国，还涉及日本、美国、法国等多个国家，所以李鸣生说：“对‘北京人’的采访，不仅是跨越国界、跨越民族的采访，也是难度最大、时间最长的采访。”在国内，李鸣生去得最多的就是贾兰坡先生家，每次采访前，他都要阅读大量的书籍和史料，以便和贾兰坡先生有对话的基础和认识上的共鸣。采访中，李鸣生既做笔记，也做录音，回来后再对着录音机连夜加班整理。单是贾老先生的录音整理，就达一二十万字。贾兰坡先生说：“李鸣生和我进行了无数次交谈，把我的每一次谈话都录了音，还把几十盒录音带一字一句地整理出来。这种实事求是、严肃认真、对历史负责的写作态度，这种为维护人类文化遗产、寻找人类失落的文明而甘愿自觉付出的精神，是十分难能可贵的。”此外，李鸣生对“北京人”的最后装箱人胡承志的采访也十分不易。“北京人”失踪后，半个多世纪来胡承志谢绝中外任何人的采访。而李鸣生认为胡承志是个关键人物，必须想法让他开口。于是经过五年多的努力与等待，终于用真诚打动了“北京人”的最后装箱人胡承志老先生，让胡先生首次道出了埋藏在心里五十八年的秘密。

除了对国内众多人士的采访，李鸣生还采访了美国、日本、英国、法国、加拿大、韩国、比利时、以色列等国的科学家、学者、老兵、特工、记者以及一些当事人和知情者，并查阅了国内外大量文献和私人通信，甚至对获得的每一段文字记载和每一条耳闻口传的线索，都认真进行检索、考证。采访外国人很难，李鸣生既没有足够的资金也没有足够的时间跑到国外去采访，也没有人给他提供这样的机会和条件。即便这些人来到中国，约见一次也极不容易。有的好不容易约好见面，临时又因“突发事件”而取消或改变。比如，有一次为了采访一位日本专家，由于联系中某个环节阴差阳错，害得李鸣生在一家宾馆的大堂白白等了好几个小时，最终连人影也没见着；而为了采访日本当年的一位老特工，先后经过了十余次的联系，最后才得以会面。由于李鸣生的外语仅是ABC的水平，语言成了最大障碍。每次采访前都得请翻译，不光要请英语翻译，还要请日语、法语、德语等翻译。有时请一位不够，还得请两位。比如采访日本老特工时，就请了北京大学的两位教授。还有一次，在一家日本料理店采访一位日本教授，中途翻译有事突然走了，李鸣生和这位日本教授只好连说带写，结果比画了半天，写了很多，交流仍然无法进行。面对这么多难题，李鸣生并没退缩，而是知难而上。为了寻找、查证有关“北京人”的资料和线索，1999年李鸣生到日本，寻访了东京、松山、京都、奈良、大阪等八个城市，并与日本部分教授、学者、作家等文化人士进行了探讨和交流。2002年李鸣生又去了韩国。尽管李鸣生在日本和韩国均未寻找到“北京人”的确切下落，却查到了一些意外的线索，获得了一些很有价值的信息，同时也吸引了不少日本人和韩国人对寻找“北京人”的关注。

经过多年的寻访和充分的“战前准备”，李鸣生这才进入“攻坚战”——写作《全球寻找“北京人”》。写作进入高潮时，正值北京最热之际，有时气温高达四十多摄氏度。李鸣生每晚挥汗如雨，写至深夜，第二天凌晨五点又爬起来写。由于过度劳累，有两次写着写着，心脏就感到难受，急忙服下救心丸，等缓解过来，接着再写。由于此书涉及众多国家和中外上百名人士，加之案情复杂，关系玄妙，谜团甚多，稍有疏漏，就会出错，搞不好还有吃国际官司的可能。所以初稿完成后，李鸣生对书中的每个故事、每段史料、每个细节、每个人物、每个地点等，都逐一进行认真核对。有时为了查证一段史料，得花费好几天，甚至一个星期。但李鸣生咬着牙坚持做完了所有的核对工作，他不愿因一时疏漏留下不该有遗憾。

2005年夏天，李鸣生又多次去周口店以及其他地方，对部分专家、学者及当事人做了补充采访；对一些新的线索和历史谜团也重新进行了考证；而后对书稿再一次做了补充、修改、增删、校订，便有了现在呈现在读者面前的这部《全球寻找“北京人”》。

全世界寻找“北京人”的历史已有整整六十四年，而李鸣生寻找“北京人”的时间前后也经历了十五年！十五年来李鸣生凭着一个作家的执著与真诚、眼光与胸怀，以一个作家的实际行动，坚持寻找老祖宗，不仅搜集整理了上百万字与“北京人”有关的资料和采访日记，还为社会奉献了《全球寻找“北京人”》这部作品。这是李鸣生十五年来寻找的一个小结。《全球寻找“北京人”》的问世，为“北京人”失踪之谜提供了不少新的线索，解开了不少谜团，有着很强的现实意义和深远的历史意义。它不仅得到海内外炎黄子孙的关注，也受到日本、韩国、美国、英国、法国、加拿大等国的关注。英国一家电视台还专程来到中国，对李鸣生进行了专题采访。诚如贾兰坡先生所说：“这是我迄今为止读到的描写周口店和‘北京人’最全面、最系统、最真实的一部书。它不仅为今天寻找‘北京人’提供了可靠的依据，而且还会随着这部作品的问世，让更多热爱人类文化事业的人投身到寻找‘北京人’的行列中来。我们这么大一个民族，应该有这么一部书。”

李鸣生作为一个多年关注中国现实、多次获得全国大奖的作家；作为一个把生命视作与文学同样重要、二十年来从未停过笔的作家，我熟悉他的作品如同熟悉他本人。对李鸣生为何对五十万年前的事情产生兴趣，为何十五年来坚持寻找“北京人”这一话题，我曾与他做过探讨。李鸣生对我说：

“其实，生命的过程就是一个寻找的过程，人类的历史就是一部寻找的历史！人类自诞生之日起，便开始了遥遥无期、永无尽头的寻找。而寻找过去，是为了掌握未来。我们寻找‘北京人’，不仅仅是为了几块头盖骨本身，而是为了寻找人类的源头，祖宗的血脉，民族的根基，还有我们失落的精神与斗志、尊严与自信，以及被战争破坏的文化、被愚昧埋葬的文明、被野蛮摧残的希望、被无知遮挡的光明。人类只有找到自己的源头，才能辨清明天的方向；只有找到自己的血脉，才能拓展子孙的智慧；只有找到自己的根基，才能把握一生的命运！从这个意义上说，我们今天寻找‘北京人’，如同当年发现‘北京人’一样，具有同等重要的意义。所以，我想通过这部书，真心希望我的国家重视寻找‘北京人’，希望海内外每一位炎黄子孙积极参与寻找‘北京人’，希望天下所有关心爱护古文明历史遗产的地球同类援助寻找‘北京人’！让寻找‘北京人’成为全社会乃至全世界的一次公益性的文化活动！因为中华民族现在能与世界抗衡的，就剩下五千年的历史文化遗产了，就剩下像‘北京人’这样的文明成果了，我们应该找到它！”

当我记录下李鸣生这一段不仅让我钦佩而且令我感动的话时，我只对他说了一句：这是你对国家、对民族、对子孙最铿锵有力的自白。

2005 年 12 月 1 日

《全球寻找“北京人”》十项新突破

一、中国的胡承志是“北京人”头盖骨的最后装箱者，并将装有“北京人”头盖骨的箱子亲自送到了协和医院总务长、美国人博文的办公室，于是胡承志成了“北京人”头盖骨的最后见证者。半个多世纪来，尽管无数中外记者、作家及科学界人士都非常希望从胡承志先生嘴里了解真情——哪怕得到只言片语，但胡承志先生却始终缄默不语。本书作者李鸣生经过五年多的努力，终于让胡承志先生首次开口，道出了“北京人”装箱前后的真实经过以及装箱过程中的枝末细节，从而为破解“北京人”失踪之迷，找到了真实的源头。

二、“北京人”失踪以来，全世界一直盛传：胡承志将装箱的“北京人”交给了美国人博文，博文第二天又交给了美国驻北平公使馆，然后再由公使馆转给了美国海军陆战队。但作者经过多年的寻访，终于获得由盟军特派员善克中校查获的一张日本人当年搜查“北京人”的秘密线路图。这张秘密线路图由日本驻北平宪兵队的负责人绘制，图中不仅写有日方对所有怀疑者的真实姓名，而且还明确标有“北京人”最初转移的确切地点，以及日本宪兵队和日本侦探在华期间追查“北京人”的多条线路。作者通过对这张秘密线路图的分析，认定“北京人”并未到过美国驻北平公使馆，而是由协和医学院的美国人直接运往美国海军陆战队兵营。这张辗转世界各地并封冻了五十七年的秘密线路图在书中首次亮相，为寻找“北京人”及解开“北京人”失踪之谜找到了一把钥匙。

三、自“北京人”失踪以后，几乎全世界都把怀疑的矛头指向日本人和美国人。但本书作者根据多年的调查分析，依靠手中获取的证据，通过详尽而周密的推论，首次将号称“法国达尔文”的大科学家德日进列入怀疑对象，这在“北京人”半个多世纪的寻找史上尚属首次。作者的这一观点后来从法兰西科学院院士、联合国教科文组织顾问柯蓬思先生那里得到证实——这位法国科学院院士也同样怀疑过德日进，从而为寻找“北京人”提供了一个新的角度，打开了一个新的缺口。

四、20世纪50年代初，英国古脊椎生物专家华特生对外宣称，他在美国纽约自然博物馆看见了“北京人”。这一爆炸性新闻在中美科技界引起轩然大波，但美国方面却矢口否认。围绕这一事件，中美双方你来我往，唇枪舌剑，展开了一场长达十年之久的大论战。作者在书中首次披露了中外科学家无数来往信函，并通过大量的调查分析，搞清了这一事件的来龙去脉和关键环节，并对其中的前因后果、微妙关系以及真实内情，首次做了客观、公正的描述，还了历史一个清白。

五、20世纪70年代初期，天津市公安局就“北京人”失踪事件，曾专门立案侦查。这个号称“首长交办，绝秘案件”的侦查过程因历史的种种原因，对外一直深藏不露。作者在书中首次披露了这一案件的立案背景、复杂内幕、详细经过以及相关办案人员，并认定当年美国的军医弗利将“北京人”存于天津巴斯特特研究所和两个中国友人家中的说法，不足为信，从而为“北京人”失踪之谜解开了一个疑点。

六、日本战败后，中国政府曾委派代表团到日本接收在战争中被掠夺的财产。作者在书中首次披露了中国代表团顾问、著名考古学家李济先生在日本查找“北京人”的坎坷经历和详细经过。并且作者由此推断，李济先生之所以终究未能从日本找回“北京人”，与当时盟军总部和美国人的不配合有关；同时也与日本人隐藏真情、瞒天过海有关。

七、1996年，原侵华日军731部队的一名老兵在临死前，向好友吐露了一段在心底埋藏了半个世纪的秘密：1945年日本战败时，由他负责将“北京人”化石秘密运往北京日坛公园一棵古树下掩埋。这一消息曾让中国科学界为之一振，并于1996年春夏之交在北京日坛公园进行了一次挖掘。作者首次在书中披露了这一事件的前因后果及挖掘过程，并据此推断，这位日本老兵的临终遗言，很可能是一个谎言。

八、美国著名科学家夏皮罗几十年来一直怀有一个到中国寻找“北京人”的强烈愿望，但直至1980年，年近七十岁的夏皮罗才终于来到中国，并在女儿的搀扶下亲赴天津寻找“北京人”。作者在书中第一次披露了夏皮罗到天津寻找“北京人”的前后经过和细节，同时首次揭开了当年美国海军陆战队驻天津兵营中的许多不可告人的内幕。

九、1999年，一位名叫中田光男的八十一岁高龄的日本老特工亲临北京，不辞辛苦，四处寻找“北京人”。作者在书中对日本老特工中田光男来中国寻找“北京人”的动机、目的和真相首次作了披露；同时首次披露了原日本关东军挪野中将与一位日本古人类学家在1941年～1945年间曾数次染指“北京人”的内幕，从而揭开了一个被日本人深藏了半个多世纪的秘密。

十、“北京人”头盖骨丢失半个多世纪以来，各种传闻不计其数，各种报道数不胜数。但本书作者的调查采访，是一次长达十余年的跨国界的调查采访——不仅对国内权威的古人类学家、考古学家和当事人进行了深入细致的采访，同时还对美国、日本、法国、家拿大等国外的当事人、知情者、科学家、老兵、特工等也进行了采访，并亲赴日本、韩国实地考察，因而获得了丰富的第一手证据、线索和史料。正如贾兰坡先生所言，这是描写周口店和“北京人”“最全面、最系统、最真实的一本书”，从而为寻找“北京人”提供了丰富的线索、扎实的蓝本和多维的思考空间。

周口店大事记

（1914—1941）

1914 年　2 月，来华任中国家农商部矿政司顾问的瑞典地质学家安特生，对搜集化石有着深厚的兴趣。他从朋友处得知周口店发现化石的消息后，特意到周口店考察了两天。

1921 年　年轻的奥地利古生学物学家师丹斯基来到中国，与安特生合作。安特生派他到周口店进行发掘。8 月，安特生与美国古生物学家葛利普到周口店考察，并看望在那里发掘的师丹斯基。在当地老乡的指点下，他们找到了龙骨山。安特生敏锐地感觉到："总有一天，这个地点会变成考察人类历史最神圣的朝圣地之一。"

1926 年　师丹斯基在瑞典乌普萨拉大学维曼教授的实验室整理他 1921 年至 1923 年在周口店发掘的化石标本时，发现了两颗人牙。为慎重起见，他把它定为"真人"。10 月 22 日，瑞典王储伉俪环球旅行途经北京，在学术界为王储夫妇举行的欢迎会，安特生发表学术报告，宣布了在周口店发现两颗人牙化石，这一消息震动了整个学术界。

1927 年　1 月，在北京协和医学院任解剖科主任的步达生教授，得知美国洛克菲勒基金会同意拨款二千四百万美元，作为周口店的发掘经费。2 月，他与中国地质调查所所长翁文灏签订了协议和发掘方案。周口店的正式发掘，从 3 月开始。这一年发掘深度近二十米，挖土石三千立方米，采集化石约五百箱。10 月 16 日，在距师丹斯基发现人牙不远的地方，又找到一颗人牙。这一年的发掘工作于 10 月 20 日结束。

1928 年　4 月，开始挖掘。留学德国慕尼黑大学的杨钟健回到国内，接替了地质学家李捷；刚从北京大学地质系毕业的年轻人裴文中接替了步林的工作。这一年挖土石二千八百立方米，采集化石约五百七十箱，并发现一个女性右下颌骨，以及一块带有三颗牙齿的成年男性右下颌骨。由于有了新发现，步达生又从洛克菲勒基金会争取到了四千美元的追加拨款。

1929 年　4 月 19 日，中国农商部正式批准了“新生代研究室”的组织章程，中国地质调查所新生代研究室成立。秋季发掘就要结束时，在 12 月 2 日下午 4 时，裴文中发现了第一个“北京人”头盖骨。步达生欣喜若狂，赞誉这具头盖骨的发现，是周口店 1929 年发掘工作的辉煌顶峰。这一发现震惊了国内外学术界。

1930 年　在清理龙骨山表土时，意外发现了山顶洞。这一年发掘的工作转移到了鸽子堂。

1931 年　春季，卞美年和贾兰坡参加周口店的发掘工作。这一年的主要工作仍是发掘鸽子堂，除发现很多石器外，还发现一层厚厚的灰烬层。灰烬层中有被烧裂的石头、骨头和木炭。灰烬层是成堆的，说明“北京人”不但会用火，还能控制火。

1932 年　在发掘鸽子堂东坡时，裴文中采用了先挖深沟，探明土层内部情况，再打格画方进行发掘的方法，使发现的化石方位更加清楚。

1933 年　对山顶洞进行系统发掘，发现了属于晚期智人的“山顶洞人”完整的头盖骨，以及分属七八个男女老幼不同个体的化石。其中一个六十多岁的男性老人，保存最好，上下颌牙齿完整无缺，并保存有骨盆、肩胛骨和一对大腿骨。另外，还发现许多装饰品和一枚骨针。

1934 年　3 月 15 日，步达生由于心脏病发作，猝死在办公室。这一年的发掘除山顶洞外，拓宽了发掘面积，从鸽子堂以西延展到山顶洞洞口处。这一年投放人力最多，仅在鸽子堂最多时就投入了一百二十人，花的力气也最大。6 月，从顶部向下发掘后不久，在山顶洞洞口的下坎处找到了“北京人”成年个体的左颞骨和一块下颌骨，以及多以燧石打制的石器。

1935 年　年初，德国犹太人魏敦瑞受聘来华接替步达生的工作，裴文中到法国留学，周口店的发掘工作由贾兰坡主持。6 月开始发掘鸽子堂第七层。秋季，贾兰坡为了寻找新地点，打算在三年内调查周口店方圆 100 公里内的所有洞穴。

1936 年　6 月，发掘工作进展到第七层，发现不少猕猴的牙齿和下颌骨。到第八至九层发现了一个完整的猕猴头骨，以及很多石器。6 月 28 日，发现了两颗人牙。6 月 29 日和 7 月 2 日找到两小块头盖骨。在秋季发掘中，11 月 15 日上午 9 点半和下午 4 时许，贾兰坡发现了两个“北京人”头盖骨。11 有 26 日上午 9 点多，贾兰坡又发现了三个“北京人”头盖骨。十一天之中发现了三个头盖骨，再次震惊了中外学术界。

1937 年　4 月至 5 月，继续发掘。在第八至九层底部发现了人头盖骨残片：一块眉嵴、成年人的五颗牙齿、一块成年人的下颌骨残片，以及保留了六颗牙齿上颌骨。那块眉嵴与第二个头骨相拼，严丝合缝。7 月 7 日，抗日战争爆发。7 月 9 日，周口店的发掘工作停止。

1938 年　5 月中旬，在周口店留守的三名工人赵万华、董仲元、肖元昌被日本人杀害。6 月 9 日，协和医学院总务长博文下发公函，发给每位死难者家属一年的工资，以示抚恤。

1941 年　春季，魏敦瑞离开北平去美国，不久新生代研究室解散。为了防止周口店发现的“北京人”化石和“山顶洞人”化石等珍贵化石被日本人掠走，11 月底，将其装入两个木箱，准备运往美国暂时保存。12 月 7 日日本偷袭珍珠港，太平洋战争爆发，两箱化石全部丢失，至今下落不明。

作者鸣谢

本书在采写过程中，得到了国内外一些部门和科学家、学者、教授、翻译以及当事人、知情者的大力支持和热忱帮助，为表示诚挚的谢意，现将这些部门和个人记载于此：

主要协助单位有：

中国科学院古脊椎动物所

中国科学院古人类研究所

中国社会科学院考古研究所

周口店北京人遗址管理处

周口店古人类学研究中心

周口店“北京人”遗址博物馆

保护周口店“北京人”遗址委员会

中国历史博物馆

中国国家文物局

中国国家图书馆

天津自然博物馆

北京电视台新闻评论部

美国纽约自然历史博物馆

法国国立自然历史博物馆

瑞典斯德哥尔摩远东古物馆

日本东京帝国大学

日本横滨自然历史博物馆

主要国内人士有：

中国科学院院士、著名科学家贾兰坡

中国地质博物馆著名古生物学家胡承志

中国科学院古脊椎与古人类研究所副所长叶捷

中国科学院古脊椎与古人类研究所教授徐钦琦

中国科学院古脊椎与古人类研究所教授张森水

中国科学院古脊椎与古人类研究所教授董兴仁

中国科学院古脊椎与古人类研究所中古科技公司总经理吴茂霖

国际古人类学会常务理事李炎贤

中华炎黄文化研究会史前文化专业委员会委员李超荣

中国科学院古脊椎与古人类研究所贾玉彰

天津自然博物馆教授黄为龙

中国科学院大气物理研究所编审、裴文中之子裴申

中国社会科学院研究员、中华日本学会常务理事周季华

北京大学日本研究中心副主任贾蕙萱

中国人民大学教授李光谟

北京大学副教授何振明

南京师范大学地理科学学院教授沈冠华

北京法语培训中心博士王海燕

中国作家协会外联部翻译李锦奇

四川外国语学院日语系主任罗国忠

中国留日学生孙莹

中国留澳学生包宇辉

主要国外人士有：

美国哈佛大学人类学系教授沃弗·巴尤色福

美国华盛顿大学考古系教授约赛夫

美国波士顿大学考古系教授保罗·哥得伯格

美国密歇根大学教授艾米

美国纽约自然历史博物馆杰福雷·施沃茨

美国《世界日报》记者张嘉琪

法国法兰西科学院院士易夫·柯蓬思

法国自然博物馆馆长亨利·德伦雷

法国国家科学研究中心教授安娜·丹比科

法国国家科学研究中心博士安娜·马丽梦妮

加拿大亚省大学人类学系教授柯茱丽

加拿大皇家安大略博物馆博士沈辰

日中文化交流协会常任理事横川健

日本横滨大学人类学教授长谷川善和

日本直观像教育研究中心中田光男

日本东洋学园大学教授朱建荣

日本东京有线电视台记者张昱

比利时列支大学史前学教授马赛尔·奥特

以色列魏兹曼科学研究所研究员斯特福·卫耐

韩国忠北大学考古美术系教授李隆助